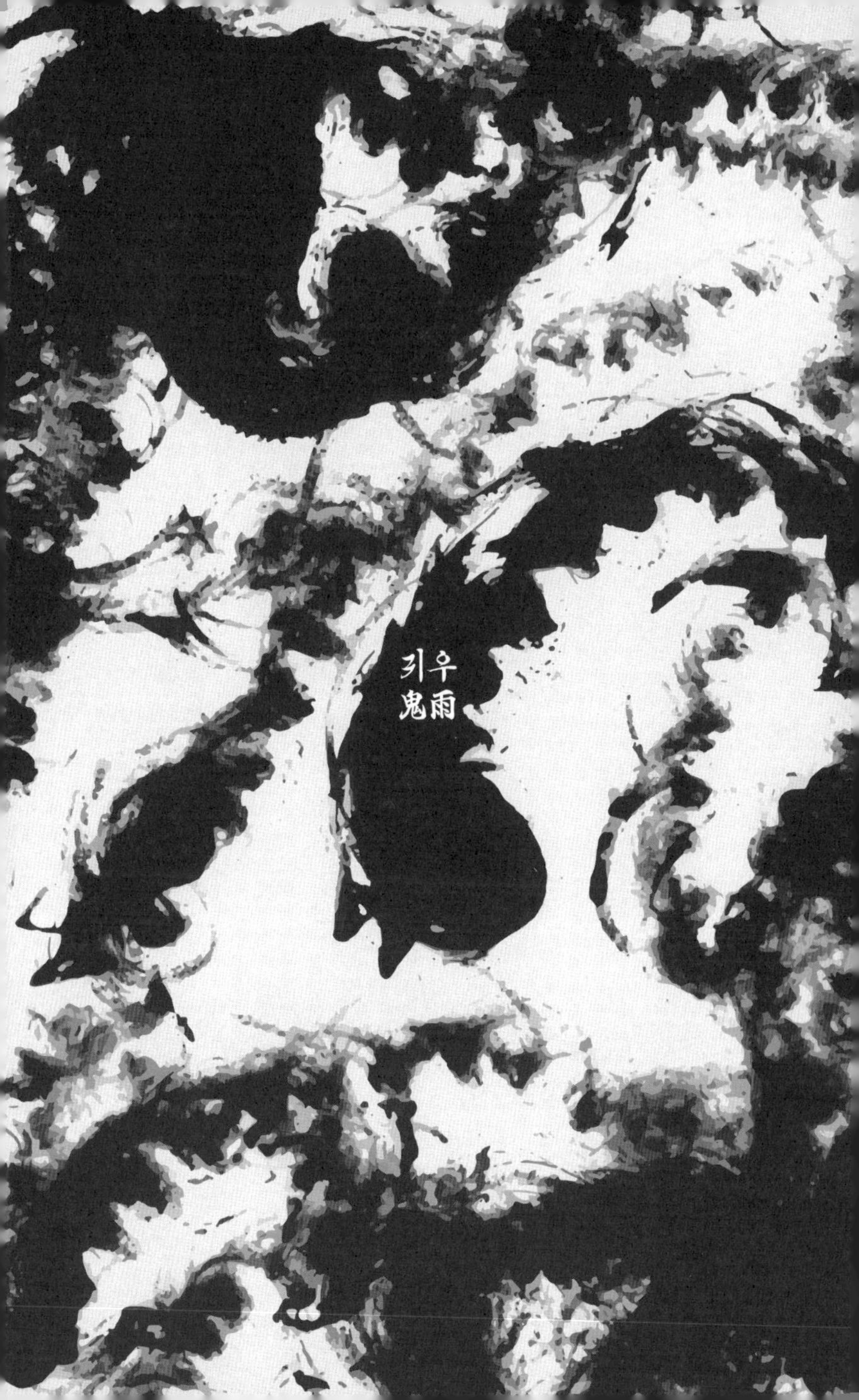
귀우
鬼雨

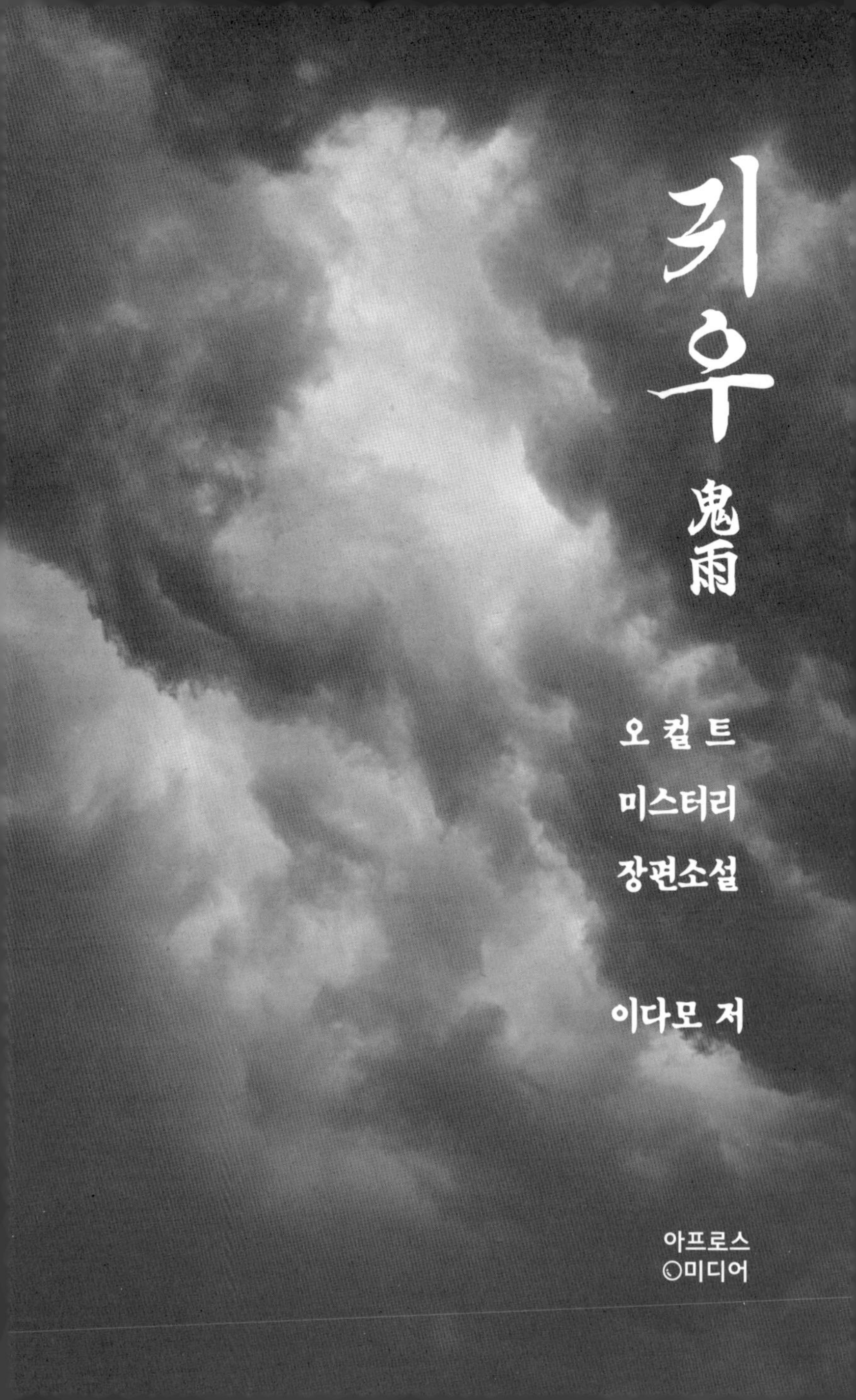

# 귀우
# 鬼雨

오컬트
미스터리
장편소설

이다모 저

아프로스
미디어

**일러두기**

※ 본 작품에 나오는 일부 지명, 단체, 개인의 설정은 작가에 의해 가공된 것임을 밝힙니다.

※ 과거를 회상하는 시점은 *로 표기하였습니다.

# 차례

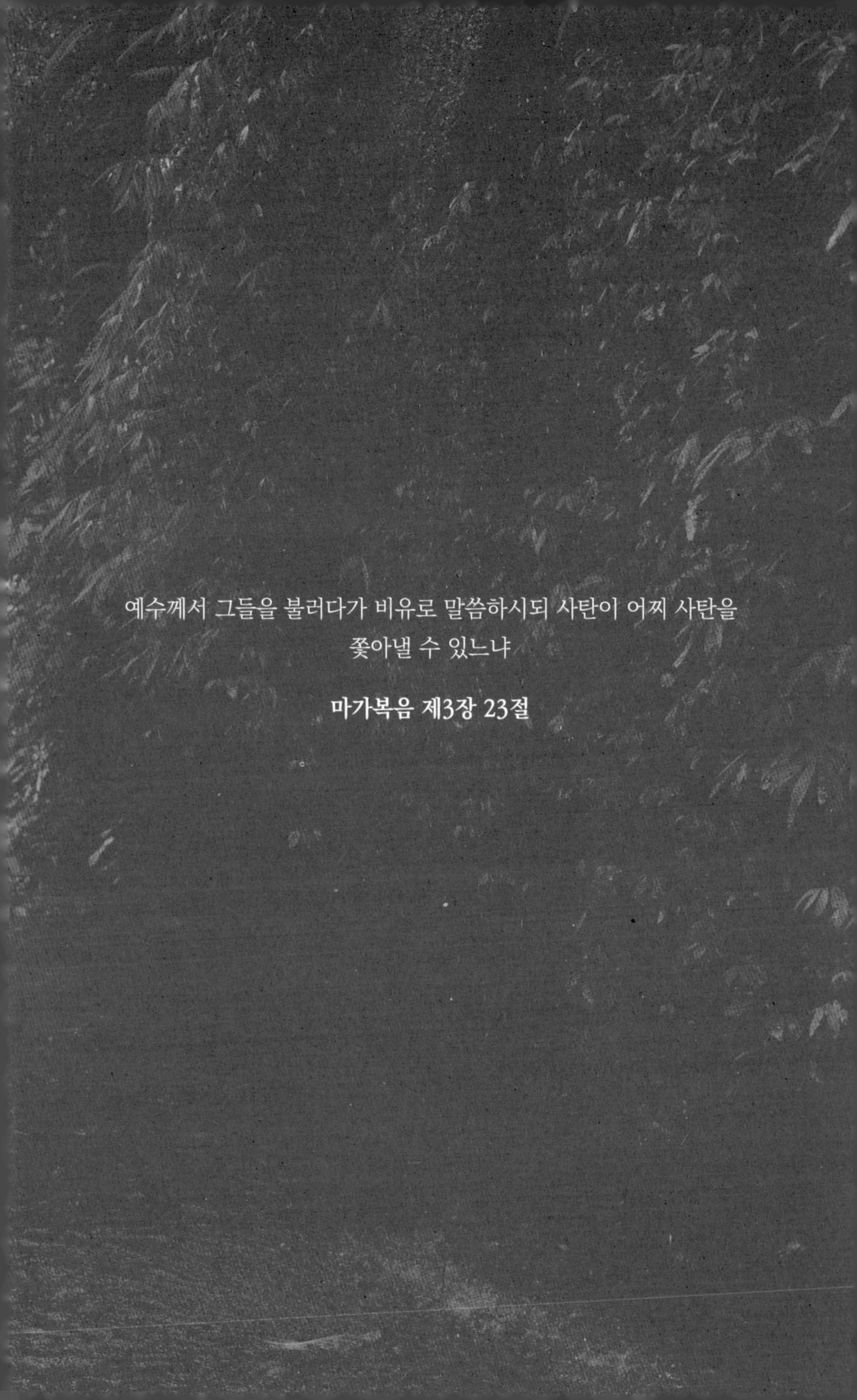

예수께서 그들을 불러다가 비유로 말씀하시되 사탄이 어찌 사탄을
쫓아낼 수 있느냐

**마가복음 제3장 23절**

# 프롤로그

땅 위로 솟은 서릿발의 행렬이 사라지는 곳엔 입춘을 맞이한 이나바(因幡)의 오색 절경이 펼쳐지는 지대가 드리운다. 그러나 입춘을 맞이하였다고는 하여도 코끝을 시리게 만드는 칼바람은 여전히 날이 선 기색을 내비치고 있다. 이나바의 중심에 서 있노라면 첨예한 바람이 서로를 집어삼키는 기승(奇勝)을 마수할 수 있다. 살아있는 모든 걸 시샘하는 바람의 군집 중에서도 유독 기이한 추위가 느껴지는 칼바람이 불어올 때가 있는데, 그 괴기 풍향을 따라나서면 이와이군(岩井郡)의 한 외딴 집락에 다다른다.

율령제가 무너지기 직전은 고쿠시(国司 : 일본 중앙 정부가 8세기를 시작으로 그 이후까지 율령제하에서 지방의 율령국을 감독하기 위해 파견한 지방관)와 한껏 유력해진 다토(田堵 : 헤이안시대 관아의 논을 관리했던 유력 농민층) 간의 권력 충돌이 일기 일쑤였다. 하지만, 본 집락은 그 치열한 투쟁의 장으로부터 기분 나쁜 소식이 들려오지 않는 평화로운 곳이었다. 여름엔 이색적인 꽃들이 마을 전체를 뒤덮는 모양새로 만개하고, 겨울엔 강직한 초목이 허리를 빳빳이 세우고 있는 모습은 생면부지인 사람이 보아도 기괴하기 짝이 없었다. 그러나 그 기괴함을 면밀히 들여다볼수록 이 마을이 아름답게 느껴진다는 사실을 결코 무시할 수는 없었다.

고호 원년(康保元年 : 964년), 마을 근처의 들판 위엔 한 소녀가 무릎을 살며시 끌어안은 채, 창백한 낯빛을 띠고 있었다. 다만, 그 안색이 마치 에치고(越後 : 니이가타(新潟) 현의 옛 지명)의 설경처럼 너무나도 창백함과 동시에 말로는 못다 할 만큼 수려해서 이미 이 세상의 것이 아니게 되어버린 듯한 기묘한 느낌을 자아내고 있다. 소녀는 붉은 무늬가 불규칙적으로 박혀있는 연청색 코소데(小袖 : 넓은 소매의 겉옷에 받쳐입던 속옷으로 현재 일본 옷의 원형)를 입고 있었다. 저절로 몸이 움츠러드는 차가운 들바람에 긴 머리칼과 이제 막 푸르름을 발산하는 초목들이 일제히 흔들거렸다. 소녀는 시야의 끝을 가로막는 숲속의 거대한 어둠을 멍하니 바라보았다.

저 숲속에 무언가가 있다. 언제부턴가 저 어둠 속에서 믿을 수 없을 만큼 커다란 아귀를 벌린 채, 가만히……. 가만히 누군가를 기다린다. 조금씩 움직이는 것 같기도 하다. 서성인달까. 수해(樹海)다. 커다란 나뭇잎들이 흔들거리며 스스럼없이 몰아치는 파도를 만들어 내고 있다. 울창한 삼림을 눈앞에 둔 소녀는 순식간에 공포에 물들었다. 바람이 수풀을 밀어내고, 기괴하게 흔들거리는 나뭇잎이 속닥거리는 소리가 울려 퍼진다. 웃는다. 웃고 있다. 바람에 얹힌 웃음이 귓가로 날아온다. 저 어둠인가. 나무인가. 아니다. 숲이다. 숲 전체가 웃고 있다. 소녀의 머릿속은 그 비열한 웃음으로 가득 메워졌다. 당장이라도 바위에 머리를 쥐어박고 싶었다. 징그러울 정도로 으스러져도 상관이 없으니까.

얼마 지나지 않아 적요가 그녀가 의식하고 있는 모든 곳에 내려앉았다. 이 들판에 있는 사람은 오로지 소녀뿐이다. 원망과 증오를 담은 두 옥구슬의 균열 속에서 행복과 희망, 그리고 그것들이 선사하는 헛된 환상성이 투명한 액체의 형태로 공연히 흘러나왔다. 두 눈을 똑바로 뜬 채, 눈물을 뺨 아래까지 흘려보낸 것이었다. 선혈 빛으로 붉어진 눈시울이 창백한 얼굴과 대비되어 더욱 돋보이기 시작했다. 이윽고…….

***소녀의 입에선 붉은 피가 흘러나왔다.***

# 제1장 비를 그리는 자

1

오늘의 할당량을 완벽히 채운 퇴고를 끝마친 순간, 신경질적인 소음이 들려왔다. 소음의 주인은 마치 자신을 봐달라 소리치는 듯 창문을 연신 두드리는 빗소리였다. 이렇게 늦은 시간에 퇴고를 끝마치고 나면 거무죽죽한 글자의 향연을 담느라 피로해진 눈 때문에 실제론 그렇지 않음에도 몸 전체가 피로에 겨운 것 같은 착각에 빠지곤 한다. 9시간을 푹 자둬도 눈이 피로감에 조금만 물든다면 잠자리에 들고 싶은 욕망이 치솟기 일쑤다. 게다가 장마철이 다가오기까지 하니 몸은 찌뿌듯해져 아무것도 하기가 싫어진다. 그런 자연스러운 욕망의 장에서도 써 내려간 글을 다시 읽는 순간이 다가오면 오선지 위에 담긴 음표를 눈으로 따라가며 멜로디를 상상해 나가는 것처럼 문장을 이루는 글자에서도 나를 황홀경에 빠뜨리는 선율이 느껴진다.

구마모토현의 변두리에 자리한 Y 출판사에서 인턴으로 일할 때까지만 해도 낙관적으로 맡은 직분을 수행하였다. 그렇다고 지금의 내가 염세주의적이라는 건 아니다. 다시 과거로 돌아가서, 난 나름 잘살아 보고자 연분(年分 : 수입이 생기는 시기)에 이세 신궁(伊勢神宮)이나 도쿄의 아사쿠사의 센소지(浅草寺)까지 가서 장래의 효험이 담겼다고 하는 부적을 마구잡이로 사들였다. 그러나 그 결과는 '직장에서의 대성'이 아닌 '소설가로의 전직을 고민하는 것'이었다.

출판 업계는 시장 독식 구조라 중소 출판기업이 이렇다 할 히트작을 건지지 못하면 대형 출판사가 이윤을 독차지하는 게 보편적이다. 그러나 출판사는 어디까지나 영리 업체이기 때문에 그런 이율 문제점을 타파하기 위해 중소 출판기업은 한 장르에만 힘을 쏟아붓는 경우가 다반사다. Y 출판사도 그런 부류 중 하나로 미스터리·추리 소설을 다루는 데 힘을 쏟았다. 그래서인지 현재는 투고량이 상당한 편이며 출간되는 미스터리·추리 소설의 10%가 우리 출판사를 통해 출간될 정도로 나름 유명해졌다. 물론 요코미조 세이시(横溝正史)의 『혼진 살인사건』이라던가, 아쿠타가와 류노스케(芥川龍之介)의 『지옥변』이라던가, 오카모토 기도(岡本綺堂)의 『청와당 괴담회』, 마쓰모토 세이초(松本清張)의 『모래그릇』처럼 두고두고 거론되는 명작이 출판된 일은 없었지만, 많은 문인이 찾는 출판사 중 하나로 이름을 올린 것도 나름대로 선전했다고 생각한다.

이제 자진 퇴사를 앞둔 나는 내 글을 쓰는 데 열중하고 있으며, 출판 업계의 근로자로서의 고민은 어느 정도 덜게 될 것을 기대하고 있다.

아주 가끔이지만, 지금처럼 다다미 바닥에 누워 격자창을 때리는 빗소리를 듣고 있으면 20년 전에 있었던 일이 아주 생생하게 떠오르곤 한다. 그 꺼림칙한 기억 속에서 난 고작 산도깨비 이야기에 벌벌 떠는 9살 남짓한 남자아이다. 아사미(朝美), 테츠야(哲哉), 카즈키(和樹), 히메코(姫子) 그리고 나는 곤충을 채집하겠단 명목으로 산을 올랐다. 기껏 곤충이라 해 봤자 고작 잠자리나 매미뿐이었지만 말이다.

*

그 당시는 쇼와(昭和 : 1926년 12월 25일~1989년) 60년대 초반쯤으로 제1차 오일 쇼크의 거대한 발자국이 채 사라지기도 전에 발생한 제2차 오일 쇼크의 미약한 영향이 잇따르는 어느

해였을 것이다. 그 산은 평소엔 잘 오르지 않았던 산이었다. 아니, 그리 특별한 일이 있어도 그 산은 오르지 않았던 것 같다. 지리상 마을로부터 꽤 멀리 떨어진 곳에 있었기 때문이었을까. 떠올리려 할수록 한없이 멀어져가는 게 나로선 기이할 노릇이다.

기억 나는 건, 마을을 둘러싼 산 여럿 중 어느 산엔 정체를 알 수 없는 산괴(山怪)가 산다고 했던 이야기다. 지금 다시 떠올리자면 어린아이들이 깊은 산 속에 들어가지 않게 만들기 위한 일종의 방범 장치였다는 것을 바로 깨달을 수 있지만, 당시 아이들에겐 믿거나 말거나인 산도깨비 이야기와 다를 바가 없는 단지 '무서울 뿐'인 이야기였다. 그 산괴는 어른, 아이 할 것 없이 이상야릇한 손짓으로 대상을 산속 깊은 곳까지 데려가며 한 손엔 방울을 묶은 얇은 새끼줄을 들고 있는 여성의 모습을 하고 있다고 전해진다. 단 복장에 관한 이야기는 특별히 전해져 내려오지 않고 있다가 소문이 마을을 집어삼킬 무렵부터 구전되었던 바에 의하면 헤이안 시대의 고우치기(小袿 : 상류 계급 여성의 약식 예복)를 입고 있다고 한다.

우리는 그 산으로 가는 것을 은연중 기피하고 있었다. 곤충을 채집하러 갈 산을 정할 때도 그 산은 자연스럽게 빼놓고 이야기하는 것이 일반적이었다. 그건 아마 그 산이 보기보다 무서운 분위기를 풍기고 그에 따라 자연스레 그 산이 산괴가 사는 괴산(怪山)으로 인식되었기 때문이었을 것이다. 그런데 그날은, 무슨 일인지 히메코가 이번엔 그 산으로 가보자며 아이들을 설득했다.

"기분 나쁘잖아. 히메코."

테츠야가 인상을 찌푸리며 말했던 것이 기억난다. 다른 아이들도 고개를 끄덕이며 거긴 가기 싫다고 했다. 물론 나 또한 그 산은 싫다고 테츠야를 거들면서 다른 산으로 가자고 했다. 하지만 히메코가 그 산이 아니라면 채집하러 가지 않겠다며 고집을 부리는 바람에 하는 수 없이 그 산을 오르기로 했다. 산을 향하는 길목을 걸어 나갈 땐, 확실히 두려움에 떨었던 것을 기억한다. 다만, 산의 입구와 내부가 예상외로 쾌활하고 아늑해 보여서 실제로 산을 오를 땐, 무서워하기는커녕 모두 즐겁게 웃어댔다. 쨍쨍한 햇빛을 받으며 산 중턱에 다다르니 한 정자가 나타났다. 평범한 쉼터였지만, 어린 우리에게는 비밀스러운 기지 같은 느낌이라 그곳에 자리를 잡고 주변으로 곤충을 찾아다니기에 안성맞춤이라고 생각했다.

그런데, 기이하게도 채집을 시작하고 얼마 지나지 않아 눈 깜짝할 사이에 하늘이 어두워졌다. 비가 내릴 것을 암시하듯 어둠을 품은 먹구름이 몰려온 것이다. 눈앞에서 유지매미를 놓쳐버려 한숨을 내쉬던 순간, 나뭇잎 사이로 비추는 하늘에서 빗방울이 떨어지기 시작했다. 그렇게 하늘은 삽시간에 잿빛으로 물들었다. 게다가 푸른 기색까지 엿보여서 굉장히 묘한 분위기를 자아냈다. 우린 어쩔 수 없이 비를 피하고자 정자로 오손도손 모였다. 테츠야는 비를 맞는 것이 재밌다며 정자에 들어오지 않고 바로 앞에서 팔을 벌려 온몸으로 비를 맞이했다. 그런 테츠야의 웃긴 모습 덕인지, 다행히도 금방 지나갈 것 같은 빗줄기의 모양에 마음이 놓였다. 내 옆에 앉은 아사미가 당황한 표정을 지으며 흘려들을 수 없는 말을 꺼내기 전까진 말이다.

"히메코는?"

아사미가 우리를 보면서 말했다. 아사미의 말대로 히메코가 보이지 않았다. 테츠야가 서 있는 곳에도. 쉼터가 있는 토지의 초입에도. 산의 정상을 향하는 오솔길에도. 히메코가 사라진 걸 깨닫고 이곳저곳을 다니며 힘껏 이름을 외쳤지만 히메코는 나타나지 않았다.

그때, 어디선가 소름 돋는 방울 소리가 들렸다. 우린 그 자리에서 굳어버렸다. 모두의 표정에서 산괴 괴담을 떠올리고 있다는 걸 알 수 있었다. 방울 소리는 분명히 정자 뒤의 수풀 속에서 들렸다. 아이들은 기겁했다. 아사미는 울음을 터뜨릴 것 같은 표정을 지으며 내 소매를 꽉 붙잡았다. 공기를 가르는 방울 소리는 멈출 기미가 보이질 않았다. 어쩐지 불안하게 다가오는 그 소리는 끊기지 않고, 점점 가까워졌다. 설상가상으로 소나기일 줄 알았던 비가 점점 세차게 내리기 시작했다. 공격적인 빗소리가 이곳저곳에서 정신 사납게 울려 퍼졌다.

이윽고 찰박거리는 소리와 함께 수풀이 꿈틀거리며 움직였다.

그리고 거기서 무언가가 확 튀어나왔다. 우린 비명을 내질렀다. 그러나 다행히도 수풀 속에서 모습을 드러낸 건, 히메코였다. 그리고 그녀의 손엔 방울을 매단 작은 새끼줄이 들려있었다.

"놀랐지?"

히메코는 재밌다는 듯이 깔깔 웃었다. 순진했던 아이들은 화내기는커녕 다행이라며 히메코에게로 쏜살같이 달려갔다. 하지만 나는 그럴 수 없었다. 아이들의 행동을 전혀 이해할 수 없었다. **그럴 수밖에** 없었던 것이다. 왜냐하면…… 히메코의 뒤편에 자리한 수풀에서 알 수 없는 여자가 히메코를 바라보며 서 있었기 때문이었다. 그 여자는 도저히 사람의 것이라곤 생각할 수 없을 정도로 샛노란 눈동자로 히메코를 미친 듯이 노려보고 있었다.

나를 제외한 다른 아이들은 그 여자가 안 보인다는 듯, 태연하게 히메코에게 방울의 출처를 묻기에 바빴다. 패닉 상태의 나는 먼저 산에서 내려가 버릴까도 생각했지만, 잠깐 다른 곳으로 시선을 돌렸다가 다시 아이들을 바라봤을 때, 그 여자는 온데간데없이 사라져 버리고 없었다. 내가 본 것이 뭐였는지 알 수 없었지만, 가까스로 정신을 차리고 히메코에게 다가갔다. 히메코의 곁으로 가서도 다른 아이들의 눈치를 살피며 수풀과 수풀 뒤쪽의 숲을 곁눈질로 슬쩍 봤다. 그 여자는 역시 어디에도 없었다.

그렇게 있던 우리는 거의 그쳤지만 여전히 추적추적 내리는 비를 맞으며 마을로 내려왔다. 각자의 집으로 헤어지는 순간엔 저녁노을이 마을 전체를 물들이고 있었던 것이 기억난다.

그날 이후로 더 이상의 곤충채집은 없었다. 그럴 수 밖에 없는 일이 생겼기 때문이다. 히메코가 다음 날 저녁, 돌연 죽어버렸다. 히메코네 부모님은 조상을 극진히 모시는 걸로 마을에서 유명했다. 그래서 히메코네 집에 놀러 가면 보통의 불단과는 다르게 알 수 없는 무언가가 많이 놓인 것을 볼 수 있었고, 그중에서도 특히 작은 크기의 여우 조각이 눈에 밟혔다. 히메코네 부모님은 워낙 엄격했던지라, 그 집에 갈 수 있었던 건 연례행사 준비 때문에 잠깐 툇마루에서 구경했던 것뿐이었다.

히메코의 부모님께선 감기 몸살로 앓다가 갑자기 그렇게 되었다고 하셨다. 같이 산에 갔다가 비를 맞은 우린 히메코의 죽음에 죄책감을 느꼈지만, 어째서인지 히메코의 부모님께선 우릴 나무라는 일도, 혼내는 일도 없었다. 분명 슬픈 눈을 하고 계셨다. 그렇지만 입은 활짝 웃고 계셨다. 어린 우릴 생각해서였을까?

*

성인이 된 지금까지도 비를 마주하면 항상 히메코가 생각난다. 나도 모르게 히메코를 좋아했기 때문일 수도 있다. 지금 내게 비와 히메코의 상관관계는 필연적인 것으로, 어느 한쪽이 뇌리에 스치면 자연스레 다른 한쪽이 모습을 드러낸다. 다만, 한

가지 싫은 것이 있다. 히메코와 함께 그 산괴의 모습이 나타난다는 것이다. 짐승의 눈처럼 노란빛을 뿜어내는 그 눈을 여전히 잊을 수 없다.

만약 누군가가 히메코와 내가 그렇게 각별한 사이였냐고 묻는다면 난 언제나 '그렇다'라고 답할 것이다.

2

"고향으로 돌아가실 생각인 거죠?"

"뭐, 그런 셈이죠. 그동안 감사했어요."

오랫동안 손발을 맞춰왔던 가까운 직장 동료에게 일을 그만두겠단 소리를 했을 땐, 그다지 어려운 것이 없었다. 진정으로 어려움을 느꼈던 건, 요코미조 기도 작가의 작품 출간 기획과 『야간 기담집 10호』의 판매 부수를 논의하고 간단한 이야깃거리를 주고받은 뒤, 이 이자카야에서 나올 때였다. 모름지기 동료였던 사람을 혼자 남겨두고 작별의 길을 먼저 걷는다는 건 예우에 어긋나는 행동일 것이다. 그 부분에 있어서는 반박의 여지가 없다. 그는 오랫동안 함께 일해왔던 내가 일을 그만둔다는 사실이 도무지 믿기지 않은 듯했다. 어떤 서운함 때문인지는 모르겠지만, 그는 이곳에 조금 더 있다가 자택으로 돌아가겠다고 말했다. 미안함과 아쉬움이 공기 중에 투명하게 떠다녔지만, 이삿짐을 정리해야 하는 나로서는 서둘러 귀가할 필요가 있었다. 앞으로의 계획을 세우고 수중의 돈을 어떻게 관리할지에 대해서도 고민할 필요가 있었으니까.

여전히 독신인 내가 배우자의 필요성을 절감하게 된 건 테츠야의 집들이에서 그동안 우울해했던 테츠야가 아내의 도움으로 활기를 되찾은 걸 직접 목도하였을 때부터였을 것이다. 우리 넷은 산에서 곤충채집을 하고 나서 정확히 한 달 뒤에 모두 마을을 떠났다. 분명히 기억나는 건, 학교 문제 때문이었다. 마을엔 초등학교가 있었지만, 어디까지나 시골 집락의 다 쓰러져 가는 건물일 뿐이다. 학생 수라 해 봤자, 고작 40명 남짓한 학교였으니까. 특별히 우리 넷이 친한 것처럼 부모들도 모두 친했다. 부모님들은 나흘간의 열띤 토의 끝에 중·고교가 없다는 점에서 어쩔 수 없이 이사를 결정하지 않았나 싶다. 나와 테츠야는 규슈 지방의 중앙인 구마모토현(熊本県)으로, 아사미와 카즈키는 각각 간사이 지방의 시가현(滋賀県)과 효고현(兵庫県)으로 이사했다.

듣기로 아사미는 가까운 친척이 사는 곳으로, 카즈키는 때마침 들려온 아버지의 발령 소식으로 해당 지역에 이사를 결정했다고 했다. 나와 테츠야의 부모님은 네 쌍의 부부 중에서도 특히 친한 사이인지라 내가 대학교에 입학할 무렵까지 함께 자영업을 했다.

그러니까 세 사람 중, 비교적 가까운 위치에 있는 테츠야만이 현재까지 나와 교류하는 상태이다. 반면 간사이의 윗지방으로 떠난 아사미와 카즈키는 행방이 묘연했다. 대학교에 진학할 무렵부턴 연락이 아예 닿지 않아 도대체 어디서 무얼 하고 사는지 도무지 알 겨를이 없었다.

지금처럼 장마철이 찾아오면 후덥지근함보다 습한 날씨가 몇 곱절은 힘들게 느껴진다. 우산을 쓰고 있어도, 비를 맞고 있는 착각이 들 정도다.

대낮부터 청주를 마셔서 머릿속이 한껏 부풀어 오른 것 같았다. 동료에겐 고향으로 간다고 했지만, 귀향은 아니다. 정확히 말하자면 고향마을의 이웃 마을로 이사하는 것이다. 이웃 마을이라고는 해도 실제로는 거리가 먼 편이다.

고향마을인 고요메촌(木余命村)은 나라현(奈良県)의 요시노 구마노 국립공원 (吉野熊野国立公園) 근처로 흐르는 젠키가와(前鬼川)의 굽이치는 강줄기를 따라, 미에(三重)의 경계로부터 2리 떨어진 곳에 자리한 산간벽지이다. 그렇다 보니 아무리 가까운 마을이라도 실상은 험준한 산등성이의 능선을 따라 세 고개 정도를 건너야 할 정도로 꽤 멀다. 과연 이웃 마을이라 해도 될지 의문일 정도로 말이다. 세 마을 이상 산지를 제외한 부지의 경계선이 접해있는 경우가 없기에, 이 지역에서 이웃 마을의 거리가 먼 것은 어쩔 수 없다. 게다가 산간벽지의 특성상 만연한 고개를 오르고 내리고를 반복해야 하므로 왕복 시간도 길다. 다만, 우리가 마을을 떠나기 4년 전쯤 오와세시(尾鷲市)로 향하는 국도가 옆 마을에 깔린지라 그 길로 합승 버스나 자가용을 이용하면 촌락 부지까지는 금세 다가갈 수 있다. 그렇게 하면 한 개의 산만 넘어 마을에 도달할 수 있다.

내가 귀향할 수 없었던 이유는 간단했다. 내 고향이 지금은 사람이 살 수 없는 폐촌이 되었으니까. 본래 헤이세이 초엽쯤, 현재 이사를 앞둔 마을과의 합병이 이루어질 예정이었다. 그러나 무슨 이유에서인지 얼마 뒤, 주민 모두가 사라져 버렸다. 나는 그 내막을 파헤쳐 보고 싶었다.

일주일 전, 그 궁금증을 해결하기 위해 당시 발행되었던 신문을 엮은 축쇄판 책을 보았을 땐, 마을을 수몰시키고 그 위에 댐을 짓는다는 이야기를 확인할 수 있었다. 댐 건설 계획 때문에 주민들이 마을을 떠난 것이다. 바로 다음 달, 새 년도에 발행된 신문을 보기 전까진 그런 줄로만 알았다.

헤이세이 12년에 발행된 지역 신문에선 댐 건설이 알 수 없는 이유로 전면 취소되었다는 내용을 발견했다. 주변 마을과의 합병에 관한 이야기도 이 이후로는 일절 등장하지 않았다. 마을에 관한 언급 자체가 사라졌다. 그러니까 지역 신문에서 큰 화젯거리로 대두되었던 마을이 어느 순간부터 그 소식통이 칼같이 끊긴 것이다. 그렇게 된 이유엔 마을 주민들이 한몫했다고 본다.

아직 새 터전을 잡지 못한 마을 주민들이 댐 건설이 취소되었다는 걸 알면서도 어째서인지 마을로 돌아오지 않았다. 들려오는 바에 의하면 정착 지원금마저도 적은 금액이었다고 한다. 그래서 자연스럽게 고요메촌은 폐촌이 되어버렸다. 아니, 어찌 보면 '부자연스럽게'라고 하는 게 맞을지도 모르겠다.

어느 정도 사람이 적게 사는 곳에서 살면 나름 글을 쓰는 데 집중할 수 있을 것이란 생각이 들었다. 교통편은 한없이 불편하겠지만 말이다. 그나마 다행인 점은 그곳이 내 고향처럼 한눈에 들어오는 벽촌은 아니라는 것이다. 좁은 사회는 견문을 퇴색시키는 데 일조하기 마련이다. 그런 점에서 널따란 도시에서 글을 쓰는 게 좋을 수도 있다. 하지만, 나로서는 또 너무 넓은 곳은 정신이 사나워서 그다지 내키지 않는다.

다카하시 공원(高橋公園)과 구마모토성 이나리 신사(熊本城稲荷神社) 사이의 대로를 지나면 우중충한 하늘의 비경이 반사됨과 동시에 빗물로 약한 파동이 이는 츠보이 강(坪井川)의 기다란 몸통이 발아래를 지난다. 슬슬 비가 걱정되기 시작했다. 현재 내리는 비는 문제가 되지 않는다. 이삿날에 내릴 예정인 비 때문에 걱정이다. 악천후가 아니라면 업체는 괜찮을 것이다. 문제는 새집 바닥이 더러워지는 것과 방수가 철저한 포장재가 아니라면 내 짐이 한껏 젖어버릴 수도 있다는 것이다.

이사할 때 내리는 비에는 좋은 의미가 담겨있다고 할머니께

들은 적이 있다. 여기서 말하는 좋은 의미란 운수가 좋다거나 막연히 좋은 재수이리라. '미소기의 비(禊の雨)'라 했던가. 미소기(禊 : 계제사. 몸 전체를 씻어서 정화하는 신토의 관습)의 비는 흉터에 남은 부정을 제거하고 몸을 깨끗하게 해준다는 의미가 있다. 음양오행설로서의 비는 음을 의미하여 길조는 아닐 수 있지만, 신사 참배에서의 비는 미소기의 비로 환원되어 신의 환대를 의미한다고 하셨다. 어디까지나 미신일 뿐이지만, 이런 종류의 미신을 믿기로 다짐한 건, 아마도 산괴를 두 눈으로 목격했을 때부터가 아닌가 한다.

차들이 파도처럼 밀려오는 우마야바시 다리(厩橋) 앞 사거리에서 출발하여 거센 빗발을 헤집고 대략 20분 정도를 걸었더니 신흥 주택가가 나타났다. 문득 저런 서양식 집에 살아 보고 싶다는 생각이 들었다. 하지만 29살의 독신인 나에게는 아직 꿈같은 얘기다. 짧게 한숨을 쉰 나는 앞으로 가와나에쵸(川苗町)에서의 생활을 상상해 보았다. 그런 상념에 잠겨있다 정신을 차렸을 땐, 우산 위로 정신없이 쏟아지던 비가 멈춘듯했다. 팽팽한 천을 때리는 빗소리가 없어진 이 상황에 문득 어색함을 느낀 나는 곧바로 우산을 접었다. 작은 언덕길을 올라가면 꽤 한적한 주택지가 나타난다. 변두리라 하기엔 애매한 위치다. 그 언덕의 중턱에 자리한 2층짜리 독립주택이 바로 우리 집이다.

집으로 들어와서 할아버지에게 인사를 인사를 드리고 방으로 들어가 이삿짐 정리를 다시 시작하는데 진공상태 같은 공허함이 느껴졌다. 아마 그건, 가까운 가족들의 부재 때문이었을 것이다. 아버지, 어머니, 여동생과의 예기치 못한 사별에 대해 그동안 나는 마음 놓고 슬퍼할 겨를조차 없었다. 슬픔이 현신할 기색이 엿보이면 난 곧장 방 안으로 들어와 편집 일을 시작하기 일쑤였다. 지금 생각해 보면, 슬퍼할 겨를이 없었던 건 현실도피를 위해 막무가내로 시간을 소비했기 때문이었던 것 같다. 이삿짐을 정리하는 지금까지도 그 슬픔을 떠올리고 싶지 않다.

책장에 꽂힌 책 중, 문고본을 나중으로 미루고 비교적 부피가 큰 서적을 먼저 꺼내어 상자 안에 집어넣었다. 물론 큰 서적이라고 해 봤자 단테 알리기에리의 『신곡』이나 스티븐 킹의 『캐리』, 애거사 크리스티의 『그리고 거기엔 아무도 없었다』 등 몇 안 되는 서양의 장정본뿐이다. 해외에서 서양의 장정본을 사들이는 경우는 책을 완전무결한 예술품이라 생각하는 이들 빼곤 거의 없을 것이다. 실제로 미국의 도서관에서도 비싼 값을 내고 문고본이 아닌 장정본으로 구매하는데 이는 많은 사람이 무료로 작가의 책을 소비할 수 있는 도서관의 특성에 비추어 작가에게 합당한 값을 지급함과 동시에 예의를 표하는 것이다. 이 얼마나 작가에 대한 존중이 담긴 아름다운 문화인가. 아직은 등단 작가도 아닌 나로선 마냥 부러울 따름이다.

책을 다 정리한 후, 이렇게 넓었었나 싶은 생각이 저 모르게 들 정도로 휑뎅그렁해진 책장 속의 먼지를 닦아냈다. 깨끗이 닦인 책장을 가만히 바라보고 있으니, 왠지 울적한 기운이 주변을 배회하는 듯했다. 내 인생관이 이 네모난 구멍 속에 담겨있었다. 그렇게 생각하니 울적함에 잡아먹힐 것 같은 기분이 들어서 곧장 침대에 누워버렸다.

저녁노을의 상냥한 빛이 얼굴에 들어앉았다. 다들 노을은 아름답다고 하지만, 예로부터 선조들에겐 저녁노을이 그리 달가운 존재가 아니었다고 한다. 마물이나 일련의 괴이를 마주칠 수 있는 시간인 오오마가토키(逢魔時 : 저녁에 어두워지면서 낮과 밤이 뒤바뀌는 시각)라는 말이 있지 않은가. 저녁노을은 살가운 얼굴을 비추지만, 이따금 놀라울 정도로 새빨간 피를 뒤집어쓴 것 같은 얼굴을 비추기도 하며 삽시간에 하늘은 어둠으로 변모한다. 아무리 생각해도 저녁노을은 나에겐 일종의 경고 같은 의미로밖에 해석되지 않는다. 실제로 그 역사를 대변하는 것이 모두 경험해 봤을 해 질 녘쯤이나 너무 어두워지기 전에 집으로 꼭 돌아오라는 부모나 조부모의 말이다. 그 해 질 녘의 아름다움에 넋 놓고 멋모르고 빠져들었다가 정신을 차렸을 땐, 칠흑 속에 갇혀버리는 불상사가 일어난다. 게다가 이런 황혼엔 교통사고가 잘 일어난다는 걸 직장 동료에게 들은 적이 있다. 원인은 시인성(눈에 쉽게 보이는 정도) 저하 때문이겠지만.

그래도, 내겐 저 노을의 기분 나쁠 정도로 불그스름한 빛이 알 수 없는 감정을 심어주는 비보단 낫다.

상념에 젖어있다가 잠이 들었는지, 눈을 떴을 땐 온통 어둠이었다. 낮술을 마셔서 그런지 누가 머리를 치는 것처럼 약한 두통과 현기증이 느껴졌다.

잠에 겨워 발바닥을 바닥에 끄는 모양새로 1층에 내려가서 졸고 있는 외할아버지 옆에 앉았다.

“토모루(燈琉), 일어났구나.”

할아버지는 내 인기척에 슬며시 눈을 뜨면서 잠겨있는 목소리로 말했다.

“많이 피곤하셔요?”

“온종일 자도 피곤한 날이 있고, 눈을 번쩍 뜨고 하루를 보내는 날도 있고. 노인이라고 몹쓸 몸이 제멋대로야.”

그런 할아버지의 말씀에 쓴웃음을 짓고 있는데 어머니가 옆에서 불쑥 튀어나왔다. 순간 너무 놀라서 온몸에 전율이 일어났다. 어머니는 이미 돌아가셨는데……. 다시 보니 어머니의 친동생인 미카코(未可子) 이모였다. 둘의 외모가 워낙 닮은 지라 순간 헷갈렸던 것 같다. 미카코 이모는 집안에서 늦둥이로 태어나서 어머니와는 나이 차이가 13살이나 난다. 그러니까 미카코 이모는 아직 40대다.

“토모루, 오랜만이네?”

양손 가득 식재료를 담은 봉투가 시야에 들어왔다. 그제야 깨달았다. 보통 저녁 시간엔 할아버지가 요리를 해주었는데, 오늘은 그 시간대가 넘었는데도 할아버지가 요리하고 있지 않다는 것을 말이다. 아마 미카코 이모가 할아버지에게 요리를 대접하겠다고 신신당부했을 것이다. 그렇지 않고서야 과거 요식업에 종사해 요리에 완강한 할아버지의 고집을 꺾기는 힘들 테니까.

"생각이 많아 보이네. 무슨 일 있니?"

갑자기 그렇게 묻는 미카코 이모를 보며 나는 고개를 저었다.

나는 원래 언제 상념에 잠겼는지 의식하지 못할 정도로 깊이 생각하는 습관이 있어서 전부터 비슷한 말을 자주 들었다.

식사 중 웬일로 평소에는 말이 없으시던 할아버지가 이상한 이야기를 꺼냈다. 그 이야기가 괴기스러운 심해 속까지 기어들어 갈 것을 미리 알아차렸다면 식사를 빠르게 끝마치고 자리에서 일어났을 것이다.

"토모루는 아직도 산을 무서워하니?"

"곧 서른인 애한테 갑자기 무슨 말씀이세요."

미카코 이모는 밥을 오물거리면서 웃었다. 이모의 웃음에 자연스레 멋쩍은 미소가 피어오르려 했으나, 왜인지 진지한 할아버지의 표정을 보자 그 감정이 차갑게 식어버렸다. 당황스러울 정도였다. 나를 뚫어져라 쳐다보는 것이 대답을 강요하는 것 같았다.

“아니요. 요즘은 돈이 더 무서워요. 무서운 걸로 치면 바다가 조금 더…….”

마음에도 없이 한 실없는 농담이었지만, 할아버지의 굳은 얼굴을 부드럽게 만들고 싶어서 내뱉은 말이었다. 진심을 얘기하자면 어느 정도 산에 대한 두려움이 있긴 하겠지만, 할아버지의 물음에 대한 솔직한 답을 한 것이다.

“나도 산보다 바다가 더 무섭더라.”

미카코 이모가 옆에서 웃으며 맞장구를 쳤지만, 할아버지의 표정은 풀리지 않았다. 이모는 나를 뚫어져라 쳐다보는 할아버지의 얼굴을 제대로 보지 못했을 것이다. 어딘가 사람을 불안하게 만드는 그 표정을 말이다. 그래서 그런 스스럼없는 웃음이 나왔겠지.

갑자기 할아버지가 젓가락을 탁자에 내려놓고는 한숨을 내쉬었다.

“산은 말이지. 때론 신묘한 느낌을 자아내지만, 막연히 두려운 대상으로 둔갑하기도 한단다. 예로부터 산엔 두려움을 불러일으키는 존재가 있다고 했지. 그건 요괴가 될 수도 있고, 생령이 될 수도 있으며 사람이 될 수도 있단다.”

할아버지의 알 수 없는 말을 들었더니, 꺼림칙한 기분과 함께 잊고 있었던 그 산괴의 존재가 떠올랐다. 도대체 왜 이런 말을 꺼내는지 나로서는 도저히 이해할 수 없었다.

"밥 먹는데 그런 이야기는 왜 하세요."

이모가 인상을 찌푸리며 말했다. 할아버지의 얼굴엔 복잡미묘한 감정이 떠올라있었다. 그건 누군가를 잃었을 때의 미안함과 두려움, 공허함이 한데 모인 듯한 표정이었다. 아버지와 어머니, 여동생의 죽음이 갑자기 생각났기 때문일 것이다. 예상은 했지만, 여태껏 초연한 듯 지내셨던 할아버지였기에 갑작스러운 그런 모습을 조금은 받아들이기 힘들었다.

"실은, 요즘 꿈자리가 뒤숭숭해. 어느 산을 오르는데 산길 옆 수풀에서 어떤 아이가 울고 있더구나. 그래서 다가가 보면 처음부터 사람 같은 건 없었다는 듯이 아무도 없어. 그리곤 반대편에서 다시 울음소리가 들려와. 또 똑같이 그 아이가 울고 있는데 조심히 다가가도 어김없이 사라져 버리곤 또 다른 쪽에서 울음소리가 들려온단다. 처음은 이런 기이한 꿈이었는데, 자꾸 반복해서 꾸다 보니 무언가 보이는 것 같아 무섭더구나."

순간 할아버지의 얼굴에 그림자가 꿈틀거리며 드리우는 것이 보였다.

"무언가?"

이모가 할아버지에게 물었다. 하지만 할아버지는 무서운 표정으로 오직 나만을 쳐다보며 말을 이어 나갔다.

"분명히 검은 형체지만, 그걸 뚫어지게 쳐다보면 기이하게도 얼굴이 보여. 물론 그 우는 아이를 말하는 게 아니란다. 우는 아이의 어깨에 손을 올리고 있는 검은 무언가. 그걸 자세히 쳐다보면 눈처럼 새하얀 피부에 노란 눈동자를 가진 미인의 얼굴이 보이지. 그런데 그 얼굴에는 표정이 없어. 말로 설명할 수 없을 만큼 수려한 외모를 가졌음에도 그 표정을 보면 어쩐지 섬찟해서 그녀가 입고 있는 옷에 시선을 두게 돼."

"그 여자는 무슨 옷을 입고 있던가요?"

이번엔 내가 할아버지에게 물었다. 아무리 생각해도 할아버지가 말하는 건, 20년 전에 내가 겪은, 아니, 보았던 것을 그대로 말하고 있는 것 같았다. 히메코와 산괴. 다만 조금 다른 점은 할아버지의 말씀과 다르게 히메코는 울고 있지 않았고, 노란 눈동자의 여자는 히메코의 어깨에 손을 올리고 있지도 않았다. 솔직히, 너무나 옛날 일이기 때문인지 모르겠지만 그 여자의 외모가 정말 예쁜 외모였는지도 잘 기억나질 않았다.

"그건…… 아마도 기모노였던 것 같은데…… 붉은색이었는지, 흰색이었는지 이상하게도 도통 갈피를 못 잡겠구나. 기이할 따름이야."

"울고 있는 아이는 여자아이였죠?"

이 질문을 던질 때, 내 모습이 어떻게 보였는지는 몰라도 미카코 이모와 할아버지가 적잖이 당황해하는 모습이 눈에 들어왔다.

"아, 아니야. 남자아이였어. 손으로 눈을 비비고 있어서 얼굴은 제대로 못 봤지만 남자아이였단다."

전혀 생각지도 못한 대답을 들어버려서 머리가 무언가에 꽉 막힌 듯한 기분이 들었다.

*그럼 히메코가 아니란 말이야?*

이렇게 되면 남자아이의 뒤에 서 있던 여성도 내가 보았던 산괴가 아니란 말이 돼버린다. 아니, 애초에 그 산을 고향에 있던 산으로 특정하고 할아버지의 이야기에 대입해 들은 것이 잘못이었다. 어리석은 생각이었다.

"왜? 짚이는 거라도 있니?"

이모가 궁금하다는 듯이 눈썹을 치켜올리면서 말했다. 이에 곧바로 '없다.'라고 답하자, 이모는 아쉬운 표정을 지었다.

"그런 꿈이 반복된다는 건, 나름의 이유가 있어서겠지만, 너희 둘 다 당분간 산을 피하는 것이 좋겠구나."

"아버지도 참. 별거 아닌 거 가지고 쓸데없는 소리를 하신다니까. 토모루. 그냥 잊어. 자주 이러시는 거 알잖아."

아무래도 미카코 이모는 할아버지가 이런 이야기를 부모님과 여동생이 죽고 난 이후로 처음 꺼냈다는 걸 모르는 것 같았다. 더군다나 난 할아버지처럼 괴이담과 미신에 관심이 많은지라 이모의 말이 뇌리에서 말소되기까지 걸린 시간은 불과 몇 초였다. 그 말은 즉, 걱정거리가 한 개 더 생겨났다는 이야기였다. 이사 가는 길에 신사에 들러 부적을 사야겠다는 자조적인 생각이 들었다.

그 후로도 할아버지는 이야기 신이 들린 것처럼 고향에서 있었던 일이나 지인 이야기, 잡다한 상식 등을 이야기했다. 물론 듣기 편안한 추억 이야기가 대부분이라 미카코 이모도, 나도 온화해진 할아버지를 바라보며 편한 마음으로 웃을 수 있었다. 게다가, 한 번이라도 말실수로 나올 법한 우리 가족에 관한 이야기는 조금도 하지 않았다. 마치, 아무런 일도 없었던 것 같았다. 처음부터 내 가족은 외할아버지와 미카코 이모뿐이었던 것 같았다. 근 몇 년간 계속 그렇게 치부하는 듯한 느낌이 들었다. 할아버지는 자신이 그런 걸 알까?

3

역시나 비가 내렸다.

이곳, 가와나에쵸에 도착하기까지 긴 시간이 걸렸음에도 불구하고 비는 그칠 생각이 없어 보였다. 시간이 지날수록 잠잠해지기는커녕 장대가 되어 빗발쳤다. 물론 중간에 잠깐씩 그쳤을 수도 있다. 그런 걸 몰랐다면 수시로 졸았던 내 불찰이다.

마을을 마주한 건, 올해 봄의 초입에 집을 계약하고 이번이 두 번째였다. 첫 대면을 했을 때, 아이치현(愛知県)의 미노미카와고원(美濃三河高原) 위에 자리해 고즈넉한 분위기를 뿜는 도에 이쵸(東栄町)와 상당히 비슷한 느낌이었기 때문에 마음에 들었다. 하지만 이번엔 상당히 낙담했다. 도대체 마을에 무슨 일이 있었던 건가 싶을 정도로 을씨년스러웠기 때문이었다. 실제로는 전혀 바뀐 게 없었다. 모든 건, 비 때문이었다. 삼면이 산으로 둘러싸여 있고 근처 마을에 비해 고도가 높은 편이라 은근히 추운 데다가 바람도 많이 분다.

비바람이 우산을 잡고 마구 흔들었다. 비 특유의 비릿한 냄새가 코 주변으로 올라왔다. 인상을 찌푸리면서 주변을 둘러보았다. 보일 리가 없겠지만, 고향 마을이나 그 주변을 찾아보려 저 멀리 솟은 산맥을 바라보았다.

나도 모르게 우산 바깥으로 손을 내밀었다. 그 순간, 빗물이 극도로 따갑게 느껴졌다. 날카로운 송곳에 찔린 느낌이었다. 그런 고통에도 손을 도로 집어넣을 수가 없었다. 무언가에 홀린 것처럼 더 길게…… 길게…… 길게…… 속으론 안 된다고 외치면서도 길게…… 팔을 뻗었다. 고통에 몸부림쳤다. 아니다. 고통을 느끼기만 했을 뿐, 몸이 전혀 말을 듣질 않았다.

팔에 작은 구멍 여러 개가 연신 뚫린다. 뚫린 구멍 속에서 검붉은 피가 흘러나온다. 비는 날카로운 흉기가 되어 내 오른팔을 난도질했다. 내 팔은 도저히 인상을 찌푸리지 않고는 바라볼 수 없을 정도로 그로테스크한 팔로 변해버렸다. 그 무시무시한 광경이 눈 속 영사기로 재생되고 있었다.

*팔을 도로 넣어야 해.*

문득 정신이 들었다. 환각이었는지 상상이었는지 내 오른팔은 단지 축축하게 젖어있기만 할 뿐, 아무렇지도 않았다. 방금까지만 해도 아파서 죽어버릴 것만 같았는데, 지금은 전혀 통증이 없다. 그냥 비를 맞아서 찝찝하단 생각만이 들 뿐이었다. 다음 순간, 나는 뭔가 이상함을 깨달았다. 분명히 차고와 돌계단 앞에 있었는데 어느샌가 다른 집 앞에 와있는 것이었다. 다행히도 이사 온 집과는 가까운 곳이었다. 나는 빗물에 물든 팔을 털면서 집 앞으로 돌아왔다.

전처럼 4인 가구가 살기엔 턱없이 협소할지 모른다. 하지만 지금은 성인 한 명이니, 충분하다. 아니, 오히려 더 넓게 사용할 수 있을 것 같다.

돌계단을 올라 집 안으로 들어갔다. 현관에서 신발을 벗고, 아까 복도 위에 미리 올려두었던 골판지 상자를 들고 2층으로 올라갔다. 계단을 오르며 생각했다. 그저께 확인한 일기예보에선 그리 심한 비가 오지 않을 것이라 했는데…… 말도 안 되는 세기의 비가 내리고 있다. 하지만 별다른 수가 없었다. 짐을 옮기는 것을 내일로 미루고 싶었지만, 이사업체도 이틀 뒤에는 다른 예약이 잡혀있다고 했으니 말이다.

2층엔 대략 서쪽으로 4미터쯤 되는 짧은 복도와 두 개의 방이 있었다. 하나면 충분할 텐데, 아무래도 가장 끝 쪽에 있는 방은 손님방으로 써야 할 것 같다.

계단을 오르자마자 마주하는 방에 들어가서 골판지 상자를 바닥에 내려놓았다. 다다미 바닥은 아니었다. 간단한 블록 몇 개를 결합해 놓은 것 같은, 흡사 벽돌담을 바닥에 눕힌 것 같은 모양으로 타일이 있었다. 서양식 방이었다. 아무것도 없는 공간 가운데에 서서 창문을 바라보았다. 창문은 남향 창문으로 방에 박혀 있는 시간이 대부분인, 작가들에겐 더할 나위 없이 좋은 조건을 갖춘 창문이었다.

비가 약해졌다. 곧 있으면 이삿짐을 실은 트럭이 올 것이다. 비가 조금만 더 약해지길 바라면서 땅바닥에 앉아 상자를 열었다. 이 골판지 상자만은 젖지 않길 원해서 따로 가져왔다. 상자 안엔 개인적인 애정이 담긴 서적 몇 권과 가족사진이 담긴 소형 액자, 항상 방 안에 두었던 부적, 원고지 100매, 그리고…… 작은 금속 방울이 있었다.

20년 전, 히메코에게 받은 방울이었다. 새끼줄의 끝부분에 묶여있는 다섯 개의 작은 방울. 여전히 깨끗했다. 그 새끼줄을 살짝 흔들어 보았다.

***짤랑, 짤랑…… 짤랑, 짤랑……***

맑고 경쾌한 소리가 자그마한 구체 속에서 흘러나와 방 전체로 울려 퍼졌다. 방울 소리와 창문을 두드리는 빗소리가 서로 맞물려 특이한 음색을 한 올 한 올 꺼내 보였다. 그 소리에 집중하고 있는데 갑자기 1층에서 쿵 하는 큰 소리가 들렸다. 깜짝 놀라 어깨를 들썩였다.

조심히 방문을 열고 계단 근처로 가자, 현관에 한 남성이 서 있는 게 보였다. 그리고 그의 발치엔 골판지 상자가 놓여있었다. 순간, 남성의 모습이 불과 몇 분 전의 나와 겹쳐 보이는 기현상이 일었다. 그러나 그는 평범한 이사업체 직원이었다.

"계셨군요?"

남성의 뒤에서 또 다른 남성들 여럿의 목소리가 들렸다. 직원은 총 네 명인 것 같았다.

우린 분주하게 이삿짐을 집안 이곳저곳에 들여놓았다. 냉장고나 장롱, 책장처럼 큰 물건은 바로바로 지정된 위치에 놓았다. 책장을 2층에 있는 방 안에 배치하기로 했던지라 실제로 그것을 2층으로 옮길 때, 대단한 고역이었다. 집 앞에 돌계단이 있기도 하니, 직원분들도 나도 이삿짐을 모두 집안으로 들이고 나서는 툭 치면 쓰러질 것 같은 표정을 띠며 힘들어했다.

이삿짐을 전부 들인 시각이 저녁 8시였다. 직원들은 2층의 이삿짐을 같이 정리해 주겠다고 했지만, 그렇게 많은 편은 아니라서 이삿짐 정리는 나와 직원 한 명이 차근차근하면 된다고 했다. 나머지 직원들에겐 비 덕에 구정물로 도배된 바닥 청소만을 부탁했다. 물론 바닥 청소 또한 원래는 서비스에 포함되는 것이었다.

아직 이곳저곳에 널브러진 골판지 상자가 눈에 띄었지만, 구정물로 도배가 되었던 바닥은 완전히 깨끗해져 가는 것이 보여서 마음이 편해졌다.

"작가 일을 하신다고……."

2층 방 안에서 '책들(조금 젖어도 됨)'이라 적힌 상자를 야마기시(山岸)라는 성을 가진 직원과 함께 열기 시작했을 즈음, 그가 건넨 말이었다.

"아직 아마추어긴 합니다만, 노력해야겠죠."

나는 그렇게 말하며 쓴웃음을 지어 보였다. 아무 저서도 출판하지 않았는데 작가 일을 한다고 떠벌리는 건, 무책임하다는 생각이 들었다.

"아마추어라도 멋진 일을 하고 계시잖아요. 이 책들은 어디에 넣으면 될까요. 에도가와 란포 시리즈."

"감사합니다. 그건…… 역시 맨 오른쪽이 좋을까요?"

나도 모르게 의문형으로 말미를 장식해 버렸다. 그는 당황할 법도 한데 아무렇지 않은 듯, 에도가와 란포 시리즈를 책장 오른쪽으로 단숨에 집어넣었다. 키는 그리 크지 않지만, 선한 인상이 눈에 띄는 사람이었다.

"그런데 요시노(吉野)씨는 언제부터 책을 좋아하게 된 거예요? 저 상자가 전부 다 책이라니. 믿기질 않네요."

"아마 고등학교 때부터였을 겁니다. 역시나 너무 과하죠?"

"아뇨. 대단하단 생각이 들어서 하는 말이에요. 배울 점이 많아요. 오히려 본받고 싶죠. 이렇게 책을 많이 읽는 거."

야마기시는 빠른 속도로 빈 책장을 채워나가면서 말을 이어갔다.

"책을 읽는다는 거, 일종의 공부 같은 느낌이잖아요. 좋아하는 사람은 좋아하고 싫어하는 사람은 또 고질적으로 싫어하는 그런 거 말이에요. 아닌가요?"

"네, 뭐…… 그럴 수도 있겠네요……."

"그러고 보니 여기 있는 책의 8할이 전부 미스터리 소설이네요. 무서운 것도 조금 있고…… 아직 다 꺼내진 않았지만."

"네. 아무래도 그런 종류만 골라서 출판하는 출판사에서 편집자로 일했기 때문인 거 같아요."

"아! 그런 거였군요? 많이 들었어요."

처음엔 몰랐는데 갑자기 그가 흥분한 듯 오사카 사투리가 튀어나왔다.

"많이 들으셨다는 건 어떤……?"

"편집자로 일하다가 소설가로 전향하는 거요. 대부분이 그렇지 않나요?"

"아닌 사람도 많을 겁니다만, 아무래도 편집자라는 직업이 글을 읽고 쓰는 게 일상화가 되어있어서 영감도 자주 얻을 테고, 작가만큼 잘 맞는 직업도 없으리란 생각이 듭니다. 둘의 관계가 워낙 깊다 보니 편집자에서 소설가로서의 전직은 흔한 일이 될 수밖에 없었을 겁니다."

"그렇군요. 일에 관해서 질문 좀 해도 되나요?"

그 말을 듣고 잠시 고민에 빠졌다. 야마기시에겐 찰나의 순간이었겠지만, 이쪽은 수많은 생각이 울력한 장시의 늪에 빠져버린 듯한 기분이었다. 아니, 그건 야마기시의 질문 때문이 아니었다. 손에 들었던 책에서 묵직한 무언가를 느낌과 동시에 바닥으로 무언가가 떨어졌다. 그리고 **그것**을 보았다.

"요시노 씨?"

***그건……***

"요시노 씨?"

***이건……***

"왜 그러십니까?"

***눈앞에 있는 건……***

"괜찮으세요?"

***히메코네 불단에서 보았던…… 작은 여우 조각이었다.***

"요시노 씨?"

야마기시가 어깨를 툭툭 쳐준 덕분에 간신히 정신을 차렸다.

"네? 아, 죄송합니다. 제가 잠깐……."

"갑자기 무섭게 왜 그러십니까. 괜찮습니까?"

그는 웃으면서 다시 상자 안으로 손을 집어넣어 책 여러 권을 꺼냈다.

"세설이랑 긴다이치 코스케 시리즈네요. 이건 어디에 넣을까요?"

"란포 아래에 넣어주세요."

이게 왜 책 속에 있는 걸까? 아무리 나를 힐문해도 질문에 해당하는 답을 찾을 수 없었다. 애초에 난 나를 이해할 수가 없었다. 그 조각을 누구에게도 보이면 안 된다는 듯이 재빠르게 주머니에 넣었으니까. **누가 보면 큰일 날 물건인 것처럼.**

"비가 많이 오네요. 이래서는 다음 이사에도 차질이 생길 텐데……."

창문을 바라보니 어둠에 갇혀 잘 보이진 않았음에도 살인적으로 창을 두드리는 소리가 들려서 억센 비가 휘몰아친다는 걸 바로 알 수 있었다.

"그래도 좋으시겠어요. 비 오는 날에 이사하면 좋다는 이야기가 있잖아요."

야마기시는 비어있는 마지막 책장 구멍에 장정본을 조심히 끼워 넣었다.

"하지만 개인적으로 비를 싫어해서요."

"좋아하는 사람도 별로 없을 겁니다. 저 끈적하고 찝찝하고 습한 걸 좋아하는 사람이 많아 봐야 몇 있겠나요? 하하, 요시노 씨는 비를 싫어하는 특별한 이유가 있습니까?"

그의 물음에 한동안 침묵했다. 이상함을 느낀 그가 책을 넣다 말고 뒤를 돌아 나를 뚫어지게 쳐다볼 때까지도 나는 입을 꾹 다물었다. 겨우 내가 입을 열기 시작했던 건 그의 발바닥이 땅에서 떨어졌을 때였다.

"가끔…… 비가 무서운 존재처럼 느껴집니다."

"무서운 존재?"

야마기시는 흥미로운 듯 눈썹을 치켜올리면서 되물었다. 아닌 게 아니라 내 이야기가 진짜 궁금하다는 듯이 내 앞에 앉았다.

"저도 왜인지는 모르겠어요. 그냥 그렇게 느껴집니다."

그는 곰곰이 생각하다가 "어쩌면 체질인 걸지도 몰라요."라며 운을 뗐다.

"몸이 반응하는 거죠. 본능적으로 말이에요. 그런데 그렇기 위해선 보통 어떤 기억이 필요한 경우가 다반사입니다. 어떠한 기억도 없이 막연히 무언가를 무서워하기란 힘든 법이니까요. 실례되는 질문일지 모르지만, 비에 대한 안 좋은 기억이 있나요?"

그 질문에 선뜻 입을 뗄 수 없었다. 아마 기억의 늪에 빠져있었기 때문이리라. 아니다. 나는 확실히 기억하고 있다. 기억을 더듬을 필요도 없이 생각났다. 비는 내 가족을 죽음으로 몰아넣었으니까.

사고가 일어났던 8년 전 (사고 당시를 목격했던 목격자의 말을 빌려) 당시 어머니, 아버지, 고교생이던 여동생은 피크닉을 즐기고 돌아오던 길이었다. 그런데 불행히도 양옆이 산으로 둘러싸인 국도를 달리던 차는 폭우 때문에 미끄러져 가드레일을 박았다. 이때까지만 해도 가족은 멀쩡히 살아있었다고 한다. 실제로 차 안에서 움직이고 있는 가족을 보았다고 말했으니. 목격자가 차로 다가가려 한 순간, 정말 말도 안 되는 일이 벌어졌다. 차가 멈춰있는 곳, 바로 옆에 자리한 산의 중턱에서 폭우로 인해 산사태가 일어나 엄청난 양의 흙과 바윗돌이 차 위로 떨어진 것이다. 목격자의 말에 따르면 순식간에 차가 없어져 버렸다고 했다. 흙과 돌, 나무 속으로 말이다.

훗날 경찰들이 내게 이야기해 주길, 완전히 집어삼켜진 차 안엔 이곳저곳 긁힌 자국이 있었다고 한다. 추측하건대 그건 여동생의 손톱자국일 것 같다고 했다. 추측이 아니었다. 당연한 말이었다. 여동생의 시신에서 손톱이 없는 손가락의 개수만 무려 네 개였으니까. 어머니와 아버지는 목뼈가 골절되어 즉사했고, 여동생은 폐가 눌려 질식사했다.

"아니요. 딱히 없습니다만."

난 야마기시에게 그렇게 말했다. 실제로 내가 가끔 느끼는 비에 대한 공포는 이 사고 때문이 아니란 걸 나도 잘 알고 있었다. 그건 원인을 알 수 없는 두려움이었다. 신에 대한 경외심에서 오직 두려움이란 감정만을 빼내어 온전히 그것만을 느끼는 것이라고 말하고 싶었다. 비가 오면 차가 미끄러질 수 있다는 사실은 모두가 알고 있다. 그리고 그걸 염두에 두는 건 당연한 일이다. 그런데도 비를 무서워하는 사람은 없다. 만약 비에 의해 사고가 일어났다면 비를 무서워하기보다 사고 현장을 무서워하고, 누군가가 다치고 죽는 것을 보며 나도 그렇게 될까 두려워하고, 사고 피해자의 가족이라면 비라도 오지 않았더라면 이라고 말하며 비를 원망하고 미워한다는 표현이 훨씬 들어맞지 않겠는가. 그러나 내겐 비를 무서워하는 알 수 없는 감정이 몸 전체에 서려 있다. 그건 극복할 수 없이 뼛속까지 새겨져 있는 듯한 느낌이다.

"이상하네요. 보통은 그런 게 있기 마련인데 말이죠. 비가 무섭다라……. 실은 제가 비를 무섭다고 느끼는 사람은 처음 만나보거든요. 혹시 비가 내리면 주변이 어둑어둑해지고 특유의 음산한 기운이 감돌아서 그런 게 아닐까요?"

야마기시는 이 대화를 즐기고 있는 게 확실했다. 웃으면서 말하고 있는 그의 선한 안면을 보면 그 누구라도 대강 알아차리거나 그런 느낌을 받았을 것이다. 나는 잠시 생각하는 척을 하다가 고개를 휘저으며 '모르겠어요.'라고 힘없는 목소리로 말했다. 비가 무섭다는 감정이 들 때도 정말 가끔일 뿐이고, 요즘은 비를 맞아도 별로 질색하지 않는다. 괜한 이야기를 꺼낸 것 같다는 생각이 들었다. 나조차도 모르는 사이에 비를 무서워해야만 하는 사람으로 변모했던 것 같아 겸연쩍은 기분이 들었다. 나는 비를 무서워하지 않는다. 야마기시와 대화를 이어 나가고 있는 지금도…… 이 조용한 가와나에쵸에서 글을 쓰며 삶을 영위할 앞으로도…… 무언가에 대한 걱정과 스트레스 때문에 일련의 해소법으로 그런 이상한 감정이 자연스럽게 들었을 것이다. 분명히 그런 것이다.

나는 나를 다독이면서 야마기시와의 대화를 얼른 끝내고 1층으로 내려갔다. 계단 한 칸 한 칸을 내려갈 때마다 허벅지에서 여우 조각의 모양이 세세하게 느껴진다. 역시나 그 여우 조각을 마주한 건, 꿈이나 환각이 아니었나 보다.

1층으로 내려왔을 때, 보인 건 물질을 한 건지 광이 나는 복도였다. 비 오는 날에 물질은 물비린내 때문에 그다지 내키지 않았다. 그러나 곧 마른걸레로 바닥을 다시 닦는 직원들의 모습을 보곤 괜한 걱정을 했다는 생각이 들었다.

"감사합니다."

밤 10시가 되어서야 웬만한 작업이 끝났다. 실은 내가 지금 당장 쉬지 않으면 안 될 것 같아서 그들을 돌려보내려는 것이었다.

"아닙니다. 오히려 저희가 감사해야 할 따름이죠. 정말 괜찮으시겠어요?"

"이제 남은 짐도 거의 없고, 생각보다 빨리 끝내주셔서 남은 건 저 혼자로도 충분할 것 같습니다. 수고하셨어요. 아, 잠시만요."

나는 우산도 챙기지 않고 곧장 차고로 달려 나갔다. 이유는 간단히 직원들에게 마실 거리를 대접하고 싶었기 때문이었다. 장시간 트렁크에 놓아서 시원함이 덜할지도 모르지만. 다행히 비는 거의 그친 수준이었다. 직원들에게 음료를 건네고 나서 다시 집 안으로 들어왔다.

적막함이 이 넓은 공간을 전부 차지해 버려서 오로지 내가 서 있는 곳만이 내 집인 것처럼 느껴졌다. 그러고 보니 아직 저녁을 먹지 않았다. 허기를 느끼지 않아서인지 완전히 잊고 있었다. 저녁을 어떻게 먹을지 고민하면서 발걸음을 옮겼다. 집안 곳곳을 둘러보며 차근차근 생각했다.

욕실, 화장실, 거실, 주방 등을 가까운 순서대로 둘러보면서 적당한 한 끼를 생각하던 도중, 문득 기묘한 감각을 느꼈다. 이 집 안에서 인기척이 느껴졌다. 누군가가 나를 훔쳐보는 것 같은 감각에 사로잡혀서 나도 모르게 주위를 경계하게 되었다. 하지만 그런 경계심이 무색하게도 이 집 안엔 나뿐이라는 것이 금방 확인되었다.

그러다 부엌의 창문을 열어보려던 순간, 나는 소스라치게 놀랐다. 내 오른팔에 오돌토돌한 두드러기가 올라와 있었기 때문이었다. 창문에 손을 뻗은 순간, 그것을 봐버린 것이다. 더군다나 그 광경이 한참 전에 보았던 환각과 기이하리만큼 비슷해 보여서 삽시간에 꺼림칙함에 물들어버렸다.

간지럽다는 느낌은 들지 않았다. 이런 두드러기도 찬물 샤워를 하면 금방 가라앉는다. 그 길로 욕실에서 찬물 샤워를 하고 나니 점점 가라앉는 것이 보였다. 기분 탓이었더라도 두드러기가 나는 경우가 자주 있어서 그리 큰 걱정거리가 되진 않았다. 이쯤 되자 시간이 많이 지나버려 결국 저녁 식사를 포기하고 내

방으로 발걸음을 옮겼다. 원래 쓰던 침대는 이곳에 오기 전에 미리 처분했다. 너무 낡아서 삐걱대는 소리가 신경에 거슬렸기 때문이다. 다시 침대를 주문하기 전까진 바닥에 이부자리를 따로 만들어 자야 했다. 바닥에서 자면 불편하겠지만, 시원하다는 점도 있으니 괜찮을 거라며 자기 합리화를 하며 잠자리에 들었다.

누워서 눈을 감고 나를 둘러싼 침묵에 귀를 기울였다. 침묵은 나를 더욱더 깊은 침묵 속으로 이끌었다. 방문 밖에 해괴한 것들이 서 있다고 해도 이 침묵을 이기진 못할 것이다. 밖에서 들려오는 듯한 소곤거림은 아마 몸이 허해진 탓일 것이다.

## 4

가와나에쵸로 이사를 온 지 어느덧 일주일째가 되었다. 새벽부터 다시 내리던 비의 굵다란 빗줄기가 아침 8시경에 서서히 얇아지더니 이내 그쳐서 식료품을 사러 외출하기로 했다. 그러다 우연히 그녀를 만나게 되었다.

"이사 오셨나 봐요?"

현관문을 나서 돌계단을 내려가고 있을 즈음이었다. 바로 앞집에서 한 여성이 나오더니 내게 말을 건넸다.

"네, 안녕하세요. 요시노 토모루라고 합니다."

천천히 여성에게 다가가면서 말했다. 앞집도 내 집과 비슷한 2층짜리 독립주택이었다. 굳이 다른 점을 꼽자면 돌계단의 존재 여부였다.

내 대답에 왜인지 여성은 고개를 갸우뚱했다. 가까이서 보니 여성은 연예인 못지않게 빼어난 미모를 지니고 있었다. 거기에 더해 약한 컬이 들어간 긴 머리칼 덕분에 어쩐지 우아한 분위기까지 자아내고 있었다. 그런데 어딘가 익숙했다. 익숙하다고 느낀 건 이 상황이 아니라, 그녀의 얼굴이었다. 하지만 도통 어디서 그녈 보았는지 생각나질 않았다.

"요시노 토모루? 고요메 출신?"

여성이 가냘픈 목소리로 익숙한 단어를 내뱉자, 사고가 멈춘 듯이 머릿속이 돌덩이로 변모해 버렸다. 어떻게 출신지를 알고 있는지보다, 이 여성이 도대체 누구인가에 대한 궁금증이 몇 곱절은 더 컸던 때문일까. 나는 자연스럽게 "누구세요?"라고 물었다.

"정말이야? 토모루 맞구나? 나야, 아사미!"

"가네코 아사미(我如古朝美)?"

믿을 수 없게도 내 눈앞의 여성은 고향 마을 친구 가네코 아사미였다. 예전과는 몰라볼 정도로 얼굴이 달라졌다. 자신이 아사미라 말하지 않았더라면 아마 난 그녀의 정체를 끝까지 몰랐을 것이다.

"오랜만에 이런 곳에서 다시 보니까 반갑기도 하지만 좀 어색하다. 그렇지?"

아사미는 어딘가 부끄러운 듯한 기색을 보였다. 아사미의 얼굴을 봤더니 갑자기 묻고 싶은 게 많아졌다. 그동안 어떻게 살았는지, 왜 연락이 끊기게 되었는지, 무슨 일하고 있는지 등등을 말이다. 오랜만에 만난 상대가 어린 시절 소꿉친구라면 궁금증이 솟구치는 건 당연하다. 오래전에 연락이 끊겼던 사이라 더욱더 그랬다.

"출근하는 길이야?"

쏟아내고 싶은 질문들을 목구멍에서 도로 삼키며 아사미에게 물었다. 그녀는 작은 핸드백을 들고 있었다.

"아니야, 잠깐 서점에 가려고."

"서점? 이 근방에 서점이 있어?"

"근처에 헌책방이 있긴 한데 시내로 나가는 길이야. 이 동네에는 사람이 많지 않아서 대형 서점 같은 건 꿈도 못 꾸거든. 너는?"

"난 잠깐 마트에 가려고."

"그래? 시간 있으면…… 나랑 서점이라도 같이 갈래?"

당황스러운 제안이었다. 하지만 나는 그 제안에 동의했다. 나도 모르게 말이다. 내가 책이라면 사족을 못 써서일까 아니면 오랜만에 만난 고향 친구와 대화를 나누고 싶었기 때문일까. 어느 쪽이든 내겐 좋을 수밖에 없는 일이었다. 나는 아시마와 함께 내 경차가 있는 곳으로 이동했다. 동네 교통편이 좋지 않아서 큰마음 먹고 산 것이었다.

차에 시동을 걸고 출발하려는데 거짓말처럼 다시 비가 쏟아지기 시작했다. 침전물 쌓이듯 창 위로 쌓여가는 빗물 덩어리들을 보고 있으니 내 기분도 차츰차츰 바닥에 내려앉는 것 같았다. 우중충했던 하늘에서 언젠가 비가 또다시 내릴 것이란 걸 직감하고 있었지만, 실제로 다시금 비를 마주하는 상황이 도래하니 별안간 기분이 나빠질 수밖에 없었다.

"비가 많이 오네. 우리 어렸을 때도 이렇게 비가 많이 왔었던가?"

"고요메에선 별 기억이 없어. 눈이 많이 왔는지도 비가 많이 왔는지도 잘 기억나질 않아."

이쪽과는 반대로 아사미쪽은 고요메를 잘 기억하지 못하는 눈치였다. 하지만 난 알 수 있었다. 그녀가 고요메를 잘 기억하고 있다는 것을. 아사미는 잊고 싶은 것이다. 고요메에서의 기억을.

"가와나에는 매년 강수량이 높은 편이야. 눈도 꽤 많이 오고."

"이곳에 온 지는 몇 년 된 거야?"

"4년 됐어."

"꽤 오래 살았구나. 일부러 고요메촌이 근처로 온 거야?"

"응."

아사미는 별 관심이 없는지 턱을 괴고 창밖을 바라볼 뿐이었다. 어렸을 때 보았는데 이렇게나 크게 바뀐 모습을 보는 게 여전히 적응되지 않았다.

"토모루, 너는 무슨 일로 이 마을에 오게 된 거야?"

빗물이 맺힌 창을 바라보던 아사미는 갑자기 고개를 돌렸다.

"조용한 곳이 필요했거든."

"규슈도 조용한 편 아니야?"

"기억하고 있었구나? 내가 규슈로 갔다는 거."

"응. 기억하고 있었어."

그렇다면 아사미가 고요메촌을 잘 기억하지 못한다는 말은 역시 거짓일 수밖에 없다.

"규슈도 조용하지. 하지만 도심에 살아서 그다지 조용한 편은 아니었어."

"그럼, 규슈의 시골로 가면 되잖아? 이런 먼 곳까지……."

"나는 그냥…… 나라현의 조용함이 그리웠어."

"뭐 그런 이유로……."

아사미는 그렇게 말하면서 살며시 웃어 보였다.

"그럼, 직장은?"

"이젠 완전히 집에서만 일하는 전업 작가야. 그러니까 어느 곳으로 이사를 하든 상관이 없지."

"작가? 의외네. 내 기억엔 토모루가 분명 책을 싫어했던 거 같은데 말이지. 그러면 책도 많이 읽겠네? 나도 요즘 부쩍 책에 관심이 커졌어."

들어보니 약 3개월 전부터 책을 읽는 취미가 생겼다고 했다.

그걸 대변하듯 책과 연관성이 깊은 직업을 이야기하니 좋아하는 장난감을 마주하고 신난 아이처럼 웃으면서 질문을 해댔다. 그동안 읽은 책 중 가장 인상 깊었던 책을 묻는가 하면 재미없었던 책을 묻기도 하고, 해외 작품은 또 어떤지, 우상의 위치에 있는 작가가 누군지, 자신이 읽었던 책을 읽어보았는지 등의 질문을 쉴 새 없이 쏟아냈다. 물론 난 이런 종류의 이야기를 좋아하는 터라 그녀의 질문에 별 부담 같은 건 없었다.

"문학부를 졸업한 거야?"

"응, 맞아. 아사미는?"

"난 민속학부. 특이하지?"

"민속학?"

아사미가 그랬던 것처럼 나 또한 의외였다. 그보다 '안 어울린다.'라는 표현이 더 정확할까? 하지만 그것도 잠시, 아사미가 민속학을 배웠다는 것에 상당한 흥미를 느꼈다. 괴담을 좋아하는 나로서는 아사미와의 대화가 큰 도움이 될 것 같은 생각이 들었다.

"응, 고등학생 때부터 그런 거에 관심이 생겼거든."

"고등학생 때부터면 꽤 오래됐는데? 이유가 뭐야?"

"아무래도 그렇지. 관심이 생긴 이유는……."

아사미는 말끝을 흐렸다. 이윽고 다시 창가로 고개를 돌리고는 입을 꾹 닫아버렸다. 그녀의 이상 행동을 보곤 의아함을 느꼈지만, 나 또한 더 묻고 싶은 생각이 들지 않았다. 서로 약속한 것처럼 말이다.

이윽고 차 내부는 적막함에 물들었다. 정확히 말하자면, 무서운 빗소리만이 귓전으로 울려 퍼질 뿐이었다. 비바람에 흔들리는 와이퍼가 좌우로 연신 움직이며 시야를 밝혀줬다. 바깥으로 보이는 풍경은 온통 회색빛이었다. 맑고 쾌활한 하늘처럼 생명력이 느껴지는 푸른색이 아닌, 어두컴컴한 망망대해의 까마득한 푸르름과 새벽안개의 회색빛이 눈앞에 깔려있었다.

아사미는 길을 알려줄 때만 잠시 입을 열뿐이었고 그런 일방적 소통이 바뀌는 건 시내에 있는 서점에 도착할 때까지 일어나지 않았다.

서점에 발을 들였을 때부턴, 책에 관해서 짧은 대화를 주고받았고 진정한 대화의 장이 펼쳐진 건, 서점 옆에 놓인 카페에 들어갔을 무렵부터였다.

“실은 나조차도 내가 왜 민속학에 관심을 가지게 되었는지 명확하게 말하지 못하겠어.”

아사미는 그렇게 말하며 근심 가득한 표정을 지었다. 거짓말이다. 그녀는 거짓을 말했다. 그녀가 거짓을 말하고 있다는걸, 어떤 노력을 들이지 않아도 단번에 알아차릴 수 있었다. 분명히 무언가를 숨기는 듯한 기색이 역력했다.

“그 이야기는 더 안 해도 돼. 그런데 나…… 부탁 좀 해도 될까? 어떤 정보를 좀 알아봐 줬으면 좋겠어.”

"어떤 정보? 얘기해 봐. 잘 될진 모르겠지만 한 번 알아볼게."

"고향 마을에 관해서 알고 싶은 게 있어."

"고요메? 거긴 갑자기 왜?"

고향 마을의 이름을 말하는 그녀의 눈동자가 심히 흔들리는 듯 보였다.

"마을이 폐촌이 되었다는 거, 알고 있지?"

"응. 그건 알고 있었어."

"왜 폐촌이 되었는지 알아?"

내 물음에 아사미는 고개를 내저었다.

"헤이세이 11년의 마지막 달, 정부에서 마을을 수몰시키고 댐을 건설하려 했었대. 그 소식을 들은 마을 주민들은 전부 마을을 떠났지. 그런데 댐 건설 계획이 헤이세이 12년에 들어서 갑작스럽게 전면 취소되었어. 그런 거 몰랐지?"

"응. 댐 건설 계획이 있었다는 거, 처음 들어."

"그런데 정말 이상한 건 말이지. 댐 건설 계획이 취소되고 나서도 무슨 일인지 마을 주민들이 다시 마을로 돌아오지 않더라는 거야. 한 명도 빠짐없이 전부 다."

"그건 이미 다른 집에서 살고 있었기 때문이거나 다시 돌아올 필요를 느끼지 못해서가 아닐까?"

"물론 그런 사람들도 있었겠지. 아무리 그렇다 하더라도 단 한 가족도 돌아오지 않는 건 이상하지 않아? 들은 바로는 수몰지구 주민에 대한 지원금도 그리 큰 편이 아니었지만, 정부와의 마찰 없이 순조롭게 계획이 진행되었다고 해. 한 마디로 마을 주민들은 원래부터 마을을 떠나고 싶어 했고, 충분한 지원금을 받지 않았음에도 떠나야만 했던 어떤 특별한 이유가 있었던 것 같아."

"글쎄, 그렇다고 볼 수도 있지만, 워낙 쇠락한 마을이다 보니 떠나고 싶은 마음이 들었던 건 당연하지 않았을까? 그런데 듣고 보니 댐 건설이 어떤 이유로 취소되었는지 궁금해지네. 그걸 알아봐달라는 거야?"

"알아봐 준다면 고맙지. 하지만 그보다 더 궁금한 게 있어. 내가 알고 싶은 건 고향 마을에서 내려오던 이야기에 관해서야."

"어떤 이야기?"

"어르신들이 자주 이야기하던 산괴 이야기."

"그런 거야 내가 조사해 볼 수 있겠네. 그런데 그 이야기는 갑자기 왜?"

아사미는 눈을 동그랗게 뜨면서 얼굴을 들이밀었다. 아사미에겐 재미없는 대답이었을지도 모르지만 난 '그냥 궁금했던 이야기였어.'라고 답했다. 할아버지의 꿈에 나왔던 무언가가 마음에 걸렸기 때문일까. 히메코의 여우 조각이 발견된 순간부터 나는 이 모든 일이 어쩐지 고향 마을과 관련이 있을 것이란 생각이 들었다.

어느 정도 인파가 북적이는 점심시간이 되어서야 우린 밖으로 나왔다. 가와나에로 돌아가며 또다시 이런저런 이야기가 오고 갔다. 특히 민속학에 꽤 조예가 깊은 아사미의 이야기가 괴이담을 좋아하는 나로선 흥미진진했다.

산간지방에 전해져 내려오는 뱀 신 이야기로 시작해 패주 무사의 곁을 지키는 다섯 스님에 관한 전승까지 한 번도 들어본 적 없는 이야기가 아사미의 입에선 술술 흘러나왔다. 그녀의 이야기에 빠져있었던 지라 실제로 장대비가 내리고 있었음에도 거슬리지 않았을 정도였다. 그리고 아사미의 이야기가 끝났을 무렵, 다시금 적요가 찾아왔다.

창문을 툭툭 때리는 빗소리에 고막이 젖어 들어갔다.

갑작스럽게 오른팔에 물이 튄 듯한 느낌이 들었다. 오른팔을 보았을 땐, 창문에 달라붙은 빗방울의 동그란 모양이 그림자가 되어 팔에 비춰있기만 할 뿐, 실제로 물이 튄 흔적은 보이질 않았다. 애초에 창문이 닫혀있는데 빗물이 들어올 순 없는 노릇이었다. 창밖으로 산맥이 보였다. 습기를 가득 머금은 공기가 산의 윗머리 쪽에 올라 뿌옇게 보였다. 비안개 때문에 산의 윗머리가 잘린 것처럼 보여 섬뜩한 느낌이 들었다.

운전에 집중하던 중, 옆자리에서 균일한 숨소리가 들리는 걸 깨달았다. 아니나 다를까, 아사미가 어느새 잠들어 있었다. 아까까진 피곤해 보이지 않았는데 빗소리를 들으니 잠이 솔솔 왔나 보다. 어떤 사람에게는 빗소리가 자장가로 들릴 수 있다. 나와는 달리 여러 가지 이유로 빗소리를 좋아하는 사람이 많다는 얘기를 대학교 때, 문학부 선배에게 들은 적이 있다. 백색소음이라고 했던가. 꼭 그것이 아니더라도 심적으로 편안한 느낌을 주는 하늘과 평소와는 다른 몽환적인 분위기가 선사하는 운치를 즐기는 이들이 많다고 했다. 그 선배 자신도 그런 부류 중 하나라면서 천둥 번개마저도 좋아한다고 덧붙였다. 그런 얘기를 아무리 해도 아직 나에겐 전혀 이해할 수 없는 심리다. 빗소리는 어딘가 사람을 불안하게 만든다. 땅바닥에서 스멀스멀 피어오르는 꿉꿉한 냄새도, 선선히 불어오는 바람결에 얹힌 물비린내도, 칠야처럼 해가 완전히 기운 듯 하늘에 펼쳐지는 먹빛과 하늘이 거대 먹구름에 잡아먹힌 듯 펼쳐지는 잿빛도, 우산에 머리가 가려져 모두가 감정이 없는 인형처럼 느껴지는 것도, 음습한 날씨에 싸늘한 기운을 뿜어내는 듯이 보이는 건물들도, 이 모든 게 내겐 불안함으로 다가온다. 빗소리를 듣고 있자면 하강의 이미지가 떠오르면서 금방이라도 무언가가 잘못될 것 같은 기분에 사로잡히기 일쑤다.

오른팔에 따끔한 느낌이 들었다. 핸들에서 오른손을 떼고 팔을 안쪽으로 살짝 굽혔다. 오른팔 위엔 여전히 물방울의 그림자가 수놓아져 있었다. 아니, 그건 그림자가 아니었다. 피부 위에서 물방울이 나오고 있었다. 그것이 살갗을 헤집고 튀어나올 때마다 알 수 없는 따끔거림과 함께 작은 구멍이 생겼다. 구멍의 개수가 늘어감에 따라 오른팔을 움직이지 못할 정도로 뜨거운 고통이 밀려왔다. 피부 위로 완전히 빠져나온 물방울은 언제부턴가 붉은 혈색으로 변하여 피부를 타고 밑으로 흘러내렸다. 그 광경을 온전히 바라본 상태로, 몸이 완전히 굳어버렸다. 불에 타들어 가는 듯한 고통이 어깨 부근까지 도달했고 그때, 내 팔은 마치 날카로운 연필에 마구잡이로 찔린 것처럼 기괴하게 변해있었다. 그것은 흡사 교량용 배수관 여러 개를 한데 묶은 징그럽기 짝이 없는 동그란 구멍의 군집 같았다. 간신히 운전을 하며 고개를 힐끗 돌려 아사미에게 도움을 청하려 한 순간, 고막 속에선 삐~, 하는 이명이 울림과 동시에 심장이 덜컥 내려앉았다.

운전하느라 잠깐 봤을 뿐이었지만, 옆좌석엔 안면이 무언가에 갈린 듯 살점이 너덜너덜해진 여성이 앉아 있었다. 피로 물든 그 얼굴을 보고 있자니 단전에서부터 토가 밀려왔다. 그것은 내 쪽을 바라보지 않고 오로지 앞만을 바라보고 있었다. 저게 아사미라면…….

아니다. 아사미가 아닐 것이다. 그럴 리가 없다. 나도 모르는 사이에 자기 얼굴에 저런 끔찍한 짓을 저질렀을 리가 없다. 아니다. 아닐 것이다. 아니어야만 한다. 오른팔에서 물이 흐르는 소름이 끼치는 감촉이 계속해서 털을 곤두세운다. 그 감촉은 미치도록 간지럽고 화끈거려서 손을 대지 않으면 참을 수 없을 것 같았다. 참을 수 없다. 그런데…… 그제야 알아차렸다. 내 옆에 있는 존재가 점점 내 쪽을 바라보려 고개를 돌리고 있다는 것을 말이다. 조금씩…… 조금씩…… 내 쪽으로 삐걱대며 고개를 돌린다. 서서히 달라지는 그 미세한 각도까지 온전히 느껴졌다. 그 존재 때문인지 오른팔의 간지러움이 한층 강해졌다. 표피에서 빠져나온 물이 계속해서 간지럼을 유발한다. 아마 물이 흘러내리기 때문이리라. 이 불타는 듯한 통증은 물이 살갗을 찢을 때 느껴지는 고통이리라. 정신이 혼미해지기 시작했다. 자동차는 앞으로 내달리고 있다. 나는 전방에서 시선을 돌릴 수가 없었다. 내 눈은 무언가에 홀린 듯이, 아니, 이 존재에 홀린 듯이 움직일 수 없도록 커다란 못이 박혀있다. 오른쪽에선 피부 위로 느껴지는 고통이 왼쪽에선 저 끔찍한 존재와 마주해야 하는 두려움이 거대한 파도가 몰려오듯이 서로를 집어삼키고 있었다. 그렇게 두 파도의 존재는 점점 크기가 커지고 있었다. 그것의 고개가 약간 더 틀어졌을 때, 나는 얼굴을 반대쪽으로 돌렸다. 오른 방향으로 굴곡이 진 가드레일이 보였다. 그 너머는 낭떠러지였다.

순간, 옆의 존재가 내 손등 위로 손을 포개었다. 그 찰나의 순간에 보았던 그것의 손가락엔 새끼줄이 감겨 있었다. 나는 온몸의 털이 곤두서는 소름을 느꼈다.

"토모루, 괜찮은 거야? 표정이 왜 그래?"

내 왼손 위로 아사미의 하얗고 가느다란 손이 포개져 있었다. 나는 안도의 한숨을 쉬었다. 하마터면 비 내리는 산속 도로를 달리다 황천길로 갈 뻔했다. 아사미까지 데리고.

정신을 차렸을 땐, 오른쪽 창문이 열려있었고 그곳으로 무수한 비가 들어오고 있었다.

내 옆에 앉아 있던 그것은 온데간데없이 사라졌다. 내 오른팔도 비에 젖기만 했을 뿐, 불타는 감각과 징그러운 구멍들은 보이지 않았다.

***홀렸다.***

문득 그런 생각이 들었다. 하지만 나를 홀린 주체에 대한 해답을 찾을 수 없었으므로 곧 낙담했다. 무언가에 홀렸던 순간, 내 오른팔 위로 고스란히 느껴지던 간지러운 감촉은 열린 창으로 세차게 쏟아지는 비 때문이었을 것이다.

열린 차창을 닫다가 허벅지에서 미묘한 변화를 느꼈다. 주머니가 볼록 솟아있었다. 분명 차를 탈 때, 그 어느 것도 주머니에 넣은 적이 없는 걸로 기억한다. 그런데 그 기억이 왜곡되었음을 암시하는 것처럼 보란 듯이 내 주머니는 볼록 튀어나와 있었다.

***그건……***

***섬세하게 조각된……***

***여우 조각이었다…….***

5

무언가가 잘못되었다.

본능적으로 그렇게 느꼈다.

나흘 전 2시쯤 집으로 돌아와서 곰곰이 생각해 보았다. 피로가 몰려와서 얼마 안 가 잠들긴 했지만, 정신적 충격에서 회복될 때까지 꽤 시간이 걸렸다. 머리가 텅 빈 느낌이었지만, 그렇다고 글을 쓰는 걸 더 미룰 순 없었다. 정신을 가다듬고 이틀 전부턴 글쓰기에만 치중했다. 그래서 그 괴이한 경험을 잠시나마 떠올리지 않고 지낼 수 있었다.

나흘 뒤인 오늘, 저녁이 되어서야 손님을 맞이했다. 20대 후반 미모의 여성을 집으로 들일 생각은 전혀 없었지만, 아사미라면 어쩌면 도움을 줄지 모른다는 생각이 들었다.

"그날은 왜 그랬던 거야? 도착할 때까지 이상한 얼굴로 말도 안 꺼내고 말이야."

녹차를 우리고 있을 때, 식탁 앞에서 아사미는 대뜸 질문을 던졌다. 조심스럽게. 불이 지글지글 타오르는 것을 주시하면서도 차 안에서 벌어졌던 일을 계속 생각하고 있었다. 솔직히 아사미에게 이야기해도 믿진 않을 것 같았다. 정신병자 취급할 것 같았다. 하지만 아사미를 조력자라고 믿고 집으로 초대한 이상 뇌리를 가득 메운 여러 생각을 취사선택할 순 없다. 수백 번이고 떠올렸던 일들을 지금 당장 말해야 했다.

"내 말, 믿어 줄 거야?"

나도 모르게 그런 말을 뱉어버렸다. 내가 생각해도 정말 믿을 수 없는 일들이었기 때문일까.

"응. 토모루는 내 친구잖아. 그러니까 믿어. 말해 봐. 무슨 일인데 그래?"

이렇게 쉽게 긍정적인 대답이 돌아올 줄은 상상도 못 했다. 물론 그 대답이 속은 텅텅 빈 껍데기뿐일 수도 있다. 그러나 그 빈 말도 상대에겐 커다란 힘이 되어주는 순간이 있기 마련이다.

지금까지 겪었던 환각과 고향에서 함께 겪었던 일, 개인적인 생각과 20년 전, 히메코에게 전해 받은 방울 등에 관해 털어놓고 나니 답답했던 마음이 한결 편안해진 듯했다. 속이 후련했다고 할까. 무엇이 되었든 하고 싶었던 이야기를 다하고 난 뒤엔, 걱정거리가 잠깐 사라진 듯한 느낌을 받았다. 적어도 아사미의 이야기를 듣기 전까진 그랬다.

"나흘 전, 집으로 돌아와서 네가 말한 것을 조금 조사해 봤어. 학부 교수님에게 전화도 해봤고, 실제로 교수님을 만나서 이야기도 해봤어. 봤을진 모르겠지만, 어젠 초저녁에 잠깐 나와서 헌책방에 들르기도 했어. 그런데 예상외로 수확이 있었어. 듣고 싶지?"

아사미는 특유의 어여쁜 미소를 지으며 말미를 공중에 흩뿌렸다. 나도 그 말에 덩달아 기분이 좋아졌다.

"응. 이야기해줘."

"알았어. 먼저, 댐 건설이 취소된 이유에 대해서 얘기해 줄게.

정보를 찾는 건 그리 어렵지 않았어. 운이 좋았달까 가와나에 신사 근처에 자리한 헌책방에서 찾았지. 주인아저씨께 들었어. 물론 주인아저씨도 다른 주민에게 들은 것이라 확실치 않은 정보일 수도 있단 것만 알아둬."

아사미는 잠시 이야기를 멈추고 김이 구불구불 피어오르는 차를 홀짝였다.

"이 댐 건설이 취소된 이유는 다름 아닌 인부의 연속적인 사망 때문이었대. 사망한 인부만 무려 7명. 공론화가 되지 않은 게 이상할 정도지. 이렇게 집단적인 사망이 발생했을 땐, 대개 연쇄적인 살인이나 집단 자살에 초점을 두기 마련이지. 하지만 양쪽 모두 아니었어. 사망 이유는 사고사와 돌연사, 오랜 기간 실종에 의한 사망 처리였어. 사망한 인부들은 화를 당하기 전, 하나같이 정신을 놓고 있는 듯한 모습을 보였대. 언제 사고를 저질러도 모를 것처럼 말이야. 그런데 여기엔 토지신의 지벌이 있었다는 게, 어르신들 입에 오르내렸던 모양이야."

"토지신?"

"응. 우리가 시치고산 때, 갔던 신사가 기억나니? 물론 오래전 일이라 기억나지 않을 수도 있어."

"잘은 기억나지 않지만, 조금 멀리 떨어진 신사에 갔던 것 같아."

"그래. 맞아. 내 기억에서도 우리 마을에선 아니었어. 우리 마을엔 신사가 없었으니까. 이상하지 않아?"

"신사가 없다는 거?"

"응, 전국적으로 신사의 수는 약 15만 곳 이상이라는 통계가 있어. 오키나와처럼 우리에게 익숙한 신토 문화권을 가진 곳이 아닌 이상은 대개 한 마을엔 한 개 이상의 신사가 있는 게 당연하다고 봐. 감실(龕室)처럼 작은 사당이 되었든 간에 상관없이 말이야. 하다못해 우리 마을엔 절도 없었잖아."

"그러고 보니 이상하긴 하네. 그런데…… 없을 수도 있지 않을까?"

"직접 가서 찾아보지 않는 이상은 모르지. 하지만 난 어딘가엔 있다고 봐. 깊은 산속이 되었든 마을의 끝자락이 되었든 있을 것 같아. 참, 내 생각을 대변하는 게 책방 아저씨께서 말씀하신 토지신의 지벌이야. 예전부터 우리 마을에서 전해 내려오는 유명한 전승이 있다고 하셨어. 이건 내가 민속학 교수님께 들은 이야기랑 비교해 가면서 이야기해 볼게."

겨우 3일 만에 이 정도로 많은 양의 정보를 채굴해 온 그녀가 새삼스레 대단하다고 느껴졌다. 게다가 전문 분야에 관해서 뿜어져 나오는 뜨거운 열정의 기운이 이쪽까지 닿는 것 같아 실로 고마웠다. 그녀는 작은 크로스 백에서 여러 장의 종이와 휴대용 카세트 플레이어를 꺼냈다. 그리곤 내게 종이 묶음을 건넸다. 주황빛의 온화한 조명 아래에 있어서인지 아사미의 미모가 한층 더 밝게 빛났다. 감탄을 자아낼 정도의 높은 콧대와 빠져들 것 같이 크고 진한 눈이 특히나 돋보였다. 내가 기억하는 아사미와는 여전히 딴판이었다.

"녹음 상태가 그리 좋지 않아서 구미가 당길지 모르겠지만……."

아사미는 웃으면서 테이프의 구멍 안에 연필을 넣고 테이프를 감기 시작했다.

"오기 전에 잠깐 들어봤는데 소리가 늘어지더라고. 잠시만 기다려. 날씨가 습하니까 금세 열화가 됐나 봐."

이윽고 다 감은 테이프를 카세트 플레이어에 집어넣었다. 찰칵. 문을 잠그는 듯한 소리가 울려 퍼졌다.

"교수님과 대화한 내용이야. 일단 이걸 듣고 궁금한 게 생기면 물어봐 줘."

그녀는 빨리 감기를 두 번 정도 하더니 이제 됐다는 듯이 고개를 끄덕였다.

"튼다?"

재생 버튼에 손을 올린 상태로 물었다. 고개를 끄덕이자 탁 하는 둔탁한 소리와 함께 테이프가 돌아가기 시작했다.

* 아사미와 H 대학 민속학 교수의 대화 *

[녹음하는 건가? 참, 보통 사이가 아닌가 보구먼?]

[아니에요.]

(웃음소리가 들린다.)

[그럼, 시작해도 되는 건가?]

(잠깐의 정적)

[나라현의 남부 지역에 있는 고요메촌에 관한 자료는 일정 부분이 소실되었더군. 왜인진 모르겠다만, 솔직히 언제인지 모를 마을의 탄생부터 알아가려면 조사 범위가 방대해져서 그건 불가능에 가깝지. 그래도 겨우 찾은 『쇼와 민간풍토기(昭和民間風土記)』란 문헌에서 고요메촌에 관해 언급한 부분을 찾을 수 있었어. 그 내용 중, 고요메촌에 뿌리 깊게 내려오던 토속신앙에 관한 정보도 적혀있더군.]

(종이가 펄럭이는 소리가 들린다.)

[내용은 간단히 고요메라는 이름의 유래부터 시작되지. 한자는 나무 목(木)자, 남을 여(余)자, 목숨 명(命)자로 표기되어 있더군. 이건 현대에 와서도 그대로 사용되는 듯하지. 그런데 이 문헌에서 말하길 이 표기법은 쇼와 시대가 개막하면서부터 바뀐 것이고 그 전에 사용하던 다른 이름이 있었다고 하더군. 다이쇼(大正 : 는 1912년 7월 30일~1926년 12월 24일) 시대까진 여우 호(狐)자에 시집갈 가(嫁)를 사용해서 '여우 아내'라는 뜻을 가진 어딘가 꺼림칙한 이름을 사용했다 하더군. 표기는 다르나 발음은 비슷하지? 이런 식으로의 개명은 어려울 게 없지. 아무튼, 이 고요메촌에선 특별히 극진히 모시는 신이 있었지. 서적에서 그 신의 이름은 네 개의 한자로 표기되어 있어. 순서대로 복 복(福)자, 멸할 멸(滅)자, 여기까진 읽을 수 있지만, 세 번째로 오는 한자는 어쩐지 본 적이 없는 한자더

군…… 네 번째는 쥘 악(握)자였지. 세 번째 한자는 신자체(新字体)가 아니었어. 그러니까 왕골 관(莞)자를 닮은, 이 세 번째 한자는 당용한자(當用漢字)표가 정립되기 이전에 쓰이던 구자체(旧字体), 효가이지(表外字), 한자 문화권 나라의 국자(國字), 중국의 간체자(简体字) 중에서 찾을 수 있겠지.]

[혹시 찾으셨나요?]

[운이 좋게도 찾았어. 처음 찾은 건, 중국과 한국에서 쓰이는 한자더군. 일본의 구자체에도 있었을 테지만. 아무튼 그 한자는 중국에선 '대나무 피리'와 '다스리다'라는 두 개의 의미로 사용되고 있었고 한국에선 '다스리다'라는 의미로 사용되고 있었지. 그런데 자료를 조금 더 조사하다가 이 한자에 동의어가 있다는 것을 찾을 수 있더군. 그건 바로 우리가 익히 아는 '관리'라는 단어의 앞쪽에 놓인 한자인 주관할 관(管)자라는 걸 말이지.]

[그렇다면 고요메촌에서 모시던 대상의 이름은 '복멸관악'이라는 거군요? 무슨 뜻인 건가요?]

[문자 그대로 복을 멸하고, 다스리고, 장악한다는 의미가 아니겠나? 내 생각은 그래. 다만, 자신을 두려워하고 섬기는 것을 행하지 않으면 지벌을 내리는 영을 모시는 황신(荒神) 신앙이 팽배했던 모양이야. 우리는 모르는 어떤 계기가 있었겠지. 황신이라는 명칭도 그리 긍정적인 것은 아니니 말이야. 만약 그렇다면 이 마을에서 섬겼던 '복멸관악'이란 존재는 악신이었음이 틀림없겠지.]

[다른 정보는 없던가요? 만약 마을에서 누군가가 화를 당해 그런 원령

이 되었다고 하면 그 존재를 달랠 공양 비나 신사 같은 게 있지 않을까요?]

[신사는 있었겠지. 하지만 서적에선 신사에 관한 말은 따로 없었고 불상이 놓여있다고 했어.]

[불상이요?]

[응. 모습은 관음보살과 비슷하게 생겼다고 적혀있었지.]

[관음보살과 비슷한데 악신이라니요?]

[겉모습이 비슷하다고 해서 속도 비슷한 건 아닌 법이지. 신약 성서에선 사탄을 '꾀는 자', '거짓말쟁이' 등으로도 부르지. 이 말은 즉, 악이 선의 모습을 모방한 채로 우릴 꾀하고 속일 수도 있음을 대변하는 것이네. 혼란을 야기하기 위함일 수도 있지.]

[그렇군요? 관음보살이 워낙 긍정적인 이미지라 저도 모르게…….]

(다시 웃음소리가 들린다.)

[그럼, 그 석상은 산에 있는 건가요?]

[글쎄, 석상의 소재는 어디에도 언급되어 있지 않아서 말이지. 게다가 빗물에 젖은 건지 글씨가 번진 부분도 있었어. 약 70년도 더 된 서적에서 깨끗함을 바라는 건 무리지. 그런데 이 마을에 관한 내용이 적힌 서적이 극히 적은 것도 어찌 보면 당연해. 나도 그런 마을이 있다는걸, 자네에게 들은 후 처음 알았으니까. 그래서 고요메촌을 조사하면서도 흥미를 느꼈지. 워낙 후미진 곳에 있는 분지니까, 교통수단이 발달하지 않았던 과거엔 지금보다 훨씬 왕래가 적었을 거야. 그러니까 나처럼 그 당시의 사람들은 이 마을이 있는지조차도 몰랐을 수도 있단 말이지.]

(종이가 펄럭이는 소리)

[제가 말씀드렸던 괴담에 대해서는요?]

[괴담이라는 게, 출처를 전혀 알 수 없는 경우가 다반사라 솔직히 말하자면 그런 이야기는 찾을 수가 없었네. 그런 건, 그 마을에 오랜 시간 터를 잡고 살았던 주민들에게 물어보는 편이 나을 거야. 조사는 더 해 보겠지만, 이쪽도 일이 만만치 않아서 말이지. 괴담의 뿌리가 깊다면, 서적에도 기록되어 있을지도 모르지. 하지만, 본래 그런 것만 다루는 종류의 서적이 아닌 이상은 뿌리가 깊은 괴담마저도 잘 다루진 않아. 의도치 않게 혼란을 야기할지도 모르니까. 그리고 자네가 이야기한 괴담은 개인적인 생각으로는 단지 어린아이들이 늦은 시간까지 산이나 밖에서 노는 걸 방지하기 위해 만들어진 것 같다는 생각밖엔 들지 않아.]

[복…… 며…… 얼…… 고…… 아…… 안…… 아…… 아…… 아…… 악…….]

(잡음 소리)

(갑작스럽게 테이프가 늘어지며 꺼림칙한 소리가 울린다.)

* * *

"또 이러네. 아까도 이 부분에서 테이프가 늘어졌어."

아사미는 테이프를 꺼내서 유심히 살피기 시작했다. 그런 그녀의 뒤편에 있는 부엌 창에서 어렴풋이 빛줄기가 보이는 듯한 느낌이 들었다. 곧 창문이 희게 번쩍였다. 번개였다. 굳이 창을 열어 확인하지 않아도 비가 온다는 것을 알아차릴 수 있었다. 사흘 동안 내리지 않던 비를 마주하니 불현듯 그때의 경험이 떠올랐다. 이제는 비를 맞지 않고 보기만 해도 온몸의 털이 곤두선다.

형언할 수 없이 불안한 감정이 살결을 따라 스멀스멀 기어오르다가 귓속으로 파고 들어가 나를 지배한다.

"이래서는 시간이 걸려서 안 되겠네. 뒷이야기는 그냥 내가 말해줄게."

아사미는 약간 짜증스러운 표정을 짓더니 테이프를 탁자에 내려놓았다. 아니, 살짝 던졌다는 표현이 맞을 수도 있겠다. 그리곤 말을 이어 나가기 시작했다.

"복멸관악이란 존재가 혹시 '산괴'일 가능성은 없냐고 내가 물었어."

"하지만 우리가 아는 산괴의 모습은 고우치기를 입고 있는 여자잖아."

"그건 확실하진 않아. 고우치기를 입고 있는 여자라는 소문도 갑작스럽게 부풀려진 것일 수도 있고 말이야. 토모루가 본 여자는 인상착의가 어땠어?"

다시금 그 기억을 떠올리자니 진저리가 났다. 지금처럼 비가 내리던 그날이다. 먹빛과 푸른빛이 공존하는 산 중턱의 정자 근처에서 히메코는 아이들과 웃고 있다. 땅바닥에서 주운 방울을 흔들면서 말이다. 그리고 그런 그녀의 뒤로 거대한 여자가 서 있다. 온 세상이 불타오르는걸, 구경이라도 하듯 여자의 눈은 노랗고 빨갛게 타올랐다. 그 무서운 눈으로 히메코를 내려다본다. 비로 둔갑한 살의는 내 피부 위로 떨어져 온몸으로 스며든다. 감각적으로 돋아나는 두려움에 젖어 단 한 발짝도 움직일 수 없다. 기억의 창고 속에 가만히 서 있던 내 등 뒤로 누군가의 부르짖음이 들려 온다.

"토모루?"

눈앞의 비경이 TV의 전원이 나가듯 픽 소리를 내며 사라지더니 온화한 조명 아래 걱정스러운 눈으로 날 바라보는 아사미가 나타났다.

"괜찮아?"

"어, 어……? 응, 괜찮아. 잠깐 생각 좀 하느라……."

"그래? 정말 괜찮은 거 맞지?"

"괜찮아. 근데 무슨 옷을 입고 있었는지, 전혀 생각나질 않아. 그 창백한 얼굴과 무시무시한 눈은 기억나지만, 시야를 아래로 옮길수록 그곳이 완전히 검은 형태로 보인달까. 그 검은 형태가 불이 타오르는 것처럼 조금씩 움직이는 것 같아. 그런 생생한 광경이 떠올라."

"무섭네……. 그런데 왜 우린 못 봤을까? 우리가 토모루보다 가까이 있었는데도 말이야."

"그건……."

"아마 영적인 능력의 차이겠지."

"영적인 능력?"

"응. 영감이랄까. 어쩌면 토모루는 남들이 보지 못하는 걸 볼 수 있는 게 아닐까?"

"정말 그런 게 있다면, 동생이나 한 번 더 볼 수 있으면 좋겠다."

나는 그렇게 말하면서 미소를 지었다. 내 미소가 아사미에겐 어떻게 보였을지 모르지만, 자신이 느끼기에도 부자연스러웠다.

"동생?"

"아, 말하지 않았구나."

아사미가 눈을 휘둥그레 뜨자, 꼭 말해야 할 것 같은 느낌이 들었다.

"이런 말을 해도 될지 모르겠지만……."

아사미가 시선을 아래로 두고는 천천히 말했다. 보나 마나 가족의 생사를 물으려는 것임이 틀림없다. 그래서 어떻게 이야기해야 하나 생각을 정리하고 있었다.

"토모루도 가정에 안 좋은 일이 있었니?"

"응?"

당황스러웠다. '토모루도'라니. 그 말은 즉, 아사미 또한 그녀의 가족에게 안 좋은 일이 발생했다는 이야기다.

"비가 왔었어. 산사태가 일어났지. 그리고 그 산사태에 휘말리고 말았어. 어머니랑 아버지가…….”

원래라면 내가 꺼내야 할 말을 아사미가 꺼내고 있었다. 그 순간, 뇌리에서 한 기억이 천천히 떠올랐다. 내 가족이 사고를 당한 다음 날에 보았던 뉴스를 말이다. 내 가족의 사고 소식을 담은 줄 알았던 산사태 사고가 실은 다른 가족의 사고 소식이었다는 걸 알아차리고 놀랐었던 게 기억났다. 그날 보도된 산사태로 인한 인명 사고 건은 **네 건**이었다. 순간, 머릿속에서 몇 글자들이 연쇄적으로 떠올랐다.

***아사미, 테츠야, 카즈키 그리고…… 나.***

하지만 테츠야를 홀로 키운 테츠야의 어머니는 아들이 대학교에 진학할 무렵 갑자기 돌아가셨다. 아버지는 아내의 죽음을 받아들이지 못하고 집을 나가셨다. 그래서 결혼하기 전까지 할아버지, 할머니와 함께 살았었다. 그리고 그의 조부모님의 부고 소식은 현재까지 들은 적이 없다. 그렇다면 테츠야의 가족은 그 네 건의 사고에 포함되지 않는다는 얘기다. 그럼 도대체…….

문득 나도 모르게 “아!”라고 외칠뻔했다. 이렇게 생각하면 그 네 건의 사고가 맞아떨어졌다.

***아사미의 가족, 카즈키의 가족, 나의 가족 그리고…… 히메코의 가족.***

엉터리 추리일 뿐이지만 사건의 일관성을 깨달은 듯싶었던 나는 곧장 내 가족이 겪은 일을 설명하려 했다.

"아사미?"

아사미는 나를 뚫어져라 쳐다보고 있었다. 눈시울이 붉어져서 당장이라도 눈물이 쏟아져도 이상하지 않을 것 같았다. 입술을 파르르 떨면서 나를 쳐다보고 있다. 보고 싶은 가족이 떠올랐기 때문일 것이다. 그렇게 생각하면서 아사미를 진정시키려 어쩔 줄 몰라 하다가 **그것**을 봐버렸다.

아사미가 양손으로 눈물을 닦기 위해 고개를 숙인 순간이었다.

눈앞에 있는 창문에서 무언가가 지나가는 것이 보였다. 왼쪽에서 오른쪽으로 빠르게 지나갔다. 붉은 기모노였다. 가느다란 손가락이 돋보이는…….

그러나 그 광경은 삽시간에 사라져 버려서 내가 본 게 진짜였는지도 헷갈릴 정도였다. 다시 나타나지 않을지 숨죽이며 바라보고 있을 때였다. 어디선가, 흐릿하게 방울 소리가 울려 퍼졌다.

"아사미, 무슨 소리 안 들렸어?"

고개를 숙이고 있는 아사미를 불러보아도 아무런 대답이 돌아오지 않았다. 생각해 보니 방울 소리는 서재의 책상에 올려놓았던 방울이 떨어졌기 때문에 났을 수도 있었다.

방울 소리가 울리고 몇 분 동안 귀를 기울였건만, 들려오는 소리는 이곳저곳에서 공격적으로 날아드는 빗소리뿐이었다.

***똑, 똑, 똑.***

그때, 현관문을 두드리는 소리가 들렸다. 누군가가 온 걸까?

몸을 일으켜 세우려던 중, 왜인지 문 앞에서 서성거리는 산괴의 모습이 머릿속에 그려져서 멈칫했다.

그래, 한 번 더 두드리거나 목소리가 들리면 나가자. 그렇게 생각은 했지만, 초인종이 달린 이 집은 직접 문을 두드릴 필요가 없다는 것이 생각났다. 아무래도 초인종을 누르지 않는 것이 이상했다. 그래서 조금 더 기다려 보기로 했다.

또다시 적요 속에 속수무책으로 갇혔다.

"하아."

갑자기 아사미가 히죽히죽 웃기 시작했다.

"아사미, 왜 그래?"

나는 그렇게 물으면서 뭔가 꺼림칙함에 뒤를 돌아보았다. 아무것도 없었다.

"죽여버려."

이상한 말을 내뱉는 사람은 아사미였다. 평소와 다를 바 없는 얼굴이지만, 아무 감정이 느껴지지 않는 듯이 공허한 눈과 차가운 무표정으로 나를 바라보고 있었다.

"무슨 소리야?"

아사미는 기분 나쁜 미소를 지었다. 그리곤 손톱을 물어뜯기 시작했다.

"히메코는 살아있어."

"아사미? 갑자기 무슨 소릴 하는 거야."

"가문 대대로 내려오는 벌이야. 죽여버리고 싶대. 근데 안 놔줘. 병에 걸렸어. 죽고 싶대. 죽여줘. 죽여줘. 죽여버려. 죽여. 아니면 너희가 죽어."

배시시 웃으면서 말을 이어가던 아사미가 갑자기 일어나더니 현관 쪽으로 걸어갔다.

"얘도 홀려. 볼래?"

현관에서 뒤를 돌아보며 그런 말을 던지곤 또다시 웃어 보였다. 그녀는 맨발로 현관문 밖으로 나갔다. 우산도 없이 말이다.

"아사미, 잠깐!"

내 외침에도 아랑곳하지 않고 앞으로 나아갔다. 뒤따라 현관에 가서 그녀를 바라보았다. 길 한 가운데 서서 온몸으로 비를 맞고 있다. 잠시 뒤, 멈칫하더니 비명을 지르면서 이곳으로 돌아왔다. 아사미가 들어오자, 본능적으로 현관문을 닫았다.

아사미는 현관 옆에 놓인 거울 앞에 서더니 다시금 비명을 질러댔다.

"아사미? 왜 그래? 정신 차려!"

너무나 당황스러운 나머지 아사미의 어깨를 잡고 소리쳤다. 아무래도 무언가에 홀린 것 같았다.

"아파……."

아사미의 눈이 풀렸다. 게다가 갑자기 코피를 흘리기 시작해서 아사미를 벽에 기대어 놓고 부엌으로 달려가 서둘러 휴지를 찾았다. 그런데 휴지를 찾고 다시 현관으로 갔을 때 내 눈앞에 보이는 건, 활짝 열린 현관문과 바닥에 그려진 핏자국이었다.

핏자국을 따라 시선을 옮겼다. 시선이 멈춘 곳은 앞집이었다.

***아사미는 자택으로 돌아간 것이다. 그 짧은 시간에.***

6

유지매미 소리 대신 빗소리가 들려온다. 요 며칠 내 아침을 반기는 건, 한여름의 뜨거운 햇빛도, 드넓게 펼쳐진 천공의 수수한 푸른 빛도 아닌 잿빛 속에서 떨어지는 음울한 비뿐이었다.

아사미가 어떻게 되었는지는 나도 모른다. 그날 이후로 3일이 지났지만, 연락이 닿지 않고 있으니까. 물론 전화도 여러 번 걸어 봤지만, 수화기 너머로 아사미의 목소리가 돌아온 적은 단 한 번도 없었다.

이젠 이 비가 영원히 끊기지 않을 것처럼 느껴졌다. 비의 세계에 갇혀 존재 자체에 의미를 둘 수 없는 무기력한 삶을 영위하고 있다. 도저히 저 빗물을 몸 위로 받아들일 자신이 없다. 한 방울이라도 말이다.

저 작은 빗방울들이 마치 원판 압정처럼 보인다. 밖으로 나가면 압정의 첨예한 끝부분에 사정없이 찔릴 것 같았다. 아사미가 집으로 돌아간 후에 창밖으로 팔을 쭉 뻗어 보았다. 그랬더니 그런 압정에 사정없이 찔리는 듯한 따가운 통증이 느껴졌다.

아무리 생각해도 내가 그런 통증을 느끼는 건, 정말 비가 송곳처럼 날카로워졌기 때문이리라. 이제 그 누구도 이런 비를 맞으려 하지 않을 것이다. 비가 무섭다. 비를 맞는 건, 상상 이상으로 아프다.

다시 이불 속으로 들어가려는 순간, 머리맡에 놓았던 가라케(일본에서만 사용하는 갈라파고스화 된 휴대전화기의 약자로 스마트 폰이 아닌 피처폰으로 주로 폴더폰이 많다.)가 울렸다.

"여보세요."

[요시노 토모루 씨 되십니까?]

"네. 누구세요?"

[저는 H 대학 민속학부 교수인 나카자토 세이료(中里清涼)라고 합니다.]

"아, 가네코에게 말씀 들었습니다. 그런데 무슨 일로?"

전화기 너머의 상대는 전혀 생각지도 못한 인물이었다.

[다름이 아니라, 가네코 양에게 전하려던 소식이 있는데 통 연락이 안 돼서 말입니다. 가네코 양이 뭔가 찾으면 자신 아니면 요시노 씨에게 연락 달라고 남긴 전화번호가 있어서 이렇게 연락드렸습니다. 직접 만난 적이 없긴 하지만, 요시노 씨에게라도 일단 정보를 전달하려고 합니다만 괜찮겠습니까? 듣자 하니 가

네코 양이 제게 물어본 것이 원래는 요시노 씨의 질문이었다고 들었습니다.]

"네. 맞습니다. 제게 말씀해 주세요."

[혹시 가네코 양이 녹음한 것은 들으셨는지요?]

나카자토 교수의 목소리가 어쩐지 잘 들리지 않아서 의자에 앉은 다음 전화기를 더 가까이 귀에 댔다. 이것 역시 날씨 때문이 아닐까, 싶었다.

"네. 고요메촌의 이름, 복멸관악이라는 악신 그런 게 기억이 납니다."

나는 잠긴 목소리로 말했다.

[들으셨군요. 다행입니다. 이게 도움이 될진 모르겠습니다만, 복멸관악이라 불리는 존재에 대해서인데요. 『센고쿠기행일지(戰國紀行日誌)』란 고문헌에서 무언가를 발견했습니다. 지금의 돗토리현의 동부에 해당하는 위치일 테죠. 그곳엔 이나바국이 있었습니다. 그리고 이나바국의 동북쪽 끝자락 즈음엔 주변 마을로부터 차별받는 한 집락이 있었죠. 차별이 왜 있었는지 정확한 이유는 알 수 없지만, 적혀있는 대로 읽으면 '기묘한 석상의 저주를 받았다.', '마을 사람들이 저들만의 기이한 병으로 생을 달리하는데 이 때문에 주변 마을의 노여움을 사고 미움을 받는다.'라고 합니다.]

나는 그 유래가 대략 500년 전쯤인 센고쿠 시대까지 거슬러 올라갈 줄은 전혀 예상치 못했던 터라 적지 않게 놀랐다.

[그리고 그 문제의 석상의 명칭이 나와 있습니다. 복을 멸함으로써 멸도에 도달한다는 뜻을 가진 복멸멸도도(福滅滅度到)입니다. 상당히 발음하기 어렵지 않습니까?]

“그렇네요. 발음하기 쉽게 바뀌진 않았나요?”

[그 말대로입니다. 복 복(福)자, 멸할 멸(滅)자, 법도 도(度)자로 바뀌어 복멸도라고 불리었습니다. 하지만 주변 마을에선 이 석상을 복멸도에 악할 악(惡)자를 더해 복멸도악이라고 불렀습니다. 이유는 간단했죠. 이 석상을 들인 집락민들이 이 석상에 광적으로 집착하는 모습을 보임과 동시에 불길한 사건들이 잇따라 일어났기 때문입니다. 불길한 징조와 흉조를 요괴의 짓으로 여기는 것처럼 주변 마을들은 그러한 것들을 석상의 탓으로 여겼던 것이죠. 그리하여 이 집락은 복멸도악이라는 악신을 섬기는 마을로 전락해 버린 것입니다. 그런데 이 복멸도악이라는 석상이 언제 이 집락에 들어오게 되었는지는 서적에서 언급하지 않고 있습니다. 복멸도악…… 어쩐지 고요메촌에서 섬기는 신앙의 대상인 복멸관악과 비슷하다는 느낌이 들지 않습니까?]

나카자토 교수가 이야기하는 복멸도악이라는 존재와 복멸관악이라는 존재는 이름만 들어도 어딘가 연관이 있을 법하다고 느꼈다. 하지만 그 둘의 연결고리를 가르는 문제는 ‘거리’였다.

“확실히…… 그런 느낌이 들긴 하지만, 돗토리현쯤에 있다면 나라현의 끝자락과는 거리가 너무 멀지 않나요?”

[그건…… 그렇죠.]

나카자토 교수는 말문이 막힌 듯했다. 혹은 잠시 생각을 정리하는 듯한 느낌도 들었다.

[하지만 집락민이 차별 대우를 극복하지 못하고 외딴곳으로 도망쳤다면, 그리고 섬기는 신의 모방물과 함께 도망쳤다면, 이란 생각도 해 볼 수 있지 않을까요?]

“그건 그렇지만, 직접 확인해 보지 않는 이상은 믿기가 어려울 것 같습니다.”

[이해합니다. ‘가정’이라는 건, 연구라는 분야가 작동하는 데에 있어 때론 좋은 부품으로 작용하지만, 너무 과하면 오히려 연구가 작동하는 데 방해만 될 수도 있죠.]

“저는 단순히 유키온나(雪女)나 야마온나(山女)처럼, 또는 야마비코(山彦)나 야마이누(山犬)처럼 이름이 비슷한 요괴쯤으로 생각합니다.”

[그렇군요. 정확한 정보가 나오기 전까진 생각하기 나름이라 생각합니다. 아무튼 복멸관악이라는 존재에 관해 제가 찾은 정보는 여기까지이고 다음은 고요메촌에 관한 이야기입니다. 혹시 고요메촌이 집창촌이었다는 거 알고 계셨습니까?]

“그런가요? 저는 전혀 몰랐습니다.”

[『쇼와 민간풍토기(昭和民間風土記)』에서 놓친 부분이 있었

습니다. 놓쳤다기보단 실제로 잘 보이지 않는 부분을 뚫어져라 보곤 알아차린 거지만요. 아무튼, 서적에 따르면 고요메촌은 에도시대 때부터 유곽촌으로 번성한 마을이었다고 합니다. 의문인 점은 산속에 유곽촌을 세워봤자 득이 될 게 무엇이 있느냐였습니다. 그런데 알고 보니 고요메촌은 총 네 지역으로 이루어질 정도로 큰 마을이었습니다. 가까운 곳에 3개의 집락이 있으셨단 거 모르셨을 겁니다. 울창한 산맥과 원생림이 각 지역의 경계를 가르고 있었으니까요. 네 집락을 통하는 길은 일직선을 이루고 있습니다. 첫 번째 지역부터 순서대로 슌도(春道), 가도(夏道), 슈도(秋道), 토도(冬道)라는 다소 신기한 지역명을 가지고 있습니다. 요시노 씨와 가네코 양이 살았던 지역은 4개의 집락 중 번화 지역과는 가장 멀리 떨어진 곳인 토도였습니다. 그래서 그것으로부터 안전할 수 있었던 것이죠.]

"그것?"

[산사태입니다. 산사태로 인해 세 지역이 연쇄적으로 매장당했기 때문에 근처 마을에서 현재 고요메촌에 남아있는 토도라는 지역까지의 거리가 기형적으로 멀게 느껴진 겁니다. 입식지인 슌도와 중간에서 길목 역할을 하는 두 집락이 사라져 버렸으니까요. 고요메촌의 네 집락을 둘러싼 산들은 대개 삼나무로 이루어져 있었습니다. 이 삼나무는 천근성(浅根性) 수종이기 때문에 뿌리가 옆으로 넓게 퍼지나, 아래로 깊이 자라나진 않습니다. 그

래서 산사태에 매우 취약하지요. 때에 따라서는 산을 둘러싼 숲 전체가 떠내려가기도 합니다. 아마도 고요메촌이 그런 경우였겠지요. 그리고 이쯤 되면 마을의 이름이었던 고요메가 무엇을 의미하는지 감이 오시죠?]

"여우 아내라 하지 않았습니까?"

[그건 표면적으로 보이는 것을 해석한 겁니다. 고요메에서 '고'는 여우를 말하고 '요메'는 말 그대로 며느리, 신혼한 여성, 아내 등을 뜻합니다. 여기까진 아시죠?]

"네."

[그렇다면 여우의 속뜻도 알 거라 믿습니다.]

"그건…… 유녀…… 인 가요?"

[그렇습니다. 여우는 유녀를 비하하는 말로 쓰이죠. 게다가 마을의 이름을 붉을 홍(紅)자, 술 취할 취(醉)자, 여자 녀(女)자를 결합해 홍취녀(紅醉女)라고 쓰기도 했다고 합니다. 뜻은 붉은 등불 아래서 술에 취한 여자 정도로 해석하는 게 맞겠죠. 읽는 법은 고우요메지만, 이곳을 방문하는 사람 대부분이 우를 탈락시키고 발음하기 편하게 고요메라 부른다고 합니다. 양쪽 모두 유녀를 의미하는 것이니 어느 쪽을 사용하던 상관은 없을 테지만 말입니다.]

"에도 시대는 공창제가 합법적으로 이루어지던 시기이죠?"

[네, 맞습니다. 그리고 이 네 집락에서 모시던 황신이 바로 복

멸관악이었던 거죠.]

“그렇다면 저희가 살던 곳에 신사가 없었다는 게 납득이 되겠네요.”

[확실히는 모르겠습니다. 토도의 어딘가에 숨어있을 수도 있지만, 요시노 씨의 말대로 토도에 신사나 절이 없다면 그것들은 아마 세 집락 중 가장 번성했던 집락과 함께 땅속에 묻혀 있겠죠.]

“가장 번성했던 집락이 어디입니까?”

[추측일 뿐이지만, 아무래도 입식지인 슌도와 가도였을 겁니다. 이 두 집락은 상점이 즐비해 있었고 주변 마을의 상인들이 왕래하며 물건을 파는 일도 있었고 뒤따르는 슈도와 토도는 아무래도 본격적인 유곽의 느낌이 짙게 배어 있어서 상대적으로 가벼운 느낌과 번화한 느낌을 주는 건, 슌도와 가도였겠죠.]

“혹시…… 그쪽에도 비가 내리나요?”

[우다시(宇陀市) 말입니까? 이쪽은 꽤 화창합니다만.]

“그렇군요. 그럼, 그 서적에서 비와 관련된 내용은 없었습니까?”

[비에 관련된 내용은 딱히 없었습니다. 찾지 못한 것일 수도 있지만, 적어도 고요메촌이 언급되는 부분에선 없었습니다. 제가 알아낸 정보는 다 드린 것 같군요.]

“아무쪼록 감사합니다. 바쁘실 텐데.”

[아니요. 이런 걸 조사하게 돼서 기쁩니다. 혹시라도 추가로 알게 된 부분이 있다면 다시 연락드리겠습니다. 가네코 양에게

도 안부 부탁드립니다. 수고하세요.]

"네. 감사합니다. 수고하세요."

종이 위에 대충 휘갈겨 놓은 글씨를 차근차근 살펴보았다. 한 번에 많은 양의 정보가 등장하니 저절로 한숨이 나왔다. 머리가 지끈거릴 정도였다. 산사태로 세 집락이 사라졌다니. 이 산사태와 우리 가족을 덮쳤던 산사태가 연관이 있는 걸까? 복멸관악 석불상은, 복멸관악을 제신으로 모시는 신사는 산사태로 사라진 건가? 가장 외진 곳에 있던 우리 고향은 유곽촌이었던 시절 도대체 어떤 모습이었을까? 등의 수십 가지의 물음이 쉴 새 없이 머릿속에서 휘몰아쳤다.

아무래도 고요메촌을 직접 방문하지 않는 이상은, 이 찝찝함이 도무지 풀리지 않을 것 같다.

어쩌면 무언가가 고요메촌을 방문하는 것을 바라는 건 아닐까? 날 부르는 것이다. 알 수 없는 무언가가. 그것을 마주하면 이 지긋지긋한 이상 현상이 사라질지도 모른다.

***역시 가보는 편이 낫겠다.***

***고요메촌으로.***

# 제2장 여우의 양화

1

비를 맞은 이후로 고열에 시달렸다. 감기에 걸린 건지, 도통 이해할 수 없을 정도로 몸이 아팠다. 병원을 가볼까 생각했지만, 이불에 들어가 땀을 빼면 괜찮아지리라는 생각에 굳이 병원도 가지 않았다.

이튿날부터 지금까지 휴대전화가 계속해서 울린다. 나카자토 교수님이나 요시노 토모루일 것이다. 그러나 딱히 받고 싶은 마음도 들지 않고 그를 만나면 다시금 그 끔찍한 경험을 할 것만 같아서 도저히 엄두가 나지 않았다.

그날 저녁에 나는 이상한 걸 겪었다. 토모루의 집에서, 자꾸만 늘어지는 테이프를 고치기 위해 플레이어에서 테이프를 꺼낸 직후부턴 아무 기억이 없었다. 잠깐씩 토모루의 얼굴이 기억난다고는 해도 전체적인 기억을 되살릴 수는 없었다. 정신을 차렸을 때, 나는 밖이었다. 하늘을 바라보고 있었다. 하얗게 열린 하늘에서 무색의 물방울이 빗발치고 있었다. 그 물방울들은 내 눈으로, 입으로, 온몸으로 스며들고 있었다. 온몸이 아팠다. 빗방울이 몸에 닿는 순간순간마다 온몸이 타들어 가는 듯한 느낌을 받았다. 고개를 떨궈 양팔을 보았을 때, 나는 졸도하기 직전까지 이르렀다. 양팔은 상처투성이였다. 처음 그 광경을 보았던 순간엔, 그게 토모루의 짓인 줄 알았다. 그 전까지의 일련의 과정이 기억나지 않았기 때문에 든 의심이었다. 그러나 날카로운 빗물이 내 살갗을 파고드는 기괴한 영상이 내 눈 속으로 날아 들어옴에 따라 그 오해의 벽이 차츰차츰 무너져 내렸다. 그건 인간이 할 수 있는 일이 아니니까. 빗물이 날카롭게 처박혀 몸속에 늘어진 혈관을 타고 꿈틀꿈틀 어디론가 이동하기 시작했다. 그렇게 생겨난 작은 구멍에 또다시 빗물이 처박히면 살이 녹아내리는 듯한 고통이 온몸에 전율을 일으키고 실제로도 살점이 조금씩 흘러내리는 모습이 시야에 요동쳤다. 차마 볼 수 없는 광경에 나도 모르게 비명을 질렀다. 뒤를 돌자, 집 안에 서 있는 토모루가 보였다. 이 재앙의 비를 피하고자 필사적으로 그곳으로 내달렸다. 현관으로 발을 들이자, 무의식적으로 거울 앞에 섰다. 아마 그건 내 팔의 상처가 진짜인지 확인해 보기 위한 자연스러운 행동이었으리라. 그렇게 나는 거울을 보았다.

거울 속의 나는 내가 아니었다. 얼굴이 전부 녹아내려서 도저히 형체를 알아볼 수 없었고 온몸에서 피가 마구 솟구치고 있었다. 목도, 팔도, 손가락도, 어느 것 하나 정상인 것이 없었다. 그리고 거울에 비친 괴물의 어깨 위에서 슬금슬금 올라오는 희고 가느다란 손을 보았다.

그 순간, 온몸에 힘이 풀려버렸고 눈앞이 암전된 듯이 까맣게 변해버렸다. 그리고 다시 정신을 차렸을 때는 다음 날 아침이 밝은 후였다. 그 아침 속에서 나는 빗물에 젖은 채 누워있었다. 우리 집의 복도 위에서 말이다.

그 후로 지금까지 고열과 오한에 시달리고 있다. 게다가 양팔에 두드러기가 자꾸 올라온다. 시간이 지나면 자연스럽게 사라지긴 하지만 솔직히 불안했다. 두드러기가 올라온 양팔의 모습이 빗물이 만들어 낸 구멍의 군집처럼 보였기 때문이다.

계속해서 토모루는 도대체 왜 이곳으로 왔는지 생각해 봤지만, 나로선 이해할 수가 없었다. 조용한 마을이 필요하다고 이런 먼 곳까지 이사 올 필요는 없다. 아무리 생각해도 마땅한 이유를 찾아낼 수 없었다.

토모루에게 고요메촌에서의 기억은 거의 없다고 했지만, 실은 잊을 수가 없는 기억들이 남아있다. 학교에서의 진지 빼앗기 놀이라던가, 가족과 함께 시치린(七輪 : 석쇠)에 생선을 구워 먹기라던가, 산촌 특유의 초목 내음을 맡으며 마루에서 잠들기라던가. 그런 기억들이 남아있지만, 그중에서도 절대로 잊을 수 없는 건…… 역시 히메코의 죽음이다. 납득할 수 없었다. 하산한 지 단 며칠 만에 죽어버렸다니. 사람이 그렇게 쉽게 죽는다는 걸 깨달은 아홉 살 아이의 충격은 평생 몸 구석구석에 서려 있을 것이다. 히메코의 죽음은 최근에 읽었던 오카모토 기도의 『단발머리 소녀』나 『오후미의 혼령』에 나올 법한 기괴한 이야기다. 나에겐 소름 돋도록 무섭고 기이한 일로밖에 다가오지 않는다. 그래야만 그건 그냥 무서운 이야기였다고, 현실이 아니었을 것이라고 치부해 버릴 수 있었으니까.

히메코는 언제나 밝았다. 그 집안의 분위기와 완전히 반대된다고 해야 할까. 히메코의 부모님은 숨기는 게 많으시고 엄하신 분들이었다. 히메코를 데리러 나온 두 분의 모습은 항상 넋이 나가 있었다. 히메코를 어쩔 수 없이 키우는 듯한 느낌이 다분했다. 그러나 자신에게 항상 엄격하다는 히메코의 말을 들으면 또 그건 아닌 듯했다. 그래서 더욱 괴로웠다. 남의 가정사를 알 리가 없는 나로서는 친구와의 사별을 그런 식으로 받아들일 수밖에 없었다.

결국 '그 산괴가 히메코를 데려간 것이다.' 나는 고등학교 1학

년이 되어 서야 그 결론에 도달했다. 궁극적으로 내가 민속학에 관해 관심을 가지게 된 것도 히메코의 죽음을 그 한 문장으로 단정시켰기 때문인 것 같다. 그러나 고향 마을의 산괴에 관한 정보를 찾아보겠다는 일념도 잠시뿐, 민속학이란 분야가 은근히 적성에 맞는다는 걸 깨달았다. 시간이 흘러갈수록 학구열의 근간이 되었던 히메코에 관한 기억을 펼쳐놓았던 강의 수심은 얕아져 갔다. 그에 따라 자연스럽게 그 산괴 이야기도, 고향도 잊혀갔다. 민속학에 깊이 빠져들수록 토모루, 카즈키, 테츠야와도 거리가 멀어졌다. 아니, 민속학 때문이 아니다. 그건 단순히 대면하는 횟수가 0에 수렴하니 발생하는 자연적인 '멀어짐'이었다. 고이 접어두었던 고교 1학년생의 결론을 29살이 된 시점에서 다시 펼쳐 보인 이유는 토모루 때문이었다. 토모루가 20년 전의 그날에 산괴를 두 눈으로 보았다고 한 이야기는 삐걱거리던 내 생각에 윤활유를 들이붓는 격이었다. 나도 무척이나 궁금했다. 미칠 지경이었다. 그래서 동네의 헌책방에도, 민속학 교수님께도 가보았다.

그래서 내가 이렇게 시름시름 앓으며 누워있게 된 것 같다. 나와 토모루는 건드리면 안 될 것을 건드려 버린 것이다. 어쩌면 그건 20년 전부터, 더 나아가 29년 전부터 예견되어 있었는지도 모른다.

조심히 몸을 일으켜서 부엌으로 발을 옮겼다. 뜨거운 숨을 한껏 내쉬지 않으면 기분 나쁜 통증이 온몸 구석구석을 들쑤시고 다닌다.

뜨겁게 데운 녹차를 마시면서 생각을 정리했다. 그나저나 토모루의 가족이 겪은 일은 무엇이었을까. 따뜻한 녹차가 오한으로 고생하던 온몸의 긴장을 풀어주었다. 지금처럼 여름에 몸살로 아프면 정말 지옥이다. 덥고 습한 날씨 때문에 가만히 누워있는 것도 고역이니 말이다.

늦은 저녁, 욕조에 들어갈 때까지 내 생각은 멈출 줄 몰랐다. 따뜻하게 근육을 어루만져주는 온수에 몸이 나른해져도 내 정신은 오로지 고요메촌에 있었다. 상념을 거듭할수록 고향 마을에 가보고 싶다는 욕구가 강해졌다. 마치 나를 부르는 것 같았다.

나도 모르게 잠이 들고 말았다. 물 위로 살짝 튀어나온 무릎에서 이질적인 감각이 느껴졌다. 내 무릎을 누군가가 살며시 어루만지는 것 같았다. 눈을 감은 채, 온전히 그 감각에 집중했다.

물이다. 물이 떨어지고 있다. 천장인가? 천장으로 고인 물이겠지.

조심스레 눈을 떴다. 내 무릎 위로 떨어지는 건, 오른편에 놓인 격자창 사이로 들어오는 빗물이었다. 나는 나도 모르게 화들짝 놀라며 열린 격자창을 잽싸게 닫았다. 더러운 것이 묻은 양비에 젖은 무릎을 미친 듯이 씻었다. 오물이다. 오물이 묻었다. 심할 정도로 세게 닦았더니 벌게진 무릎이 화끈거렸다. 그러나

이 고통 또한 비로 인한 고통처럼 느껴질 뿐이다. 아니다. 비다. 이건 비 때문이다. 그게 내 무릎의 살갗을 붉게 망가뜨렸다.

욕조에서 일어난 나는 샤워기로 대충 몸을 씻고 방으로 돌아갔다. 아직도 무릎이 아프다. 얼굴을 찡그린 나는 비를 탓하며 창문으로 다가갔다. 문이 제대로 잠겼는지 여러 차례 확인했다. 혹여나 비가 들어온다면 병원에 가야 할지도 모른다. 비는 나에게 고통을 주는 존재다. 그러므로 내 안식처에 절대 들일 수 없다.

다시 이불 속으로 들어갔다. 평소라면 친구들과 연락을 주고받거나 아르바이트 일자리를 알아보았겠지만, 지금은 그럴 힘조차 나지 않는다. 게다가 창문을 박차고 들어오려는 듯이 머리를 쥐어박는 비가 두렵게 느껴졌다. 조금이라도 빨리 잠들지 않으면 큰 화를 당할지도 모른다는 생각에 사로잡혔다.

문득 누군가의 시선이 느껴졌다. 창밖에서 무언가가 나를 뚫어져라 쳐다보고 있는 광경이 머릿속에 그려졌다. 나는 그 시선을 피해 벽 쪽으로 몸을 돌려 누웠고 눈을 꼭 감았다. 문득 누군가가 떠올랐다.

***히메코?***

2

계속해서 느껴지는 시선의 주인이 히메코라고 생각하게 된 것은 우연이 아니었다. 솔직히 처음엔 무서웠다. 잘 때마다 창문에서 나타나는 시선이 두려웠다. 그러다 문득 히메코의 얼굴이 떠오르자마자 알 수 없는 따뜻함이 느껴졌다. 그런 히메코의 시선은 오직 안방에서만 느껴졌다.

무언가를 말하려고, 무언가를 알려주러 나를 찾아왔구나.

그런 생각에 시선을 찾아 곧바로 눈을 떠보지만, 창문이 담고 있는 그림은, 우수수 쏟아지는 비와 칠흑뿐이다.

다행히도 오늘 아침은 비가 내리지 않았다. 감기도 거의 나았다.

"아사미의 집도 우리 집이랑 구조가 거의 비슷하구나."

비가 그쳐서인지 점심쯤, 토모루가 우리 집에 찾아왔다. 나베(일본식 전골)를 해주겠다며 말이다. 나를 챙겨주는 그가 내심 고마웠다.

"그나저나 연락이 왜 안 된 거야?"

토모루의 표정엔 약간의 화와 걱정스러움이 담겨있는 듯했다.

"감기 때문에 계속 누워있어서 전화를 받을 수 없었어. 미안해."

"그래서 며칠 동안 앓은 거야?"

"응."

"비를 맞아서 그런 걸 거야. 나도 비 때문에 이제야 외출하게 되었어. 지금은 괜찮아?"

"응. 지금은 멀쩡해."

"밥도 제대로 못 먹었겠구나. 조금만 기다려 봐."

우리는 연인이 아니지만, 마치 연인을 대하듯 묘한 분위기로 이야기를 이어 나갔다. 어렸을 때부터 토모루를 좋아하는 마음은 있었지만, 토모루는 얼굴 위로 감정을 잘 드러내지 않는 편이라 마음을 확인해 볼 수가 없었다. 지금은 오랜만에 재회한 어린 시절 친구의 친숙함과 편안함이 더 크다.

우린 나베를 먹으면서 대학생 때 있었던 일과 취업 준비를 하며 겪은 일 등을 이야기하기 시작했다. 그리고 그 이야기의 종착역은 토모루와 나카자토 교수의 대화 내용이었다.

"맞다. 잊고 있었네. 이따 전화를 드려야겠어. 그래서 무슨 이야기를 나눈 거야?"

고향에 관한 이야기가 나오지 않을까. 그런 기대가 있었다.

"워낙 내용이 길어서 말이야. 간단히 정리해서 말해줄게. 센고쿠 시대, 이나바국의 외곽 집락엔 복멸도악이라 불리는 불상이 있었어. 이건 교수님께서 연관이 있지 않을까 싶어서 말씀해 주셨던 거야. 복멸도악에 관해 조금 더 자세한 이야기는 궁금하다면 해줄게. 근데 그보다 더 놀라운 건, 우리 고요메촌은 실은 네 집락으로 이루어진 마을이었다는 거야. 산사태로 인해 세 집락이 파괴되었긴 했지만."

"잠깐만, 뭐라고? 네 집락?"

뇌리를 찌르는 듯한 이야기에 적잖이 충격을 받았다. 네 집락이라니 내가 아는 고요메촌은 한 집락이 전부인 소규모 마을이다.

“응. 놀랐지? 고요메촌은 네 지역으로 이루어져 있었대. 지역의 이름은 각각 슌도, 가도, 슈도, 토도였어.”

토모루는 작은 수첩 위로 봄, 여름, 가을, 겨울의 한자를 끄적였다.

“신기한 이름이네…….”

“그렇지? 우리가 살고 있던 곳은 가장 안쪽에 있는 겨울 길을 뜻하는 토도였지. 입구의 역할을 했던 슌도, 중앙 통로 역할을 했던 가도와 슈도가 잇따라 토사물에 묻히고 토도 지역만이 덩그러니 남게 된 거야. 토도를 향하는 입구와 통행로가 한순간에 없어진 거나 다름없지. 그러니까 고요메촌이 비정상적으로 외딴 곳에 있다고 느끼는 거였어.”

토모루의 말대로 원래 고향을 잇는 세 집락이 일자로 존재했다면 실제로 산사태가 일어나 세 집락이 땅에 묻혔을 때, 가장 안쪽에 있는 집락이 순식간에 외딴 벽지로 변하는 건, 상당히 일리가 있는 말이었다. 하지만 그보다 더 충격적인 건, 토모루의 다음 말이었다.

“네가 어떻게 받아들일지는 모르겠지만, 고요메촌은 원래 유곽촌이었대.”

“유곽? 전혀 생각지도 못했던 얘기네?”

“앞에 있던 세 집락이 묻히고 손님이 끊기게 되니 유곽촌이라는 탈을 벗고 평범한 마을로 탈바꿈을 한 게 아닐까? 아무튼 고요메라는 이름에서도 알 수 있듯이…….”

“여우가 유녀를 뜻한다는 거?”

“알고 있었구나?”

“응…… 실은 한참 전에 유녀도 생각을 해봤지만, 이건 도무지 이해되지 않는 해석이라 접어둔 생각이었어. 그런데 그게 정말이었다니.”

“그뿐만이 아니야. 고요메촌은 이름을 표기할 때, 두 가지 표기를 사용했어. 한 개는 전술했던, 여우 며느리이고 나머지는 붉을 홍(紅)자, 술 취할 취(醉)자, 여자 녀(女)자를 결합해 홍취녀(紅醉女)라는 표기였지. 이 단어의 발음은 홍엽과도 비슷하지만, 홍엽을 의미하는 건 아니었던 거지.”

“그렇구나. 그것도 고우요메로 고요메와 발음이 비슷하구나.”

“그렇지. 모두 유녀를 뜻하는 것이니까 둘 중에 어느 것으로 표기해도 상관없었을 거야.”

“그렇다면 홍취녀 유곽이라고 표기된 서적이 있을 수도 있단 말이네?”

“그렇지. 그건 나카자토 교수님께서 알아봐 주신다고 하셨어.”

“토모루, 있잖아…….”

갑작스럽게 아사미가 말끝을 흐렸다.

“응?”

"지금이라도 그만할까?"

"무슨 말이야?"

"조사하는 거."

"고향 마을?"

"응. 솔직히 말하면 예감이 좋지 않아."

머리를 단숨에 집어삼킬 듯한 공포를 느낀 나는 그렇게 말했다. 내 상황을 모르는 제삼자의 처지에선 전혀 헤아릴 수 없을 만큼 거대한 공포가 내 어깨를 짓누르고 있었다. 현실에선 있을 수 없는 일들의 연속은 이따금 정신을 차릴 기회조차 주지 않는다. 여기서 멈춰야 했다. 고향을 조사하기 때문에 이런 괴현상이 벌어지고 있다는 확신은 없었다. 다만, 이 조사를 멈춘다면 더 이상 아무런 일도 일어나지 않을 것만 같았다.

사무치게 그리운 감정이 저녁놀을 등진 창가에 드리웠다. 그건 토모루와 밥을 먹고 이야기를 한 뒤, 앞으로를 걱정하는 내 얼굴에 담긴 감정이었다. 거울처럼 반사되는 내 얼굴이 어딘가 낯설었다. 내가 내가 아니게 되어버린 듯한 묘한 느낌이었다.

"나도 그렇게 느끼고 있어. 하지만 난 그곳으로 가볼 생각이야."

"마을로 가보겠다고?"

도대체 무슨 말을 하는 건지 도통 이해할 수 없었다. 애초에 마을로 가보겠다는 그의 말에 동정할 생각조차 없었다.

"마을로 가봐야만 마을에 대해 알 수 있을 것만 같다는 생각이 들어. 우릴 부르고 있는 거야."

"누가?"

"히메코."

"히메코?"

나는 지르퉁한 표정을 지었다. 히메코는 죽었다. 히메코의 부모님께서도 그렇게 이야기하셨다. 토모루는 히메코의 죽음을 알고 있으면서도 요령부득한 말을 하는 것이다.

"하지만…… 히메코는……."

"살아있잖아."

"응? 그게 무슨 말이야?"

"네가 말했잖아. 살아 있다고."

아무리 생각해도 내가 그런 말을 했던 기억은 없다. 몇 번이고 곱씹어봐도 토모루에게 그런 이야기를 한 적은 없었다.

"기억이 안 나는데…… 정말 내가 그랬다고?"

"확실히 말했어. 물론 아사미의 말이 아니었어도 가볼 생각이었지만 말이야. 히메코의 집으로 갈 거야. 다섯 명 중에 마을을 떠나지 않은 유일한 집은 히메코네 집뿐이었잖아?"

"그건 그렇지……."

"뭔가가 있을 거야. 지금 생각해 보면 히메코의 죽음은 어쩐지 이상해."

"어떤 부분이?"

"장례식."

"정확히 기억은 안 나지만, 히메코는 우리가 곤충채집을 하고 이틀 뒤 늦은 밤에 돌연 세상을 떴고 그다음 날 행해진 혼츠야(本通夜 : 고인이 사망한 다음날 저녁에 행해지는 조문객 맞이)엔 부모님들만 참석했었지?"

"그랬었지. 그런데 그다음 날 행해진 장례식도 우린 참여하지 않았었잖아. 기억해?"

"그래. 그래. 기억난다. 그랬었지."

"그러니까 우린 히메코가 죽고 난 이후로 히메코의 관밖에 보지 못한 거지. 정작 히메코의 가족을 만날 수 있었던 건, 이웃 마을의 승려가 이끄는 장송 행렬이 이루어지던 당시에 잠깐뿐이었어. 히메코의 죽음을 알게 된 것도 그 장송 행렬이 이뤄지기 바로 직전이었으니까."

"아직도 히메코의 어머니 얼굴이 기억나. 장송 행렬이 시작되기 몇 시간 전에 근처에서 진지 빼앗기를 하고 있던 우리에게 다가와 알려주셨잖아. 섬뜩한 표정으로 '히메코가 죽었어.'라고 말이지."

나는 그렇게 말하면서 당시의 상황을 흐릿하게나마 떠올렸다.

*

넓은 히메코의 집 근처엔 자그마한 산이 있었다. 근처라고 해봤자 히메코의 집과 산의 입구 사이엔 다섯 채의 집이 놓여있는 정도였지만 히메코네 집 근처에서 놀자고 약속을 잡으면 십중팔구 그 산으로 모였다. (히메코의 집이 괴산과도 은근히 가까웠다는 점이 두렵긴 했지만) 산속에서 노는 건 아니고 특별히 그 산의 입구 부근이 넓은 평지라 '다루마상이 넘어졌구나'나 '진지 빼앗기' 등의 놀이를 하기에 최적의 장소였다. 그날도 여름 햇볕이 쨍쨍히 내리쬐고 있었다. 특히 바로 옆이 산이니 유지매미의 울음소리가 어마어마했다. 대신 그 시끄러운 비명을 들으면서도 그곳에서 놀 수 있었던 이유는 산속에서 불어오는 시원한 바람 때문이었다. 울음소리를 듣는 것을 감내하면 그에 필적하는 시원한 바람이 불어오니 손실에 비해 이득이 더 컸다고 생각했다. 약속에 오지 않는 히메코를 뒤로 하고 토모루, 카즈키, 테츠야와 함께 진지 빼앗기를 했다. 그런데 저 멀리서 한 여성이 걸어오는 것이 보였다. 곧장 쓰러질 것 같이 위태위태하게 걸음을 이어 나가고 있었다. 달궈진 바닥에선 지렁이처럼 꿈틀거리는 아지랑이가 피어올랐고 저 멀리서 다가오는 여성은 살짝씩 일렁이는 듯이 비쳤다. 점점 더 가까워지자 곧 그 여성이 히메코의 어머니임을 알아차리곤 반가움에 겨웠다. 그러나 그 감정은 삽시간에 종적을 감춰버렸다. 그 소름 돋는 무표정을 보았기 때문이었다. 도대체 어느 곳을 바라보고 있는 건가 싶은 정도로 눈동자는 흐릿했다. 게다가 그 더운 햇볕을 온몸으로 받으며 이곳으로 걸어왔음에도 숨을 몰아쉬거나 힘든 기색이 전혀 없는 흡사 인형을 보는 것 같았다. 그런 히메코의 어머니가 우리의 앞으로 터벅터벅 걸어와선 한 명 한 명의 얼굴을 조심히 살피다가 입을 열었다. "히메코가 죽었어."라고 말했다. 우린 그 자리에서 얼어붙었다. 히메코의 죽음을 갑작스럽게 전해 들었기 때문이기도 했지만, 더욱 큰 이유는 그 말을 건넨 직후, 히메코의 어머니가 정신이 나간 것처럼 웃었기 때문이었다. 그리고 울었다. 그리고 웃었다. 울고 웃기를 반복하는 그녀를 바라보며 그 자리에서 꿈쩍도 할 수 없었다. 실성하는 모습이 꼭 마귀 같았다. 그때만큼 그녀의 모습은 아이들을 산속으로 데려가는 요괴처럼 보였다. 흰자가 점점 붉게 변하고 입술이 다 터진 상태에서 갑작스럽게 입을 찢으니 입술 사이에선 피가 흘러나왔다. 그 기괴한 광경에 소름이 돋아 곧장 도망쳐야겠다는 생각이 들었다. 우린 마치 약속이라도 한 듯, 일제히 산속으로 달려 들어갔다. 처음은 테츠야였다. 산길을 무작정 헤집으며 올라갔다. 우린 산의 중턱까지 도달했음에도 멈출 수 없었다. 왜냐하면 바로 뒤에서 시끄러운 비명과 엄청난 발소리가 들렸기 때문이었다. 그녀에게 잡히면 죽을 수도 있겠단 생각이 들 정도로 광기에 사로잡혀 있었다. 우리가 알던 히메코의 어머니는 엄하고 또 빈틈이 없어 보였던 분이라서 더욱이 괴리감이 느껴졌다. 거의 산에 정상까지 올라서야 더 이상 아무 소리도 들리지 않았다.

산속 어딘가에서 우리가 내려오기만을 기다리고 있을 수도 있단 말을 카즈키가 꺼내자, 마을로 도로 내려가기도 무서워졌다. 우리가 마을로 내려가기로 한 것은 숯쟁이 아저씨를 만난 이후였다. 처음엔 저 끝에서 부스럭거리는 소리가 히메코의 어머니가 내는 소리인 줄로만 알았다. 그런데 생각지도 못한 남성의 걸쭉한 목소리가 들려옴과 동시에 꾀죄죄한 옷을 입고 나타난 아저씨를 보자 다리에 힘이 풀렸다.

"정말 그런 일이 있었단 말이야?"

"정말이에요."

우린 숯쟁이 아저씨의 도움을 받아 천천히 하산하기 시작했다.

"아무리 그래도 산은 함부로 올라오지 마렴. 잘못 올라오면 길을 잃어버리거든."

내가 산의 정상에 거의 올라왔을 시점에 다리를 접질렸다고 말하자 아저씨가 목말을 태웠다. 쿼쿼한 땀 냄새가 올라왔지만, 넓은 어깨 덕에 너무나 편안했다.

"에이. 이렇게 낮은 산도요?"

카즈키가 말도 안 된다는 듯한 표정을 지으며 말했다.

"그럼. 당연하지. 너네, 그 이야기 못 들어 봤니?"

"어떤 거요?"

이번엔 내가 허리를 살짝 굽혀 물었다.

"이 마을에 있는 산들엔 말이야. 여우 씨가 살아."

"여우 씨요?"

"여우 알지?"

"네. 실제로 본 적은 없지만요."

"오래전부터 지금까지 계속 여우 가족이 살고 있어. 혹시나 물릴 수도 있으니까 조심하란 말이야."

"여우는 작잖아요? 여우도 물어요?"

"물론 여우는 겁이 많아서 득달같이 공격하려 들거나 그러진 않지. 그래도 혹시 모르니까 조심하는 게 좋아. 이 마을에 사는 여우라면……."

"네?"

"아니란다. 그나저나 그 집 아이가 그렇게 된 게 사실이니?"

아저씨가 그 말을 꺼냈을 즈음 산의 입구에 도착했다. 넓게 펼쳐진 마을엔 히메코 어머니의 모습이 전혀 보이지 않아서 안도했다.

"저희도 잘 모르겠어요."

"그렇다면 장례식은 오늘이겠구나. 걸을 수 있겠니?"

살짝 발목이 삐근한 느낌이 들긴 했지만, 충분히 걸을 수 있었다. 우린 아저씨께 감사의 인사를 했다. 그러고 나서 히메코의 집 앞을 지나가려는데 대문에서 승려를 포함한 여러 사람과 관이 나타났다. 그 광경을 두 눈으로 목격하고 있으면서도 우린 전혀 믿을 수가 없었다. 불과 며칠 전까지만 해도 함께 놀았던 친구가 저 자그마한 관 속에 들어있다고 생각하니 위화감이 느껴졌다. 도저히 납득할 수가 없는 상황 속에서 관 옆에 서 있는 히메코의 어머니를 보았다. 우리 넷은 자연스럽게 뒷걸음질을 쳤다. 혹여나 어머니를 마주하면 아까와 같은 일이 일어날 것 같은 기분이 들었다. 조심스럽게 거리를 두고 있었는데, 다행히도 시야에서 그 행렬이 사라질 때까지 히메코의 어머니가 뒤를 돌아보는 일은 일어나지 않았다.

*

"아사미?"

"아, 미안해. 잠깐 생각 좀 하느라."

토모루의 부름에 정신이 들었다.

"그 장송 행렬이 어디까지 갔을까?"

"그야 어디선가 화장을 진행하고 마을에 자리한 공동묘지로 가지 않았을까?"

"히메코가 죽은 뒤에 놓인 공동묘지에 가본 적 있어?"

"아니. 없어. 히메코가 죽었다는 걸 일깨워 주는 느낌이잖아. 그런 건 싫었어."

"그런 소문이 있었어. 히메코의 유골함이 이시이와 가의 묘비

아래에 묻히지 않았다."

"그게 무슨……."

"혹시 그런 이야기 들어봤어? 과거엔 전염병에 걸리거나 저주에 걸려 죽은 사람은 아예 마을 주민들의 유골 혹은 시신이 안치된 곳과는 멀리 떨어진 곳에 매장했었다는 이야기가 있어. 어쩌면 히메코는 우리가 모르는 전염병에 걸렸었거나 저주에……."

"응? 그렇다면 토모루도 히메코가 죽었다고 생각하는 거잖아?"

"살아있다고 믿고 싶은 거지. 히메코는 죽었어. 그건 변함없는 사실이지……. 하지만 히메코가 병사했든 살해를 당했든 그 집 안에 무슨 일이 있었던 건 분명해. 난 그 집에 도대체 무슨 일이 있었는지 알고 싶어. 그리고…… 그 산사태 말이지. 우리 가족도 산사태에 다 세상을 떠났어."

"뭐라고?"

순간, 내 귀를 의심했다. 우리 가족과 똑같은 사고를 당했다니. 토모루를 위로해 주는 게 먼저였다는 걸 잘 알고 있었지만, 적잖이 당황스러워서 도대체 어떤 반응을 보여야 할지 감조차 오지 않았다.

"언제?"

"놀라진 마. 8년 전, 이맘때쯤이야. 그리고 내 기억으로 그날의 전국적인 산사태 사고 건수는 우리 가족을 포함해 4건이었지. 아마 아사미의 가족이 여기에 포함되어 있겠지. 맞지?"

정확히 일치했다. 우리 가족이 사고를 당한 시기는 8년 전의 이맘때쯤, 즉 장마철이었다. 애써 놀라움을 머금고 토모루의 질문에 대답했다.

"응. 맞아."

"재수 없는 생각일 수도 있지만, 나머지 2건은 아마도……."

토모루가 말끝을 흐리는 순간, 머릿속에서 얼굴들이 떠올랐다. 두 사람의 얼굴이 서서히 뚜렷해졌다.

"카즈키와 테츠야?"

하지만 내 예상과는 다르게 토모루는 고개를 내저었다.

"사고가 일어났을 당시, 테츠야의 가족은 할머니와 할아버지뿐이셨지만 그분들은 지금도 살아 계셔. 아사미. 원래 우린 4명이 아니었어."

나도 모르게 한 명을 빼놓고 있었다. 어떤 이유에서 나, 토모루, 테츠야, 카즈키의 부모가 상을 당한다. 하지만 테츠야는 오로지 조부모님과 함께 살고 있었다. 하지만 사고 건수는 4건……. 히메코는 자기 자신만이 죽음의 세계로 향했을 뿐이다. 그것을 제외하면 히메코, 토모루, 카즈키, 나는 모두 부모가 있다고 해석할 수 있다. 그렇다는 건…….

"히메코의 부모님인 거야?"

"너무 억지를 부리는 걸 수도 있지만 그저께 테츠야와 통화를 하면서 어떤 이야기를 들었어. 우연히 도쿄에서 카즈키를 만났다고 말이야. 카즈키는 아내가 있지만, 현재는 별거 중인 상태였고 부모님은 산사태 사고로 돌아가셨다는 이야기를 듣고 크게 놀랐다고 내게 말했어. 테츠야의 이야기를 듣고 그 산사태의 마지막 희생자는 히메코의 부모님일 것이라는 생각을 어느 정도 확신하게 되었어. 물론 그건 히메코 집안과 친분이 있는 사람에게 확인해야 알 수 있겠지만 말이야……."

"혹시 마지막 희생자는 없는 게 아닐까?"

문득 그런 생각이 들었다.

"왜?"

"생일이 언제지? 4월 맞지?"

"응. 맞아."

"토모루의 생일은 4월, 내 생일은 7월, 카즈키의 생일은 10월, 히메코와 테츠야의 생일은 12월이야."

"생일을 다 기억하고 있었어?"

"응, 너랑 나랑 카즈키의 생일은 전부 3달 차이고 히메코와 테츠야의 생일은 같은 12월이라 기억하고 있었어."

"그런데 생일은 왜?"

"그걸 계절로 치환해 봐."

"난 봄, 아사미는 여름, 카즈키는 가을, 히메코와 테츠야는 겨울…… 이게 왜?"

"집락의 이름 말이야."

"슌도(春道), 가도(夏道), 슈도(秋道)…… 즉 산사태에 묻힌 집락들인 건가?"

"산사태를 피한 집락은 겨울의 길을 의미하는 토도뿐이지. 그러니까 겨울에 태어난 히메코와 테츠야의 가족은 사고를 피할 수 있었던 게 아닐까?"

"그러면 나머지 사고 1건은?"

"그건…… 아까 말했듯이 사고로 인한 사망은 아니고 단지 부상쯤이 아니었을까? 사고로 인한 결과가 꼭 사망만 있는 건 아니잖아."

"그럴 수도 있겠네. 그런데 왜 꼭 우리일까? 꼭 어떤 저주에 걸린 것 같잖아."

"우리가 히메코에게 무슨 잘못을 저지른 건 아닐까?"

"글쎄. 난 히메코에게 몹쓸 짓을 한 적이 없어. 그건 아사미도 마찬가지잖아?"

"그렇지. 하긴 히메코가 우리에게 이런 짓을 할 리가 없어. 오히려 도왔다면 도왔겠지."

그 말을 한 직후, 잠깐의 정적이 찾아왔다. 나와 토모루 모두 심각한 고민에 빠진 것이 분위기로 드러날 정도였다. 먼저 입을 연 것은 토모루였다.

"히메코가 아닌 다른 존재라면……."

"산괴?"

토모루도 나도 동시에 외친 답이었다. 그래서인지 서로 놀라는 기색이 엿보였다.

"생각할 수 있는 건 그 산괴뿐이야. 그것이 히메코와 우리 가족을 그렇게 만든 거야."

"정말 뭔가가 있는 것 같아. 토모루도 나도 이런 기현상을 겪는 걸 보면 말이지. 아무래도 마을에 가보는 수밖엔……."

대화하다 보니 직접 마을에 방문해 보지 않고는 이 모든 궁금증이 풀리지 않을 것 같았다. 아니, 그보다도 고향을 간다면 그곳에서 꼭 무언가를 발견할 수 있을 것이라는 확신이 들었기 때문이었다.

***무언가가 있을 것이다.***

## 3

고향 마을을 조사하러 가기 전, 백반집에서 우연히 우리 얘길 듣고 자기도 고요메촌에 살았었다고 하는 남성을 만날 수 있었다. 다만, 남성은 우리가 고요메촌을 떠난 뒤에 마을로 이사를 온 터라, 우리와는 일면식이 전혀 없는 사이였다.

계란덮밥을 시키면서 토모루가 물었다.

"그 당시 고요메촌은 어떻던가요?"

"좋은 동네였습니다. 교통이 불편하다는 점만 빼면 말이죠."

"산골 마을이다 보니 확실히 그런 느낌이 있죠?"

"맞아요. 그리고 제가 그곳에 살 무렵엔 안개가 잘 끼더라고요. 이것 역시 고지대에 자리한 산골 마을의 특성이겠지만."

"그런가요? 저희가 살 땐, 안개는 그리 많이 끼진 않았던 것 같은데……."

둘의 대화를 들으며 과거를 떠올렸다. 토모루의 말대로 안개가 끼었던 적은 손에 꼽았던 것 같다. 우리 마을은 안개보단 비였다. 온도가 급격히 떨어지는 어슴새벽 무렵에 바깥으로 나오면 안개가 왕성한 벽색 풍경을 보았을지도 모르지만, 어린아이였을 때 새벽 풍경을 보기란 쉽지 않다. 그렇다 보니 우리가 자주 마주하는 건, 강렬하게 빗발치는 비의 그림이다.

"뜬금없는 질문일지도 모르지만, 혹시 이시이와(石岩)가를 아십니까?"

"이시이와 말입니까? 이시이와라…… 잘 모르겠네요."

"그렇습니까?"

"생각해 보니 있었던 것 같기도 하네요. 산 가까이에 자리한 커다란 집 맞나요? 산이 하도 많아서 맞을진 모르겠지만."

그 대답에 토모루는 눈이 휘둥그레져선 흥분하며 말했다. 동시에 내 머릿속에선 그 집의 대문에서 우수수 쏟아져 나오는 장송 행렬이라는 소름 돋는 광경이 떠올랐다.

"맞을 겁니다. 그 집에 대해 잘 아시는 건가요?"

"아니요. 그 집은 워낙 조용해서 말이죠. 사람이 사는 건가 싶은 정도로 조용했습니다. 주민들의 말에 따르면 '고요메의 흉가'라 불린다고 합니다. 물론 저는 그 근방으로 갈 일이 없었던 터라 자세한 내용은 잘 모르지만 말입니다. 지금 생각하니 확실하게 기억이 나는 게 있습니다. 문패에 돌 석(石)자에 바위 암(岩)자가 쓰여 있었고 꽤 신기한 성이길래 소리 내어 읊어보았던 것이 기억납니다."

"고요메의 흉가?"

"네. 제가 듣기론 과거 그 집에서 불미스러운 일이 있었다고 하던데요. 그런데 불미스러운 일보다도 흉가라고 불릴 수밖에 없었던 큰 이유는 아마도 그 집안사람들이 소름 돋는 광신도였기 때문이라고 합니다."

"광신도라면…… 누굴 섬기는 건가요?"

"글쎄요……. 그런 자세한 건 잘 모릅니다. 제가 아는 건, 그 집안사람들이 대대로 무언가를 섬기고 있었고 과거에 벌어진 불미스러운 사건 이후에 그 광적인 믿음의 도가 지나치게 심해졌다는 정도입니다. 저야 뭐. 실제로 그곳에 누가 사는지 본적도 없으니. 섣불리 말을 꺼낼 입장은 아니죠."

"그 불미스러운 사건이라는 게…… 혹시 누군가가 죽은 건가요?"

이시이와 히메코의 얼굴이 떠올랐다. 그래서 이렇게 직접적으로 질문할 수밖에 없었다. 갑작스럽게 끼어들며 질문을 건넸던 터라, 남성의 안면엔 당황스러운 감정이 돋아난 듯이 보였다.

"네? 아마, 그럴 겁니다. 하지만 누가 죽었는지는 몰라요. 그 집안사람 중 누군가가 죽었다는 것밖에는……."

"그렇다면 댐 건설은……?"

오신코를 입속에 집어넣으면서 토모루가 물었다.

"아. 댐 건설은 취소됐어요. 그쪽에선 갑작스러운 재정난이라는 말도 안 되는 소릴 했지만. 아무튼 주민들은 사전에 정착 지원금을 받고 마을을 떠났죠. 그래봤자 지원금이 그리 많지 않아서 고령자 대부분은 새로운 자택을 구하기보다 가족의 집에 얹혀사는 신세가 되었죠."

"댐 건설이 취소되었음에도 돌아오지 않았던 이유는 뭐였을까요?"

"굳이 돌아갈 필요성을 못 느꼈기 때문이겠죠. 고령자 같은 경우, 가족에게 눈치가 보이지 않는다면 굳이 그런 곳에 돌아갈 필요는 없으니까요."

"고령자를 제외하고는 어떻게 되었나요?"

"아마도 저처럼 돈을 조금 더 보태서라도 이번 기회에 다른 곳으로의 이주를 감행했을 겁니다. 솔직히 말하자면 전 잘된 일이라 생각했습니다. 그 마을은 뭐랄까…… 특유의 묘한 분위기 때문에 나도 모르게 그 분위기에 휩쓸려 버린달까. 그런 기분이 들기 일쑤였습니다. 물론 말이 그렇다는 거지만요."

"그 집…… 때문인 건가요?"

"그 집이라면 흉가를 말하는 겁니까?"

"네……."

남성은 내 말에 고개를 절레절레 저었다.

"그건 아닌 듯합니다만, 도대체 그 집에서 무슨 일이 벌어지는지 알 수가 있어야죠. 그 집 부근에 사는 주민들은 그 집이 무서워서 밤에는 절대로 밖으로 못 나간다고 하더라고요. 그래도 그 집이 또 마을 전역의 분위기를 들쑤시는 건 아니어서 그 집의 탓이었다고 말하기는 어려워요."

토모루는 남성의 말을 듣고 한참을 고민하다가 다시금 입을 열었다.

"마을에서 무슨 소동 같은 건 없었나요?"

그 질문을 듣고 이게 도대체 무슨 질문인가 싶었다. 자기 나름대로 생각은 있겠지만 무슨 생각인지 도저히 감을 잡을 수 없었다.

"소동이라……. 아! 한동안 마을을 들쑤셨던 소동은 있었습니다. 실종 사건이라 해야 할까요. 세 명의 아이가 잇따라 실종되었던 사건이 있었죠."

남성은 꺼림칙하다는 듯이 찡그리는 표정을 짓다가 토모루가 고개를 끄덕거리자, 하는 수 없다는 듯이 말을 이어 나갔다.

"첫 번째와 두 번째 아이는 결국 찾지 못했지만, 다행히도 세 번째 아이는 찾았어요. 그런데 그 이후부턴 애가 가끔 아자(啞者

: 언어장애인)가 되거나 도저히 알아들을 수 없는 꼬부랑말을 빠르게 내뱉는 것처럼 혼자서 중얼거리기도 하고, 자기 집도 제대로 못 찾아가는 수준이 되어버렸습니다. 실종되기 전까지만 해도 총명하고 고운 여자아이였는데 말이죠. 그렇다고 완전히 바보가 되었다는 건 또 아닙니다. 애가 말을 안 해서 그렇지. 속으론 무슨 생각을 하고 있는지 전혀 알 수가 없었어요. 집을 못 찾아가는 것도 일부러 돌아가지 않는 듯한 느낌이 강해서 말이죠. 심지어 그 애는 저희 옆 옆집에 살던 아이라 더욱이 신경이 쓰일 수밖에 없었습니다. 마치 실종이 된 후, 얼굴만 같은 다른 아이가 돌아온 느낌이랄까……."

"그 아이는 어디서 발견된 건가요?"

"그게 참 이상합니다. 그 집 앞에 서 있더군요."

"그 집이라면 역시……."

"이시이와 가. 실종되었던 동안 어디에 있었는지 무슨 일을 겪었는지 일절 이야기하지 않았습니다. 오히려 그걸 물으면 극심한 스트레스에 시달리는 게 육안으로 보일 정도여서 마을 사람들 사이에선 그 아이에게 말을 걸지 않는 것이 불문율처럼 여겨지는 이야기가 되어버렸죠. 귀신을 만났다. 생령에 씐 것이다. 여우에게 홀린 것이다. 등의 추측성 이야기는 쉴 새 없이 쏟아져 나왔지만, 정작 당사자가 아무 말도 안 하니 자연스레 발생한 일이었죠."

"혹시 그 아이는 어디로 떠났는지 아시나요?"

"여기 살아요. 가와나에. 지금은 고등학생이 됐겠네요."

토모루와 남성의 대화를 엿들으며 그 아이를 만나보아야겠다는 생각이 들었다. 지금은 7월 중순이니 고등학교도 방학을 맞이했을 것이다. 그녀를 만나본다면 꼭 어떤 정보를 알 수 있을 것만 같았다. 그리고…… 이시이와 가에 대해 무언가 알고 있을 것 같았다.

나는 토모루의 팔꿈치를 툭툭 치며 귓속말을 건넸다.

"만나볼까?"

토모루는 아무 말 없이 고개를 끄덕이고는 입을 열었다.

"혹시 그 아이가 사는 곳의 주소를 알 수 있을까요?"

"뒤쪽에 깔린 상점가를 지나면 언덕이 나옵니다. 그 길로 조금 올라가면 또 다른 주택가가 나오는데 조금 허름한 집들이 모여 있을 겁니다. 거기서 특별히 큰 백일홍 나무가 놓인 곳이 아이의 집입니다. 그런데 무슨 일이길래?"

"묻고 싶은 게 있어서요."

"조심하세요. 애가 해를 거듭할 때마다 사나워져서 말이죠. 안 본 지 4년은 넘은 것 같습니다."

거무스름한 수염 자국이 나 있는 남성은 그렇게 말하면서 불편한 웃음을 지어 보였다. 그 이후의 대화는 실속 없는 의식의 흐름으로만 가득 채워져 있어서 마음을 졸이며 무언가를 골똘히 생각해야만 하는 불편한 상황을 마주하는 일은 딱히 없었다.

꽤 긴 시간을 대화에 쏟아부은 탓에 해가 한층 더 강렬한 여명을 뿜어내고 있는 것이 보였다. 백반집을 나오고 일신한 모습으로 소녀 찾기를 감행했다. 토모루의 차를 타고 남성이 알려준 곳으로 곧장 이동하니 마을의 가장자리에 자리해 음산한 기운을 뿜어내는 주택가가 시야에 드리웠다. 다만, 토모루는 이런 주택가의 모습에 어떠한 고양감을 느낀 건지 콧노래를 흥얼거렸다. 작은 언덕을 오르자 얼마 안 가, 오른편에서 몸이 기괴하게 뒤틀린 커다란 나무가 나타났다. 그제야 그 남성이 왜 나무를 매개체로 해당 아이의 집을 설명했는지 단박에 이해할 수 있었다. 그건 이 주택가에 자리한 여러 주택 중, 마당에 이렇게 큰 나무가 서 있는 건 오로지 이 한 집밖에 없었기 때문이었다. 그것도 눈에 띈다면 절대로 잊을 수 없을 정도로 기괴하게 생긴 나무였으니까.

아이의 집은 가로축보다 세로축이 훨씬 긴 2층짜리 단독 주택이었다. 첫인상은 평범한 가구원이 단란이 살고 있을 법한 평범한 서양식 집이었다. 약간의 예스러움이 묻은 대문 옆에 놓인 초인종을 눌렀다.

지지직거리는 괴상한 소음이 들려왔다. 곧이어 숨소리 같은 것이 연신 들려오더니 수화기를 내려놓는 듯 턱 하는 소리가 들렸다. 연결이 끊긴 것이다. 나는 아랑곳하지 않고 다시 초인종을 눌렀다.

"계시나요?"

하지만 이번에도 듣기 거북한 잡음만이 들려 올 뿐이었다. 그런데도 이 자리에서 벗어날 수 없었던 건, 집 안에서 검은 그림자가 연신 움직이는 걸 두 눈으로 직접 보았기 때문이 아닐까. 또다시 숨소리가 흘러나왔다. 어딘가 불편한 구석이 있는 사람처럼 인터폰에 대고 숨을 몰아쉬는 것 같았다. 또 툭 하는 소리와 함께 연결이 끊겼다.

그 순간 뒤에서 알 수 없는 인기척이 느껴졌다. 토모루는 바로 옆에 자리 잡고 있으니 적어도 토모루는 아닐 것이다. 신경 쓰여서 뒤를 돌아보자, 검은 무언가가 순식간에 날아들었다. 깜짝 놀라 눈을 감으며 얼굴 쪽으로 두 손을 올렸다. 나도 모르게 말이다. 다시 눈을 뜨고 확인해 보니 그건 까마귀였다. 커다란 날개를 펴고 내 눈앞을 쏜살같이 지나간 까마귀의 도착지는 다름 아닌 이 집의 검은 지붕이었다.

"놀랐네."

토모루 또한 얼마나 놀랐는지 선한 인상을 확 구기면서 초인종을 세게 한번 눌렀다. 2번 정도 초인종을 눌렀음에도 불구하고 돌아오는 음성이 없다면 어느 정도의 기대는 접어두는 게 맞겠지만, 안에 누군가가 있는 걸 두 눈으로 확인한 이상은 '형식상의 거절'을 담은 음성이라도 들어보고 싶었다. 그런 기분은 토모루도 마찬가지였던 것 같다.

여전히 지지직거리는 잡음이, 이 작은 기계 속에서 흘러나왔다. 아주 기분 나쁜 소리였다. 애초에 협소한 마당에 놓인 백일홍 나무의 뒤틀린 몰골부터가 기괴하기 짝이 없어서 어느 각도에서 보아도 비정상적인 기운이 소름 돋도록 느껴진다. 게다가 뜨겁게 내리쬐는 햇빛을 받으며 서 있는 이곳에서 들려오는 건 첨예한 모양새로 고막을 파고드는 잡음과 이상한 숨소리뿐이었으니 더욱 그랬다. 저 커다란 백일홍 나무엔 매미조차도 없나 보다.

문득 그런 생각이 스쳐 지나갔다. 그 어떠한 생명체도 살 수 없는 장소가 있다는 이야기를 어디선가 들은 적이 있다. 정확히는 기억할 수 없지만, 추측건대 출처는 아마도 무녀 체질이었던 외할머니였을 것이다. 양의 기운을 전제로 살아가는 생명체들에게 음의 기운이 강한 존재는, 그만큼 자신과는 전혀 상이한 존재로 받아들여진다. 그건 장소가 될 수도 있고 생명체가 될 수도 있으며 물건이 될 수도 있다. 삶의 이면엔 죽음이 있듯이, 죽음이 드리운 장소는 삶을 영위하는 생명체들에겐 본능적으로 피해야만 할 곳으로 다가올 뿐인 셈이다. 다만, 한 가지 예외는 신에 씌는 것이다. 여기서 신은 귀신이 될 수도 있고, 산신이 될 수도 있으며 신령이 될 수도 있다. 귀신이나 산신 등은 기본적으로 음이다. 그래서 양의 기운으로 가득 메워진 생명체가 이러한 신에 빙의되면 보기만 해도 소름 돋는 분위기를 자아내는 음의 존재로 둔갑하는 것이다.

만약 저 나무에 무언가가 들러붙어 있다면 벌레가 살지 못하는 게 어쩌면 당연한 일이지 않을까?

"누구세요?"

얇은 목소리가 흘러나왔다. 기계가 오래된 탓일까. 잘 들리진 않았지만, 누군가의 물음이라는 건 확실했다.

"저희는 H 대학의 민속학부생들입니다. 여쭤보고 싶은 게 있어서 찾아왔습니다."

"어떤……."

"이 마을을 주제로 조사하고 있습니다. 시간 괜찮으신가요?"

우선은 거짓으로 둘러댔다. 난 이미 대학을 졸업했고 아사미는 박사 과정을 이수하던 중 휴학한 상태지만, 정보를 알아내기 위해선 어쩔 수가 없었다.

"……."

별다른 대답은 돌아오지 않았지만, 단번에 알아차릴 수 있었다. 상대방이 상당한 곤혹을 느끼고 있다는 것을. 그래서 거절할 수도 있다는 생각에 마음을 비우고 있었다.

"네. 잠시만요."

의외의 대답에 나도 모르게 '아!'하고 감탄했다. 이윽고 현관문이 열리자, 머리는 꽤 삼발이지만, 수수한 외모의 소녀가 터벅터벅 걸어 나왔다. 저 소녀가 그 실종되었던 아이였겠지. 단색의 교복을 입고 있었다. 아직 방학이 아닌 건가? 방학이 아니라고 해도 오전 11시쯤에 집에 있는 건, 무슨 이유가 있기 때문일 것이다. 나도 고교생이던 시절엔 건강상의 이유로 조퇴한 적이 더러 있었으니까. 이른 시간에 조퇴하고 나면 조용한 낮의 분위기가 내 주변을 휘감는 것 같다는 느낌을 받은 적이 많다. 자택 근무가 아니라면 대부분은 직장에 있을 시간이고 학생들도 학교에 있을 시간이니, 마을에 남는 건, 일을 할 수 없을 정도로 몸이 야윈 고령자들이나 갓난아이를 돌보느라 기운이 쏙 빠진 전업주부들이 전부다. 그러므로 지금 시간이 비정상적으로 조용한 게 느껴지는 건 당연하다. 소녀의 모습에 과거의 나를 투영하다가 터벅거리는 발소리가 점차 가까워지는 것을 깨닫고 번뜩 정신이 들었다.

"일단 들어오세요."

대문을 열며 소녀는 그렇게 말했다.

"고마워. 부모님은?"

토모루가 마당에 발을 디디며 물었다. 가까이 서 본 소녀는 단발머리에 사슴 같은 눈망울을 지니고 있었다. 굳이 얼굴을 꾸미지 않아도 충분히 예쁜 얼굴이었다.

"출근하셨어요."

"두 분 모두?"

"네."

현관문을 열고 들어간 집 내부는 건물의 외관에 비해 고리타

분했다. 아니, 더럽다고 해야 할까. 고약한 냄새가 났다. 정상적인 부모라면 집이 이렇게까지 더러워질 때까지 가만히 두진 않았을 텐데. 게다가 여기저기 놓인 이상한 물품들은 어디에 쓰였는지 모를 부적 주머니나 보고만 있어도 저절로 털이 곤두서는 이치마츠(市松 : 빨간 기모노를 입고 있는 일본 인형), 키메코미(木目込み : 일본식 전통 목각 인형) 인형 등이었다. 처음엔 그저 인형을 좋아하는 아이이리란 생각이 들었다. 그러나 정상적인 사람이라면 거동이 불편할 정도로 받침대 위의 인형을 이곳저곳에 두진 않을 것이다. 인형의 향연은 현관부터 시작하여 행로를 표시한 것처럼 어딘가로 쭉 이어져 있었다.

소녀는 종종걸음으로 자연스럽게 인형으로 둘러싸인 길로 걸어 나갔다. 우린 그런 소녀를 천천히 따라갔다. 이 집은 이미 저녁노을의 주황빛에 둘러싸인 것처럼 은은한 땅거미가 가라앉아 있었다. 집안 이곳저곳이 먹빛에 물들어 으슥한 공간이 형성되고 있었다. 그건 흡사 곰팡이가 핀 듯한 광경이었다.

"어디로 가는 거니?"

"……."

토모루의 물음은 가볍게 무시당했다. 들리질 않는 건지, 멈칫하지도, 대꾸도 하지 않고 소녀는 인형의 길을 따라 움직였다. 중간중간 욕실 혹은 다른 방으로 향할 수 있는 공간이나 문이 나오지만, 마치 그곳으로는 들어가면 안 된다는 듯이 인형들이 막고 있었다.

어디선가 바닥을 쓰는 소리가 들려왔다. 아니, 무언가가 바닥을 기어다니는 소리라고 해야 할까.

*스으윽. 스으윽. 스으윽.*

연신 울려 퍼지는 괴이한 소리에 한 발 한 발 앞을 내디딜 때마다 섬뜩한 불안이 밀려왔다. 아득히 먼 곳에서 기괴하게 뒤틀린 몸을 끌며 다다미 바닥을 힘겹게 기어다니는 여성의 모습이 떠올랐다. 상상 속의 그녀와 눈이 마주치자 곧장 나는 그 자리에 멈춰 섰다. 애당초 이 집은 사람이 사는 집이 아닌 게 아닐까. 왔던 길을 되새기며 생각했다. 최소한 정상적인 집은 아니란 생각이 들었다. 백반집에서 만난 아저씨가 말했던 이야기가 사실이었다는 게, 피부로 느껴질 정도였다.

하지만 토모루는 너무나 자연스럽게 걸음을 이어 나가고 있었다. 애초에 현관에서부터 걸음을 멈추자고 말했어야 했다. 나와 토모루는 어딘가 이상함을 느끼면서도 그 속에 자연스럽게 녹아들어버렸다. 아니, 이건 아무리 생각해도 무언가에 홀린 것이다. 무엇이 이상한지 파악할 겨를도 없이 말이다. 그렇지 않고선 어느 순간부터 목이 전부 잘려 나간 인형이 양옆으로 여럿 놓인 길을 태연자약하게 걸을 순 없을 테니까. 엉겁결에 불편한 사실을 마주해 버린 것이다.

이윽고 멈춰 섰다. 토모루도. 소녀도. 우리 셋의 멈춤은 나를 시작으로 차례대로 일어난 일이었다. 소녀는 도대체 우릴 어디로 안내하는 걸까. 앉아서 대화를 나눌만한 거실도, 주방도 이미 지나쳐 버린 지 오래였다. 저 멀리 소녀 앞에 놓인 문은 안개에 감춰진 듯이 유달리 희뿌옇게 보였다. 저 문 뒤엔 소녀의 방이 있겠지. 그런 믿음이 있었다.

소녀는 거리낌 없이 잿빛 문을 열었다. 난 토모루의 옆으로 조심히 다가가서 소녀의 동태를 숨죽이고 살펴보았다.

*붉다.*

활짝 열린 방에서 새어 나온 빛은 이 집의 일부라고는 상상할 수 없을 만한 빛이었다. 이 집과는 전혀 어울릴 수 없는 새빨간 빛이었다. 소녀는 피에 물든 듯 비치는 방 한가운데에 우두커니 서서 뒤를 돌더니 천천히 우리에게 손짓했다. 나무랄 데 없는 순진한 미소를 입가에 띄우면서 말이다.

토모루가 소녀의 손짓에 따라 앞으로 나아가기 시작했다. 넋이 완전히 나가버린 표정으로. 그를 제지하려 한 발짝 앞으로 다가간 순간이었다. 소녀의 어깨 위에 있는 소름 돋는 것을 보고야 말았다.

소녀의 어깨 위에 있는 그건…… 반쪽짜리 얼굴이었다. 커다란 눈과 머리카락, 눈처럼 창백한 피부가 엿보였다. 눈을 제외한 중안부와 하안부는 소녀의 어깨에 가려 전혀 보이지 않았다. 처음엔 소녀의 여동생이리란 생각이 들었다. 그런데 만약 그렇다면 도저히 설명할 수 없는 게 있다. 가녀린 소녀의 몸집에 몸을 숨기려면 저 얼굴마저 보여선 안 된다. 어깨 위로 얼굴이 보인다는 건, 최소한 팔 한쪽도 같이 보여야 한다. 몸의 반쪽이 없지 않은 이상은 저렇게 머리만 보일 순 없다는 이야기다. 저건 소녀의 뒤에 머리만 붙어있는 것이다. 저것과 눈이 마주쳐 버린 이상은 시선을 피할 수 없다는 것을 통감했다. 오싹한 기운은 나를 좀먹기보다 머리를 단숨에 집어삼킬 듯한 맹렬한 기세로 달려들었다. 더불어 들짐승처럼 샛노란 눈동자가 내 눈 속으로 살의를 파묻었다.

저건 몇 번을 생각해 봐도 토모루가 말한……

***산괴가 틀림없다.***

4

바깥은 여전히 후덥지근하고 고요했다. 토모루와 내가 어떻게 그 괴상한 집을 빠져나왔는지는 중요치 않다. 요컨대 산괴를 두 눈으로 목격한 것은 우연이 아니리라. 그 집을 빠져나오면서 마주한 인형들이 인피로 이루어진 듯한 느낌을 받은 것 또한 우연이 아닐 것이다.

차 안에선 아직 소녀의 집이 보인다. 쾌활한 하늘관 대비되는 칠흑이 고요히 가라앉은 현관문 뒤의 공간도 보인다. 그리고 그곳엔 어쩐지 누군가가 서 있는 게 어렴풋이 보인다.

온몸이 바들바들 떨렸다. 상상 이상으로 땀을 많이 흘렸던 지라, 화장이 지워진 게 아닐까, 하는 걱정이 생겼다.

"너도 본 거야?"

구릉지 위에 세워진 주택가를 벗어나자, 토모루가 조심히 입을 열었다.

"뒤에 있던……."

숨이 턱 막혔다.

"그 아이는 어렸을 때, 우리처럼 산괴를 만난 것이 틀림없어."

토모루는 능수능란하게 핸들을 돌렸다. 믿고 싶지 않았다. 과학적으로는 설명할 수 없는 일들이 연속적으로 벌어지니, 누군가에게 도움을 청해도 단지 정신이상자 그 이상도 이하도 아닌 사람으로 오해받을 것만 같았다. 그런 취급을 받는 건 싫었다. 나와 토모루가 겪은 일은 실제다. 틀림없는 현실이었다. 이 꺼림칙한 족쇄를 어떻게 풀어야 할지도 전혀 감이 오지 않았다. 갑작스럽게 '스키조프레니아(schizophrenia)'라는 의학적 병명이 차창에 흩뿌려졌다.

'스키조프레니아'란 외부로부터 들어온 정보들이 스키마를 통해 통합되는 과정에서 치명적인 문제가 발생하는 '통합실조증(조현병)'을 의미한다. 대개 통합실조증 환자의 경우, 환청을 겪는 것이 다반사지만, 그중에서도 특별히 환시를 겪는 환자도 있다. 양부모 모두가 통합실조증의 환자라면 그들의 자녀가 통합실조증에 걸릴 확률은 무려 40%에 수렴하는데 이 병은 많은 나이에 발병되는 병도 아니기에 혹여나 걸리게 된다면 그야말로 지옥 같은 병이다. 통합실조증의 명칭은 시간이 흐름에 따라 변경된 것인데 에도의 중기, 분카(文化) 4년에 발행된 카가와 슈도쿠(香川修徳)의 약 30권에 달하는 저서인 『일본당행여의언(一本堂行余医言)』 중 가장 유명한 5권에선 지금의 통합실조증을 사춘기부터 20세 전후에 발병한다는 뜻에서 유래된 파과형통합실조증(破瓜型統合失調症)인 유광(柔狂)과 수시로 인사불성, 흥분 상태로 변한다는 뜻에서 유래된 긴장형통합실조증(緊張型統合失調症)인 강광(剛狂)으로 이름을 붙였다. 본 서적에선 당대 민간 사상에서 뿌리 깊게 박힌 미신인 키츠네츠키(狐憑き, 여우 홀림, 빙의자)를 부정하며 키츠네츠키는 '실재하는 것이 아닌 결국 유광이나 강광과 같은 정신병에 걸린 것'이란 의미를 담고 있다. (그러나 키츠네츠키 문화가 가진 뿌리의 깊이는 너무나 깊어서 여전히 뽑히지 않고 지금까지 용례가 남아있다.) 그러다 문명개화가 일던 메이지(明治 : 1868년 10월 23일~1912년 7월 29일) 시대가 개막하면서 들어온 'Schizophrenie'라는 독일의 심리학적 용어를 일본어로 번역한 '정신분열병(精神分裂病)'이란 단어가 성행하게 되었다. 이 정신분열병이란 명칭은 쇼와

12년에 일본 정신 신경 학회에서 본격적으로 사용되기 시작해 헤이세이 14년까지 통용되었고 그 이후부턴 통합실조증이란 명칭으로 바뀌게 되었다.

어쩌면 난 이렇게나 무지막지한 병에 장악된 건 아닐까. 다소 의심스러운 자문이 떠올랐다. 그렇지 않고선 믿을 수 없는 일을 겪을 수는 없을 테니까.

그러나 이대로 가만히 있다간 꼼짝없이 흉조에 휘말리리라는 것을 그 누구보다도 잘 알고 있다. 20년 전부터 지금까지 토모루와 나를 끈질기게 괴롭히는 산괴의 정체를 무슨 일이 있어도 알아내야 한다. 그리고 나선 주위를 배회하는 존재를 막기 위해 사찰에서 액막이를, 효험이 담긴 부적을 사는 것을 행해야 할지도 모른다. 이런 상황의 한가운데에 서 있는 나를 의심하고 또 의심한다. 이러다간 미쳐버릴지도 모른다. 이 기가 막힐 일들이 현실이란 걸, 인정하고 헤쳐 나가는 수밖엔 없다.

토모루의 얼굴엔 괴로움이 떠올라있었다. 무슨 생각을 하는 건지. 도통 알 겨를은 없지만, 적어도 그의 생각은 온통 거무칙칙한 구름에 둘러싸여 있을 것이란 생각이 들었다.

아마도 그 아이는 이상한 선택을 했음이 틀림없다. 우리로서는 이해할 수 없는…… 그런 선택 말이다. 심산 속의 괴이라는 산괴를 마주했다는 것, 어쩌면 산괴보단 심산유곡 속의 마물이라는 산마(山魔)라고 부르는 것이 옳을 수도 있다. 여러 집락에서 터부시되는 존재를 기어코 마주해 버리고 만 것이다.

*히메코처럼.*

방심하면 들러붙는 것이다. 대학 생활을 하면서 소름 돋는 이야기를 마주한 적은 셀 수 없을 정도로 많다. 아무래도 그건 자연스러운 현상 일터, 전공이 민속일수록 그런 이야기를 접하는 빈도수가 압도적으로 많을 수밖에 없다. 그러나 몰입하지 않을수록 와닿지 않는 일개 이야기와 꺼림칙한 상황을 직접 대면하는 건 비교할 수 없을 정도의 큰 차이가 존재한다. 민간신앙을 조사하다 보면 요괴나 신령 같은 존재 대부분이 인간의 곁에 있었음을 깨닫는다. 그렇다 할지라도 어디까지나 그건 신화의 영역임을 잊어서는 안 된다. 그러나 요괴나 혼령이라는 존재 자체를 의심하지도 않는다. 내가 진정으로 의심하는 건…… 결국 나다.

요시노 토모루를 다시 만난 날부터 지금까지 일어난 모든 일이 누군가의 의도대로 흘러가고 있다. 거듭되는 우연은 곧 필연을 의미한다. 말 그대로 토모루와 내가 지금 고요메촌을 향해 가고 있는 것은 인간의 마음으로는 헤아릴 수 없는 '운명'이라는 것이다. 그 운명을 부정하면서 자연스럽게 마음 한편에선 첨예한 의심이 돋아난다. 아무래도 이 의심을 불식시키는 건, 우리가 겪고 있는 현상이 단지 정신병에 불과한 것이 아니었음을 증명하는 무언가가 필요할 것이다.

잠깐 잠이 들었던 건가. 온몸에 힘이 빠져 마치 수면 위에 떠 있는 듯한 편안한 느낌이 들었다. 시야는 숯검정이 드리운 듯 어두웠다. 차가 덜컹거리는 진동이 엉덩이와 등, 팔꿈치와 머리까지 연쇄적으로 전해졌다. 눈을 감고 있지만, 차가 우회전하는지 좌회전하는지에 대한 감각이 서서히 짙어지기 시작했다. 가죽 핸들에 손바닥의 살갗이 스윽, 쓸리는 소리도 들린다. 윗머리 부분에 차가운 감각이 되살아났다. ……창문이구나. 창문에 머리를 기대고 있는 것이었다. 이대로 있고 싶단 생각이 들었다. 의지할 수 있는 토모루도 내 옆에 있고, 온몸이 편안한 감각에 휘감긴 데에 더해 우릴 향해 달려드는 온갖 위협으로부터 분리된 듯한 느낌이었으니까. 우리만의 공간이다.

그 순간, 머리맡에서 괴상한 감각이 나타났다. 그 감각의 주인을 알아차리자마자 눈물이 터져 나올 것만 같았다.

***툭, 툭, 툭, 툭.***

비다. 창문에 박히며 일어나는 파동이 내 머리의 표피를 뚫고 진피의 깊숙한 곳까지 고스란히 전해진 것이다. 또다시 우릴 괴롭히려 한다. 우리의 공간을 침범하기 위해, 내 몸에 닿기 위해 안간힘을 쓰면서 창에 몸을 부딪치고 있다.

비가 내림을 알아차림과 동시에 음습한 공기가 차 내부로 스며들기 시작했다. 엉겁결에 눈을 뜨고 잿빛 하늘을 바라보았다. 온 세상이 먹구름에 뒤덮였다. 저 뒤에 푸른 하늘이 있다고는 믿기지 않을 만큼 질펀한 회색 바다가 펼쳐져 있다.

"또 내리네."

토모루가 한숨을 푹 내쉬었다.

"언제 장마철이 끝나려나……."

나는 그렇게 말하면서 멈추지 않는 비의 종횡을 바라보았다. 날씨는 사람의 마음을 멋대로 조종한다. 뜨거운 날씨는 화를 부추기고 비가 내리는 날씨는 우울함을 부추긴다. 어쩌면 날씨는 우릴 홀리려는 게 아닐까? 지금에서야 귀로에 오르려는 마음은 없다만, 비라도 그쳤으면 하는, 그런 바람이 있었다.

"곧 끝날 거야. 그러길 바라야겠지."

"거의 도착한 거야?"

"응. 그런데 좀 오래 걸어야 할 거야. 그나저나 예보에선 분명 늦은 저녁에 비가 내릴 거라 했는데…… 곤란하네. 우산은 있지만……."

토모루의 목소리가 흔들렸다. 보아하니 어떤 상상을 한 것 같다. 우산을 써도 안으로 들어오는 빗방울을 상상한 걸까? 아니다. 지금 내리는 비는 나름 올곧게 내리는 비다. 어떻게 보아도 기묘하게 내리지는 않는 그런 평범한 비.

우릴 둘러싼 풍경은 온통 산이었다. 몇 분을 나아가도 계속해서 새로운 산등성이나 원생림이 나타날 뿐이다. 게다가 이 국도를 달리는 차는 거의 없다 싶을 정도로 적었다. 이윽고 왼쪽으로 빠지는 길이 나타났다.

"왼쪽 길이야?"

내 물음에 토모루는 고개를 천천히 끄덕였다.

"아마도 맞을 거야. 확실하진 않지만, 왼쪽으로 빠지는 길은 이 국도에 이곳뿐이야."

차가 점점 기울었다. 오르막길이었다. 초목으로 둘러싸인 오르막길을 지나자, 이번엔 내리막길이 나타났다. 구릉지이기 때문에 오르막길과 내리막길의 향연은 약 3번 정도 나타났다. 그러나 경사가 그렇게 가파른 모양은 아니었다. 잠시 뒤에 차가 도달한 곳은 비포장도로 위였다. 모래와 자갈이 바퀴에 깔리며 내지르는 비명이 들려왔다. 이윽고 차가 완전히 멈췄다. 눈앞에 보이는 풍경은 녹음이 우거진 거대한 숲-산에 자리한-이었다. 직감적으로 저곳을 들어가야 한다는 생각이 들었다.

그런데 어째서인지 토모루는 내리지 않고 운전석에서 멍하니 숲을 바라보기만 할 뿐이다. 곧 나는 알아차릴 수 있었다. 그 이유가 비 때문이란 걸 말이다. 자신과 비의 사이에서 보호막의 역할을 충실히 수행하고 있는 이 차를 떠나고 싶지 않은 것이다. 그것은 나 또한 마찬가지였다. 다만 지금은 가부를 결정하고 있을 시간 따위는 없다.

"토모루. 내릴까? 우산 어딨어?"

"아, 응? 뒤에 있어. 잠시만……."

토모루에게 우산을 건네받고 먼저 문을 열었다. 최대한 비에 닿지 않도록 재빠르게 우산을 펼쳤다. 인상을 찌푸리면서 팔 위로 떨어진 빗물을 잽싸게 닦고 반대편으로 다가갔다. 우산이 꽤 컸기 때문일까, 우산을 펼친 뒤로는 맨 살갗 위로 비가 떨어지는 불쾌한 느낌이 들지 않았다.

"안으로 들어가야 하는 거지?"

"맞아."

토모루를 따라 산길을 올랐다. 흙과 빗물이 한데 뭉친 특유의 화학적인 냄새가 풍겼다. 어느 정도 경사가 있는 산길을 오르며 상념에 잠겼다. 분명 이 길은 어렸을 때, 걸은 적이 있었겠지. 고향을 떠날 때, 분명히 걸었을 것이다. 확실한 기억은 없지만, 이 길이 아니고서는 마을을 빠져나올 방법이 없으니까.

대략 20분쯤 올랐을까. 앞서가던 토모루가 걸음을 멈췄다. 그의 이마엔 땀이 송골송골 맺힌 게 보였다.

"왜?"

갑작스럽게 멈춰 선 토모루에게 물었다.

"비가 멈춘 것 같아."

사실이었다. 산을 오르는 데에 정신이 팔려 비가 멈춘 줄도 모르고 있었다. 나와 토모루는 거의 동시에 우산을 접었다. 그리고 다시 5분 정도를 더 오르자, 정상에 도달했다. 구름이 개서 그런지 환한 햇빛이 보였고 그 눈 부신 해를 본 동시에 얼굴 위로 뜨거움이 느껴졌다. 그 순간, 저 아래에 여러 주택의 거무스름한 기와지붕이, 과거엔 아마 논이었을 네모난 경작지와 그 경작지들 사이로 나 있는 구불구불한 농로, 자그맣게 솟은 융기, 반대편 산의 입구 부근에 놓인 둘레길, 이곳저곳에 놓인 전신주가 담긴 마을의 절경이 나타났다. 한 폭의 절경 속의 전신주를 유심히 바라보면서 문득 그런 생각이 들었다. 저 전신주들이 다른 마을까지 이어져 있다면 또 다른 출입구가 분명 존재하지 않을까.

어렸을 때의 기억이 떠올랐다. 이 마을엔 다른 출입구가 있다. 바로 터널이다. 산 아래에 나 있는 작은 터널로 여러 자동차가 출입했던 것이 기억났다.

"터널은 막힌 거야?"

"완전히 무너져 내렸더라고. 마을을 향할 수 있는 길은 이 지름길뿐이지."

나도 모르게 옛 기억을 되살리면서 마을로 향했다. 어디선가 선선한 바람이 불어왔다. 산속에서 알 수 없는 바람을 마주하는 건, 흔한 일이지만, 지금은 그런 흔한 일조차 내겐 의미를 부여할 수밖에 없는 상황이다. 한기를 온몸으로 받아내자, 목덜미에 소름이 돋았다. 그러던 중, 문득 이상함을 느꼈다. 나무가 무성한 본 산에서도 매미의 울음소리가 들리지 않는다는 것을 말이다. 이 산에 오직 저녁매미만이 산다면 어느 정도 이해해 볼 수 있겠지만. 상념을 거듭하다가 곧 답을 찾아냈다. 매미가 울지 않는 건, 기온 때문이다. 매미는 기온에 예민한 곤충으로 기온에 따라 우는데 기온이 따뜻할수록 매미의 울음이 한층 강해진다.

그런데 아무리 생각해도 이상했다. 사면이 산으로 둘러싸인 산간벽지의 특성상 태양의 복사열이 빠져나가기가 힘들다. 특히나 산 정상이 빠르게 가열되는 낮엔 상대적으로 밀도가 높은 골짜기에서 밀도가 낮은 정상으로 바람이 부는 산곡풍(山谷風) 현상이 일어난다. 아마 내가 산을 하산하며 겪고 있는 이 바람은 산곡풍일 것이다. 그런 의미로 뜨겁다고 느낀 산 정상 부근에서 만큼은 매미의 울음소리가 들려야 마땅하지 않을까. 나는 곧 생각을 그만두었다. 시답잖은 것에 무서울 정도로 의미를 부여하는 나에 대해 넌더리가 났기 때문이리라.

어느덧 마을의 초입부에 다다랐다. 예상대로 오직 고요만이 이 거대한 공간을 가득 채우고 있을 뿐, 마을엔 그 누구도 없었다. 토모루는 놀라운 기색이 역력한 채로 멀뚱멀뚱 마을의 절경을 눈에 담고 있었다. 정상에서 마을을 보았을 땐, 폐촌이란 생각이 들지 않을 정도였으나 이곳에서 바라본 마을은 폐촌답게 을씨년스럽기 짝이 없었다. 더군다나 은근히 누군가의 기척이 느껴진다. 하기야 이렇게 큰 공간엔 길짐승이 살지 않기도 힘드니 어쩌면 당연한 일일 수도 있는 노릇이다.

“기억나.”

살인적인 고요를 깨뜨린 건, 토모루였다.

"완전히 죽었네."

'죽었다.'라고 밖엔 달리 표현할 방법이 없었다. 그런 대목이 어울리기도 했고……, 딱히 바꿔말할 만한 것도 없었으니까.

"응. 어디부터 가볼까?"

토모루는 신이 난 것 같았다. 아마 오랜만에 고향을 마주했기 때문이겠지. 웃고 있는 토모루에게 "우리 집은 어때?"라고 말했다. 실은 히메코네 집을 말하고 싶은 마음이 굴뚝 같았어도 고향에 오자마자 그런 말을 꺼내는 건, 내 나름대로도 내키지 않았기 때문이었으리라. 토모루는 어땠을지 모르지만.

"그럴까? 우리가 떠난 뒤로, 다른 가족이 들어왔었으려나?"

"그것도 제법 궁금한데?"

"좋아. 그럼 아사미네 집으로 가자. 이쪽이지?"

서쪽 부근에 있는 우리 집과 카즈키, 토모루네 집을 차례대로 확인하고 북쪽에 자리한 테츠야네 집 쪽으로 발걸음을 옮겼다. 예상대로 우리 집은 이미 다른 가족이 살다가 떠난 흔적이 있었고 그러한 흔적은 카즈키와 토모루네 집에서도 나왔다. 다만, 우리는 여전히 똑같은 집 내부의 모양을 찬찬히 살피는 것만으로도 형언할 수 없는 센티멘탈리즘을 느꼈다. 길을 걸으며 토모루와 많은 이야기를 나누었다. 아직은 맹렬한 열기를 뿜어내는 햇빛 덕에 조금씩 땀이 흐르긴 했지만, 괜찮았다. 차라리 비가 내리는 것보단 몇 곱절은 나았으니까.

멀쩡한 창문을 찾기 힘들 정도로 창문 대부분이 깨져있었다. 자연의 탓이라 생각하고 싶지만, 그 배후엔 꼭 인간의 행위가 담겨있을 것만 같았다. 우리가 이 마을에 살 때, 보았던 건물이 아직도 그 자리를 꿋꿋이 지키고 있는 모습에 약간의 경외심과 허무함이 느껴졌다. 토모루와 이야깃거리를 주고받지 않고 있으면 숨 막히는 호젓함이 온몸에 들러붙는다. 그래서 소심한 콧노래를 흥얼거리거나 헛기침을 내뱉지 않고는 못 견딜 것 같았다.

과거엔 그리 큰 마을이라 생각하지 않았다. 불과 1시간 전까지만 해도 그건 마찬가지였다. 그러나 그 어떠한 마을이라도 사람이 살지 않는 곳은 사무치게 쓸쓸한 공허에 사로잡혀 견딜 수 없을 만큼 커다란 공간으로 느껴진다는 걸 깨달았다. 그렇기에 함께 길 위를 걷는 요시노 토모루라는 사람의 존재가 더욱 애틋하고 고맙게 느껴질 뿐이었다.

"그 산은 어디였지?"

조심스러운 어조였다. 조심스럽게 물어볼 만한 산이라면…… 역시 산괴가 나타났던 산밖엔 없다. 사실 우리 사이에선 산이라고 불렀어도, 지금 생각해 보면 그 경계가 조금은 애매모호한 경향이 있다. 하나의 산일지라도 산봉우리가 두 개라면 우린 두 개의 산으로 분류했다. 한 마디로 산봉우리를 기준으로 산을 나눈 것이다. 조금은 웃기긴 하지만, 어렸을 땐, 정말 그게 맞는 줄 알았다. 하지만 그런 식의 엉뚱한 분류 기준과 관계없이 내 기억대로라면 히메코와 마지막 곤충채집을 감행했던 산은 아마도 동북쪽에 자리한 산이었을 것이다. 그리고 그 산은 지금 우리 시야에 제멋대로 들어와 있다.

"저기."

나는 팔을 쭉 뻗어 북쪽의 산 중 하늘을 찌르는 모양새로 가장 높게 솟아오른 봉우리를 가리켰다. 그 산에 두 눈을 가져다 대자 몸의 말단에서 공포가 밀려 들어왔다. 본능적으로 느껴지는 공포였다. 모르는 게 부처라지만, 억지로 잊을 수도 없는 일이다.

살갗에 들러붙는 오싹함을 떼어내며 산에 관한 이야기를 주고받다가 갑자기 오른편의 시야가 뻥 뚫리는 듯한 괴상한 감각에 사로잡혔다. 이런 곳에 공터가 있었던가? 흐릿한 기억을 떠올리며 고개를 돌린 순간, 기묘한 풍경이 날아들었다.

그곳은 수많은 묘비의 군집이 놓인 공동묘지였다. 그런데 그 광경이 너무나 기괴했던 탓인지 나도 모르게 양손으로 입을 틀어막은 채로 얼어붙고야 말았다. 묘비들…… 전부 쓰러져 있었다. 단 한 개도 빠짐없이 전부.

"이게 도대체 뭐야?"

토모루가 묘지 안으로 발걸음을 옮기면서 입을 열었다. 그를 따라 안으로 발을 디디자마자 거북한 감촉이 발끝에서 느껴졌다. 잔해물들이다. 묘비가 부서지며 튄 것이다. 토모루는 스스럼없이 어딘가로 걸어갔다. 굳이 애쓰지 않아도 알 수 있었다. 그는 지금 이시이와 가의 묘비를 찾으려는 것이다.

그러나 나는 이 이상 걸어 나갈 수 없었다. 아직도…… 히메코에게 미안한 감정이 남아있던 탓일까. 친구로서 부정한 짓을 하고 있는 건 아닐까. 누군가는 이상하게 생각할지도 모른다. 하지만 나는 그렇게 생각한다. 히메코는 원하지 않을지도 모른다고. 최소한 나는 히메코를 말리지 못한 나 자신을 힐문한다. 그래야 마음이 편해지니까. 얼음장처럼 차가운 바람이 내 몸을 훑고 지나갔다. 몸이 오들오들 떨렸다. 뜨거운 햇볕 아래에서 몸을 떨고 있자니 별안간 좋지 않은 기분이 들었다.

이제야 기억난다. 이곳엔 묘지를 관리하는 절이나 사원이 없다. 그러니 사원묘지(寺院墓地)는 아니다. 이 집락묘지(集落墓地)를 관리해 온 건, 마을 주민들이다. 지자체나 도도부현 지사의 허가를 받아 행정의 관리하에 놓여 공영 묘지로 등록되어 있어도 실제로는 명확한 관리자가 없는 예가 다분하다고 들었다. 따라서 집락의 공동묘지 같은 경우는 대개 마을 주민들이 관리자가 되어 묘지를 관리하고 운영한다. 그렇기에 매년 관리자가 바뀌고 경우에 따라선 관리 방법 자체를 바꾸기도 한다. 이 공동묘지가 그런 경우에 해당하지 않았을까.

어디선가 토모루의 외침이 들렸다. 그건 이시이와 가의 묘비를 찾았기 때문일 것이다. 두 눈을 질끈 감고 토모루가 있는 쪽으로 걸어갔다. 나를 미워하지만 말아줘. 히메코. 죽은 히메코가 바로 옆에서 나를 굽어보는 듯한 기분에 사로잡혔다. 도대체 언제부터 히메코가 이토록 무서운 존재로 둔갑했을까. 아니다. 히메코를 무서운 존재로 치부하고 있는 건, 내가 나를 파렴치한 존재로 인식하고 있기 때문일지도 모른다.

숯검정이 드리운 어둠 속에서 위태로운 걸음걸이로 걷는다. 두 눈을 번쩍 뜨고 싶은 욕망은 내 주변을 배회하는 듯한 무언가에 무참히 짓눌려 버렸다. 같이 걷는다. 히메코와 같이. 이 길을……. 작은 여자아이와 함께 걷는다. 예쁘장한 얼굴 위로 행복한 미소를 짓고 있는 여자아이와 함께.

"아!"

짧은 순간에 심장이 덜컥 내려앉는 듯했다. 검은 배경 위에 히메코와 같이 걷는 모습을 그리다 내 손을 감싸 쥐는 듯한 어떠한 미상의 감촉을 실제로 느꼈기 때문이리라. 그 감촉은 뜨거울 정도로 차가웠다. 외마디를 내뱉으며 두 눈을 뜨자, 당황스러울 정도로 안색이 어두운 토모루가 보였다.

그리고 그의 앞엔…… '이시이와가의 묘(石岩家之墓)'라는 비문이 새겨진 이시이와 집안의 묘비가 보란 듯이 세워져 있었다. 정정하자면 이시이와 가의 묘비만 세워져 있었다. 그뿐만이 아니었다. 묘비는 시메나와(しめ縄 : 금줄)에 꽁꽁 묶여있었다. 시메나와는 신과 인간 세계의 경계를 가르거나 부정한 것을 떨치기 위해 사용된다. 보통 시메나와는 도리이(鳥居 : 일본에서 신성

한 곳이 시작됨을 알리는 붉은 색 기둥문)나 신사의 배전 등에 장식되어 있지만, 도조신(道祖神 : 비석의 형태로 모셔지는 신)처럼 이렇게 비석에 장식된 건, 살면서 처음 보는 해괴한 광경이다. 게다가 이건 신의 비석이 아니라 일반 가문의 묘비석이다. 그래서 더더욱 꺼림칙한 기분이 들었는지도 모른다. 토모루가 다음 말을 무심코 내뱉기 전까진 단순히 생소한 광경이었기 때문이리라고 생각했다.

"고헤이(御幣 : 일본의 전통 종교 신토(神道)에서 무녀나 신관들이 쓰는 제례용 도구)가…… 완전히 깨끗하잖아."

그가 무슨 말을 내뱉고 있는 건지 도통 이해할 수가 없어서 시메나와에 끼워져 있는 고헤이를 들여다보았다. 고헤이가 신령에게 바치는 예물이라고는 하지만, 어디까지나 천 혹은 종이임에는 변함이 없다. 심지어 불과 30분 전에 비가 그쳤다. 그 말은 즉, 이 고헤이는 젖어있거나 더러워진 상태로 놓여있어야 마땅하다는 것이다. 어떤 이유를 내걸어도 납득되지 않을 이 상황을 굳이 이해하려면…… 삽시간에 누군가가 이 고헤이를 새로 만들어 끼웠다고 생각할 수밖엔 없다. 상황을 이해한 순간, 토모루의 말엔 어폐가 없음을 깨닫고 온몸의 털이 곤두섰다.

이 마을에 나와 토모루를 제외한 누군가가 있는 것이다.

"종이잖아. 그렇지?"

묘비 앞에 쭈그려 앉으며 물었다. 반 치수짜리 화지(和紙)인한지(半紙)로 만들어진 고헤이임을 확실히 확인하고는 더욱 꺼림칙한 기분이 들었다.

"응……. 아까 내린 비에 젖은 게 아니다 하더라도 장마철이었잖아. 이렇게 깨끗하다는 건, 조금 전에 누군가가 이 마을에 와서 끼워놓은 게 분명해. 혹은 이미 이 마을에 살고 있는……."

토모루의 말미가 공중으로 사라지자, 나는 주변을 두리번거렸다. 그러나 그 어떠한 기척도 없다.

"그것도 이상하지만, 애초에 왜 이 묘비만 세워져 있냐는 거지."

"꼭 이 묘비 때문에 주변 묘비를 다 허문 것 같이 보여."

다시금 주변을 보면서 뱉은 말이었다.

"같은 곳에 있으면 안 되는 것처럼?"

"그런 느낌이 아닐까?"

"신령이나 다른 무언가가 깃든 물건은 특별한 곳에 모셔두잖아. 나름의 제단이 있는 것도 그렇고 말이야. 시메나와가 장식된 순간, 그 물건이나 장소는 특별하다는 걸 표명하잖아?"

"그렇지, 그래도 이건 너무 심하잖아."

"어차피 이 마을은 수몰 지구가 될 것이었다는 점을 감안하면 그리 놀랄 일은 아니긴 하지. 하지만 묘석을 옮길 수 없다고 하더라도 부수고 가는 게 일반적인가?"

"오랫동안 명맥을 이어왔던 묘비를 두고 묘비를 새로 만드는 건, 조상에게 욕보일 일일 수도 있으니 하지 않는 편이 좋긴 하지. 어쩔 수 없는 경우가 아니라면 말이야. 묘비가 훼손되어 교체한 선례가 없는 것도 아니니까……. 애초에 이런 무거운 걸 옮길 여건이 없었던 게 아닐까? 중요한 건 묘석이 아니라 안에 담긴 유골함이니까 말이야. 하지만 무연묘(無縁墓 : 연고자가 불분명한 묘지)가 아니었을 텐데도 묘석을 부순 행위 자체는 이해가 되지 않아. 관리비가 지급되지 않아 체납 상태가 지속된 걸까…… 무연묘의 경우엔 무덤을 철거할 수 있다고 듣긴 했는데 말이지……. 그건 그렇다 쳐도 도대체 이 묘비는 뭘까?"

"혹시…… 대가 끊긴 게 아닐까? 이 집안이 완전히 끝나버려서 묘비를 옮길 사람이 없었던 거지."

"정말 아무도 남지 않았다면 그 산사태 사고 1건이 히메코의 남은 가족이 될 수도……."

"있겠지."

"하지만 그건 아무래도 이상해. 아침에 백반집에서 만났던 사가오카 씨는 이시이와 가의 이야기를 꺼내셨잖아? 산사태 사고는 8년 전에 일어났어. 사가오카(佐賀岡) 씨가 이 마을로 이사 오신 건, 7년 전 즈음이야."

"사가오카 씨는 그 집에 누가 살고 있는지 본 적이 없다고 했어. 사람이 살고 있나 싶을 정도로 조용하다고도 했고 말이야. 어쩌면 그 집엔 정말 아무도 살지 않았던 게 아닐까?"

"그래도 사가오카 씨는 안에 사람이 살고 있다는 듯이 말하지 않았던가?"

"주민들이 사가오카 씨에게 별말을 안 했겠지. 같은 마을에 사는 사람이 물어보니 답변은 해야겠고 그렇다고 깊은 이야기는 하기 싫으니 그 집이 '고요메의 흉가'라고 불린다는 것만 알려준 거야. 문제의 집과 멀리 떨어진 곳에 사는 사람에게 굳이 많은 정보를 알려줄 필요는 없으니까. 그래서 사가오카 씨도 당연히 그곳에 사람이 사는 줄 알았던 게 아닐까? 너도 알다시피 사람이 사는 곳에 흉가라는 명칭이 붙는 경우는 거의 없거든. 마찬가지로 마을에서 이시이와 가에 대한 이야기를 하는 것이 터부시되었다면 같은 마을에 사는 사가오카 씨가 이시이와 가를 잘 모르는 것은 당연하다고 봐. 그럴 수밖에 없던 거지."

"글쎄……. 사가오카 씨께 좀 더 자세히 여쭈어볼 걸 그랬나."

나는 백반집에서의 대화를 전부 기억하려고 애쓰면서 묘비를 바라보았다.

"광신도라 했지?"

이제는 익숙해져 버린 정적에 변화를 안겨준 건, 토모루의 굵은 목소리였다.

"응……. 그랬던 것 같아."

"도대체 뭘 섬겼던 걸까? 부모의 신앙심이 깊을수록 자녀에게 대물림되기 마련인데 아무리 생각해도 히메코에게서 그런 내용의 이야기를 들은 적이 없어. 어쩌면 교수가 말한 복멸관악은 아닐지…….”

“대대로 섬겼다라…….”

천진난만하게 웃고 있는 히메코의 얼굴을 떠올리면서 어린 아이의 이상한 면을 억지로 들추어내려고 하는 나 자신에게 혐오감이 돋아나기까지 그리 오랜 시간이 걸리지 않았다. 히메코는…… 지극히 정상이었다.

“이게 뭐야?”

“응?”

비단 토모루가 해괴한 목소리로 말하는 바람에 심장이 덜컥 내려앉는 것 같았다. 안 그래도 폐촌 한 가운데서 이러고 있으니 무서워서 도망치고 싶은 지경인데 말이다.

토모루의 손을 따라 시선을 옮기자, 비스듬히 놓인 배석이 보였다. 저 배석을 당기면 카로토(カロート : 무덤 속에 유골함을 안치하는 공간)가 나타날 것이다.

“열 거야?”

그 말을 내뱉은 순간, 토모루가 양손으로 배석의 가장자리를 잡고 살살 잡아당기기 시작했다. 절대로 해서는 안 될 일인 걸 그 누구보다 잘 알지만, 행동은 고사하고 구태여 아무런 말도 꺼낼 수 없었다. 왜냐하면…… 내 옆에 어느 순간부터 누군가가 서 있는 게 어렴풋이 보였기 때문이었다. 이쪽을 바라보고 있다. 붉은 기모노다. 그렇게 생각하자, 순식간에 흰색 기모노로 바뀌었다. 아니다. 검은색? 계속해서 색이 바뀐다. 곁눈질로 쳐다보고 있지만, 이리저리 흔들리는 기괴한 광경이 정면에서 바라보고 있는 것처럼 자세히 보인다. 긴 머리칼이 흔들린다. 입술이 파르르 떨렸다. 바람은 없다. 그런데도 흔들린다. 몸을 이리저리 꺾는다. 온전히 바라볼 용기 따위는 존재하지 않아서 또다시 두 눈을 질끈 감을 수밖에 없었다.

그때, 비정상적으로 차가운 냉기가 오른뺨에 닿았다. 거의 비슷한 순간에 나는 의문의 숨소리와 꺼림칙한 콧바람이 내 귀에 닿은 듯한 감각을 느꼈다.

"여기 봐. 괜찮아?"

무언가가 내 어깨에 닿아서 나는 소스라치게 놀랐다. 내 어깨 위에 올려져 있는 건, 토모루의 손이었다. 아직도 이 광경이 새롭게만 느껴질 뿐이다. 몇 번이고 눈을 감았다 떠도 익숙해지지 않는다. 그제야 나는 고개를 돌릴 수 있었다.

역시나 그 자리엔…… 아무것도 없었다.

"괜찮아. 그런데…… 이거 열어도 되는 거야?"

토모루는 언짢은 듯한 표정을 지으면서 고개를 내저었다. 그러나 그의 표정과는 다르게 그의 손은 뻥 뚫린 카로토를 가리키고 있었다.

나는 다시 쭈구려 앉았다. 하지만 이 각도로는 도무지 카로토 안이 보이지 않을 것 같아서 무릎을 꿇고 몸을 낮췄다. 이 순간까지도 알 수 없는 시선이 느껴졌다. 토모루의 시선이 아니다. 형언할 수 없이 섬뜩한 기분이다. 우릴 계속 따라온 건 아닐까. 그런 생각에 사로잡힌 채로 고개를 비스듬히 돌려 카로토를 들여다보았다.

“어?”

엉겁결에 튀어나온 내 외마디는 그 작은 공간 속에서 공명했다. 나는 고개를 들어 토모루를 쳐다보았다.

“잘못 연 거 아니야?”

내 질문에 토모루는 말없이 고개를 내저었다. 나는 또다시 몸을 낮춰 카로토를 들여다보았다. 이상한 냄새가 났다. 저절로 인상이 찌푸려지는 비린내라 할까. 나는 곧 그 냄새의 주인을 깨닫고는 울화가 치밀어 올랐다. 이 냄새는 비가 올 때 나는 특유의 비릿한 향이다. 이 작은 공간에까지 냄새가 스며들었다니. 하지만 지금은 그보다 더 큰 문제가 이 작은 공간 안에 놓여있다.

***이 안엔 아무것도 없다.***

“지금 한 개 생각나는 게 있어.”

바로 옆에서 토모루의 목소리가 들렸다. 나는 곧장 몸을 일으켜 세웠다. 심장이 미친 듯이 요동치는 게 느껴졌다.

“이럴 때 사용되는 게 맞는 건지도 모르겠지만…….”

그 말을 듣자마자 무언가가 흐릿하게 떠올랐다.

“양묘제(両墓制)?”

동시에 내뱉은 말이었다. 비석건립지와 매장지를 따로 만드는 양묘제를 행한 것이라면 나름 이해는 해볼 수 있다만, 몇 가지 의문이 자동으로 떠오르는 건 막을 수 없었다. 왜 이시이와 가만 양묘제를 시행했으며 혹여나 양묘제를 한다고 할지라도 유골함을 납골하는 공간인 카로토를 만든 이유는 무엇일까.

"그런데 단순히 생각하면, 이시이와 가의 남은 가족들이 유골함만 가져간 걸 수도 있지."

토모루가 배석을 제자리에 옮겨놓으며 말했다.

맞는 말이다. 여기에 있는 모든 묘를 전부 개방하여 확인해 볼 순 없겠지만, 아마도 유골함이 남아있는 묘는 단 한 개도 없을 것이다. 다만, 이 이시이와 가의 묘가 다른 집안의 묘와 다른 점은 너무나 멀쩡하게 보존되어 있다는 것이다. 꼭…… 누군가가 지속적으로 관리하는 것처럼 말이다.

"다른 묘비들은 왜 부서진 걸까. 자연적인 훼손이 아니야. 저건……."

"만약 정말 양묘제라면, 이시이와 가의 분묘지는 분명 여기 있는 여러 산 안에 놓여있을 거야."

"양묘제는 아닐 거야. 하지만 토모루의 말대로 양묘제가 맞다면 말이지…… 이렇게 카로토까지 만든 것은 이시이와 가의 장례 풍습을 의도적으로 숨기기 위해서라고밖에 생각할 수 없어."

나는 내 생각을 천천히 말하면서 천천히 발걸음을 옮기기 시작했다.

"다른 집안의 묘 내부를 들여다볼 일은 아예 없으니까?"

"그런 거지. 카로토로 예상되는 부위를 제작해 놓으면 당연히 그 속에 유골함이 들어있다고 생각했을 거니까."

그렇게 말하면서도 터무니없는 사고방식이란 생각이 들었다.

우린 삽시간에 공동묘지를 빠져나와 근처에 자리한 테츠야의 집이었던 곳에 도착했다. 늘 그랬듯이 토모루가 먼저 안으로 들어갔다. 그리고 그 찰나의 순간에 나는 무언가를 보았다. 언제부터인지 거슬리는 모양새로 다가오는 저 손안에 있는 것을. 토모루는 저 작은 여우 조각을 부적이라도 되는 양 지니고 있다. 차 안에서도 모르는 척을 했지만, 운전을 하며 한 손으로는 자꾸 그 조각을 만지작거리고 있는 것을 보았다. 처음엔 부모님의 유품 정도로 생각했다. 그런 유품이라면 조각 공예를 전공하신 아버지 덕에 많이 가지고 있으니까.

'이나리'라는 신에 관해 조예가 깊으셨던 아버지께서는 심심하면 여우 조각을 만들어 줄 정도였다. 그래서 일본의 신화를 공부하면서 이나리 신에 관한 여러 사실을 익힐 수 있었다. 과거부터 인간과 떼려야 뗄 수 없는 상관관계를 지닌 농경을 관장하는 신이라는 점, 『야마시로국풍토기(山城国風土記)』에서 관련된 내용을 확인할 수 있다는 점, 이나리 신과 여우의 관계는 주인과 심부름꾼이라는 점 등을 말이다.

그런데 토모루가 들고 있는 저 조각은 어딘가 흉물스러운 분위기를 자아내고 있었다. 몸통 부분이 새끼줄에 감겨있었고 새까맣게 타버린 듯, 먹빛으로 도배되어 있었다.

"그거 뭐야?"

"응?"

나는 팔을 쭉 뻗어 그 여우 조각에 손가락을 가져다 댔다. 그러자 토모루가 필사적으로 내 손을 막았다. 우리 둘의 안면은 순식간에 당황스러움으로 물들었다.

"어? 이게 왜……."

토모루는 자기도 모른다는 듯한 표정을 지으면서 조심히 말했다. 그리곤 나지막이 '분명 집에다 두고…….'라고 말하는 것이 어렴풋이 들려왔다.

그 순간, 기묘한 감각이 온몸의 털을 곤두세우기 시작했다. 알 수 없는 기척이 느껴진다. 곧이어 찰박거리는 발소리가 들려온다. 나는 토모루와 함께 휑뎅그렁한 테츠야의 옛집 안으로 몸을 숨겼다.

***찰박……, 찰박……***

물에 젖은 몸을 힘겹게 이끌며 이곳으로 다가오려 하는 검은 무언가가 머릿속에 떠올랐다. 문을 굳게 닫았기에 바깥이 보이진 않는다. 다만, 알 수 없는 소리는 미세하게 벌려진 문틈 사이로 머리를 비집어 넣고 있다.

귀를 기울였다.

***찰박……, 찰박……***

토모루는 여우 조각을 꽉 쥔 채로 알 수 없는 말을 중얼거리고 있다. 찰박거리는 소리가 가까워짐에 따라 몸이 떨려온다.

근처까지 왔다.

산에서 내려온 짐승인가?

***찰박……, 찰박……***

앞이다.

앞까지 왔다.

발소리가 문 앞에서 멈추었다. 하지만 현관문의 상단에 나 있는 불투명한 창문으로 보이는 건, 흰 배경뿐이다.

그 순간, 검은 무언가가 쑤욱 올라왔다. 작은 창문에 머리를 대고 안쪽을 들여다보는 듯했다. 머리를 이리저리 흔드는 그 기괴한 광경에 너무 놀라 나도 모르게 외마디를 내뱉고야 말았다. 내 목소리가 들렸던 건지, **그것**은 갑작스럽게 움직임을 멈췄다.

그런데…… 알고 싶지 않은 사실을 마주해 버렸다. 현관문이 살짝 열려있다는 사실을 말이다. 토모루도 그걸 알아차렸는지 어느새 문고리를 향해 팔을 뻗고 있었다. 그러나 **그것**은 숨도 쉬지 않는 건지, 무서울 정도로 아무 움직임이 없다. 저건…… 사람이 아니다. 본능적으로 그런 생각이 들었다. 어쩌면 토모루를 말려야 할지도 모른다. 하지만 생각을 너무 오래 했던 탓일까?

붙잡기엔 늦어버렸다. 이미 그의 손은 문고리 위에 올라가 있었기 때문이다.

살인적인 정적이다. 심장이 쿵쾅대는 소리만이 온전히 귓전으로 들려올 정도로 고요한 폭풍전야다. 어떤 것이 몰아쳐 올지는 모르지만, 지금, 이 순간만큼은 이 세상에 아무도 없는 것처럼 고요하다. 아무도 없는 게 아니다. 나, 토모루, 그리고 문 뒤의…… **저것**만이 남아있는 것이다.

순간 심장이 덜컥 내려앉았다. 전혀 예상치 못한 일이었다. 토모루가 문을 활짝 열어버린 것이 아니겠는가?

***그런데…… 아무것도…… 없었다.***

눈앞의 네모난 구멍으로 보이는 건, 오직

오싹할 정도로 강렬하고 무섭게

충동을 일으킬 정도로 음울하고 찝찝하게

쏟아지는

***비뿐이었다.***

# 제3장 키츠네츠키

1

이상한 아이.

언제부터 내가 그런 사람이 되어버렸는지, 나로서는 도통 알아차릴 수가 없다. 집에서도, 학교에서도, 심지어는 마을에서도 나는 이상한 아이다.

음울한 분위기에 걸맞지 않게 엄마로부터 고운 외모를 물려받은 게 오히려 독이 되었다. 그만큼 많은 사람이 다가오지만, 가까이서 마주한 나라는 말 없고 수시로 주변을 두리번거리는 사람은 기괴하고 미심쩍은 인상으로 비쳤을지도 모른다. 그게 아니라면 '이상한 아이'가 될 리가 없었을 때니까.

밖으로 나가는 것에 넌더리가 나기 시작한 시점은 아마도 그 때부터였을 것이다. 여우의 얼굴을 한 괴이를 목격했을 때. 우습게도 나는 그 이후로 꽤 요령부득한 것을 자주 목격한다.

사람들은 모른다. 내 기분을.

수업을 듣다가도 느껴지는 괴이한 시선, 자연스럽게 고개를 돌리면 깊은 동굴처럼 뻥 뚫린 눈으로 날 바라보는 그것들. 목이 꺾인 채 천장에 주렁주렁 매달린 이상한 것들을 옆에 두고도 꾹 참고 있어야 하는 내 기분을 말이다.

학교에서 따돌림을 받고 있다는 건, 나도 잘 알고 있었다. 오히려 다행이라고 생각한다. 모두 나를 무시하는 것에 그치니까. 따돌림은 단지 그것뿐이다. 나를 없는 사람 취급하는 것.

모든 건, 그 의례로부터 시작된 것이다. 그 의례를 훔쳐보지 말았어야 했다. 지금은 폐촌이 된 내 고향 마을인 고요메촌에선 '키츠네츠키'라는 오싹한 명칭을 지닌 의례가 존재했다. 본 의례는 웬만한 마을 주민도 잘 모를 정도로 조심스럽고 괴기스러운 의례이다. '키츠네츠키'란 3일 동안 진행되는 의례로, 본 의례를 거행하는 목적은 무병장수와 마을의 안녕을 기원하기 위해서라고 한다. 물론 난 이것이 거짓말이라는 걸 안다.

*

당시 나는 9살이었고 때는 한창 비가 내리는 장마철이었다. 의도적인 건 아니었지만, 늦은 저녁에 나는 뒤뜰로 몰래 나오게 되었다. 이유는 조각을 찾기 위해서였다. 친구의 어머니께 받아온 여우 조각을 뒤뜰에 숨겨두었단 사실을 새까맣게 잊고 있다가 늦은 저녁이 되어서야 문득 기억난 것이다.

그런데 아무리 찾아보아도 여우 조각은 없었다. 분명 물이 한가득 고인 돌덩이 옆에 놓았었다. 잡초가 무성하게 자라 보이지 않는 것일 수도 있지만, 손을 끝까지 넣는다면 분명히 닿아야만 했다.

"어디있지?"

나는 혼잣말을 내뱉으며 아랫입술을 내밀었다. 없으면 안 되는 물건. 나는 그 여우 조각을 그렇게 생각하고 있었다. 엄격한 엄마가 보면 혼낼지도 모른단 생각에 숨겨두었던 건데 막상 사라지니 억울해서 눈물이 터져 나올 것만 같았다.

뒤뜰 위에 놓인 큰 돌길 위를 터벅터벅 거닐면서 생각에 잠겨 있을 때, 문득 주변이 생각 이상으로 어두운 것 같다는 느낌을 받았다. 아닌 게 아니라 실제로 나는 창고와 담 사이에 자리한 비좁은 공간까지 와있었다. 그곳은 불빛이 닿을 수 없는 작은 공간으로 돌담으로 막힌 막다른 길이었다.

그런데 담 뒤편에서 알 수 없는 소리가 나지막이 들려왔다. 나는 천천히 앞으로 나아가서 돌담에 등을 맞붙였다. 그러자 희미한 대화 소리가 어렴풋이 들리기 시작했다.

"사방팔방으로 이상한 소리가 들릴 겁니다. 하지만 의례가 거행될 땐, 아무런 소리도 내어선 안 됩니다."

"이상한 소리라면……."

"꼴사나운 짓만 하지 않는다면 꽤 빨리 끝날 걸세."

"그 집안의 가계가 그런 걸 생각하면 미안한 일은 아니긴 합니다만…… 결국은 히메코 님만 불쌍한 겁니다. 그렇게 되었다니……."

"사가와 군, 그런 소리는 하지 않아도 되지 않나?"

약간의 쇳소리가 담긴 조용한 호통이었다. 상대를 나무라는 듯한 어조였다.

"이 의례가 고루한 인습인 것은 변함이 없는 사실입니다."

"사가와 씨가 이야기한 대로 고루한 인습은 맞습니다만, 잠들어 있던 관악님의 노여움을 사지 않기 위해선 해야 할 일입니다."

당시의 내가 알아듣기엔 어려운 대화였지만, 묘하게 불안한 감정이 어둑한 마음 한편에 돋아나기 시작했다. 게다가 시야의 언저리에 들어오는 달이 먹빛 구름에 가려져 가고 있는 것이 보인 탓에 서둘러 집 안으로 되돌아가지 않으면 안 될 것 같다는 생각이 들었다. 그러나 한 발짝이라도 움직인다면 속수무책으로 발소리가 새어 나갈 것 같았다. 거기엔 들키면 큰일이라는 막연한 공포감이 있었다.

"자네들처럼 외부에서 이 마을로 들어와 살게 된 직후에 알게 된 사례가 있어. 음울한 분위기가 나라 전역에 내려앉은 전후에 이곳 주민들에게 끔찍한 일이 하나 벌어졌지. 의례를 거행하다가 어떤 남자가 술에 취해 주물을 밟아버린 거야. 그 표독한 남자는 난동을 부리며 꽥꽥 소리를 질러댔고, 며칠 뒤에 산 중턱에서 바위에 깔려 비명횡사한 채로 발견됐지. 정말 이상한 건 말이지. 비스듬한 경사에 놓인 바위가 계속해서 굴러내려 간 것도 아니고 남자를 깔아뭉갠 순간 멈춘 거야. 오직 그 사람만을 노렸다는 듯이 말이지. 바위에 피가 묻어있는 부분이 오직 남성이 무참히 깔린 아랫부분뿐이었으니까. 관악 님의 노여움을 산 것이라는 이야기가 주민들의 입에서 오르내렸지. 그 이후로 심산유곡 속에서 의례를 거행하는 것이 필수 조건이 되었어. 웬만하면 마을 주민들이 알지 못하도록 하고 말이야."

알 수 없는 단어도 있었지만, 아무것도 모르는 사람이 들어도 꽤 오싹한 이야기였다. 그만큼 그 분위기가 엄중해서 혹시 침을 삼키는 소리라도 들리는 건 아닐까, 하고 걱정했다.

이윽고 저벅거리는 발소리 여럿이 담을 뚫고 귓전으로 날아들었다. 자세히 들어보니 우리 집 앞문 쪽을 향해 나아가고 있다. 나는 그 발소리를 따라 조심스럽게 발걸음을 옮겼다.

그런 행동을 한 건 단순한 호기심 때문이었다. 자세한 이유는 모르지만, 야밤에 작당 모의를 하는 마을 사람들이 참으로 생소하게 다가온 게 머릿속에서 꿈틀거리는 궁금증을 자극했기 때문인 것 같다.

대문에서 멀어지는 기척이 느껴지자, 나는 곧바로 대문을 열고 밖을 살폈다. 어둡다. 이렇게 어두운 시간에 밖을 살펴보는 건 처음이었다. 무섭긴 했지만, 저 멀리 둥둥 떠다니는 초롱의 환한 불빛에 홀린 듯이 나도 모르게 걸음을 재촉했다.

어둑한 주위 배경에 눈을 게슴츠레 뜨면서 오직 저 작고 둥그런 불빛에 의지해 걸어갔다. 그래도 곧 어둠에 적응된 눈으로 흐릿하게나마 주변에 놓인 배경을 인지할 수 있게 되어서 조금은 마음이 놓였다.

꽤 오래 걸었다는 생각이 들기 시작할 즈음, 수평으로 움직이던 불빛이 이번엔 하늘 위로 떠오르는 것이 보였다. 산이다. 산으로 올라가고 있다.

음산한 바람이 어디선가 흘러나왔다. 차가운 바람이었다고 할까. 막연히 뚫려버린 어느 공간에서 공기가 새어 나오고 있는 듯한 느낌이었다. 나는 그들을 놓치지 않으려고 끔찍한 바람을 맞으며 들키지 않는 선에서 필사적으로 따라붙었다. 일행이 들어갔을 것으로 예상되는 깜깜한 입구에서 고민을 거듭하다가 산으로 발을 옮긴 순간이었다. 머리가 핑 도는 듯한 감각에 휘청거렸다. 난생처음 느껴보는 감각에 진저리를 친 뒤, 예고 없이 찾아온 적요에 오싹함이 돋아나기 시작했다. 하지만 이곳까지 와버린 이상 집으로 돌아갈 수는 없었다. 용기가 없었달까. 불빛 하나 없는 저 까마득한 곳 속으로 혼자서는 무리다. 나는 저 작은 불빛을 어떻게든 따라잡으려고 더욱 빠른 속도로 산을 올라갔다. 깊게 들어간 산속은 마을보다 훨씬 어두운 것 같았다. 심산 특유의 거뭇한 분위기 탓에 그렇게 느꼈을지도 모른다. 아마 저 빛이 없었더라면 완전한 미아가 돼버렸을지도 모른다. 설령 길을 잃는다 해도 곧장 소리를 내지르면 앞서 나아간 저 어른들이 한달음에 달려와 줄 것이리라 생각했다.

살갗에 기다란 잡초가 스치고 어깨 위로 뾰족한 나뭇가지가 부딪힌다. 그저 식물일 뿐이란 걸 마음속으로 되뇌고 되뇌지만, 무의식적으로 내 몸은 놀라기를 거듭했다. 서둘러 저 불빛에 가까워지기를 염원하면서 말이다.

이마 위로 맺힌 땀이 흘러내리는 간지러운 감각에 사로잡힐 때쯤 불빛의 종횡이 멈추었다. 그와 동시에 불빛이 연신 깜박거렸다. 아마 사람들이 불빛 옆에서 움직이기를 반복하기 때문이리라.

이번엔 불빛이 서서히 오른쪽으로 움직인다. 곧이어 불빛이 한 개 더 나타났다. 흡사 그 모습은 활활 타오르는 생령의 눈처럼 비쳤다. 차례대로 세 개의 불이 더 켜진 뒤에 난 그 불안감의 압도적인 무게를 조금은 덜어놓을 수 있었다. 동시에 한 가지 의문이 머릿속에 스치듯 떠올랐다.

왜 불을 한 개만 켰던 거지?

그 질문에 대한 답을 찾은 건, 불빛을 더 이상 올려보지 않아도 될 정도로 산을 올랐을 때였다. 마을 사람들에게 들키지 않기 위해서다. 혹여 5개의 초롱을 동시에 켜고 움직인다면 마을 사람들의 이목이 쏠릴 것이 불 보듯 뻔했으니까. 혹은 잠에 든 주민을 깨울 우려도 있으니.

이렇게 높은 곳까지 등산한 것은 처음이었다. 애초에 등산을 좋아하지도 않는다. 그러나 힘들다는 생각은 전혀 들지 않았다. 호기심이 가지는 크기가 너무나 컸던 탓에 생각 이상으로 흥분했던 것이 분명했다.

경사가 완만해진 길을 걸었다. 어둡고 비좁았다. 바로 옆에 놓인 커다란 나무들이 이 길을 더 비좁게 만든다. 그렇게 판단한 나는 언제부턴가 몸을 살짝 낮춰서 걷기 시작했다.

계속해서 걸어도 불빛과의 틈이 좁아질 기미가 보이지 않았다. 도대체 어디까지 들어가려는 건지, 도무지 알 수가 없었다.

어느 순간부터는 생각 따윈 없이 발끝에 전해지는 감각에만 온 신경을 집중하며 저 작은 구슬을 따라갔다. 엄마가 말했던 귀화(鬼火)를 실제로 마주한다면 아마 저런 느낌일 것이리라. 나는 미련하게도 저 활활 타오르는 구슬에 홀린 건 아닐까. 그렇지 않고서야 한 치의 망설임도 없이 집을 빠져나왔을 리가 없다.

가까워진다. 다리가 저렸다. 눈 깜짝할 사이에 불빛과 가까워졌다. 아무 생각 없이 걸었던 터라 하마터면 들킬 뻔했다. 나는 내 옆에 자리한 자그마한 수풀에 억지로 몸을 집어넣었다. 다행히 이쪽에 신경을 기울이는 기척은 없다. 서로의 대화 소리가 생각보다 큰 덕에 사락거리는 소리가 들리지 않았나 보다. 나는 곧장 자리를 잡고 얼굴을 빼꼼 내밀었다.

그곳에서 기묘한 독채를 만날 줄은 꿈에도 몰랐다. 넓은 땅 위로 언덕처럼 솟아있는 신사와 목조 도리이가 보였다.

이상했다. 어른들은 합장하지 않고 도리이를 그냥 지나쳤다. 물론 내가 보지 못한 것일 수도 있지만, 적어도 내 눈엔 정말 합장을 생략한 것처럼 보였다. 게다가 참배길을 걸어 그들이 향한 곳은 신사의 뒤편이었다. 눈앞에서 불빛이 사라지자, 난 재빨리 수풀에서 나와 작은 도리이 앞으로 다가갔다.

자세히 본 도리이는 온몸이 불타오른 듯 새까맣게 그을려 있었고 살갗이 벗겨져 있었다. 실제로는 아니었지만, 어쩐지 그 벗겨진 틈으로 마치 피를 연상시키는 불그스름한 진액이 흘러나오고 있는 듯이 느껴졌다. 인상을 찌푸리면서 도리이를 넘어 참배길 위에 올랐다. 참배길 옆으로 정갈히 나열된 석등은 켜져 있지 않았다. 애초에 오랫동안 관리를 받지 못한 것처럼 보였다.

스산한 추위가 엄습해 왔다. 몸의 말단에서 시작해 머리끝까지 소름이 쫙 돋는 그 기분에 넌더리를 치면서 더 빠르게 뒤편으로 걸어갔다.

신사의 뒤편에 도착하자마자 내가 마주한 건, 길다운 길이 아닌 짐승길이었다. 멧돼지 같은 들짐승이 지나갈 것만 같은 작은 흙길이 집요하게 우거진 초목 사이로 나 있었다. 사람들이 이 비좁은 통로를 지나갔을 거란 생각은 없었다. 아닌 게 아니라 나처럼 작은 아이도 꽤 힘들게 들어갈 만한 길이었다.

하지만 이곳에 존재하는 길은 이 작고 비좁은 짐승길뿐이었다. 어쩐지 앞에서 대화 소리도 들리는 것 같아서 좌우지간 앞으로 나아갈 수밖에 없었다. 처음 그 길에 발을 디디고 놀란 건, 잡초에 가려져서 보이지 않았던 바닥이 딱딱한 돌길이었다는 점이었다. 그제야 확신이 들었다. 이 길은 사람이 만들었다는 확신이 말이다.

따갑게 쪼아대는 가지를 밀어내면서 계속 앞으로 나아갔다. 그 순간, 온몸의 털이 곤두섰다. 무언가를 들었다. 내 뒤에서 말이다. 수풀을 헤치며 나아가는 또 다른 누군가가 있다. 맨꽁무니는 나일 텐데. 처음엔 잘못 들은 줄 알았다. 하지만 머리 뒤에서 계속해서 사락거리는 소리가 울려 퍼진다. 다리가 굳어버려 자리에 서 있는 지금도.

발소리는 들리지 않았다. 다만 무언가가 다가오고 있음은 확실했다. 그게 사람이든 짐승이든 마주하면 큰일이란 생각에 나는 다시 앞으로 몸을 돌려 거의 달리듯이 나아가기 시작했다.

뱀처럼 굽이치는 길이었다. 일직선으로 올곧게 뻗은 길이 아니다. 뒤에서 들려오는 소리엔 조심스러운 기색도 없었다. 미친 듯이 수풀을 밀어내고 나뭇가지를 힘껏 부러뜨리는 소리가 울려 퍼진다.

엄청나게 빠른 속도로. 내 등을 무섭게 노려보는 시선이 느껴졌다. 농후한 칠흑이 지속되자 막연한 공포감이 나를 좀먹기 시작했다. 심장이 요동치며 피가 거꾸로 솟는 듯했다.

뒤에서 들려오는 기묘한 소리가 바로 뒤까지 다가왔을 때쯤, 시야가 탁 트였다.

주변을 환히 밝히는 초롱을 든 다섯 사람과 그 앞에 누군가가 서 있는 것이 보였다. 거친 숨소리가 새어 나갈까 두려워하면서 나는 시야의 오른편 끝에 자리한 녹나무 뒤로 몸을 숨겼다. 그곳에선 저 사람들이 무엇을 하는지 볼 수 있었고 내 뒤에 있던 사람이 누구인지도 확인할 수 있었다.

그러나 내가 빠져나온 통로로 누군가가 나오는 일은 이 괴기스러운 의례가 끝날 때까지 없었다.

초롱을 든 사람들은 네모난 상자 위에 앉아 있는 한 사람을 앞에 두고 대화하기 시작했다. 나는 다시 머리를 빼꼼 내밀어 혼자 자리한 한 사람이 누구인지 확인하려 했다. 그리고 그 정체를 알아차린 순간, 알 수 없는 위화감이 폭풍처럼 휘몰아쳤다.

***그건…… 불상이었다.***

지장보살을 닮은…… 그러나 왠지 모르게 소름이 돋는 그런 석불상이었다.

대화를 끝마친 듯한 사람들은 도리이 앞에서 하지 않은 합장을 저 석상 앞에서 해 보였다. 그리곤 머리숱이 지나치게 적은 노인이 그 석상 앞으로 다가가 천천히 무릎을 꿇었다. 그 후에 두 손을 모으고 염불을 외는 것처럼 중얼거린다. 동시에 세 사람이 각 방위로 다가가 똑같이 무릎을 꿇었다. 다만, 그 세 사람들은 두 손을 모으지도, 염불 같은 것을 외지도 않는다. 남은 한 사람은 반대편 수풀 속에 감춰져 있던 두 개의 큰 삼베 마대(麻袋)를 꺼내왔다.

그때, 좋지 않은, 무서운 생각이 떠올랐다. 절대로 해서는 안 되는 생각이었다. 나도 왜 그런 한심한 생각이 떠올랐는지는 모른다. 그냥…… 그런 불안감이 있었다.

최근 두 아이가 실종되었단 이야기를 친구네 어머니께 들었다. 일면식이 없는 아이들인지라 그저 듣고 넘겼을 뿐이었는데 말이다. 저 마대에 들어있는 게 사람이란 생각이 자동으로 떠올랐던 건, 그 의심스러운 크기 때문이 아니었을까? 나는 곧 그런 부정한 생각을 하는 나를 질타하면서 숨죽여 지켜보았다. 짐승일 수도 있으니까.

*아아아아아아아아아아아……*

석상 주위에 앉아 있던 네 사람의 입에서 기괴한 곡조가 흘러나왔다. 가사는 없고 오로지 "아"라는 단어만이 반복되고 있다.

*아아아아아아아아아아아……*

무겁고 두꺼운 성인 남성의 목소리 여럿이 커다란 모양새로 둔갑하여 귓속을 파고든다. 난 울상이 되어서 두 손으로 귀를 세게 틀어막았다. 그래도 나지막이 들려오는 가락 소리는 괴상한 귓속말이 될 뿐, 청력을 잃지 않는 이상 듣지 않을 순 없어 보였다. 그렁그렁 맺힌 눈물을 닦으면서 두 개의 마대를 양어깨에 짊어 멘 채로 주위를 빙글빙글 도는 남성과 눈이 마주칠까 벌벌 떨었다.

아마 노래의 절정이었을 부분에 남성은 마대를 땅에 처박아 두고 그것을 열었다. 그리고 그 안에서 무언가를 힘겹게 꺼내기 시작했다.

그 광경을 본 순간, 나도 모르게 외마디가 튀어나와 버렸다.

"아!"

황급히 두 손으로 입을 틀어막았다. 쏟아져나오는 눈물은 막을 수 없었다. 다행히 내 외마디는 노랫소리에 묻혀 들리지 않은 듯하다.

그 마대에서 튀어나오고 있는 건, 작은 다리였다. 땅바닥에서 이리저리 구른 듯 지저분해진 다리 두 개. 계속해서 빠져나온다. 한 마대 안에 있던 건, 일말의 희망마저 불식시키는 미동도 없는 남자아이의 시체였다.

*아아아아아아아아아아아……*

남자아이의 시체가 빠져나온 직후, 노랫소리에 지펴진 불씨가 점차 사그라드는가 싶더니 두 번째 마대가 열리기 시작했다.

그 마대에선…… 사람이라곤 생각할 수 없을 정도로 작은 무언가가 나왔다. 남성은 그 작은 것을 장중보옥(掌中寶玉 : 귀하고 보배롭게 여기는 존재)이라도 되는 양 조심히 들어 마대 옆에 두었다.

남성은 멈추지 않고 마대에서 또 다른 무언가를 꺼내 보였다. 이번에도 얇고 작은 막대기 같은 두 다리가 삐져나왔다. 발……, 다리……, 몸통……, 팔…….

이번에도 남자아이의 시체인 것 같았다.

갑자기 남성은 내가 숨어있는 나무 앞으로 천천히 다가오기 시작했다. 소스라치게 놀라며 재빨리 몸을 숨겼다.

터벅거리는 발소리가 다가온다.

코를 훌쩍이는 소리가 들려온다.

*아아아아아아아아아아아*……

노랫소리가 점점 커진다.

발걸음이 빨라진다.

차츰차츰 느려진다.

이윽고 발소리가 공기 중으로 사라졌다.

"찾았다."

그 굵은 목소리가 등 뒤에서 들린 때, 심장이 덜컥 내려앉았다. 뻣뻣해진 고개를 힘겹게 돌린다. 그러나 왼쪽에도, 오른쪽에도 나를 바라보고 있는 얼굴은 없다.

그때, 근처에서 무언가가 맞부딪히는 소리가 들렸다. 고개를 살짝 내밀어 오른편을 바라보니 남성이 초롱을 들고 석상 쪽으로 걸어가고 있는 모습이 보였다.

운이 좋게도, 남성은 내가 아닌, 불이 꺼진 초롱을 찾고 있는 것이었다. 나는 그 사실에 물밀듯 밀려오는 안도감을 온몸으로 느끼곤 한숨을 한껏 내쉬었다. 물론 입을 틀어막은 채로.

*아아아아아아아아아아……*

남성은 초롱에 불을 켰고 환하게 빛나는 초롱을 두 번째 마대에서 꺼내 보인 시체 앞에 스스럼없이 내려놓았다.

저렇게 놓으면 시체의 모습이 좀 더 또렷이 보이겠지만, 절대로 봐서는 안 된다는 생각이 들었다. 얼른 양손으로 눈을 막았다. 그러나 순식간에 돋아난 몹쓸 호기심에 손가락을 벌려 그 충격적인 광경을 힐끗 보고야 말았다.

없다.

사라졌다?

아니다. 없다.

없는 것이다.

*머리가……*

없었다. 머리가 완전히 잘려있는 시체였다. 다른 시체는 머리가 달린 게 보였다. 머리가 사라진 시체 옆엔 황색 공이 놓여있었다.

머리를 세게 맞은 듯한 얼얼한 감각이 몸속 구석구석으로 퍼져나갔다. 시체를 처음 목격한 것만으로도 형언할 수 없는 충격을 받았지만, 머리가 없다니. 숨이 턱 막히는 것을 시작으로 단전에서부터 헛구역질이 끓어올랐다. 적나라하게 내 쪽을 향해 있는 저 검붉은 단면에서 지렁이처럼 꿈틀거리는 근육 덩어리들이 내게 손을 뻗고 있다. 그로테스크하고 괴상한 모양이다. 구멍 여럿이 뚫려있고 오돌토돌한 무언가가 보이며 찢어진 살갗이 너덜거리는 게, 마치 엄청나게 가까운 거리에서 보고 있는 듯하다.

어른들의 기행은 멈출 줄 몰랐다. 노랫가락이 끝나자, 석불상을 마주 보고 앉아 있는 노인을 제외한 3명의 어른이 자리에서 일어나더니 바닥에 널브러진 시체를 끌어당기기 시작했다. 거기서 알아차렸다. 이 사람들은 저 어린아이의 시체들을 물건처럼 여긴다는 것을 말이다.

시체가 훼손되든 말든 대충 발목을 잡고 끌어 석불상 옆에 안치시켰다. 이로써 석불상의 양옆은 시체 두 구가 자리하고 있고 석불상의 뒤쪽엔 황색 구체가 자리하고 있는 형태가 되었다.

이윽고 노인을 제외한 남성 4명이 알 수 없는 말을 중얼거리는 노인의 뒤에 서서 다시금 꺼림칙한 노랫가락을 한 올 한 올 뱉기 시작했다.

*아아아아아아아아아아아……*

얼마나 시간이 지났을까, 새벽녘의 짙은 어둠이 벽색으로 둔갑하였다. 지금 내 시야는 오롯이 뻥 뚫린 산등성이의 비경을 주시하고 있다. 뒤는 볼 수 없었다. 이제 고개를 빼꼼 내민다면 날이 밝고 있는 만큼 쉽게 들켜버리고 말 것이다. 저 어른들이 몇 시간 동안 절을 하는 모습이 몸이 부르르 떨릴 정도로 무서웠다. 마치 그 시체들처럼 미동도 없다. 아마 나무에 등을 맞대고 의례가 거행되는 곳의 반대편을 바라보고 있는 지금도 가만히 절을 하고 있을 것이리라.

온 세상이 푸르게 빛난다. 더불어 살갗을 쿡쿡 찌르는 추위가 어디선가 날려온다. 곧 아침이 될 것이다. 희망찬 푸르름이 만개하는 아침.

그러나 지금 내 등 뒤는 희망이라곤 찾아볼 수 없는 온갖 것이 도사린다. 나도 모르는 사이에 눈물이 흘러나왔다. 밝아오는 아침을 떠올리며 무릎을 끌어안았다. 잠이 몰려온다. 잠에 들면 안 되는데…….

들킬지도 몰라…….

몇 번이고 되뇌었다. 잠에 들면 안 된다고.

그러나 나는 몇 번을 되돌아오는 수마(睡魔)에 지쳐서 결국 잠들고야 말았다.

*툭.*

*툭, 툭.*

*툭, 툭, 툭.*

*툭, 툭, 툭, 툭.*

*툭, 툭, 툭, 툭, 툭.*

정신이 번쩍 들었다. 무언가가 떨어지는 혹은 무언가를 두드리는 소리다. 얼굴을 무릎에 파묻고 있었기 때문에 눈앞은 깜깜했다. 더군다나 정신이 몽롱하기까지 해서 그 소리는 메아리처럼 점차 울려 퍼지는 듯 느껴졌다. 정신이 조금 들자마자, 나뭇가지에 매달린 머리에서 피가 뚝뚝 떨어지는 괴이한 영상이 머릿속에서 재생되는 바람에 얼굴을 들 수밖에 없었다. 그 순간 눈위로 물방울이 떨어졌다.

아침이었다. 다만, 해가 먹구름에 가려 기대와는 달리 다소 희망차단 느낌은 없는, 그런 아침이었다. 더불어 공기 중에 떠다니는 회백색의 안개가 청록빛을 뿜어내던 산속의 초목에 스며들어 대부분이 어두컴컴한 그림자처럼 비쳤다. 이렇게 높은 곳에 올라와 있었다니. 실감 나지 않았다.

여전히 뒤쪽은 고요했다. 지금쯤이면 모두 하산했을 수도 있다. 나는 막연한 불안감을 억누르고 고개를 내밀었다.

도개자를 연상시키는 자세로 절을 하고 있던 어른들은 온데간데없었다. 그러나 오싹한 잿빛 석불상과 시체 두 구는 가만히 놓여있다. 모두 싸늘하게 젖어가고 있었다. 빗발이 거세질 기미는 보이지 않았다. 차라리 장대비가 내렸다면 좋았을 텐데. 저 어스름한 광경이 잘 보이지 않았을 테니까. 하지만 그건 하산하는 것을 방해하는 큰 요소로 작용한다. 나를 도와줄 사람도 없는 지금은 이런 가랑비가 오히려 호재일지도 모른다. 이미 어른들에게 들키지 않았다는 것만으로도 운이 좋았다고 생각했다.

우듬지(나무줄기에서 가장 꼭대기 부분)가 보이지 않을 정도로 빽빽하게 우거진 잎으로 둘러싸인 나무 아래에 있어서인지 그다지 많이 젖지는 않았다. 주위를 살피다가 조심히 안쪽으로 걸어 나왔다. 곧장 짐승길로 향했어도 됐지만, 나는 석상이 있는 곳으로 발걸음을 옮겼다.

먼저 석상의 오른편에 놓인 시체의 얼굴을 살폈다. 본 적 없는…… 남자아이였다. 흰옷이 조금 더러워졌을 뿐, 붉은 피도 보이지 않았고 눈을 감고 있어서 단지 잠에 든 아이라는 착각이 일어날 정도였다. 가까이에서 마주한 불상은 그 분위기만으로 어린 나를 단번에 위압했다. 나와 비슷한 크기에 반가좌 자세로 앉은 그것은 사치라는 단어를 온몸에 두른 듯 금은보화로 치장을 한 모습이다. 물론 실제 금은보화는 아니었으나, 꼭 치장한 모습을 돌로 묘사해 조각한 것 같았다. 게다가 머리에 커다란 관을 쓰고 있었고 양손의 손등에 각각 눈이 있는 것이 보였다. 그뿐만 아니라 불상은 특정 손동작을 취하고 있었다. 불교에서 사용되는 손동작인 듯하지만 정확히 무슨 뜻인지는 알아차리지 못했다. 불상의 얼굴 부분은 특별하다고 할 것이 없었다. 굳이 꼽자면 눈을 감고 있다는 것 정도였다.

시선을 아래로 내리니 왼쪽에 자리한 시체의 거뭇거뭇한 다리와 발이 보였다. 내가 보았던 광경이 사실이라면 이 시체의 머리는 없어야 마땅하다. 나는 눈을 꼭 감고 조금씩 그 시체가 있는 곳으로 움직였다. 실눈을 뜨자 붉은 덩어리가 어렴풋이 보인다.

기모노다.

시체는 기모노를 입고 있다. 한여름에 두꺼운 기모노라니? 나도 모르게 눈을 번쩍 뜨고야 말았다. 조금 멀리서 바라보면 잘린 목의 단면은 보이지 않았다. 그러나 머리가 없다는 기괴한 모습을 본 것만으로도 엄청나게 심장이 요동쳐 댔다. 그리고 그 시체의 성별이 여자라는 걸, 기모노의 종류가 호우몬기(訪問着 : 여성용 기모노)라는 사실을 알아차림과 동시에 알게 되었다. 꼭 호우몬기가 아니었더라도 화려한 에바하오리(絵羽 : 기모노나 하오리에 새기는 아름다운 무늬)만으로도 그 사실을 알아차렸을 것이리라.

다시 말해, 이 두 구의 시체는 각각 남자아이와 여자아이다. 힘없이 늘어진 손 위로 빗물이 떨어진다. 슬프고 두려웠다. 얼마나 아팠을까. 끔찍한 일이다.

빗발이 두꺼워지기 시작한 뒤에야 발걸음을 옮겼다. 등 뒤에서 괴기 불상이 지켜보고 있다. 그런 생각에 발걸음이 빨라졌다. 수풀로 막힌 짐승길 속으로 발을 집어넣었다. 빗물에 젖어 물렁물렁해진 흙바닥이 아닌 딱딱한 무언가가 느껴졌다. 포석이 깔린 참배길처럼 단단한 돌길이다. 제대로 찾아왔구나, 하면서 내 키만큼 커다란 수풀 속으로 억지로 몸을 밀어 넣었다. 오로지 발밑의 감각에만 의존하여 앞으로 나아가다가 문득 몇 시간 전의 일이 떠올랐다. 이 수풀 속에서 나를 따라오던 무언가의 정체를 제대로 확인했던가? 아니다. 어른들의 기행을 면밀히 들여다보면서도 이 수풀 속에서 누가 나오는 것을 빈번히 지켜보았다. 그러나 누군가가 수풀 밖으로 나타났던 기억은 없다.

***아직 이 수풀 속에 있다.***

내가 오기만을 기다린 것이다. 얼마 가지 않아 그것과 얼굴을 마주치는 불상사가 일어날지도 모른다. 그렇게 생각하니 도무지 앞으로 나아갈 수가 없었다. 아닌 게 아니라 바닥에 뿌리를 내린 듯 다리가 꼼짝하질 않았다.

비가 세차게 내리기 시작했다. 앞을 보아도 뒤를 보아도 온통 초록빛뿐이다. 하늘은 회백색으로 열려있지만, 저곳으로 나갈 순 없다. 설상가상으로 뒤에서 사락거리는 소리가 들려왔다. 머릿속에서 그 두 구의 시체가 서로 뒤엉켜 힘겹게 걷고 있는 광경이 자동으로 그려졌다. 가슴이 철렁 내려앉았다. 비에 젖은 몸이 부르르 떨렸다.

빗발이 거세짐에 따라 공포심이 나를 좀먹기 시작했다. 앞이 잘 보이지 않을 정도로 쏟아진다. 나는 눈을 연신 비벼댔다. 눈이 따가웠다.

어느새 사락거리는 소리가 가까워졌다. 곧 내 어깨를 툭툭 건들 것만 같았다. 앞에서 무언가가 기다리고 있을지도 모른다. 하지만 그 석상과 시체를 본 이상 도저히 가만히 있을 순 없었다. 두 눈을 질끈 감고 앞으로 내달렸다.

척삭동물이 바닥을 기어가는 것처럼 연속적인 소리가 들린다.

앞인가?

뒤인가?

살인적으로 내리는 빗소리에 묻혀 방향을 알아차릴 수가 없다.

한기가 엄습해 왔다.

기이할 정도로 차가운 공기다.

발밑의 감각으로 예상컨대 돌길에서 벗어나진 않았다.

다행이다.

우선 신사 안으로만이라도 갈 수 있다면…….

갑작스럽게 무언가에 부딪혔다. 나무는 아니다. 난 살며시 그것 위에 손을 얹었다. 부드러운 면직물…… 그건 옷이었다. 기모노가 떠올랐다. 옷의 종류는 확실하지 않다. 다만, 진정으로 확실한 건, 지금 내 앞에 무언가가 우두커니 서 있다는 것이다. 내 키를 훌쩍 넘는 무언가가 말이다.

눈물이 터져 나왔다. 빗물과 눈물이 섞여 뺨 위로 흘러내렸다. 그러나 도저히 눈을 뜰 수는 없었다. 턱이 떨렸다. 머리 위에서 엄청난 시선이 느껴진다. 등 뒤에서 무언가가 다가오는 소리는 멈추지 않는다. 그야말로 진퇴양난이었다.

그 순간, 뺨 위로 기묘한 감각이 느껴졌다. 차갑고 따뜻한, 도통 갈피를 잡을 수 없는 괴상한 감각이었다. 손이다. 다섯 손가락이 내 뺨을 어루만지고 있었다. 온몸이 굳었다. 곧 뺨 위로 느껴지는 감각이 사라졌다.

이윽고 사위스러운 무언가가 내 옆을 지나간다. 머리 뒤에서 찰박거리는 소리가 연신 울려 퍼졌다. 물웅덩이를 맨발로 밟는다면 이와 같은 소리가 날 것이다. 그러나 내가 밟고 있는 곳은 평편한 돌길일 텐데.

내 뒤를 집요히 쫓던 사락거리는 소리가 사라졌다. 몸을 떨면서 팔을 뻗었다. 아무것도 만져지지 않았다. 팔을 휙휙 내저어도 그저 공기만을 가를 뿐이다.

그것이 사라졌음을 확신하곤 좁은 보폭으로 나아갔다. 역시나 없다. 눈을 감고 있던 탓에 몇 번이고 돌길을 이탈하였다. 물론 진흙과 돌길의 촉감 차이는 엄청나서 금세 알아차릴 수 있지만, 발이 꾸덕꾸덕한 진흙에 절여졌다. 벌레를 밟고 있는 건지도 모르겠다는 생각이 들었다.

정신이 혼미한 상태로 얼마나 걸었을까. 나는 곧 내 머리칼을 쓸어 넘기고 내 옷을 잡아당기는 수풀들이 사라진 것 같다는 느낌을 받았다. 손을 이리저리 움직여도 걸리적거리는 장애물이 있다는 느낌은 들지 않았다. 오로지 추적추적 내리는 비뿐이다.

그제야 눈을 떴다. 오랫동안 눈을 감고 있어서인지 조금은 어색한 느낌이 들었다. 눈앞에 거대한 벽이 보였다. 신사다. 뒤편으로 잘 빠져나왔다. 언제부터 맨발로 걸었을까. 수풀 속에서 신발을 잃어버린 것 같다. 물론 다시 들어갈 마음은 추호도 없지만.

여전히 안개는 내려앉아 있다. 고도는 변함이 없었으니까 당연한 일이었다. 나는 배전의 처마 밑으로 들어가 몸을 피했다. 썩은 나무 특유의 악취가 진동했다. 머리 위로 주렁주렁 매달린 고헤이가 흔들렸다. 이곳에 앉아 있으니, 신사의 전경이 보였다. 꽤 큰 대지에 있는 게 나뿐이니 실로 호젓했다. 실제로는 시끄러운 빗소리 탓에 아니었을지도 모르지만.

저 멀리 목조 도리이가 보였다. 내 옆엔 기분 나쁜 여우 석상이 서 있었다. 코마키츠네(狛狐 : 신사에서 신시로 모시는 여우 조각상)라 했던가. 단 한 번도 와 본 적 없는 신사다. 어딘가 사무치게 슬픈 감정이 주변을 배회한다. 이 산의 쓸쓸함과 호젓함에 휩쓸릴 것 같다는 생각이 들었지만, 머릿속 한편엔 산을 잘 내려갈 수 있을지에 관한 의문이 생겼다.

계단 위에 가만히 앉아 있으니 잊고 있었던 음식 생각이 났다. 배가 고팠다. 그러나 이 산을 하산할 용기는 없었다. 혹여나 길을 잃으면 어떡할까. 정말 죽을지도 모른다는 생각이 들어서였을까.

다시금 졸음이 몰려왔다. 왜인지 편안한 느낌이 들어서 조금은 자둬도 문제가 없을 것이란 확신이 섰다. 무릎을 끌어안았다. 무릎에 얼굴을 파묻었다. 시야에 숯검정이 드리우니 청각이 예민해졌다. 엄청나게 쏟아지는 비다. 그 순간, 천둥이 하늘을 울렸다. 평소라면 기겁했을 정도의 굉음이었다. 그러나 그땐 이상하게도 그리 놀라지 않았다. 몸이 지쳤기 때문일 것이다. 나는 그 상태로 잠들었다.

"얘야. 괜찮니? 어쩌다 이런 곳에……."

누군가가 내 어깨를 툭툭 건드렸다. 고개를 들자, 인자한 인상에 머리가 거의 벗겨진 노인이 보였다. 주변이 극도로 밝아졌다. 귀를 찌르는 매미의 울음소리가 여기저기서 들린다. 처마에서 벗어나자, 웬일로 따스한 햇볕이 꿈결같이 안면에 스스럼없이 들어선다.

"이제 좀 정신이 드니?"

나는 그런 노인의 물음에 고개를 끄덕였다. 말을 입 밖으로 내뱉을 수가 없었다. 물을 잔뜩 머금은 머리카락이 목구멍을 가득 메우고 있는 듯한 역한 느낌이었다. 지금에서야 그것이 의례를 본 충격 때문이었다는 걸 알 수 있지만, 당시엔 제대로 생각할 겨를이 없었다.

"집이 어디니?"

노인은 입을 굳게 다문 날 데리고 산에서 내려가기 시작했다.

빗물에 젖어 미끄러워진 흙 위를 걸으면서 노인이 물었다.

"이런 날씨에 대체 어쩌다 그런 곳에서 잠든 거야. 내려가면 집은 찾아갈 수 있겠어?"

내려가면서 나는 계속 불상과 시체를 떠올리고 있었다. 눈을 감기 전 보았던 장면은 진짜가 아닌 걸까.

노인은 아마 말 없는 나를 벙어리로 생각했던 모양이다. 험준한 산에서 내려오는 길에 몇 번이고 미끄러졌다. 다행히 노인의 검버섯 핀 손을 꼭 잡고 있었기 때문에 그리 깊은 상처는 나지 않았다. 게다가 중간 지점부턴 그에게 업혀 왔기에 더욱이 안전했다.

오후 6시쯤이 되어서야 마을로 내려왔다. 노인은 가까운 집 여럿을 방문해 내 꾀죄죄한 얼굴을 보여주면서 물었다. 이 아이가 어느 집 아이냐고 말이다. 총 네 집을 방문했지만, 네 집 모두 내가 누군지 알지 못했다. 그건 아마도 내가 조금 멀리 떨어진 곳에서 살았기 때문이었을 것이다. 게다가 질문한 상대가 전부 나이가 지긋한 노인들이었다.

"곤란하구먼. 7시 이후로는 돌아다니기가 힘들거든. 어쩔 수 없겠네."

노인은 그렇게 혼잣말을 한 다음 한 독립 주택 안으로 나를 데려갔다. 보아하니 노인이 집인듯했다.

“정말 미안하지만, 오늘은 여기서 자렴. 늦은 시간엔 밖이 위험하거든. 무슨 일이 있었는지는 모르겠지만…….”

노인은 그렇게 말하면서 한숨을 깊게 내쉬었다.

“참, 밥은?”

젓가락으로 밥을 먹는 시늉을 하며 내게 물었다. 나는 고개를 내저었다. 거의 동시에 배가 꼬르륵거렸다.

그는 온화한 미소를 지으며 “기다리렴. 밥을 준비할 동안 씻는 건 어떻겠니?”하고 말했다. 노인에 대한 의심은 이미 거둔 상태였다. 부드러운 웃음에 나는 고개를 끄덕였다.

몸을 씻고 마련된 남색 유카타를 입었다. 지금은 도쿄로 출경한 손자가 어렸을 때, 입던 것이라고 했다. 조금 해지긴 했지만, 옷을 기운 흔적도 없었고 내겐 입을 수만 있다면 무엇이든 상관없었다. 그리고선 정말 밥을 허겁지겁 먹어 치웠다. 얼마나 급하게 먹었으면, 중간에 목이 막혀 얼굴이 붉게 달아올랐을 정도였다. 그때, 노인은 호탕하게 웃으면서 “천천히, 천천히 먹으렴.”이라 말했다. 노인의 음식 솜씨가 좋았던 것도 있지만, 아무래도 공복 상태였다 보니 그럴 수밖에 없었다. 식후, 노인은 자신을 가타무라(潟村)라 소개했다. 그리고선 내가 올랐던 산에 관해 이야기하기 시작했다. 그가 운을 뗄 때, 어쩐지 불안함이 피어올랐다.

"네가 어떻게 그 신사를 찾았는지는 모르겠지만, 아니, 애초에 산을 오르게 된 이유가 무엇인지 잘 모르겠지만, 앞으로는 그 산을 오르는 일은 절대 없어야만 한단다."

나는 단박에 이해했다. 괴현상을 직접 겪은 인물이기도 하고 괴이한 의례를 보았기 때문이다. 가타무라 할아버지의 조언이 아니었어도 그 산을 다시는 오르지 않아야겠다고 생각하고 있었다. 그런데 내 표정이 어딘가 이상하게 비쳤는지 할아버지는 말씀을 이어 나가기 시작했다.

"그래, 그래. 이해할 수 없겠지. 하지만 세상엔 도저히 인간의 마음으론 헤아릴 수 없는 일이 다분하단다. 그저 순리대로…… 살아가는 거지. 신경을 끄는 거야. 관심도 주지 말고. 가끔은 서로를 신경 쓰지 않는 게, 평화를 유지하는 중요한 열쇠가 된단다. 그런 것에 신경을 쓰는 건, 본말전도(本末転倒)지."

요령부득한 말의 연속에 나는 고개를 오른편으로 갸우뚱했다.

"그렇지, 그렇지. 본말전도. 쉽게 말하자면 네가 집으로 가지 않고 산을 향한 것. 너는 어떤 이유에서 산을 올랐겠지. 그건 산을 올라야만 하는 이유가 가지는 중요도의 크기가 집으로 가야만 하는 이유가 가지는 중요도의 크기를 훨씬 넘어섰기 때문일 거란다. 그런데 내가 보기엔 중요도가 뒤바뀐 것 같단 말이지. 다시 말해서, 절대로 중요할 리 없는 그 산은 신경 쓰지 말고 너를 걱정할 부모의 마음을 우선으로 생각하란 말이란다. 기억하렴."

할아버지의 안색이 순식간에 흙빛으로 물들었다. 비옥했던 땅이 순식간에 말라버린 것 같은 느낌이었다. 나는 고개를 끄덕였다. 그럴 수밖에 없는 엄중한 분위기였으니까.

밤이 깊어지자, 그는 나를 다다미 4조짜리 방으로 안내했다. 생각보다 깨끗한 방이었다. 찬바람이 조금 들어오긴 하지만 가운데에 누워 있으면 괜찮을 거라 말했다. 가운데에 큰 이부자리가 깔려있었다. 가타무라 할아버지는 그곳으로 가서 이불을 가볍게 두드렸다.

"어서 누우렴. 편히 쉬고 내일 부모님을 찾으러 가자꾸나."

나는 천천히 걸어가서 그곳에 누웠다. 그는 이불을 내 배 위까지 덮어 놓고는 자리에서 일어났다.

"혹시라도 무섭다면 불을 켜놓고 자도 된단다. 잘 자렴."

할아버지는 그렇게 말하면서 밖으로 나갔다. 쇼지(障子 : 일본식 미닫이문) 뒤로 비친 그림자가 서서히 오른쪽으로 사라졌다. 할아버지의 말씀대로 불을 끄지 않는 편이 낫겠다고 생각했다. 고개를 옆으로 돌리자 가까운 거리에 놓인 부채가 보였다. 나는 상반신을 일으켜 세웠다. 그리곤 부채를 집어 들었다.

아무런 그림도 그려져 있지 않은 흰색 접부채였다. 그 상태로 열댓 번 정도 부채질하다가 다시 비가 내린다는 사실을, 마당에서 울려 퍼지는 소리와 작은 격자창으로 비친 빗방울들의 움직임으로 알아차렸다.

섬뜩한 분위기가 내 주위를 맴돌았다. 어디선가 맛본 것 같은 꺼림칙함이 등골을 스윽 훑는다. 넌더리를 내면서 곧장 잠자리에 들었다.

이상한 꿈을 꾸다 잠에서 깼다. 한없이 까마득한 숲속을 빠른 속도로 기어다니는 꿈이었다. 짐승이라도 된 양 말이다.

목이 말랐다. 웬만하면 참았겠지만, 침을 삼키기가 불편할 정도로 목이 메말라 있어서 도저히 이 문제를 해결하지 않고는 잠들 수가 없었다.

방에서 나와 부엌으로 향했다. 물이 담긴 병이 놓여있었다. 미리 물이 어디 있는지 알려주었기에 그리 오래 걸리진 않았다. 컵에 물을 가득 따랐다. 미지근했다. 그래도 목을 축일 수 있어서 다행이란 생각이 들었다.

다시 방으로 들어가려 복도에 발을 디딘 순간, 복도 창에서 기묘한 시선이 느껴졌다. 그곳을 통해 보이는 풍경은 까마득한 마당이다. 왼쪽 위, 그러니까 돌담 위에 무언가가 있는 것이 어렴풋이 보인다. 초록으로 빛나는 점 두 개가 둥둥 떠다닌다. 아마 고양이의 눈이리라. 나를 보고 있는 걸까.

대수롭지 않게 넘어가려는데 문득 그런 생각이 들었다. 이렇게나 비가 많이 내리는데 저런 곳에 있나? 대개 고양이들은 물을 좋아하지 않는다. 특이한 경우도 있겠지만, 아무리 물을 좋아하더라도 이런 양의 비를 맞으면서도 가만히 있는 건, 말이 되지 않는다.

그때, 번개가 쳤다. 세상이 밝게 빛났다. 그리고 난 기괴한 풍경을 보고야 말았다. 돌담 위가 아니었다. 저 맞은편 2층짜리 저택의 외벽에 달라붙어 있던 것이다. 나를 뚫어져라 노려보고 있는 붉은 기모노 차림의 무언가.

*그리고*

*그것은……*

*여우의 얼굴을 하고 있었다.*

이윽고 거대한 굉음이 고막을 파고들었다. 나를 똑똑히 봤을 것이다. 순식간에 어둠이 제자리를 찾아갔지만, 꺼림칙하게 빛나던 두 옥구슬은 온데간데없다. 온통 까마득한 풍경만이 계속되고 있다. 나는 방으로 달려갔다. 혹여라도 그것이 나를 쫓아올까 봐 두려웠다.

문을 굳게 닫고 이불 속으로 들어갔다.

삐걱, 삐걱.

복도가 밟힘에 따라 내지르는 비명이 울려 퍼졌다. 복도 끝이다. 무언가가 들어왔다. 양손으로 두 귀를 막고 두 눈을 질끈 감았다. 심장이 요동치는 소리와 거칠어진 숨소리만이 들려온다. 이대로 가다간 무슨 일이 일어날지도 모른다며, 혼비백산했다. 이불을 머리끝까지 덮고 있으니 땀이 쏟아져 나왔다. 그뿐만 아니라 높은 습도 때문에 끈적하기까지 했다. 더더욱 잠에 들 수 없는 환경이 만들어져 버린 것이다. 나는 곧장 목을 축이러 간 나의 과오를 후회하며 엄마와 아빠를 떠올렸다.

두려움에 벌벌 떨고 있는데 누군가가 팔을 살며시 건들었다. 필사적으로 몸을 구부렸다. 그런데 낯익은 울림이 전해졌다. 귀에서 손을 살짝 뗐다.

"무슨 일이니? 왜 그래?"

가타무라 할아버지의 목소리다. 이불 밖으로 머리를 내밀었다. 할아버지는 걱정스러운 표정으로 나를 바라보고 있었다. 그런데 어딘가 이상했다. 자그마한 격자창 사이로 밝은 햇빛이 들어오고 있었다. 꿈을 꾼 걸까? 온몸이 땀에 젖어있었다. 긴 머리는 완전히 헝클어진 데다가 찐득한 땀 때문에 머리칼이 얼굴에 덕지덕지 붙어있었다.

할아버지를 따라 방에서 나와 복도를 걸었다. 괴이한 꿈의 내용을 끝없이 되새기면서. 복도 끝에 다다르자, 할아버지가 외마디를 내뱉었다.

"아! 이게 뭐야?"

할아버지가 복도 끝에서 갑작스럽게 쭈그려 앉았다.

"부엌에 있는 걸레 좀 가져와 주겠니?"

그 말을 듣고 부엌으로 향했다. 선반의 고리에 걸려있는 너덜너덜한 회색 걸레를 집어 할아버지 곁으로 갔다. 그리곤 바닥에 무릎을 맞대고 앉았다. 걸레를 건네받은 할아버지는 무언가를 열심히 닦기 시작했다. 그건 다름 아닌 빗물이었다. 순식간에 오싹 소름이 돋았다.

*꿈이 아니었다.*

“금세 어디 나갔다 온 거니?”

할아버지는 의아하다는 듯한 어조로 내게 물었다. 나는 고개를 세차게 내저었다. 그것이 집 안으로 들어온 것이다. 다만, 빗물이 여기서 끊긴 것을 보면 금세 되돌아간 것 같다. 혹은 이 자리에 우두커니 서서 동태를 살핀 모양이다. 그런 기묘한 광경이 뇌리에 스쳐 지나간다.

나는…… 두려움에 떨다가 그대로 잠들어 버린 것이다. 그것의 흔적을 보며 오싹한 감각이 휘몰아쳤지만, 한편으론 다행이란 생각이 들었다.

그것은 어떻게 들어온 걸까……. 빗물 자국의 향연은 그것의 동선을 예측할 수 없을 정도로 괴상했다. 현관엔 빗물 자국이 없었다. 참으로 기이한 일이다. 있을 수 없는 일을 실제로 마주하니 그 괴리감에서 토사물처럼 쏟아지는 무한한 의구심에 더럭 겁이 났다.

겨우 빗물을 닦은 할아버지는 또 금세 된장국을 끓여주셨다. 그 속도가 어마어마해서 실은 할아버지의 정체가 머나먼 조령(祖靈)은 아닐까, 하는 못된 생각이 떠오르곤 했다. 역시나 무쇠 냄비 속에서 넘실넘실 김을 뿜어내고 있는 된장국은 무섭도록 맛있었다. 할아버지의 음식을 매일매일 먹어도 괜찮을 것이라는 생각이 들 정도였다.

할아버지는 내가 밥을 다 먹은 것을 두 눈으로 확인한 뒤에야 보따리로 감아진 작은 산도를 들고 한쪽 어깨에 지게를 짊어 멨다.

"슬슬 가자꾸나. 부모님이 기다리고 계실 테니까. 옷이 아직 덜 말랐으니 그대로 가자. 유카타는 돌려주지 않아도 된단다."

할아버지의 선심이 고마웠다. 처음 보는 아이에게 이렇게까지 동정을 베풀다니.

대문을 나오는데 할아버지가 급하게 내 시선을 제한하려는 듯한 모습을 보였다. 부자연스럽게 시야를 막아섰다. 이래서야는 오른편과 왼편밖에 볼 수 없다. 물론 길 자체가 왼편과 오른편으로만 나 있고 내 앞은 꽤 큰 저택에 막혀있긴 하지만.

할아버지의 왜소한 체격으로는 그 집을 완전히 가릴 수 없었다. 회색 문패엔 '이시이와(石岩)'라는 한자가 새겨져 있었다. 은연중에 그 집을 보려 한다는 걸 알아차린 할아버지는 난감하다는 듯한 표정을 띄웠다.

"어서 가자."

굳은살이 빽빽이 박인 딱딱한 손으로 내 등을 살살 밀며 말했다. 오른편으로 나아가면서도 내 시선은 그 집에 고정되어 있었다. 외벽에 붙어있던 그것은 다행히도 보이지 않는다. 사람이 사는 건가 싶을 정도로 오래되어 보이는 집이다. 어딘가 사위스러울 정도로 슬픈 분위기가 스며 들어있는 것 같았다.

그때였다. 저 멀리서 누군가의 외침이 들려왔다. 익숙한 목소리다. 그러나 오랜만이다.

"미아키(実秋)!"

엄마와 아빠가 보였다. 둘은 한달음에 달려와 나를 꾸중하면서도 서럽게 우셨다. 당연히 이쪽도 감정에 복받쳐서 엄청나게 울어댔다.

집에 무사히 돌아왔다. 충격적인 기억을 안은 채로.

*

여기까지가 9살 당시의 내가 겪은 일이다. 은근히 꿈을 꾼 것이 아니냐고 하는 말을 자주 들었다. 하지만 이건 백일몽 따위가 아니다. 그 일의 잔재가 내 뼛속 깊은 곳까지 스며들어 있으니까.

***나는 비를 무서워한다.***

분명히 키츠네츠키 의례를 본 이후부터다. 어쩌면 그 여우 요령(妖靈)을 본 이후부터일 수도 있다. 더군다나 흔히들 귀신이라 부르는 것들도 보기 시작했으니. 정신병일지도 모른다고 생각하는 것도 어느덧 7년째이다.

주변 어른들의 쇄도하는 질문은 내가 그 사건을 떠올리는 것에 진저리가 나게 하도록 만들었다. 그래서 더더욱 입을 꾹 다물었다. 그 때문에 지금까지도 입을 잘 열지 않는다. 정말 필요할 때가 아니라면 입을 굳게 닫고 있는 것이 오히려 편하다.

장마철이 다가왔다.

비가 내리자마자, 어김없이 떠오를 것이다.

***불상, 시체, 여우의 얼굴을 한 그것이……***

## 2

두 사람이 우리 집을 찾아왔었다.

대학생이라고 했던가? 아마 그럴 것이다. 당시 나는 컨디션 난조로 인해서 학교를 조퇴한 상태였다. 그래서인지 문을 열기가 싫었다. 일면식이 없는 사람들이라 조금의 걱정이 있었는지도 모르지만, 확실한 건, 쉬고 싶은 욕심이 더 컸기 때문이었다. 하도 이상한 일이 많아서 미쳐버릴 지경이었으니까.

한 세 번 정도는 벨이 울린 것 같다. 날카로운 벨 소리는 실제로도 첨예한 모양으로 둔갑하여 내 몸 구석구석을 마구잡이로 찌르는 듯했다. 실제로는 감기·몸살로 인한 근육통에 불과했겠지만. 적어도 나는 그렇게 느꼈다.

후끈 달아오른 몸을 힘겹게 일으켜 세워서 1층으로 내려갔다.

지금 생각하면 그 몸 상태로 그곳까지 간 것도 기적이었다. 운이 좋지 않았던 건지, 생리통도 있어서 정말 가시밭길을 맨발로 걷는 것 같았다.

1층 복도 곳곳에 놓인 인형을 보자 울화가 치밀어 올랐다. 엄마는 도무지 멈출 생각이 없나 보다. 기분 나쁜 인형을 자꾸 만들어 놓는다. 방 안에 틀어박혀서 하루 종일.

엄마는 내가 학교에서 돌아왔는지도 모를 것이다. 나는 조심히 종종걸음으로 엄마가 있는 다다미방 앞으로 다가갔다. 문 위에 귀를 대고 숨죽였다.

*스으윽. 스으윽. 스으윽.*

섬찟한 소리가 이곳으로 넘어왔다. 도대체 뭘 하는 걸까? 다다미 바닥 위로 발바닥을 쓸면서 걷고 있다면 들릴 법한 소리다.

규칙적인 단음에 귀를 기울이던 그때, 두 번째 벨 소리가 울렸다. 문에 바짝 붙은 귀를 떼어내고 한숨을 내쉬면서 인터폰이 있는 현관까지 걸어갔다. 오싹 소름이 돋는 경험을 한 건, 심상치 않은 기척에 뒤를 돌아보았을 때였다.

가로로 눕혀진 엄마의 얼굴이 내가 뒤를 돌아본 순간, 방 안으로 쑥 사라졌다. 그리곤 '쿵'하는 소리와 함께 방문이 매몰차게 닫혔다.

복도를 걷는 나를 계속해서 보고 있었다. 그렇게 생각하니 온몸에 소름이 돋아서 견딜 수가 없었다. 저런 엄마랑 같이 있자니

다른 누군가를 집으로 들이는 편이 났다는 생각이 들었다. 세 번째 벨이 울렸을 때, 나는 곧장 인터폰 아래에 박힌 네모난 전화 버튼을 눌렀다. 동시에 화면이 켜졌다. 그 작은 모니터 화면 안엔 인상을 찌푸리고 있는 젊은 남성과 미인인 여성이 있었다.

"누구세요?"

내 목소리가 들렸는지 두 사람은 웃으면서 서로를 쳐다보았다.

"저희는 H 대학의 민속학부생들입니다. 여쭤보고 싶은 게 있어서 찾아왔습니다."

특이한 전공이라고 생각하면서 나는 조심스럽게 되물었다.

"어떤……."

"이 마을을 주제로 조사하고 있습니다. 시간 괜찮으신가요?"

이상한 사람들이란 생각이 들었다. 보통 이렇게 취재하는 건가? 라는 의문이 피어올랐다. 얼마만큼 고민했는지 나도 잘 모르지만, 그리 긴 시간은 아니었을 것이다. 문을 열지 않는 편이 낫다는 생각이 들기도 했지만, 이 집안의 사위스러운 분위기를 바꿀 수 있다면 그건 그것대로 괜찮으리란 생각에 나는 "네. 잠시만요."라고 말했다.

꾀죄죄한 모습일 텐데. 마음속으로 혼잣말을 내뱉으면서 현관문을 열었다. 열자마자 마당에 자리한 큰 백일홍 나무가 보였다. 아득히 오래전부터 자리 해있던 나무라는 이야기를 들었다. 하지만 끔찍하게 뒤틀린 모습이 너무 흉측해서 별로 오랫동안 보고 싶은 나무는 아니다. 가끔 저 나무를 바라보고 있자면 알 수 없는 기분이 들기 일쑤지만, 우리 집엔 비할 바가 되지 못한다.

시선을 돌려 대문을 바라보자, 화면에서 보았던 두 사람이 웃으면서 나를 쳐다보고 있었다. 나도 모르게 그 미소에 한껏 기분이 좋아졌던 건지 생각할 틈도 없이 대문을 열어주었다.

"일단 들어오세요."

나는 뜨겁게 내리쬐는 햇빛을 한 손으로 가렸다.

"고마워. 부모님은?"

남성이 물었다.

"출근하셨어요."

자연스럽게 거짓말을 내뱉었다. 방 안에 박혀서 인형만 만들고 있는 엄마의 모습과 한 달에 한 번꼴로 집에 들어오는 아빠를 소개해 주고 싶진 않았기 때문이었다.

"두 분 모두?"

이번엔 여성이 가까이 다가오며 물었다.

"네."

이 두 사람을 내 방으로 데려가고 싶었다. 1층엔 많은 방이 있지만, 기분 나쁜 방들이 많아서 더더욱 그곳에서 이야기를 나누고 싶진 않았다.

그런데 현관에 들어온 직후부터 아무것도 기억나질 않는다. 어렴풋이 기억나는 것도 없다. 내가 정확히 기억하는 건, 허겁지겁 차를 타고 도망가는 두 사람을 현관에 서서 바라본 것뿐이다. 그때 나는 그들이 무언가를 보았다는 생각에 사로잡혔다. 그렇지 않고서야 저 사람들이 줄행랑을 칠 일은 없을 테니까.

두 사람이 떠난 직후 내 방으로 들어온 찰나, 대문이 열려있단 사실을 깨달았다. 호르몬의 영향인 건지 사소한 일에도 화가 머리끝까지 치밀어오른다. 동시에 방에 틀어박혀 있는 엄마를 원망했다. 조금이라도 도와줬으면 좋겠는데. 그러나 엄마를 부르기는…… 괴로울 정도로 싫었다.

하는 수 없이 무거운 몸을 이끌고 다시 바깥으로 나가 대문을 닫았다. 몸을 돌리자, 지붕 위에 앉아 있는 새까만 무언가가 시야에 들어왔다. 그건 까마귀였다. 내 오른편에 자리한 백일홍 나무를 조용히 응시하고 있다. 아무런 움직임도 없이 말이다. 나는 까마귀의 시선을 따라 커다란 나무의 튀어나온 살갗 위로 초점을 얹었다. 역시나 기분 나쁜 나무다, 라고 생각하며 미간을 찌푸렸다.

대략 3분 정도를 그대로 서 있자니, 무언가가 온몸을 세게 누르는 듯한 묘한 감각에 사로잡혀서 곧장 집 안으로 들어갔다. 게다가 뜨거운 햇볕 탓에 다시금 스트레스를 받은 건지 복통이 심해져 나도 모르게 신음이 새어 나왔다.

그리고서 한 이틀 정도를 앓아누웠던 것 같다. 정말 빗방울이 삼도천이란 말이 무색할 정도로 집 안에서 고통에 시달렸다. 생리

통과 알 수 없는 몸살 기운이 사라진 것을 깨달았을 때는 어제 아침이었다. 밥을 제대로 먹지 못하긴 했지만, 잠을 푹 자두었기 때문인지, 새벽녘을 기점으로 점차 통증의 존재감이 옅어져 갔다.

아빠가 집에 온다는 연락이 왔다. 엄마가 온 집안을 어지럽혀 놓은 것을 보면 몹시 격분할 텐데. 아닌 게 아니라 아빠는 엄마를 극도로 혐오한다. 그건 아무래도 엄마가 저런 짓을 시작했을 무렵부터였을 것이다. 이 집에 한 달에 한 번꼴로 찾아오는 것도 전부 나 때문이라고, 아빠는 말했다. 물론 입에 발린 말일지도 모르지만.

그렇다고 엄마는 악인, 아빠가 선인이라고 단정할 수는 없다. 중학교를 졸업할 무렵, 옆집의 야스코 할머니께 들은 이야기가 있다. 아빠가 우리 집을 찾아올 때, 항상 같이 오는 여성이 있다고 말이다. 그 이야기를 꺼내면서 할머니는 자연스럽게 그를 호색한 사람이라 불렀다. 다른 사람이었으면, 원만 가정을 위해 아니, 적어도 어린 소녀에게는 결코 그런 말을 하지 않을 것이다. 그러나 야스코 할머니는 워낙 입이 거친 분이라 누군가를 살갑게 대하다가도 사회적으로 비난받아 마땅한 행동을 하는 것을 보면 그대로 넘어가지 못하는 성격을 지니셨다. 언젠가 벼르고 있다가 아빠를 직접 만나 호되게 한소리를 했을 것이리라 생각한다. 그런 할머니를 보고 주변 어르신들은 배려가 없는 것이라 말하기도 하지만 어쨌든 할머니로선 나에게 그 사실을 알리는 편이 일종의 배려였는지도 모른다.

나는 아빠도 엄마도 믿지 않는다. 나 때문에 이 집을 찾아온다고는 해도, 엄마와 아빠는 실은 이혼도 하지 않은 사이이다. 만약 나 때문에 집을 찾아온다는 게 사실이라면, 엄마가 싫다면서 나를 두고 밖으로 나가는 행동엔 어딘가 뿌리 깊은 결점이 존재한다고 생각한다. 결국 나도 그에겐 사라져 버려도 그리 슬퍼하지 않을 인물. 그 이상도 그 이하도 아니리라.

"미아키. 이거."

아빠는 현관에 들어오자마자 나에게 무언가를 건넸다.

"이게 뭐야?"

고급 센베이(煎餠 : 납작한 일본식 구운 쌀과자)였다. 어렸을 때부터 센베이를 좋아했다. 내가 엄마를 닮은 것 중 하나이다. 엄마가 분만실에 들어가기 전까지도 계속해서 센베이를 찾았다는 할아버지의 말이 어렴풋이 기억났다.

"엄마는?"

그 말을 듣고 나는 표정을 구기면서 뒤를 돌았다. 그리고 팔을 비스듬히 뻗어 한 방문을 가리켰다. 그 방문과 이어진 복도 위엔 수많은 인형이 놓여있다.

"또야? 지긋지긋해."

아버지가 답답했는지 남색 넥타이를 살짝 풀면서 구두를 벗고 복도에 올랐다. 심상치 않은 일이 일어날 기색이다. 부아를 가득 담은 무거운 발걸음 소리가 내 귓전으로 달려들었다. 나는 센베이 상자를 꽉 끌어안았다. 동시에 한 가지가 떠올랐다.

같이 온다던 그 여자…….

나는 신발을 대충 구겨 신고 나가 대문 밖을 살폈다. 검은색 세단이 보인다. 여자는 차 안에 있는 것 같았다. 차 내부를 확인할 겨를이 없는 나는 필사적으로 주변을 살폈지만, 여자는 고사하고 동네 사람들조차 보이지 않았다. 곧 나는 뒷걸음질 치며 현관문을 조심히 닫았다.

오늘은 오지 않았을 수도 있다. 그렇게 생각하며 다시 뒤로 돌았다. 심장이 덜컥 내려앉았다. 아빠가 바로 앞에서 나를 뚫어져라 쳐다보고 있었기 때문이다.

"뭐해?"

어둡게 가라앉은 목소리였다. 너무 당황한 나머지 대충 얼버무리기 시작했다.

"그게…… 무슨 소리가 들린 것 같아서……."

말끝을 흐리자, 아빠는 현관문을 바라보고 얼마 뒤에 다시 나를 바라보며 입을 열었다.

"그런가?"

아빠가 다시 뒤로 돌아, 엄마가 있는 안방으로 발걸음을 옮겼다. 곳곳에 놓인 인형을 발로 걷어낸다. 동시에 안도감이 휘몰아쳤다. 나는 서둘러 내 방으로 가기 위해 잰걸음으로 계단을 올랐다.

밑에서 헤아려 대략 15번째 계단 위로 발을 올렸을 때였다. 문득 뒤에서 인기척이 느껴졌다. 그러나 발소리는 들리지 않았으므로 실제로 누군가가 있을 거란 생각은 없었다. 다만, 누군가가 있는 거라면 아빠이겠거니 하며 뒤를 돌았다.

아무도 없었다.

방 안으로 들어가 책을 읽기로 했다. 대개 아빠가 집에 오면 이런 식으로 시간을 보낸다. 아빠와 대화는 하지 않는다. 날마다 다르지만, 2시간 정도만 있다가 홀연히 사라져 버린다. 엄마와는 이야기를 나눌지도 모른다. 무슨 이야기를 나누는지는 모르겠지만.

2시간이라면 300페이지 분량의 문고본 소설을 절반가량 읽을 수 있다. 심각하게 느리지도 심각하게 빠르지도 않은 속도이다. 읽는 속도에 크게 의의를 두진 않는다. 책은 읽는 속도에 중점을 두는 것이 아니라, 읽는 행위 자체가 중요한 것이니까. 책을 읽을 때면 세상과는 단절된 기분이 든다. 그리고 거기에서 해방감을 느낀다. 온전히 소설 속 세상에만 집중할 수 있다. 그 순간만큼은 현실을 신경 쓰지 않아도 된다.

기시 유스케의 『검은 집』이라는 소설을 36페이지까지 읽었을 때였다. 소설 속에선 주인공이 성깔 더러운 남성을 상대하다가 상사의 도움으로 그 소용돌이 같은 상황을 빠져나왔다.

쿵 하는 굉음이 들렸다. 온 집안의 벽을 울리는 소리였다. 그 진동은 내 등골을 훑었다. 대략적인 위치를 파악하건대 1층 안방에서 난 소리 같았다. 별 대수롭지 않게 넘기려다가 문득 엄마와 아빠가 치열한 몸싸움을 벌이는 영상이 머릿속에서 재생되는 바람에 나는 한달음에 계단을 내려가 안방으로 향했다. 굳게 닫혀있던 안방의 내부는 그야말로 괴괴하기 짝이 없었다.

천장에 매달린 무수한 여우 조각들, 오랫동안 사용하지 않아 먼지가 들끓는 장롱 속의 이불, 손톱처럼 날카로운 것에 긁힌 듯한 창문과 벽지, 한쪽 벽에 모아져 있는 인형과 그 인형을 만드는 데에 쓰이는 가짜 머리카락, 여기저기 널브러져 있는 옷가지들, 그리고 그 방 한가운데에 서서 굳은 표정을 하고 있는 아빠, 무엇보다도 중요한 건, 이 방엔…… 엄마가 없다는 것이었다.

넋이 나간 아빠에게 조심스럽게 다가가려다가 발바닥에 무언가가 스쳤다. 자세히 보니 다다미와 다다미의 틈 사이로 종잇조각이 튀어나와 있다.

"이게 뭐야?"

종이의 끝부분을 잡고 힘껏 당겼지만 빠지지 않았다. 예컨대 다다미 바닥 아래에 깔아놓은 듯한 느낌이었다.

"그게 뭔데?"

아빠가 긴장한 내색이 역력한 표정을 지으면서 내 쪽으로 성큼성큼 걸어왔다. 그리곤 거침없이 다다미를 들어 보였다. 쩌어억 갈라지는 소리와 함께 무언가가 나타났다.

"그림?"

커다란 종이 위에 붓으로 무언가를 그린 듯하다. 그런데……그 크기로 보건대 다다미 바닥을 전부 다 들춰야 할 정도로 컸다.

"이게 무슨 그림인데?"

낮은 목소리로 내게 물었다.

"나야 모르지."

"전부 다 들어봐야 알겠는걸."

아빠는 그렇게 말하고 다다미 바닥을 전부 다 들어내기 시작했다.

"이게 무슨……."

그 커다란 그림을 목격한 난 두 눈을 의심했다. 피가 거꾸로 솟는 듯한 기분이었다. 아빠는 절대 모를 것이다. 저 그림이 무엇인지.

믿을 수 없게도 이건…… 7년 전에 보았던 그 불상이다.

바닥을 뒤덮고 있는 커다란 크기의 종이 위에 커다란 불상이 그려져 있다. 불상 그림을 보고 있자니 떠올리고 싶지 않은 기억들이 나를 괴롭히기 시작했다.

그 과정에서 나도 모르게 인상을 찌푸렸나 보다. 아빠가 날 보고 물었다.

"뭔지 아는 거야?"

"응……. 본 적 있어."

아빠와 이렇게 대화를 해보는 것도 오랜만이었다.

"그래서 그게 뭔데?"

부엌에 있는 테이블에 앉아 녹차를 홀짝이며 물었다.

"나도 잘은 모르지만, 우연히 봤었어……."

다음 운을 떼려는 순간, 초인종이 울렸다. 아빠와 나는 잠시 눈을 마주 보고 현관으로 시선을 옮겼다. 처음 생각한 건, 아빠의 내연녀였다. 그 무더위 속에서 오랜 시간 기다리는 건, 사람이 할 짓이 못 된다. 무더위를 버티지 못하고 찾아온 것이 아니었나 싶었다. 그러나 곧 생각을 바꿨다. 그렇게 대담한 내연녀는 세상에 없다. 비밀리에 연애하는 것이라면 그런 식의 돌발행동은 의심을 사기에 식은 죽 먹기가 되어버린다.

아빠가 현관으로 향했다. 나는 발소리를 죽이며 뒤로 따라붙었다. 인터폰에 드리운 풍경은 어딘가 모르게 익숙했다. 사가오카 아저씨와 우리 집을 찾아왔던 대학생들이었다.

"아!"

제 모르게 튀어나온 외마디였다.

"사가오카 씨는 알겠지만, 나머지는…… 아는 사람들이야?"

아빠의 물음에 고개를 끄덕였다.

"오랜만이군요. 사가오카 씨. 무슨 일인가요?"

가만히 대화를 들어보니 여쭙고 싶은 것이 있다는 이야기를 반복하고 있다. 분명 우리 집에서 좋지 않은 일을 겪었을 대학생들일 텐데. 다시 이곳을 찾아왔다는 점이 의문으로 다가왔다. 머리가 좋은 사가오카 아저씨는 그다지 내키지 않는 사람이다. 곧잘 이것저것을 물어봐 대서 싫다. 옛날의 기억이니 조금은 왜곡된 점이 존재할 수도 있지만.

"시간 내주셔서 감사합니다."

"오랜만입니다. 고도 료스케(合戸良輔) 씨. 미아키."

대학생들은 나를 의식하면서 아빠에게 인사했다. 사가오카 아저씨도 내게 쓴웃음을 보인다. 역시나 내가 이상한 행동을 했음이 틀림없다.

부엌에서 아빠와 이야기를 나누기 전에 복도에 널브러진 인형을 정리했다. 손님들이 오기 전에 정리해서 다행이란 생각이 들었다.

생각해 보니 전에 이 대학생들이 찾아왔을 땐 청소가 되지 않은 상태였을 것이다. 무조건 내 방으로 데려갈 생각만 하다 보니 거기까진 미처 생각하지 못했던 것이다. 이 사람들은 그 괴기스러운 광경을 보고 무슨 생각을 했을까.

겨울엔 고타쓰를 놓는 거실의 큰 테이블에 둘러앉았다. 물론 나는 조용히 빠지려고 했다. 그러나 자신을 요시노 토모루라 칭한 대학생이 왜인지 나를 붙잡아 두었다.

"그래서 무슨 질문인 건가요?"

아빠가 손님들에게 녹차를 대접하며 말했다. 그리고서 자신은 아까 마시던 녹차가 담긴 잔을 가지고 왔다.

"정확히는 따님에 관한 질문이긴 합니다만, 7년 전에 있었던 일을 듣고 싶어서 말이죠."

가네코 아사미라는 이름의 대학생이 부끄러운 표정으로 조심히 말을 꺼냈다. 다시 봐도 아름다운 얼굴의 여자다.

"7년 전?"

"미아키가 실종되었던 사건."

사가오카 아저씨가 거칠게 튀어나온 옅은 수염을 어루만지면서 말했다.

"그거라면……."

아빠가 날 쳐다보았다. 나에게 이야기하라는 듯한 뉘앙스가 담긴 몸짓이었다.

"그런데 혹시…… 이걸 왜 이야기해야 하는지 여쭤봐도 되겠습니까?"

갑작스럽게 의구심이 돋아났는지 아빠가 맞은편에 앉은 세 사람을 보고 되물었다.

"실은 저희도 고요메 출신입니다."

"정말입니까?"

아빠처럼 놀라는 기색을 보이진 않았지만, 속으로는 적잖이 놀랐다.

"조금은 쓸데없는 짓이라고 생각하실지도 모르지만, 최근, 저희가 좋지 않은 일을 겪고 있습니다. 이를테면…… 괴현상 같은 걸 말이죠. 믿지 못하시겠지만…….”

“괴현상이요?”

“네. 그런데 저희는 그 괴현상이 고요메촌과 깊은 연관이 있다고 생각하고 있습니다. 죄송스럽게도 저희가 생각하는 괴현상의 원인을 알아낼 실마리 중 하나가 따님이라 생각하고 있어요. 조금 꺼림칙한 이야기가 될 수도 있습니다만…… 고요메촌의 전승을 아시나요?”

“아니요. 전혀 모릅니다. 사가오카 씨는?”

“전 이 두 분의 말씀을 미리 듣고 온 것이라 알고 있습니다.”

사가오카 아저씨가 팔짱을 꼈다.

아무래도 오늘은 끔찍하도록 긴 하루가 될 것 같다.

3

순수함이 표류하는 순백한 구름이 걷 푸른 하늘 속에서 하염없이 넘실거리는 수려한 풍경이 머리 위로 드높게 펼쳐져 있다. 마치 백파(白波)가 만연한 도쿄만의 비경을 뒤집어 놓은 듯하다. 그렇지만 이 순박한 풍경도 그리 오래가지 않을 것이란 걸 알고 있다. 의도치 않게, 새벽녘부터 다시 비가 내릴 것이라는 예보를 보았으니까.

찝찝한 기분이 들었다. 결코 호기롭지 못할 이야기를 들어서인지도 모른다. 내가 겪은 '키츠네츠키' 이야기도 전부 털어놓았다. 그 사람들은 어쩌면 저주가 아니겠냐는 말을 늘어놓았다. 쓴웃음을 지으면서.

나라고 믿고 싶지 않은 건 아니다. 온갖 방법을 써서라도 이 괴현상의 발현을 막을 수만 있다면 뭐라도 상관없다. 고요메촌으로 가서 그 예스러운 땅 아래에 광석처럼 묻힌 비밀을 들춰내자는 제안을 거절한 건, 아빠뿐이었다. 물론 내게도 신신당부하였다. 그들을 따라가지 말라고. 그렇게 말하고선 바로 떠나버렸다. 역시나 우습다. 결국은 또 빈껍데기뿐인 말이었다.

머리를 도로 집어넣고 삼나무가 사용된 원형 테이블 위에 비스듬히 놓인 담뱃갑을 집어 들었다.

'칫. 담배 피우는 것도 말리지 않는 주제에.'라고 혼잣말을 내뱉으며 담배를 꺼냈다. 담배를 입에 무는데 바깥에서 노인 둘이 싸우는 소리가 들려왔다. 이 시간대에 항상 있는 일이다. 간헐적으로 울려 퍼지는 새소리라고 보면 된다. 소리를 내는 목적만이 다른 것이다.

노란 배경에 알 수 없는 성이 그려진 성냥갑에서 성냥을 꺼내 불을 켠다. 지글지글 타오르는 성냥의 붉은 발화제를 몇 초간 바라보다가 담배 끝부분에 가져다 댔다.

한 번의 흡입 만에 놓치고 있던 여유가 폐부 깊숙한 곳까지 스며들었다. 창문 밖으로 잿빛 연기를 내뿜어 마음속에 담아두었던 그날의 안개 낀 풍경을 직접 그려본다. 적요에 휘감긴 마을의 전경이 급속히 안개에 뒤덮였다.

침대 위에 앉은 채로, 피우는 것도 정말 오랜만이다. 보통은 마당에 쭈그려 앉아서 피운다. 그러나 지금 이 넓은 집엔 나뿐이다. 그러니 딱히 뭐라 할 사람도 없다. 그 둘을 탓하려는 건 아니지만, 부모의 부재가 죄책감의 부재를 거드는 건 아닐까.

창밖으로 머리를 내밀고 있자니 시원함과 따스함이 서로의 존재를 지우려는 듯 이리저리 달려들다 결국은 뒤엉켜 버린 기묘한 바람이 날려온다. 서로의 이면적 속성이 엉킨 부드러운 바람을 맞으며 연기를 내뿜어 대다가 곧 1층에 자리한 화장실로 내려갔다. 변기 물속으로 담배 머리를 집어넣었다. 이윽고 새까맣게 타버린 담배를 휴지통에 무심히 던졌다.

1층과 2층은 풍겨오는 냄새가 무척이나 달랐다. 인형을 만들 때 쓰는 본드 같은 것에서 풍기는 냄새인 건지. 고약한 냄새가 1층을 지배하고 있다. 아빠가 인형을 전부 버렸는데도 여전히 악취가 풍겨왔다. 2층은 나밖에 사용하지 않아서 깨끗이 청소해두는 편이지만, 1층은 온갖 인형 사이로 쓰레기가 널브러져 있었다. 그래서 집안 곳곳에 냄새가 뱄는지도 모른다. 물론 현재는 깨끗하다. 그럼에도 향기로운 2층에서 1층으로 내려오면 기분 나쁜 냄새가 난다. 꼭 1층과 2층은 물과 기름 같다.

도대체 엄마는 어딜 간 걸까? 안방에 들어와 바닥에 펼쳐진 커다란 그림을 유심히 살펴보았다. 기분 나빠, 라고 가네코 씨가 나지막이 말했던 것이 떠올랐다. 고요메 출신이라던 그 대학생들도 이 불상 그림에 관해선 잘 모르는 듯했다. 그런대로 7년 전에 보았던 광경을 나름 자세히 설명했지만, 실제로 보지 않고선 잘 이해되지 않을 것이다. 그래서 그들이 **그곳**으로 직접 가보자고 했는지도 모른다. 더불어 썩어버린 신사도.

엄마가 그린 것이라곤 생각하지 않는다. 누군가에게 받았을 것이다. 고요메촌을 떠날 때, 주민 중 한 명에게 건네받았음이 틀림없다.

불현듯 묘한 시선이 느껴졌다. 굳게 닫혀있는 오시이레(押入 : 일본식 주택의 붙박이장) 쪽이다. 나는 무거운 공기가 얹힌 발을 힘겹게 굴리면서 그 앞으로 다가갔다. 이내 익숙한 소리가 뇌리를 파고들었다.

*스으윽. 스으윽. 스으윽.*

오시이레 안쪽에서 들려오는 소리였다. 분명 최근에 들었던 소리와 똑같은 소리다. 아무리 생각해도 이상했다. 먼지가 쌓여있던 본 붙박이장은 청소하지 않았지만, 이런 소리를 낼 만한 물건은 없었다. 아닌 게 아니라 이 안엔 이불과 세간살이를 담은 여분의 택배 상자만이 놓여있었다.

조심스럽게 장지문을 열었다. 그러자 장지문을 긁는 듯한 소리가 사라졌다. 여느 가정집에 놓인 오시이레처럼 이 오시이레도 1단과 2단으로 층이 구성되어 있다.

찰나의 순간이었다. 어디선가 기분 나쁜 악취가 나타났다. 그러나 나를 의식하기라도 하듯이 금세 존재를 감췄다. 나는 악취의 근원지를 찾으려 방 구석구석을 살폈다.

*스으윽. 스으윽. 스으윽.*

등 뒤에서 파동이 일었다. 오시이레 속에서 희고 기다란 손아귀가 내 등가죽을 뜯으려는 기세로 점점 다가오는 광경이 떠올랐다.

뒤를 돌았다.

"어?"

엉겁결에 튀어나온 말이었다. 팔이 쑥 들어갔다. 분명히 보았다. 겹겹이 쌓인 이불 속으로 흡사 뼈만 남은 것처럼 앙상한 팔이 들어갔다.

쭈그려 앉아 겹겹이 쌓인 이불 사이를 벌렸다. 곧 나는 핏기가 사라져 사색이 된 채로 비명을 질렀다. 그곳엔 표정이 없는 얼굴이 놓여있었다. 부릅뜨고 있는 눈은 안광이 사라져 있었다. 그 자리를 공허에 빼앗긴 듯한 모습이었다.

"스스로 생을 마감할 만한 동기 같은 건, 없었다는 말이지?"

"네."

뜨거운 차를 홀짝이며 대답했다. 나라현 경찰 본부에서 형사 두 명이 우리 집을 찾아왔다. 엄마가 오시이레 안에서 사망한 채로 발견됐기 때문이다. 가만히 앉아 맥없는 눈으로 멍을 때리는 고무라(郷村) 형사는 경찰수첩을 만지작거리고 있다. 그에 반해 내게 계속해서 질문을 건네는 노이치(野市) 형사는 고무라 형사보다 훨씬 젊어 보이는 청년으로 은은한 미소를 띠고 있다. 흡사 그런 둘의 모습은 수많은 사건 탓에 무뎌진 고참 형사의 감정이 유가족에게 피해를 줄까, 후배 형사에게 일을 맡겨 보기로 합의를 본 듯한 모습으로 비쳤다.

번듯한 조명 아래에서 이 사람들과 대화를 나누고 있지만, 어쩐지 달밤 아래서 은색으로 빛나는 외로운 섬이 된 기분이다. 이쪽은 이쪽 세상에 갇혀있으니 그렇게 느끼는 건, 당연한 일이다.

"괜찮을 테니 걱정하지 마."

노이치 형사가 굳은 내 표정을 의식했는지 위로의 말을 건넸다. 슬픈 건 사실이다. 다만, 아직은 실감이 나지 않는다. 어쩐지 편한 마음도 있다. 모녀의 천륜을 져버렸다는 죄책감이 들었다.

"잠시만 방으로 가 있을래?"

입을 굳게 다물고 있던 고무라 형사가 말했다. 왜인지 엄중한 분위기가 감돌았다. 나는 그 분위기에 짓눌려 고개를 끄덕이곤 계단을 올랐다. 방문 앞에서 문을 열었다가 닫았다. 그제야 말소리가 들리기 시작했다.

나는 다시 계단의 중간에 자리한 층계참으로 돌아가 귀를 기울였다.

"머리 아픈 사건이군."

"그러게요. 그런데 이 집, 어쩐지 귀기(鬼氣)가 감도는 것 같지 않아요?"

"사람이 죽은 집은 그런 기운이 스며들기 마련이지. 사건에 집중해."

"사인이 질식이잖아요. 정말 그것뿐이라면 단순 자살 사건으로 확정 지을 수도 있지만, 자살 동기도 딱히 없고, 줄 자국이 나 있지만, 현장에 밧줄이 없는 것도, 시체가 이불 속에 있는 것도 이상하고 뼈 몇 군데가 으스러진 것도……."

"솔직히 말하자면 이 사건은 쉬운 듯하면서도 어렵거든."

"네? 그게 무슨……."

"자네도 생각해 봐. 이게 만약 자살이라면, 40대 여성이 혼자 힘으로 도구 하나 사용하지 않고 양 발목을 비틀어 부러뜨리고, 세 손가락을 부러뜨리고, 액사(縊死)하기 위해 란마(欄間 : 통풍과 채광을 위해 작게 만들어 놓은 문)와 장지문 사이의 기둥에 줄을 매달아 목을 걸어 허우적대다 사망했다는 이야기가 되지. 물론 순서 자체엔 변동이 있을 수 있겠지. 다만 중요한 건, 뼈가 부러진 것 자체는 사망 전에 일어났다는 거겠지. 사후, 타인에 의해 질식사를 당하고 뼈가 부러졌을 가능성은 생체 반응의 여부로 간단히 확인할 수 있다는 걸 알지?"

"네. 살아있는 사람의 피부에 상처가 나면 피가 나고 충격을 받으면 멍이 생기지만, 이미 죽은 사람에게선 그런 반응이 일어나지 않는다고……."

"시신 일부를 발견했을 때, 그것의 생체 반응 여부를 확인하는 절차는 대개 사망 후에 발생하는 토막살인인지 아닌지에 관해 알 수 있는 중요한 단서가 되기도 하지. 아무튼 그 여성의 시신에선 생체 반응의 여부가 있던 것으로 확인되어 이 부분은 가능성에서 제외됐지. 궁극적으로 싸이코가 아니라면 시체를 가지고 그런 짓은 하지 않아. 그런데 말이지. 이런 말은 하기 싫지만, 어쩐지 그 여자가 그 고통을 감내하면서까지 그런 짓을 벌여야만 할 이유가 있었냐는 말이지. 두 발이 돌아간 채로 힘겹게 사형대 앞을 향해 걸어가는 모습을 떠올리면 끔찍하거든. 그런 발 상태로 걸을 수 있는지도 모르겠지만."

"그러니까 그 여성은 목을 매 죽었다는 것이 고무라 씨의 결론인가요?"

"물론 조금 더 생각해 봐야 할 문제지. 난 한 가지의 가능성만 이야기한 것뿐이야. 내 생각은 교사, 즉, 자살이 확실한 사건이야. 그런데 시체가 발견된 게 오시이레 속이란 게, 가장 큰 걸림돌이지. 누군가의 개입이 있었던 거야. 그리고 그러한 정황이 이 사건을 더욱 미궁 속으로 빠뜨리고 있어."

"그렇군요……."

정적이 흘렀다.

"이봐. 시체를 숨긴 거라고. 누군가가 보지 않도록 말이야."

"저도 알아요. 하지만……."

"인간이 아둔한 동물이라는 수식어가 붙은 이유가 뭔지 아나? 바로 감정 때문이야. 쓸데없는 감정은 수사를 진행하는 데 아무런 도움도 주지 않아. 바로 그 쓸데없는 공감을 불러일으키는 감정이 수사를 원점으로 돌리는 기폭제가 된다고. 자네도 알잖아. 딸아이의 지문이 나왔다는 거. 게다가 다다미 바닥에선 한 달에 한 번꼴로 들어온다는 고도 료스케 씨의 지문도 발견됐어. 흔한 가정집에서 가족 구성원의 지문이 발견되는 건, 당연한 일이지만, 현장에서 발견된 지문이 그들의 것뿐이라면 의심할 수밖에 없어. 실수를 유발하는 동정심은 품지 마."

"아니……, 제가 언제……."

"그 착해빠진 얼굴만 봐도 보인다고. 노이치."

"가엾잖아요. 아무리 생각해도 그 아이가 용의자라는 건……."

"만약 저 아이가 시체를 은닉했다는 사실이 밝혀지면 그 애를 보는 시각이 달라지겠지. 딸아이는 사망 당시 집 내부에 있었지?"

"네. 컨디션 문제로 학교를 조퇴했죠. 이 건은 학교 측으로부터 사실임을 확인했고요."

"자살 전 자해를 시도했다면 딸아이는 분명 비명이나 신음을 들었을 거야. 자신의 뼈를 으스러뜨리는 고통을 감내한다는 건, 그리 쉬운 일이 아니니까. 백번 양보해서도 참기 힘든 고통일 테지."

"그 부분은 동감합니다."

"사망 추정 시각은 7월 17일 오전 11시경이고. 그러고 보니 해당 시각에 외부인들도 이 집을 방문했다고 했지?"

"두 대학생이 방문했다고 했어요. 이야기 잘 듣고 계셨군요."

"또 그렇게 보였나 보군. 난 나름 집중해서 듣고 있었어. 아무튼 그 사람들 좀 만나봐야겠어."

"정말 그 애가 한 짓일까요?"

"너무 걱정은 마. 장갑흔이 없다는 것만으로도 우발적인 살인이나 정말 자살이었을 가능성에 힘을 실어주니까."

두 사람이 자리에서 움직이는 부산한 소리가 들렸다.

"참, 불단을 보니 둘째 아이가 있었던 모양이야."

"두 번째 상(喪)이겠네요. 역시 안타까워요."

"료스케 씨는 별로 신경 쓰지도 않는 것 같던데, 뭘."

"그 사람 왜인지 별로예요. 예의를 차리는 것 같으면서도 어딘가 데면데면하다니까요."

"꼭 우리 경찰들을 보는 것 같군. 대중들이 우릴 바라보는 것과 다를 바가 없잖아?"

고무라 형사의 웃음소리다.

"일반화예요. 그런 이미지도 억울한데요."

"알겠으니까. 일단 움직이자고. 딸아이 좀 불러줘. 인사는 하고 가야 하니까. 데면데면한 경찰로 남기 싫으면 말이지."

"네."

발소리가 점점 가까워졌다. 큰일이다. 머리가 돌처럼 딱딱하게 굳었다. 방으로 되돌아갈 수 없다. 문소리가 들릴 테니까. 이대로라면 대화를 엿들은 것을 들키고 말 것이다.

문을 열어서 금세 나온 척을 하자.

그런 생각이 떠오름과 동시에 발을 옮겼다. 다시 방문 앞에 서서 방문을 크게 열었다가 닫았다. 일부러 발소리를 크게 냈다.

"미아키 씨!"

"네."

뻣뻣이 굳은 표정으로 태연히 대답했다. 다행히도 목소리는 아래에서 들려왔다. 계단을 올라오지는 않은 모양이다. 다만, 1층 복도에 있어도 층계참은 보이니 여전히 그 있었더라면 들키고 말았을 것이다.

"그만 돌아가 보겠습니다. 협조해 주셔서 감사합니다."

고무라 형사가 뜬금없이 험상궂은 인상 위로 미소를 보이며 말했다. 놀랐다. 저런 사람도 웃는구나. 어른들 특유의 형식적인 웃음은 아닌 것 같았다. 그러나 어딘가 씁쓸해 보이는 미소다. 측은한 마음을 가지고 있지만, 그럼에도 나를 의심하고 있는 것이 틀림없다. 이내 노이치 형사도 고무라 형사를 따라 고개를 숙이고 밖으로 나섰다.

현관문이 닫힌 뒤, 복도로 내려왔다. 어두운 복도 끝 쪽에 놓인 다다미방의 문을 바라보았다. 꼭 그 안쪽에서 기묘한 소리가 들리는 것 같았다.

***스으윽, 스으윽, 스으윽.***

꺼림칙한 느낌이 들었다. 몇 초 뒤 어둠 속에서 울려 퍼지던 그 소리는 어딘가로 사라져 버렸다.

그렇게 나는 또다시 살인적인 고요 속에 속수무책으로 갇히고 말았다.

"무섭네."

# 제4장 복멸관악

## 1 고무라

점심이 되어서야 목적지로 향했다. 이번 사건은 의외로 간단하다. 고도 미아키 혹은 고도 료스케가 범인이냐 아니냐만 밝히면 된다. 두 사람이 공범일 가능성도 배제해 놓지 않고 있다.

다만, 내 수사를 방해하는 걸림돌이 여간 불쾌한 것이 아니다. 피해자는 기괴한 상태로 죽음을 맞이했다. 정말 그 둘 중 한 명이 범인이라면 매스컴에서 득달같이 달려들 것이다. 제목엔 필시 인면수심이란 수식어가 채택될 것이다. 세상이 두 부녀를 괴롭힐 것이란 사실을 잘 알고 있다. 안타까운 일이지만, 가부와 상관없이 형사로서의 내겐 어찌할 도리가 없다. 차라리 범인이 없었으면 하는 바람이다. 범인을 밝혀도, 밝히지 않아도 스트레스를 받을 사건이란 말이다.

날렵한 인상-딸과는 전혀 닮지 않은-의 고도 료스케는 오사카의 사카이시(堺市)에 자리한 한 호텔에서 투숙하고 있었다고 했다. 체크인 시간은  사건 발생 이틀 전 오후 6시이다. 체크아웃 시간은 사건 당일 오전 7시다. 그런데 여기엔 한 가지 이상한 점이 있다. 체크인과 체크아웃을 한 사람이 미야지마 메이코(宮島衣子)라는 이름을 가진 여성이란 것이다. 그러니까 이 고도 료스케라는 남자는 불륜을 저지르고 있단 것이다.

나는 사건을 원점으로 돌려 자살과 타살의 가능성을 일일이 따져보기로 했다.

자살로 위장한 타살일 가능성은? 대개 액사를 선택하는 경우엔 삽시간에 의식을 잃기 때문에 끈 자국이 깔끔한 편이다. 반대로 이야기하면 타살일 경우 피해자의 저항에 끈 자국이 심하게 난다는 것이다. 하지만 시체에 남겨진 끈 자국은 깔끔했다.

그런데, 사건 현장엔 끈이 없었다. 목을 매단 위치는 단 한 곳밖에 생각할 수 없다. 쇼지와 란마 사이의 가로 기둥이다. 당사자의 키가 그리 큰 편이 아니란 걸 감안하면 충분히 가능한 이야기다. 끈 자국이 비교적 깔끔하고 저항흔이 없는 걸로 미루어 보아 이번 사건이 타살일 가능성은 거의 0에 수렴한다. 어떻게 죽었는가, 누가 현장과 시체를 은닉했는가. 나는 이 두 가지만을 알아내면 된다.

후배 형사인 노이치는 고도 료스케의 내연녀에 관한 내용을 발견하자마자 "안 봐도 뻔해요. 아내의 따가운 눈총을 피해 불륜녀와 함께 안락한 생활을 즐기기 위해 살인을 저지른 것이 아니겠어요?", 라 말했다.

그리 터무니없는 말은 아니다. 사건 현장과 시체에 남은 흔적이 타살을 가리키고 있었다면 나도 그런 말을 내뱉었을 것이다.

그런데 살인청부업자를 고용한 것도 아니고 지문을 듬뿍 남기면서까지 살인을 저지르는 건 역시나 이상하다. 아무리 의살이라고 해도 저항흔이 없는 것은 더욱이 이상하다. 더군다나 시체를 깊은 바다에 유기해 놓고 해외로 도주한 것도 아니고 고작 오시이레 안에 숨긴다는 건 말이 되지 않는다.

하지만 끈이 사라진 이유는 도무지 알아차릴 수가 없다. 혹여나 고타쓰의 코드나 드라이기의 코드 선이 아닐까, 생각도 했지만, 감식반에서 말하길 집 안에 있는 모든 선을 비롯한 끈들은 해당 끈 자국과 일치하지 않는다고 했다. 고로, 자살이 되었건 타살이 되었건 누군가가 끈을 가져갔다는 것만은 확실하다. 만약 이 사건이 살인 사건이라면 시체는 발견하기 쉬운 곳에 숨겨두고 끈을 철저히 은닉한 살인자의 생각도 이해되지 않고, 자살이라면 자살자의 몸 상태에도 약간의 의구심은 돋는다.

임시 개통된 신국도에 들어서자, 비가 추적추적 내리기 시작했다. 밥을 먹고 올 걸 그랬나, 은근히 걸리적거리는 허기가 신경을 곤두세운다. 하지만 식후 불현듯 찾아올 식곤증을 생각하면 차라리 먹지 않는 편이 낫다.

차창으로 흩뿌려지는 빗물을 보고 있으니 4일 전에 있었던 일이 떠올랐다. 그 당시에도 비는 내렸다.

*

평소처럼 집(긴키 지방에 자리한 4층짜리 맨션이다.)에서 쉬고 있는데 웬일로 초인종이 울렸다. 택배라는 소리도 없고, 아무런 말소리가 들려오지 않길래 자리에서 움직이지도 않았다. 좌식 탁자 위엔 아사히 맥주와 김이 피어오르는 연어구이가 놓여있다. 연어의 두툼한 살을 분리하려는데 이번엔 노크 소리가 들렸다. 엉덩이를 떼기가 싫었다. 귀찮아도 어쩔 수 없다. 두 번 이상부턴 누군가의 장난으로 치부할 수 없다. 용건이 있는 것이 확실하다. TV 소리를 줄여놓고 한숨을 토해내면서 현관으로 향했다.

"누구세요?"

묵묵부답이었다. 미세하게 들려오는 건, 아스팔트 도로를 축축이 적시는 빗소리뿐이었다. 오직 그 소리만이 이 네모난 공간에서 공명하고 있을 뿐이다.

"누구신데요?"

내 물음에 대답하기라도 하듯 노크 소리가 들렸다. 우리 집이 맞는데……. 조금 더 앞으로 다가가서 콩알만 한 외시경을 들여다보았다.

누군가가 서 있는 게 보였다. 비에 젖어있었다. 교복을 입고 있는 것으로 미루어 보아 여학생 같은데 왜 우리 집을 찾아온 걸까?

얼굴은 보이지 않았다. 고개를 숙이고 있어서 빗물이 뚝뚝 떨어지는 머리카락이 길게 늘어져 있는 것만 보였다.

그러고 보니 본부에서 돌아왔을 때, 현관문 아래에서 휴대전화를 발견했다. 작은 고리 인형(새였다.)이 달린 분홍색 휴대전화였다. 어쩌면 주인일지도 모른다는 생각이 들었다.

"아, 휴대전화 찾으러 왔어요? 잠시만 기다리세요."

나는 큰 소리로 그렇게 말하고는 서재로 들어가 겹겹이 쌓여 거대해진 사건 기록부 더미 위에 놓인 휴대전화를 집어 들었다. 전원이 나갔는지 켜지진 않았다. 현관문을 열고 멋쩍은 웃음을 지으면서 말했다.

"전화기가 주인을 찾아서 다행…… 뭐야?"

그곳엔 아무도 없었다. 어둑한 배경만이 끝없이 펼쳐져 있었다. 벙찐 상태로 서 있다가 기이한 방향으로 내리는 빗물이 안면까지 튀어서 재빨리 문을 닫았다.

"장난인가?"

하는 수 없이 휴대전화를 서재 책상 위에 올려놓고 거실로 나왔다. 그때 커튼이 팔락거렸다. 그 광경이 마치 누군가가 숨어들어간 것처럼 보였다. 애초에 커튼 뒤로 사람으로 생각되는 무언가가 비치고 있다. 누군가 우두커니 서 있다. 그런데 커튼 밑단 아래에는 이상하게도 발이 보이지 않았다.

실눈을 뜬 상태로 그쪽으로 천천히 발걸음을 옮기고 있는데, 그것은 미동도 없이 가만히 서 있었다. 커튼을 강하게 젖혔다. 사람은 없고 평소와 다를 바 없는 창밖 풍경이 펼쳐졌다. 아니, 딱 하나 다른 점이 있었다.

창문이 열려있었다. 비바람 때문에 커튼이 움직인 것이었다. 그렇다면 커튼 뒤 사람은 뭐였지? 헛것을 보았나 보다. 일이 바빠서 잘 챙겨 먹지 않은 탓인가. 동료 형사들의 말로는 독신이라면 그럴 수밖에 없다고 한다. 물론 농담 삼아 한 말이겠지만, 30대 후반에 접어들도록 장가도 못 간 내게는 폐부를 찌르는 소리다.

창문 앞에 서서 바깥 풍경을 바라보았다. 저 멀리 누군가가 걸어가는 모습이 시야에 들어왔다. 비가 이렇게 오는데 우비도 우산도 없다니. 흰 가로등이 환하게 비추는 아래를 지나가자 조금 더 또렷하게 보였다.

교복이다.

우리 집 문을 두드린 그 소녀가 확실하다. 궁금증이 폭발해서 메이와쿠(迷惑 : 타인에게 폐가 되는 것)는 머릿속에서 지워버렸다.

"어이! 학생! 휴대전화!"

베란다로 나가 비를 맞으면서 손을 흔들었다. 빛나는 가로등 아래에서 은은하게 빛나고 있었다. 학생이 잠시 뒤를 돌아보았다. 나를 발견한 건지 고개를 올린다. 아마도 나를 보았을 것이다. 그런데 나를 무시하고 다시 걸어 나가는 것이 아닌가?

저 애가 아니었나?

학생이 모퉁이를 돌아 시야에서 사라지고 나서야 거실 안으로 들어왔다. 창문을 제대로 닫고 커튼을 쳤다. 갑작스럽게 후회가 밀려왔다. 야심한 밤에 너무 큰소리를 낸 것 같다는 생각이 들었기 때문이었다. 아무리 옆집에 사는 사람이 귀가 어두울 가능성이 높은 나이가 지긋한 할머니라고 해도 말이다.

미지근해진 연어구이를 반쯤 먹어 치웠을 무렵, 괜한 걱정이 들었다. 아마도 그건 비바람이 거칠어졌기 때문이리라. 우산도 없이 정말 괜찮았으려나. 남을 한 번 걱정하기 시작하면 정말 끝도 없다. 곧 나는 생각을 그만두기 위해 TV 음량을 조금 더 키우고 맥주를 들이켰다.

*

상념이 지나치다. 그런 말을 형사 생활 초기 때부터 들었다. 물론 사건에 관한 가설을 세울 땐, 절대적인 장점으로 작용한다.

그런데 이렇게 여가 시간을 즐기고 있을 때도 상념에 정신을 빼앗기면 나도 모르는 사이에 시간이 훌쩍 지나고는 한다. 결국엔 또 일을 한 것 같은 느낌이 들어서 별로다. 나름대로 절제하려고는 하지만, 사건이 일어나면 배관을 틀어막고 있던 돌을 뽑아내야 하니, 나로서는 머리가 아파 온다.

생각에 갇혀있는 사이, 가와나에쵸에 도착했다. 탐문수사 상대는 29살 남성인 요시노 토모루이다. 직업은 전업 작가라고 한다. 사건 당일, 고도 가에 방문했다고 들었다. 연관이 있다면 전부 조사해 보아야 한다. 범행과 연관이 있을 수도 있는 노릇이니까.

근처 노상주차장에 차를 대놓고 편의점에서 산 도시락으로 허기를 달랬다. 불만스러운 양이었다.

“고향에 관해 여쭈어볼 게 있어서 방문했단 말이죠?”

“뭐, 그렇죠.”

완벽한 미남이라고 할 순 없지만 전체적으로 조형미가 넘치는 얼굴이라 보는 이에 따라 미남이라고 불릴만한 얼굴이었다. 특징이라고 한다면 높은 콧대가 있겠다.

“H 대학 학생이 아닌데 그렇게 말하신 게 마음에 걸립니다만.”

“그게…… 거짓말을 한 건 맞지만, 아사미는 정말 H 대학원생이니까 거든 겁니다.”

그의 얼굴엔 어딘가 불편한 기색이 떠올라있었다.

“실례가 아니라면, 고도 부녀와 어떤 이야기를 나누셨는지 들어볼 수 있을까요? 시간이 조금 지난 일이라 잘 기억나진 않겠지만, 부탁드립니다."

그는 생각을 정리하는가 싶더니 이내 입을 열었다.

"고향 마을의 역사랄까요. 의례도 그렇고…… 음……, 뭐라고 할까……."

변죽을 울리고 있다. 이 남자는 무엇을 숨기고 있는 것이 틀림없다.

"요시노 씨. 무언가 말 못 할 사정이 있는 건가요?"

"그런 건 없습니다만, 고도 가 사건은 살인 사건이 아닐 겁니다. 그 두 사람은 그럴 사람들이 아니에요."

갑작스럽게 화제를 돌리는 요시노의 뺨이 부자연스럽게 떨리는 것이 보였다.

"마음 같아선 저도 그렇게 생각하고 싶습니다. 시간에 맡겨야겠죠. 언젠간 진상이 밝혀질 테니까요. 다만, 그 끝 모를 시간을 단축하는 열쇠가 요시노 씨의 말일 수도 있습니다. 그러니까 무슨 이야기를 나누었는지 말해주실 수 있을까요?"

긴 침묵이 이어졌다. 고개를 숙이고 있던 요시노는 이내 결심한 듯 고개를 들더니 입을 열었다.

"믿지 못할 말을 늘어놓는다고 해도 들어주실 수 있습니까? 설령 그 이야기가 초자연적인 현상의 범주로 발을 들여놓는다고 하더라도 말입니다."

무슨 이야기를 꺼내려는 건가, 의문이 들었다. 이렇게까지 진지하게 운을 떼려는 준비운동을 해버린다면 그럴 수 없다고 말할 수도 없는 노릇이다. 그래서 나는 '듣겠습니다.'라고 말하면서 고개를 끄덕였다.

그 괴기스러운 이야기를 들어버린 것이다.

온몸에 스며드는 끈적한 비처럼 내 몸에 스며드는 이야기를.

2 료스케

의도치 않은 살인이었다.

그날, 나는 미아키를 보기 위해 가와나에쵸에 있는 집에 갔었다. 메이코는 따라가지 않겠다고 했다. 그렇다. 메이코는 굳이 올 필요가 없다. 마을에 도착해도 그녀로선 마땅히 할 일이 없을 테니까. 오히려 마을을 향하는 동안에만 그저 심심풀이용으로 사용된다고 느꼈기 때문일지도 모른다. 난 그녀가 옆에 있기만 해도 좋은 것뿐이다.

아무튼 집 안에 들어서자 미아키가 나를 반겨주었다. 물론 좋지 않은 표정인 것을 확인하고는 온몸이 얼어붙는 것 같았다. 왜냐하면 내겐 그 표정이 실로 두렵게 다가오기 때문이다. 이따금 이해할 수 없는 행동을 하는 것보다 그 오싹 소름이 돋는 무표정은 내재한 감정이 요동치도록 일조한다. 내 아이가 아니라고. 내 핏줄이 아니라고. 마음속에서 무언가가 꿈틀거린다.

*

그 무표정은 7년 전에 일어났던 실종 소동 이후부터다. 미아키가 실종되었을 때를 생각하면 정말 끔찍하다. 실제로 미아키가 실종 상태에 놓여있던 시간은 단 이틀 정도이지만, 아내와 난 시간이 멈춰버린 까마득한 공간에 갇혀 버린 것 같았다. 미아키는 갑작스럽게 사라졌다. 자고 일어났더니 감쪽같이 사라졌다. 마을, 이곳저곳을 돌아다녀도 찾을 수 없었다.

이시이와 가 앞에서 의문의 노인과 함께 서 있는 미아키를 발견했을 때까지만 해도 행복을 되찾을 줄로만 알았다. 그런데 실종 사건을 시작으로 흉조는 계속해서 우리 가족을 찾아왔다. 미아키는 시도 때도 없이 자신의 몸에 상처를 입혔다. 처음엔 산에서 뒹군 것 같은 상태로 집에 돌아와서 조심하라고 타일렀던 기억이 있다. 그런데 어느 순간부터 미아키의 친구들과 지금은 이 세상에 없는 미치오가 그 아이를 무서워한다는 소문이 들려왔다. 남동생인 미치오마저 미아키와 함께 있기 싫다며 기겁하던 것이 기억난다.

대개 들려오는 소문에 의하면 들짐승처럼, 그러니까 인간이 아닌 것처럼 행동한다고 했다. 예컨대 손톱이 들려서 피가 쏟아질 때까지 땅을 파기도 하고 온몸에 상처가 날 정도로 좁고 어두운 공간에 들어가려고 기를 쓰는 걸 아이들이 말렸다는 이야기가 있다. 그뿐만 아니라 어른들을 매우 경계하는 모습을 보이는데 일례로 사가오카가 미아키를 잠시 잡아두고 몇 가지 질문을 했더니 경기를 일으키며 벌어진 손톱으로 마구 할퀴어 댔다고 했다. 그리고 집에서조차 말수가 적었는데 바깥으로 나가면 단 한마디도 꺼내지 않았다. 오죽했으면 주민들 사이에서 아이가 뒤바뀐 것이 아니겠냐는 말이 오르내렸을까. 미아키의 기행을 직접 목격한 주민들은 귀기가 넘쳐흐르는 귀신의 아이라고 부르기도 했다.

한번은 미치오가 잠결에 이상한 소리가 들리는가 싶어 어둠 속에서 눈을 부라렸는데 누나가 빠른 속도로 기어다니는 기괴한 모습을 보았다고 한다. 이 이후로도 계속해서 미치오를 괴롭히자 결국 미치오를 우리 부부의 방에서 재우는 지경까지 이르렀다. 이 당시 아내는 딸아이로 인한 스트레스 때문에 약간의 신경쇠약을 앓게 되었다.

특히 밤이 되면(비가 올 경우엔 훨씬 심하다.) 절대로 전등을 켜지 않으려고 한다. 이유는 여우가 쫓아오기 때문이라고 한다. 계속해서 그런 요령부득한 이야기를 해댔다. 강제로 불을 켜면 죽어버릴 거라면서 꽥꽥 소리를 질러대거나 이불 속에 숨어서 두려움에 벌벌 떨었다. 더욱이 이상한 건, 병원에서도 정상으로 진단받았다는 것이다. 오히려 우리 가족 구성원 중 병을 앓고 있는 사람은 신경쇠약인 아내뿐이었다.

그렇게 미아키로 인해서 집안의 분위기는 날이 갈수록 음울해졌다. 그리고 결국 6월 11일에 끔찍한 일이 일어나 버렸다. 당시 나는 증권회사에서 근무하고 있어 여타 직종에 비해 오피스 워커로서 업무 시간이 비교적 일정한 편이었다. 근무를 끝마치고 마을로 향하는 작은 터널을 지났을 때쯤, 두 눈을 번뜩이게 만드는 광경이 눈에 들어왔다.

희뿌연 연기가 하늘 위로 솟아오르고 있다. 거대한 구름이 대지로 빨려 들어가고 있는 것처럼 보이기도 했다.

작물을 태우고 있는 건가?

처음에는 그렇게 생각했지만, 작물을 태워서 나올 수 있는 연기량이 아니었다. 불길한 예감이 들었다. 께름칙한 감각이 엉겁결에 돋아났다. 얼핏 보아 대략적인 화재 발생 위치가 익숙한 곳으로 보였기 때문이었다. 곧장 액셀을 밟아 양옆으로 독립주택이 즐비해 좁아터진 도로를 달리는데 저 멀리서 작은 형체가 다가오고 있다. 다가갈수록 낯이 익다는 생각에 사로잡힌다.

"미아키?"

곧 쓰러져도 이상하지 않을 정도로 위태로운 걸음걸이였다. 새하얗고 가녀린 다리가 더러운 그을음과 섞여 있다. 침범된 것이다. 시선을 아래로 두자, 오직 그을음만을 신은 작은 발이 보였다.

나는 차에서 내려 허겁지겁 딸아이에게 달려갔다. 앙상한 어깨를 꽉 잡고 물었다.

대체 무슨 일일까.

“미아키? 무슨 일이야? 왜 여기에……. 엄마는? 미치오는?”

인제 와서야 그 일순간의 행동이 잘못된 선택이었음을 절감하고 후회에 몸부림 쳐봐야 소용없지만, 그 아이의 입장도 고려했어야 했다. 무슨 일을 겪었는지 알지도 못하면서 궁금증과 두려움에 정신을 빼앗겨 활화산 같은 감정을 돋우는 짓은 하지 말아야 했다.

미아키는 내 강압적인 태도에(아마 그것 때문이었으리라.) 기다렸다는 말을 대변하듯 눈물을 쏟아냈다. 뺨 위로 무색의 물방울이 미끄러지며 그을음과 섞인다. 그 속에서 검은 앙금이 피어오른다.

나는 차로 돌아와 미아키를 뒷좌석에 앉혀두고 재빨리 화재현장으로 달려갔다. 짧은 거리라고 해도 차를 이용하지 않은 건, 나름의 이유가 있었기 때문이었다. 미아키를 혼자 두는 것도 마음이 불편해 미칠 지경이었지만, 그렇다고 저 현장을 다시금 가까이서 보게 하는 건, 더더욱 미친 짓이다.

나는 그렇게 생각하면서 순식간에 현장 앞에 도달했다.

불행히도 그 잿빛 소용돌이 속에 무서울 정도로 편안히 누워 있던 건 우리 집이었다. 거센 불길이 집어삼키고 있는 집 내부로 달려들려고 하자, 덩치가 큰 소방관이 나를 막아 세웠다.

이윽고 화재 진압 작업이 시작되었다.

진화 작업이 얼마만큼 걸렸는지는 기억나지 않는다. 아니, 그건 중요하지 않다. 잊어버려도, 기억하지 못해도 상관없다. 중요한 건, 사랑스러운 내 아들이 죽었다는 것이다. 그 불길 속에서 처참히 타버렸다.

바닥을 기고 있던 아내의 신경쇠약이 미치오의 죽음 탓에 폭발해 버렸다. 그런데 경찰로부터 흘려들을 수 없는 괴상한 말을 들었다. 화재의 원인이 고작 성냥개비 한 개에서 시작되었다는 것을 말이다. 전소가 시작된 위치는 기이하게도 안방의 목조-쌍여닫이문 형식으로 되어 옷을 보관하던-장롱이다. 그렇다면 누군가가 성냥을 태웠고 성냥불이 옷가지를 전부, 그리고 장롱을 태우면서 불길이 커졌다는 것이다. 그리고 그 고동색 장롱 속엔 미치오가 있었다. 경찰 측은 미치오가 장롱 속에서 불장난했을 것이라는 주장을 내세웠다. 현장이 전소되었고 미치오의 까만 송장도 심각하게 훼손된 지라 경찰은 이러한 심증만을 내세울 수밖에 없단 것을 깨닫고 망연자실했다. 다만, 경찰들은 미치오가 살해된 이후, 불에 탄 것만은 아니라고 확언했다. 해부 결과, 폐에서 그을음이 발견되었기 때문이다. 그 말은 즉, 살아 숨

쉴 때, 연기를 들이마셨다는 이야기다. 죽은 사람은 호흡하지 않으니까. 미치오는 오히려 더 고통스럽게 죽은 건지도 모른다.

아내에게 사건의 전말을 물어도 소용이 없다. 절대로 대답하지 않으니까. 고요메촌 주민들은 미아키에게 '벙어리'라는 수식어를 붙였다. 겉으로 보았을 때 그런 것이다. 그런데 화재 사건을 기점으로 우리 가족 내에서 입을 굳게 다물게 된 건, 아내가 되었다.

미치오가 왜 장롱 안에 있었는지 너무나 궁금해서 미칠 지경이었다. 정말 그 아이가 까마득한 장롱 속에서 성냥을 켰을까? 실로 위험한 행동이다. 아무리 어린아이라고 해도 이불이 타오르는 광경을 보곤 위험하다고, 장롱 밖으로 빠져나가야만 한다고 판단할 정도의 사고력은 있지 않나? 문득 이상한 물음이 뇌리를 스쳐 지나갔다.

누군가가 막았다면…….

어둠 속에서 넋 놓고 몸집을 키워나가는 울금색 덩어리를 바라보고 있는 미치오가 떠올랐다. 동시에 미치오가 괴성을 질러대며 문을 두드리는 광경 또한 머릿속에 그려졌다. 그 바깥은…… 누군가가…… 정체를 알 수 없는 무언가가 온 힘을 다해 가로막고 있다. 자신을 집어삼킬 정도의 크기를 갖춘 울금색 덩어리가 거대한 아귀를 벌린다. 미치오는 속수무책으로 잡아먹혔다.

나는 기행을 자주 벌이던 미아키를 의심했다. 온몸으로 힘껏 장롱문을 누른다. 하지만 동생과의 사소한 몸싸움에도 맥없이 주저앉았던 미아키를 생각하면 그 가설은 실현 불가능해 보였다.

나는 곧 생각을 그만두었다. 애초에 장롱 속이 타오르고 있는데 손으로 문을 막는다는 것이 가능할까? 손바닥이 뜨겁진 않을까?

빗장이다. 범인은 빗장을 건 것이다. 빗자루나 커다란 나뭇가지를 걸어 놓으면 8살짜리 남자아이가 안쪽에서 문을 여는 것은 불가능하다. 이 가설을 세우고 나자, 나는 다시 망연자실했다. 그렇게 된다면 딸 또한 다시 의심할 수밖에 없다. 빗장을 거는 것쯤은 어렵지 않으니까.

미아키는 사고 당시 잠을 자고 있었다고 한다. 깨어있을 땐, 메케한 연기가 장지문 틈 사이로 스멀스멀 몸을 비집고 들어오고 있었으며 그와 동시에 비명과도 같은 외침이 들려왔다고 한다. 미아키가 화들짝 놀라면서 안방으로 향하자, 방 한가운데에 우두커니 서 있는 엄마가 보였다고 한다. 그리고 아내는 밖으로 나가서 도움을 요청하라고 했다.

집의 외견에 남은 흉터는 아내의 팔꿈치와 손바닥, 발바닥에도 고스란히 남아있다. 다행히도 미아키는 연기를 조금 마신 것 이외에 그리 큰 상처는 없었다.

마음속으로는 두 사람을 몇 년 동안 의심했는지 몰랐다. 의심의 화살이 아내에게 가까워질 때면 이사 뒤, 방안에 틀어박혀 불단 위에 놓인 사진 속, 미치오의 웃는 얼굴을 묘한 표정으로 바라보는 아내에게 혐오감을 느낀다. 또 그 화살의 방향이 미아키 쪽을 향해 틀어지는 순간, 미아키의 웃는 얼굴 뒤에 숨겨진 괴물이 보이기도 한다.

그런데 미아키에게만은 의심의 화살을 거두기로 다짐했다. 이사 직후 시작된 아내의 기행이 내 다짐에 영향을 준 것도 없지 않아 있지만, 가장 컸던 이유는 직감 때문이었다.

시간이 흐르니 웃으면서 날 반겨주는 미아키의 미소는 거짓이 아닐 것만 같았다. 어쩌면 바람이었을지도 모르지만. 천국에 있을 미치오를 진심으로 걱정하는 모습과 살아생전 그 아이가 했던 행동들을 언급하며 뭔지 모를 슬픔과 상호작용을 시도하는 미아키의 모습은 의심을 바닥에 던져버릴 수밖에 없도록 만들었다.

그러나 아내만큼은 달랐다. 가와나에쵸에 온 것이, 아니, 이 집으로 이사를 온 것이 잘못되었다고는 생각하지 않는다. 아내는 변했다. 미아키에게 씌어있던 악귀가 아내에게로 옮겨간 듯한 느낌이었다. 악귀? 그런 건 없다. 온전히 그녀가 이렇게 변해버린 이유는 그녀가 자신의 아이를 죽였기 때문이다. 죄책감. 그것뿐이다.

아내가 미치오를 장롱에 가두는 모습은 내 꿈에서도 종종 등장했다. 그녀는 죄책감에 허우적대다가 결국은 정신이 이상해졌다. 온종일 방안에서 인형을 만든다. 그리고 그 인형들의 이름을 미치오라고 붙인다. 솜씨가 대단히 느는 건지, 그녀가 만드는 인형은 점점 미치오를 빼닮아 간다.

나는 그런 그녀의 모습에 공포감을 느꼈다. 최소한 아이의 엄마라면 그런 짓은 하지 않아야 한다. 그런데 그녀는 멈추지 않는다. 이유는 간단하다. 자신이 미치오를 죽였다는 것을 깨달았기 때문이다.

배덕감에 기묘하게 웃는 그녀를 보면서 도저히 같이 살 수가 없다는 생각이 들었다. 그래서 대책 없이 집을 나왔다. 물론 내가 이기적인 것은 맞다. 미아키를 두고 나왔으니 말이다. 하지만 확신이 있었다. 그녀가 미아키에게만큼은 그런 모습을 보이지 않을 것이란 확신.

*

다시 원점으로 돌아와서, 미아키에게 센베이 선물을 건네고 물었다.

"엄마는?"

센베이를 보고 미소를 띠었던 미아키의 입술이 순식간에 제자리로 돌아왔다. 이윽고 부르르 떨리는 것을 보았다. 곧 그녀는 미간을 찌푸리면서 한 곳을 가리켰다.

안방이다.

복도 위로 늘어선 인형을 보자마자 넌더리가 났다. 길이다. 미치오가 찾아오는 길. 갈라지는 목소리로 그렇게 말하던 아내의 모습이 떠올랐다. 복도에 오른 지 얼마 지나지 않아 현관문이 열리는 소리가 들렸다.

미아키가 바깥을 유심히 살피고 있다. 무슨 이유에서일까? 야스코 씨를 기다리는 걸까? 미아키는 다른 주민들에 비해 야스코 할머니와 유독 잘 지낸다. 그 엄청난 폭언을 견디기도 쉽지 않을 텐데……. 물론, 미아키 같은 소녀에겐 쉽사리 폭언을 내뱉지 않았을 것이다. 설령 그게 다른 사람을 향한 욕이라고 하더라도……. 최근에는(최근이라 해 봤자 몇 달 전이지만) 나에 관한 안 좋은 소문을 전해 들었다. 내가 외도하고 있단 소문을 말이다. 그 소문의 시작점이 야스코 씨였다. 내가 메이코와 함께 있는 광경을 본 모양이다. 옆집이라고 잠깐 사이에 차 내부를 훑은 모양이다. 소름이 돋았지만, 한편으로는 분노가 치밀어 올랐다. 노인네가 도대체 무슨 상관인데.

당신 같으면 저런 여자와 함께 살 수 있겠냐고, 라고 내뱉고 싶은 걸 간신히 참았던 적도 있다. 이건 관점의 문제인 것이다. 외도가 잘못된 것은 맞지만, 내 입장에서 메이코와의 연애는 해방감을 느낄 수 있는 유일한 탈출구인 것뿐이다.

"뭐해?"

바깥을 유심히 살피는 미아키에게 물었다. 얼마나 놀랐는지 어깨를 들썩이는 것뿐만 아니라 새파랗게 질린 표정이 한눈에 들어왔다.

미아키도 나를 의심하고 있는 것이 틀림없다. 아닌 게 아니라 야스코 씨에게 불륜 사실을 들었을 것이다.

미아키를 노려보았다.

"그게…… 무슨 소리가 들린 것 같아서……."

말끝을 흐리는 것을 보니 시치미를 떼고 있는 게 확실했다. 하지만 별로 궁금하지도 않았다. 아무래도 상관없었으니.

"그런가?"

안방으로 향하면서 곳곳에 우두커니 자리한 인형들을 발로 걷어냈다. 길은 무슨…….

안방 앞에 도착했는데 문득 옆에서 인기척이 느껴졌다. 현관이었다. 빛이 새어 들어오지만, 현관 자체는 땅거미가 짙게 가라앉은 모습이다. 무언가가 현관 바로 옆에 자리한 계단으로 올라가는 듯한 느낌이 들었다. 실제로 보이진 않았지만, 엉겁결에 시선이 현관을 시작으로 계단까지 조용히 움직였다.

그러고 보니, 방문이 열리는 소리가 들리지 않았다. 미아키는 뭐 하고 있는 걸까? 어쩌면 딸아이가 내려오고 있는 소리일지도 몰라. 그 자세로 몇 분을 가만히 있었을까. 곧 문이 '삐거억' 비명을 내지르며 열렸다가 닫히는 소리가 들렸다.

대수롭지 않게 여기면서 안방 문을 열었다.

나 자신은 비명을 내질렀다고 생각할 정도로 요란스러운 광경이 펼쳐져 있었다. 아니, 어쩌면 실제로 비명을 질렀는지도 몰랐다.

무언가가 천장에 주렁주렁 매달려 있다.

여우 조각이다.

다다미 바닥 가장자리엔 협소한 이부자리가 깔려있지만, 그 주인은 이미 미치오들이 되어버린 지 오래인 것 같았다.

벼룩이 들끓어도 이상하지 않을 정도로 더러운 바닥이었다. 게다가 위치를 특정하기 어려운 곰팡내까지 났다.

아내는 부릅뜬 눈으로 나를 바라보고 있었다.

란마와 쇼지 사이의 단단한 기둥에…….

목을 매단 채로.

나는 곧장 부엌에 놓인 칼꽂이에서 손에 잡히는 칼을 꺼내왔다. 다급하게 의자에 올라 줄을 잘랐다. 동시에 아내가 툇마루와 바닥의 경계선으로 힘없이 떨어졌다. 불길한 소리가 들렸다. 뼈가 부러지는 소리였다.

발목이 부러졌나 보다. 부풀어 오른 가슴에 귀를 가져다 댔다. 맹렬히 요동치는 내 심장 소리 탓에 아내의 심장 소리가 들리는지 헷갈리기 시작했다. 내 심장의 고동 소리가 심각할 정도로 크게 들려서 하는 수 없이 목에 손을 얹었다. 맥박은…… 모르겠다. 하지만 심장이 뛰고 있지 않다고 할지라도 충분히 살릴 수 있을지도 모른다. 아직 몸이 체온을 잃지 않았다. 구강 속에 손가락을 살며시 집어넣었다가 뺐다. 손가락이 번들번들 빛났다.

침이 조금 묻어나온 것이다.

그런데 아내가 추락하는 소리가 너무 크게 들렸지 않았을까? 생각보다 큰 소리에 미아키가 찾아올지도 모른다는 생각이 들었다. 이 광경을 아이에게 보여줄 수는 없다. 하지만…… 이대로 두면 아내는 영영 돌아오지 않는다. 심폐소생술을 해야 하나? 머릿속이 부풀어 올랐다. 온갖 생각으로 꽉 들어찬 머리는 또 다른 생각을 조금이라도 더 한다면 풍선처럼 굉음을 내지르며 터져 벌릴 것이 분명했다.

아내는…… 아내를 살릴 가치가 있을까?

기생충이다. 아니, 죄책감을 안고 살아가니 그런 감정을 느끼지 못할 벌레라고 할 순 없다. 아내를 살려내면 미아키와 내가 아내를 간병해야 할 것이다. 하지만, 이 여자는 내 아내다. 아니, 이 여자를 살려내면 미아키와 내가 더 불행해질지도 모른다. 잠시 여행을 떠났다고 생각하자. 이 여자는 원래부터 존재하지 않았다. 미아키와 나는 잘 살아왔다.

과거와 미래에 관한 생각이 치열한 공방을 벌이는 사이, 2층 방문이 열리는 소리가 어렴풋이 들려왔다. 어쩔 수 없다. 일단, 아내를 숨길 수밖에 없다. 겨드랑이에 손을 넣었다. 겨드랑이가 따뜻했다. 목을 매단 지 얼마 되지 않은 것이 더욱 확실해졌다. 다만, 그만큼 나는 정신이 혼미해졌다.

오시이레를 열어 겹겹이 쌓인 여러 장의 이불 사이에 아내를 집어넣었다. 문을 너무 강하게 닫은 탓일까. 무언가가 꺾이는 소리가 들렸다. 아내의 손가락이 문틈 사이에 끼어있다. 손가락이 기괴할 정도로 꺾여버렸다. 미안함을 느낄 틈조차 없었다. 왜냐하면 서둘러 식칼과 밧줄을 숨겨야 했기 때문이다.

황망하게 식칼과 밧줄을 이부자리 아래에 넣었다. 식칼과 밧줄이 발견되는 것만으로도 누가 되었건 의심을 사기 충분한 상황이다.

노크라도 할 줄 알았는데 문이 덜컥 열려서 당황스러웠다. 내 표정이 얼마나 자연스러웠을진 모르겠지만, 최선을 다해 격양된 감정을 억눌렀다.

미아키의 표정이 이상했다. 경악하는 표정이었다.

혹시나 들킨 건 아닐까. 곧 나는 알아차렸다. 이 방의 풍경 자체가 그로테스크하기 때문임을 말이다. 나도 모르는 사이에 이 방의 풍경에 스며들고 있었다. 미아키가 입을 쩍 벌린 채 이곳저곳을 둘러보기 시작했다. 몇 발짝 뒤로 물러나자, 발끝에 무언가가 닿았다. 네모난 전등이었다. 이것을 분리해 놓고 천장에 목을 매달 생각을 했나 보다. 하지만 도저히 이 천장에 목을 매달 방법을 찾을 수 없었다. 그래서 그 가로 기둥에 목을 매단 것이리라.

허리를 굽혀 바닥에 떨어진 전등을 주우려는 순간이었다. 시야의 가장자리에서 무언가가 어렴풋이 보였다.

그건 발이었다. 미아키의 발인가? 뒤에서 진짜 미아키의 발소리와 숨소리가 번갈아서 들려왔다.

그럼, 저건…….

꼼짝도 하지 않고 가만히 있는 발이다. 익사체의 발처럼 새파랗게 질려있다. 나는 허리를 천천히 들어 올렸다. 다만, 고개는 심히 느리게 들어 올렸다.

무언가가 보인다. 반바지를 입고 있는지 시선을 한참 올려도 푸릇한 맨살이 보인다.

"이게 뭐야?"

고요함에 잠식당하던 공간이 평범한 일상의 한 부분으로 둔갑하였다. 그리고 그 쾌청한 목소리를 들은 순간, 전방의 무언가가 보란 듯이 사라졌다. 그리고 나는 더 이상한 걸 목격했다. 반쪽짜리 다다미가 북동쪽에 놓여있는 것을 말이다.

귀문(鬼門)……

뒤에서 부스럭거리는 소리가 들렸다. 미아키는 다다미 바닥 사이에 끼어있는 무언가를 잡아당기고 있었다.

"그게 뭔데?"

다가가 확인하니 여간 큰 종이가 아니었다. 전체를 확인하기 위해선 다다미를 몽땅 들춰야 한다는 것을 깨달았다.

다다미를 전부 들추자, 이상한 그림이 나타났다. 미아키는 그림의 정체를 아는 눈치였다. 종이를 돌돌 말아 도코노마(床の間 : 일본의 건축 중에, 방에서 어떤 공간을 마련해 인형이나 꽃꽂이

로 장식하고, 붓글씨를 걸어 놓는 곳) 앞에 놓아두고 다다미 바닥을 원상 복구시켰다. 아니다. 원상복구가 아니다. 재조합했다.

평범한 축의 깔기(祝儀敷き : 통상적인 다다미 깔기 방식으로 맞물린 곳이 십자가 모양이 되지 않아서 좋은 징조라고 혼례 등 축하하는 곳에 사용) 형식으로 재조합한 것이다. 무슨 이유에서인지 이 방의 다다미 바닥은 일본인들에겐 금기로 통용되는 귀문 깔기 방식으로 깔려있었다. 귀신이 다니는 길인 북동쪽에 반쪽짜리 다다미가 놓여있는 방식. 한 달 전까지만 해도 반쪽짜리 다다미가 방 한가운데에 있었다.

***어쩌면 아내는 무언가를 부르는 데에 성공한 게 아닐까.***

미치오……

아내는 미치오를 불렀을지 모른다.

이 방으로 오라고……

그래서 이 귀문에 선 미치오는 어머니를 새로운 세상으로 끌어들였다.

***내가 본 반쪽짜리 다다미 위에 서 있던 건, 미치오가 아니었을까.***

갑작스럽게 찾아와서 이상한 제안을 건넨 대학생들과 사가오카의 제안을 거절했다. 이상한 소리를 한다. 미아키가 같은 처지라느니, 힘을 모으면 이 문제를 해결할 수 있을지도 모른다느니 말이다.

코웃음을 치면서 그들을 비웃었다. 선뜻 이들을 집으로 들여보낸 내가 어리석었다. 나름 재미있는 괴담을 들었다 치기로 했다. 세 사람이 집을 떠나자 불현듯 아내가 떠올랐다.

외부인의 습격으로 아내를 살리지 못했다. 그렇게 생각하기로 했다.

오시이레 문밖으로 튀어나온 꺾인 손가락이 부자연스럽게 꿈틀거리던 건, 무조건반사 반응이었을 것이다. 얼마 지나지 않아 나는 괴팍한 생각에 사로잡혔다. 정말 내가 아내를 죽인 건 아닐까. 온전히 심장이 뛰고 있던 아내를, 의식은 없지만, 생명의 불위에서 타오르는 아내를 얼음장처럼 차갑고 무거운 이불 속에 넣어 방어할 틈도 없이 죽음의 길로 인도한 것이다.

*네가 죽였어.*

머릿속에서 꺼림칙한 목소리가 울려 퍼졌다.

찻잔을 싱크대에 놓고 조심히 짐을 챙겼다.

부엌 창으로 비가 내리는 것이 어렴풋이 보였다.

피비린내가 스며든 고요함이 집안을 감싸 안았다.

부엌 전등을 껐다.

농후한 칠흑이 내 주변에 내려앉았다.

무언가가

내 주변을 배회하는 듯한 기분이 들었다.

갑작스럽게 현관 불이 깜빡거리면서 켜졌다.

무언가가

왔다.

무의식적으로 식칼을 꺼내는 모습이 떠올랐다.

미아키도 죽여야 할까. 이런 내가 무슨 생각을.

죽이는 게 좋을지도 몰라. 아내가 외로울지도 몰라.

등 뒤에서 소름 돋는 시선이 느껴졌다.

그러나 고개를 돌릴 용기 따위는 없었다.

나는 곧장 직진하여 안방으로 들어갔다.

밧줄과 식칼을 챙겼다.

아내를.

걸어.

다시 걸어 놓는 거야.

붙박이장의 문을 활짝 열었다. 순수함을 표명하는 하얀 이불이 쌓여있다. 이 안에 아내가 잠들어 있다.

미안해.

용서해 줘.

이불로 쭉 뻗어나가는 오른팔의 근육이 심하게 뒤틀린다. 이불 사이로 손을 집어넣었다.

없어.

없다고.

아내가 없다.

어디지?

깊숙이 팔을 집어넣었다.

없어.

없는데.

어디야.

그때, 하얀 문 옆으로 거대한 그림자가 비쳤다.

내 뒤다.

내 뒤에 무언가가 있다.

그 그림자는 점점 가까이 다가오는 것처럼 비쳤다.

끼익하는 소리가 들린 순간, 엉겁결에 뒤로 돌았다.

어째서……

다시……

네가……

아내는 보란 듯이 천장에 매달려 있었다.

푸르퉁퉁해진 얼굴은 보라 핏줄이 울긋불긋 튀어나와 있어서 혐오스럽기까지 했다. 눈 속 혈관이 전부 터져버렸는지 새빨갛게 변한 눈은 이미 이 세상 사람의 것이 아니었다. 게다가 살의를 담은 원망이 가득한 눈빛이었다.

발바닥에서 약한 파동이 일었다. 동시에 시야가 아래로 떨어졌다. 아내의 사타구니에서 무언가가 흘러나와 종아리를 타고 다다미 바닥에 떨어진다. 바깥은 삽시간에 어두워져서 도통 알아차릴 수가 없었다. 이따금 번개가 치는 순간에만 간신히 확인할 수 있을 정도였다.

그건 피로 보였다. 목을 매달아 죽은 사람은 몸 전체의 근육이 이완되어 체내의 배설물이 쏟아진다는 이야기를 들은 적이 있다. 저건 피가 아니라 배설물일지도 모른다. 그렇게 생각하자, 바닥을 물들이는 어두운 덩어리는 진흙처럼 보였다.

어슴새벽의 벽색 어둠에 갇힌 것 같았다. 나를 바라보는 저것 때문에 한 발짝도 움직일 수 없었다. 분명히 벽장 안에 있어야 할 텐데.

지금까지 헛것을 보았다.

사가오카도.

그 대학생들도.

전부 다 헛것이다.

나는 아내의 죽음을 가만히 목도하고 있었던 것이다.

이 자리에 허수아비처럼 우두커니 서서 몇 시간 동안이나 감상하고 있었던 것이다.

큰 충격으로 머리가 돈 것일까?

문득 머리에서 무언가가 번뜩였다.

한 손에 쥔, 이 검은 가방에 반대 손을 집어넣었다.

거칠면서도 매끄러운 굴곡이 느껴지는 뱀이 만져졌다.

밧줄은……내 가방 속에 있다.

그러면 저건?

난 그 사실을 깨달은 찰나의 순간에 복도로 빠져나왔다.

미아키에게 들킬까. 최대한 소리를 죽였다. 신발을 신고 뒤를 돌았다. 안방 문은 굳게 닫혀있다. 나를 쫓아오지는 않는다.

시선을 조금 옆으로 움직임과 동시에 심장이 입 밖으로 튀어나올 뻔했다. 부엌 창에서 무언가가 날 바라보고 있었기 때문이었다.

검은 머리칼……

어울리지 않는 샛노란 얼굴……

불길에 휩싸인 집을 바라보던 아내의 눈처럼 울금빛으로 타오르는 눈동자……

미아키가 말한……

여우다.

아연실색하여 집을 빠져나와 차에 탑승했다.

기름이 거의 다 떨어진 것을 보고 혼비백산했다.

그러나 가까운 주요소까지 가는 데엔 충분한 양이리라.

곧장 액셀을 밟았다.

심장이 얼마나 격하게 요동쳤는지 뇌로 혈류가 급격히 쏟아져 엄청난 두통이 발생했다. 눈을 찌푸리지 않고는 버틸 수가 없었다.

그래서 몇 번이고 교통사고가 날뻔했다.

그건 도저히 백미러로 뒤를 바라볼 수 없기 때문이기도 했다.

그것이 쫓아오는 듯한 기분이 들었으니까.

동시에 아내를 죽였다는 사실에 두려움이 폭풍처럼 휘몰아쳤다.

## 3 토모루

한껏 예민해진 감각 위로 요사스러운 파동이 쳤다. 홀릴 듯이 내 귓속을 파고드는 여성의 가냘픈 음성과 어수선한 바깥소리에 눈이 번쩍 떠졌다.

내가 일어나기만을 기다렸다는 듯이 책상 위에는 넘실거리는 연기를 뿜어내는 찻잔이 놓여있다. 최근에 무슨 일이 있었는지 기억을 되짚었다. 잠결에 무뎌진 감각 사이사이로 예민한 감각들이 들어서더니 곧 완전히 최근에 있었던 일을 기억 해냈다. 어수선한 바깥소리는 사라졌다. 대신 선풍기가 회전하는 소리와 외벽에서부터 내벽을 타고 퍼지는 빗소리가 들려온다. 이마에서 땀이 배어 나왔다.

그 마을에 다녀간 뒤로 기현상이 더욱 심해졌다. 휘몰아치는 듯한 느낌이랄까. 이젠 온전히 글을 쓰는 데에 집중하는 것조차 무리다. 이 문제를 해결하지 않으면 정신을 놓아버릴 것 같다. 그런데 도무지 이 문제를 해결할 방법을 모르겠다. 어쩌면 내가 정말 미쳐버린 건 아닐까.

병원에도 다녀왔다. 결과는 지극히 정상. 의사는 극심한 스트레스 때문일지도 모른다고 했다.

연필을 쥔 채로 깜빡 잠들어서일까? 공책 위로 기다란 선이 그어져 있었다. 공책 속에 지금까지 겪은 일에 관해서 모조리 정리해 두었다. 재차 생각해 보아도 이 현상의 원인은 댐 건설에 참여한 인부들처럼 토지신의 지벌이라고밖에 생각할 수 없다. 처음엔 히메코가 산속에서 주운 방울 때문이라고 생각했다. 그러나 방울의 존재 자체를 몰랐던 미아키의 경우를 생각하면 이 현상의 원인이 꼭 방울 때문이라고는 생각할 수 없다. 산괴에 관해서도 마찬가지다. 아사미는 그 산에서 괴이를 마주한 적이 없다. 정말 갑작스럽게 괴현상을 겪는 것이다. 남은 건, 복멸관악이다. 역시 그 불상과 관계가 있는 걸까. 그 불상이 아니라 산 자체가 신체(神体 : 신이 깃든 물체)였는지도 모른다. 그 산에 발을 들이는 순간, 앙화가 내려지는 것이다. 그런 초자연적 존재에 의해 끔찍한 일을 당한다고 생각하니 무기력해졌다. 상대는 그런 존재다. 어쩌면 논리적으로 이해하기를 포기하는 게 올바른 이치일 수도 있으리라.

휴대전화가 울렸다. 아사미다.

"여보세요?"

[…….]

"여보세요? 무슨 일이야?"

[무서워…….]

어딘가 불편한 기색이 엿보이는 어투였다. 힘들어 보인다고 해야 할까. 가쁜 숨을 몰아쉰다.

아사미도 기현상을 겪고 있음이 틀림없다.

"내가 지금 갈까?"

[응…….]

곧 전화가 끊겼다. 걱정이 앞선 나는 곧장 밖으로 나갔다. 믿을 수 없을 만큼 빠른 속도로 말이다. 그런데 우산을 깜빡 잊었다. 쏟아지는 빗속에 갇힌 아사미의 집을 바라보다가 현관으로 다시 들어왔다. 우산을 손에 쥐고 나가려는 찰나 맞은편 끝에 자리한 부엌의 어둠 속에서 무언가가 움직이는 것이 보였다. 아침이긴 해도 그곳은 볕이 들지 않으면 금세 어두워진다. 헛것이라고 생각할 수는 없다. 몇 번이고 헛것이 아닌 무언가를 봐왔으니까. 몸이 좋지 않은 것 같은 아사미가 무척이나 걱정됐지만, 저편의 무언가가 너무나 걸리적거렸다. 운동화를 벗고 부엌으로 살금살금 걸어갔다. 우산을 손에 들고 있어 조금은 우스꽝스러웠을지도 모르겠다. 그러거나 말거나 내 신경은 온통 부엌 속으로 파고들었다.

먹구름이 천공을 뒤덮은 탓에 어둑한 날씨가 이어졌다. 그런 어둠을 답습한 부엌에 들어서자, 원인 불명의 소리가 들려왔다.

숨소리다. 불규칙한 숨소리가 들려왔다. 내 숨소리에 겹쳐서 들리기도 하지만, 숨을 참으면 온전히 그것의 숨소리만이 들린다. 전등 스위치를 눌렀다. 불이 연신 깜빡거렸다. 어느 곳을 보아도 숨소리의 주인은 보이지 않았다.

온몸에 소름이 돋았다. 가까이서 들리는 숨소리인데도 불구하고 그 실체가 보이지 않으니 형언할 수 없는 공포감이 엄습해 왔다. 책상 밑에도, 천장에도, 문 뒤에도 그 어느 곳에도 없다. 그런데도 숨소리는 계속해서 가까워진다.

어느덧 의문의 숨소리는 내 뒤통수까지 다가왔다. 문득 부엌의 찬장에 박힌 창에서 반사된 내 모습이 보였다. 그리고 그 뒤엔 여우의 머리를 한 무언가가…… 우두커니 자리하고 있었다. 심장이 요동치기 시작했다.

최대한 많은 것을 바라보지 않으려고 애쓰면서 거의 구르듯 집을 빠져나왔다. 의자에 걸려 넘어진 탓에 까진 무릎과 팔꿈치에서 피가 흐르고 있었다. 나는 재빨리 아사미 집 앞으로 가서 초인종을 눌렀다.

그러나 아사미는 나오지 않았다. 두 번, 세 번, 네 번을 눌러도 나오지 않았다. 기다리지 않은 것은 아니다. 여우 머리의 무언가가 나를 뒤쫓아 올까 염려하며 뒤를 수시로 돌아보면서 대략 5분 이상을 기다렸다.

더 이상 기다릴 수 없겠다는 생각이 들었다. 혹시나 하는 마음에 문고리를 돌렸다.

"어?"

문이 잠겨있지 않다. 불길한 예감이 들었다.

"아사미?"

문을 열자 까마득한 실내의 괴팍한 전경이 날아들었다. 음습한 풍경이다. 벽 모서리에 우산을 비스듬히 세워놓고 신발을 벗었다.

"아사미? 어디야?"

쥐 죽은 듯 고요한 실내였다. 이상하게도 공기 중에 먼지가 떠다니는 것이 보였다. 이런 게 보일 리가 없을 텐데.

"위에 있어!"

아사미의 대답 한 번에 집안의 무거운 분위기가 가볍게 날아가는 듯이 느껴졌다. 2층에서 소리가 들린 거라면 안방에 있나 보다. 웬만한 시간을 안방에서 보낸다고 했던 말이 기억났다. 주어진 시간 대부분은 책을 읽는다거나 민속학을 연구하는 데에 보내는 사람이니 그럴 법한 일이다.

"위에 있어!"

생각을 오래 하느라 대답하지 않았다는 걸 깨달았다.

"올라갈게!"

다행인 점은 전화할 때와는 달리 쾌활해 보인다는 것이다. 목소리만으로 제대로 된 상태를 확인할 수는 없지만 대강은 파악할 수 있다.

나는 서둘러 올라갔다. 2층은 1층에 비해 심각할 정도로 어두웠다. 게다가 곰팡냄새가 지독하게 풍겨왔다. 전부 비의 잔재다. 그리고 거기서 묘한 경험을 했다.

"위에 있어?"

처음엔 잘못 들은 줄 알았다.

"나 여깄어!"

되돌아오는 응답은 없었다. 나는 안방 문을 두 번 노크했다. 아무런 반응도 없다. 분명히 이곳일 텐데.

그때였다.

"위에 있어?"

이번엔 확실히 들었다. 소리가 난 쪽은 계단 아래다. 즉, 1층이란 소리다. 이럴 수가 있단 말인가? 게다가 녹음본을 재생시키듯 직전의 소리와 한치의 차이점도 존재하지 않는다. 혼란스러웠다.

두 다리가 차갑게 굳었다. 동시에 머리가 핑 도는 듯한 감각에 미간을 찌푸렸다.

다음 순간에도 똑똑히 들렸다.

"위에 있어?"

이상했다.

아사미?

아사미가 맞나?

계단 아래에 있는 건…….

"위에 있어?"

온몸의 털이 곤두섰다. 마음을 다잡고 천천히 계단으로 다가갔다. 소리가 났을 것으로 예상되는 첫 번째 계단 부근엔 아무도 없었다. 계단을 조금씩 내려가며 더 넓어진 시야각으로 확인했을 때도 그 주변엔 아무도 없었다. 그렇게 차근차근 주변을 확인하다 보니 어느덧 1층으로 완전히 내려와 있었다.

1층 복도를 걸어 앞으로 나아갔다.

"위에 있어!"

머리 위에서 들렸다. 엄청난 시선이 느껴졌다. 여럿이다. 나를 미친 듯이 노려보고 있다. 계단의 난간에서 나를 빤히 쳐다보고 있다. 고개를 들 수가 없었다.

또다시 휴대전화가 울렸다. 부르르 떨면서 전화기를 귀에 가져다 댔다. 발신자가 누구인지 확인하지도 않은 채로.

[토모루! 엄청난 걸 발견했어. 나카자토 교수님께서 말이지…….]

아사미다. 그럼, 저건 대체…….

손에 힘이 풀렸다. 전화기가 바닥에 떨어졌다. 충격 때문인지 화면이 꺼졌다. 그 검은 화면 속에서 이상한 광경이 어렴풋이 비쳤다.

"히메코?"

이윽고 고막을 찢는 비명이 들렸다.

토모루와의 전화가 갑작스럽게 끊겼다. 나카자토 교수를 만나고 올 것이라고 말해 두었어야 했다는 생각이 들었다. 어쩌면 화가 났는지도 모른다.

"분명한 건 말이지. 비 공포증이 존재한다는 거야."

별안간 나카자토 교수가 말했다. 연구실, 창 너머의 화창한 풍경을 바라보는 그의 안색이 좋지 않다.

"정식 명칭은 옴브로포비아(Ombrophobia)인가 봐. 불안 장애의 일종이지. 발현 동기는 간단해. 유전 혹은 경험."

"공포증도 유전인가요?"

"나는 믿지 못하겠지만. 적어도 신경의학에선 공포증을 유전적 요인으로 발생할 수 있는 질병으로 분류하는 것 같더군. 당장 대인기피증으로만 예시를 들어도 가족력이 있는 사람이 그렇지 않은 사람보다 3배가량 발병 확률이 높다고 하던데. 여기엔 편도체라는 부위의 과활성화가 연관되어 있다고들 하지. 저기…… 이런 거 물어봐도 괜찮을지 모르겠지만, 말 못 할 비밀이라도 있는 건가?"

모호한 어투였다. 상대가 자신을 경원시함이 느껴졌던 건가. 그럴지도 모른다고 생각하며 재빨리 대답했다.

"실은 저도 잘 모르겠지만, 무섭거든요. 비가."

"집안 내력은?"

"전혀 없어요."

"경험도?"

"제 생각엔 그쪽이 좀 더……."

"간단한 문제네. 좋지 않은 경험은 공포를 환기시키기 마련이지."

가볍다. 관심 없다는 듯이 가벼운 진동이 고막을 흔든다. 그리 가볍게 이야기할 수 있는 문제가 아니다. 몇 초 뒤, 나는 제 모르게 주먹을 힘껏 쥐고 있는 내 모습을 발견했다. 나카자토 교수의 시선이 아래로 움직였다. 들킬세라 힘을 뺐다.

"밥이라도 먹는 게 어때? 여기까지 힘들게 왔는데 말이야."

그 말 한마디에 감정이 누그러졌다. 나는 힘없이 웃으며 고개를 끄덕였다. 복도를 지나는데 별안간 맞은편에서 걸어오는 남성이 교수를 불러세웠다. 교수는 내게 "잠시만."이라고 말하고는 그와 대화를 나누기 시작했다. 둘은 달변가라도 된 듯이 복잡한 이야기를 나누고 있었다. 저것도 연구의 일종일까…….

대화의 주제를 태운 열차는 아직 중간역도 지나지 않은 듯이 보여서 잠시 건물을 구경하기 위해 발걸음을 옮겼다.

대화 소리가 점점 멀어졌다. 복도의 모퉁이가 보였다. 그곳을 돌자, 으슥한 공간이 나왔다. 조금 멀리에 노랗게 변색된 문과 그 위로 비상구 픽토그램이 보였다.

초록빛이 살살 내려오지만, 꽤 깊숙한 곳에 있기도 하고 창문도 없는 길이라 오히려 새까맣게 보였다. 그 어두운 복도에 발을 들이자, 유독 발이 무거워진 듯한 느낌을 받았다.

신발의 밑창에 끈적한 물질이 붙어있는 것 같았다.

그건 한발씩 내디딜 때마다 기묘한 소리를 내면서 쭉 늘어났다.

문득, 빗소리가 들렸다.

이 복도엔 창문이 없으니 진짜 비가 내리는지는 확인할 수 없었다. 게다가 발이 제멋대로 움직였다.

어느덧 문 앞에 다다랐다. 비상구 유도등의 신묘한 초록빛이 주변을 늪지대로 만들고 있었다. 그 신비한 빛은 문까지 내려와 있어 한 번 들어가면 나올 수 없는 늪이라는 걸 암시하는 듯했다.

원통형 철제 문고리를 돌렸다. 경첩 사이로 아기의 울음소리가 새어 나왔다. 녹이 슬었기 때문에 기괴한 소리가 나는 것이다.

문 뒤의 공간은 온통 초록빛으로 둘러싸여 있었다. 그리고 계단이 보였다. 왜 초록빛으로 빛나나 했더니 LED 전등 자체가 초록이 감도는 빛을 쏘아대고 있었다. 전등의 끝은 검게 물들어 있었다.

끼이익……쿵!

문이 저절로 닫혀 화들짝 놀랐다.

동시에 아래에서 기척이 느껴졌다.

난간대를 잡고 아래로 내려갔다.

첫 번째 층계참에 서서 계단 아래를 바라보았다. 어두웠다. 지하 같았다. 그 어둠 속에 자리한 공간이 대단히 넓다는 걸 알아차리기까지 그리 오랜 시간이 걸리지 않았다.

이유는 간단히 계단을 내려갈 때마다 눈앞에서 소리가 공명했기 때문이었다.

어느덧 아래층으로 내려온 나는 어둠 속에 갇혔다. 뒤편에 자리한 계단은 여전히 초록빛을 받고 있었다.

하지만, 이 공간만은 한없이 까마득했다. 손을 뻗고 이리저리 휙휙 휘둘러도 무엇하나 닿는 것이 없었다.

빗물이 뚝뚝 떨어지는 듯한 소리가 연신 울려 퍼졌다.

기분 나쁜 감각에 되돌아가야겠다는 생각이 들었다.

계단을 오르고 층계참을 지나 한 번 더 계단을 올랐다.

문이 자리한 곳까지 되돌아왔다.

문고리를 돌리기 전, 뒤에서 이상한 소리가 들렸다. 고개를 돌렸다. 아무것도 없었다.

무언가가 바드득 갈리는 소리였다. 분명히 어디서 들어본 소리였다.

조금 앞으로 나아가서 두 개의 난간대가 만나 분리된 합집합 기호(∪)처럼 생긴 곳-그곳의 뚫린 곳-을 통해 아래를 내려다보았다.

마지막 계단의 초단까지는 빛이 어렴풋하게 닿았기에 살짝 보였지만, 이 난간대 사이로는 그마저도 잘 보이지 않았다.

순간, 칠흑이 움직인 것처럼 보였다.

아니다. 잘못 본 게 아니었다. 검은 무언가가 불쑥 튀어나왔다. 흡사 그림자가 올라오는 것처럼 비쳤다.

느릿느릿 기어 온다.

소스라치게 놀라서 뒷걸음질 쳤다. 전방을 주시하는 상태로 천천히 뒤로 걸어가서 문고리를 돌렸다.

철컥, 철컥.

이상한 자세로 문고리를 돌려서 안 열리는 것일까? 이번에는 아예 뒤로 돌아 문을 바라보며 문고리를 돌렸다.

철컥.

철컥.

철컥, 철컥.

……열리지 않는다.

미친 듯이 문고리를 돌렸지만, 꿈쩍도 하지 않았다.

문고리가 돌아가는 소리가 연신 울려 퍼지는 가운데, 어디선가 이질적인 소리가 들렸다. 문고리에서 손을 떼고 귀를 기울였다.

***찰박……, 찰박……***

***발소리다. 물에 흠뻑 젖은 듯한……***

꺼림칙한 소리가 가까워졌다.

내 뒤에…… 무언가가 있다.

미아키의 뒤에 있던 산괴의 얼굴이 떠올랐다. 그때, 내 시야의 가장자리로 무언가가 불쑥 나타났다. 얼굴은 문을 향해 고정되어 있었다. 눈알을 오른쪽으로 굴렸다. 숨이 가빠지기 시작했다.

사람이 아닌 무언가가 나를 바라보고 있다. 똑같은 눈높이에서 나를 뚫어져라 쳐다보고 있다. 중안부와 하안부가 길게 튀어나와 있었다. 개인가? 아니다. 여우다. 여우의 얼굴이다. 검은 머리칼이 축 늘어져 있는 게 어렴풋이 보였다.

이게…… 도대체……

그냥 여우일 리는 없다. 내 키와 비슷하니, 절대로 불가능하다. 사람의 몸을 뺏은 여우임이 틀림없다.

경직되어 버린 손을 힘겹게 들어 올렸다. 아주 천천히 문고리에 손을 올렸다. 살며시 문고리를 돌렸다.

열렸다. 열려있다.

나는 마음을 다잡고 문을 확 열었다. 그 순간, 앞에서 무언가가 튀어나왔다. 화들짝 놀라서 비명을 내질렀다.

"왜 그래! 무슨 일인데?"

계단에 엉덩방아를 찧었다. 위를 올려다보니 나카자토 교수의 주름진 얼굴이 보였다. 주변이 환해졌다. 기묘한 분위기를 자아내는 초록빛은 온데간데없이 사라졌다. 오히려 너무 환하게 빛나서 어둑한 기운은 전혀 나타나지 않을 것만 같은 공간으로 변해있었다.

"비……."

"응?"

교수가 의아한 표정으로 되물었다.

"비 오고 있어요?"

"잠깐 내렸었는데, 지금은 아니야. 여우비더군. 무슨 일인데 그래? 비상계단은 왜 들어온 거야?"

여우……비……. 여우라는 말이 신경에 거슬렸다. 나는 교수의 부축 덕에 자리에서 금방 일어날 수 있었다. 괴이한 일을 또다시 겪고 말았다.

"아니에요."

교수가 고개를 갸우뚱하고는 헛기침을 내뱉었다. 이야기가 한참 전에 끝나서 날 찾고 있었다고 말했다. 그 끝에 서둘러 밥을 먹자는 말을 덧붙였다.

심호흡을 지속해서 그런지 마음이 한결 편안해졌다. 창을 통해서 본 바깥의 풍경은 여전히 화창했다. 나는 눈알을 이리저리 굴리면서 꿈같은 현실에 적응하려 애썼다.

음식점까지 걸으며 교수와 이런저런 이야기를 나누었다. 교수가 꺼낸 여러 이야기 중엔 조교에 관한 넋두리도 들어있었다. 평소와는 달리 의외로 공감하기는 힘든 내용인 것 같다는 생각이 들었다. 불과 몇 분 전 좋지 않은 환상을 보았기 때문이리라. 심기가 불편해 모든 게 염세적으로 보이는 것이다.

H 대학 근처에 자리한 음식점이라 하면 유독 라멘집이 유명

하지만, 교수들은 학생이 몰릴까 잘 가지 않는다고 한다. 특히 사람이 많은 곳을 싫어하는 나카자토 교수라면 더욱이 조용한 음식점을 갈 것이다.

사람 좋아 보였던 이 교수도 학생들을 차별하는 뜻밖의 모습을 보인 적이 많다. 나름의 기준이 있는 듯한데 학생을 자주 마주치는 음식점을 간다면 그 기준이 엉겁결에 허물어질까, 가지 않는 것이라는 소문이 있다.

"이 가게는 처음이지?"

교수가 아리송한 표정으로 물었다. 치유야라고 적힌 목조 간판이 보였다. 덮밥 전문점이다. 유감스럽게도 이 가게를 방문하는 건 두 번째였다. 심지어 첫 번째 방문도 나카자토 교수와 함께였다.

"두 번째에요."

"헷갈렸나 보네. 여태껏 그렇게 생각하고 있었는데 말이지. 인간의 뇌는 알다가도 모르겠어."

점원이 안내해 준 자리에 앉았다.

"어떤 부분이요?"

"망각 말이야. 망각은 일종의 죄책감을 버리는 행위의 일부분이라 볼 수 있지. 기억이 곧 죄책감을 불러일으키는 거야. 가령 원치 않은 살인을 저질렀다고 하더라도 기억을 지워버리면 누군가가 그 사실을 알려주기 전까지 살인자에겐 없는 일이 되어버리는 거거든. 죄책감을 느낄 수가 없게 되어버리는 거지. 과거의 잘못이나 좋지 않은 일을 잊을 수 있는 건, 행운 아니겠어?"

"그렇네요."

그리 깊이 생각해 보지 않았는데 듣고 보니 맞는 말 같았다. 다만, 교수는 한 가지 착각하고 있는 것이 있다. 잊는 기억이 꼭 안 좋은 기억만이 있는 건 아니다. 행복했던 기억을 잊어버리는 치매와 같은 병은 완전무결한 불행으로 치부될 것이다.

"기억 왜곡도 비슷한 결이지. 인간은 자기중심적 사고가 강한 동물이라 자신이 원하는 바나 기대하는 바에 편중해서 기억을 저장하기 마련이거든. 주관적 판단을 반영한다는 말이야. 정보를 해석하는 건 사람마다 다르니까. 스키마(schema : 계획이나 도식을 가리키는 영어로 인공지능, 인지과학, 언어학 등에서 공통으로 사용하는 개념으로 지식을 표상하는 구조의 뜻)지. 집단적 기억 왜곡이란 말을 들어본 적 있나?"

"음, 만델라 효과였던 가요?"

"그렇지. 많은 사람이 거짓 기억을 공유하는…… 이런 내가 너무 주절주절 떠들었나?"

"아니에요. 이런 잡다한 지식 듣는 게 언제 도움 안 된 적이 있었나요?"

내 말에 교수가 환하게 웃었다. 곧이어 김이 구불구불 피어오르는 계란덮밥이 나왔다. 다시금 본격적인 이야기가 재개된 시점은 밥을 먹고 교수의 차에 탄 후부터였다. 담배 냄새가 방향제의 향기를 뚫고 나왔다. 앞좌석과 뒷좌석 모두 알 수 없는 서적들과 서류로 가득 차 있어서 가만히 앉아 있기만 해도 숨이 턱 막혔다.

"가네코 양. 담배 괜찮을까?"

"네. 괜찮아요. 신경 쓰지 마세요."

나카자토 교수는 익숙하게 담배를 물고 불을 붙였다. 연무량이 엄청났다. 이윽고 액셀을 밟았다.

"가와나에는 조용하지?"

"그렇죠. 아무래도 시가현보다는……."

고요함을 잔뜩 머금은 공기가 차 내부를 빈틈없이 채웠다.

"저…… 괴이라는 거. 실제로는 없는 거죠?"

질문을 들은 교수는 빈 캔에 담배를 비벼 끄면서 말했다.

"단정할 수 없어. 중요한 건 어떻게 보느냐지. 설령 신이라고 할지라도 보는 이에 따라 괴이처럼 비치기 마련이니까. 요괴와 신은 한 끗 차이거든. 야오요로즈노카미(八百万神 : 800만의 신으로 다신(多神)을 의미)란 말이 괜히 있는 것도 아니지. 신은 모시면서 괴이는 믿지 않는다. 그건 이상하지. 안 그래?"

나는 고개를 끄덕였다. 애초에 나는 민속학을 연구하는 사람이다. 고로 멍청한 질문을 던진 것과 다름없다.

시야의 저편에 놓인 하늘로 먹구름이 몰려 구멍이 뚫린 것처럼 보였다. 그제야 가와나에에 비가 내린다는 사실을 깨달았다. 악마의 덩쿨 속으로 들어가고 있다.

빗방울이 차에 곤두박질치기 시작하자, 교수는 나를 의식했다. 호기심 어린 눈빛으로 바라보고 있다. 비 공포증을 앓는 환자는 비를 마주했을 때, 어떤 반응을 보이려나 라는 의도가 다분히 내포된 듯한. 학자로서 연구 목적이라는 다소 경우 없는 방어막을 내세워도 심히 불쾌했음은 변함이 없었을 것이다.

이윽고 오렌지색으로 빛나는 터널에 다다랐다.

"실은 말이지. 자네 마을. 고향 마을에서 발생한 사건을 조금 조사해 봤어."

"어떤?"

"댐 건설 중에 발생한 인부들의 사망 사건. 수소문 끝에 당시 현장에 투입되었던 인부 한 명을 만날 수 있었지. 편의상 A 씨라고 칭하겠네. 그런데 이야기를 들어보니 조금 이상하더라고. 인부들의 사망 원인이 실족사를 포함한 사고사, 돌연사, 실종이라고 했지? 사실은 그게 아니었어. 정확히는 실종 인부가 4명이었고 나머지 3명은 무언가에 의해 죽임을 당했다고 하더라고. 불행히도 A 씨는 세 인부의 시체를 직접 보았다고 했어. 그리고 이런 말을 덧붙였지. 시체를 보았을 때, 그런 생각밖에 들지 않았다. 꼭 어떤 짐승에게 뜯어먹힌 것 같더라는 거야. 그뿐만 아니라 A 씨는 그 처참한 시체를 보고 유가족의 거센 반응이 있을 줄 알았는데 생각 이상으로 조용해서 놀랐다고 말했어."

"어떻게?"

헛기침하더니 손으로 OK 사인을 눕혀 보였다. 교수의 굵은 손 위에 앉은 오렌지색이 사라졌다. 다시금 차창으로 빗물이 쏟아진다.

"돈이야. 유가족의 입을 단속시킬 만한 거액을 제시한 거지. 안 그래도 댐 건설 취소 덕에 목(재정)에 칼날이 들어섰는데 사건까지 공론화가 된다면 정말 끝장이라고 생각했던 모양이야. 아무리 마을이 작은 벽지라고 해도 이런 식의 사고는 일본 전역을 떠들썩하게 만들 수 있다고 판단한 거겠지. 결국 최후의 수단을 사용할 수밖엔 없었던 거야."

나는 생각에 잠겼다.

"곰은 없어요. 그 마을에 살 동안에도 곰이 나온다는 소문은 전혀 없었어요."

"그 말 또한 A 씨에게 들었어. 곰이 나온다는 사실을 알았으면 그 산에 발을 디딜 생각도 하지 않았겠지. A 씨는…… 괴물이라도 살고 있는 건 아니겠느냐며 진심으로 두려워하던 모습이 기억나는군. 사건은 미궁으로 빠졌지. 어쩌면 그 소문이 고요메촌의 주민들이 다시 마을로 돌아오지 않게 만들었을 수도 있어. 괴물이 사는 마을. 어쩌면 말이지……."

교수가 쭈뼛한 기색이 만연한 모습을 보였다.

"요시노 씨가 말한 산괴는 실존하는 걸지도 몰라."

"하지만…… 토모루를 제외한 나머지 사람들은 산괴를 보지 못했어요."

"잘 생각해 봐. 정말 보지 못한 게 확실해? 끔찍한 기억은 자기암시를 통해 잊을 수도 있어. 그뿐만 아니라 해리성 기억 장애라는 말도 있고. 스트레스나 충격적인 사건을 기억하는 데 장애가 생기는 걸 일컫는 말이지."

조심스러운 어투로 말하고 있지만 어쩐지 나를 몰아붙이는 느낌이 강하게 들었다.

"그런 공포스러운 기억을 잊었을 리가 없어요. 산괴를 마주치지 않은 것만은 확실해요."

"그렇군. 그럼, 다른 산짐승에 관한 소문은?"

나는 한동안 고민에 빠졌다. 대개 차 안에서 고민할 때면 유리창에 머리를 기대곤 한다. 그러나 몸이 완강히 거부하고 있다. 비 때문이다. 나도 모르는 사이에 몸을 운전석 쪽으로 기울이고 있었다.

고민을 거듭하다가 불현듯 어떤 광경이 떠올랐다. 뜨거운 땡볕이 내리쬐는 산 중턱에서 아이들과 함께 숨을 헐떡대고 있다. 겁에 질려 온몸을 떠는 아이들도 있다. 자신들이 올라온 길을 심혈을 기울여 바라본다. 그 아득한 시선의 끝으로부터 꺼림칙한 소리가 들려왔다. 누군가가 올라온다. 헐거운 옷을 입은 숯쟁이 아저씨다. 발목을 접질려서 아저씨의 도움을 받았다. 하산 도중 아저씨가 말했다. 이 산엔 여우 가족이 산다고.

"여우……."

"여우?"

"본 적은 없지만, 주민분께서 여우 가족이 살고 있다고 했어요."

"이상하네. 공격성이 낮은 여우가 그런 짓을 했을 거란 생각은 들지 않는데 말이지. 혹여나 여우가 그랬다면 시체를 먹은 것이라고 할 수밖엔……, 아니지. 그것도 이상해. 잇자국이 작진 않다고 했어. 여우가 사람처럼 크다면 모를까. 하지만 그건 말이 안 되지."

양옆이 산으로 둘러싸인 국도에 들어서기 시작했다. 떠올리고 싶지 않은 기억이 저편에서 되살아났다. 산사태 사고가 내 머릿속을 휘어잡는다. 너무나 갑작스럽게도 슬픈 기운이 돋아났다. 생을 달리한 부모님의 얼굴이 떠올랐기 때문이었다. 이따금 나를 힐문한다. 네가 여행을 재촉하는 바람에 그렇게 된 것이 아니겠느냐고. 부모님의 죽음만큼은 온전히 내 잘못으로 느껴진다. 다만, 그 죄책감의 크기가 걷잡을 수 없이 크게 느껴지는 건, 분명 최근부터이리라.

이전과는 다른 느낌이다. 악몽이 나를 옭아맨다.

"뭐, 요시노 씨의 말처럼 여성은 아니어도 산괴라고 해 봤자, 곰이나 멧돼지였겠지. 산지니까 충분히 가능해."

무시무시한 속도로 지나치는 능선에서 무언가가 보였다. 수많은 빗방울이 시야를 가리고 있어서 헛것을 봤는지도 모른다. 동그랗고 샛노란 구슬이 빛난다. 셀 수 없이 많다. 광활한 산맥을 지나치지만 계속해서 따라온다.

싫어. 싫다고. 나를 좀 내버려 둬.

"가네코 양?"

정신이 번쩍 들었다. 거의 비슷한 순간에 휴대전화가 울렸다. 토모루였다.

"여보세요?"

[아, 아사미. 어디야?]

"지금 돌아가고 있어. 잠깐 교수님을 만나 뵈었……."

[사가오카 씨가 사라졌어. 아내분께서 찾아오셨어. 2일 전부터 연락이 두절 되셨대. 차를 타고 어딘가를 가신 모양이야. 아무래도…….]

"설마……."

"혼자서라도 그 불상을 찾아보고 싶군요."라며 사가오카가 옅은 미소를 띠며 가볍게 던졌던 말이 뇌리에 스쳐 지나갔다.

[그곳뿐이야.]

"그럼……."

[조금 전에 미아키가 우리 집을 찾아왔어. 이상한 꿈을 꿨다면서. 자기 말로는 아빠를 물어뜯었대. 그리고 그 자리엔 너도, 나

도, 형사도, 정체 모를 남성도 있었다고 했어.]

"사가오카 씨에 관한 이야기는 없었어?"

[없었어. 예감이 좋지 않아. 미아키랑 먼저 마을 뒷산에 가 있을게.]

"서두를게."

전화를 끊는 손이 바들바들 떨렸다.

"무슨 일이야? 다급해 보이던데."

"교수님. 실례인 걸 알지만, 다른 곳으로 데려다주실 수 있나요?"

"다른 곳? 되긴 하지만…… 무슨 일인데?"

***복멸관악님이 우리를 불러요.***

5 미아키

사가오카 아저씨가 실종되었다는 소식을 들었다. 그 소식을 들은 건, 괴기스러운 악몽을 꾸고 묘한 기분을 못 이겨 한달음에 요시노 씨의 집을 찾은 후였다.

또 그 꿈이었다. 어딘지 모를 숲속에서 첨예한 나뭇가지에 손바닥이 푹푹 찔려도 아랑곳하지 않고 미친 듯이 빠른 속도로-마치 짐승처럼- 기어다니는 꿈이다. 그런데…… 이번 꿈은 어딘가 달랐다. 꺼림칙한 기분이 들었던 건, 요시노 씨, 가네코 씨, 고무라 형사, 사가오카 아저씨로 추정되는 남성, 아빠까지 등장했기 때문이었으리라. 게다가 빠른 속도로 달려가서 요시노 씨, 사가오카 아저씨와 함께 산속을 달리고 있는 아빠를 공격했다. 그런데 아빠가 선두로 달리는 것이 어쩐지 달린다는 느낌보단 두 사람에게 쫓기고 있다는 듯한 느낌, 도망치고 있다는 듯한 느낌이 강하게 들었다. 아빠에게 달려들어 뒹굴다가 살점을 우걱우걱 뜯어먹었다. 사방으로 시뻘건 피가 튀어 올랐다. 알 수 없는 굉음이 고막을 강타한 순간, 눈이 번쩍 띄었다.

하늘의 우중충한 풍경이 비치는 비닐우산을 쓰고 불빛이 번뜩이는 요시노 씨의 집으로 달려갔다. 반면 맞은편에 놓인 가네코 씨의 집은 어둠에 젖어있었다. 막 점심이 된 시간에도 어두컴컴한 이 날씨에 외출을 감행한 걸까?

요시노 씨의 안색이 좋지 않아 보였다. 집안에서도 소재를 알 수 없는 시선을 의식하는 것 같았다. 이따금 말을 걸면 따뜻하게 미소를 지어주지만, 그 미소 뒤에도 원인 모를 공포가 서려 있는 것 같았다.

요시노 씨는 가네코 씨의 집을 잠깐 들렀다 나오는 길에 사가오카 아저씨의 아내분을 만났다고 했다. 어쩐지 그 이야기를 꺼내는 그의 동공이 흔들리는 것 같았다. 아사미 씨의 집에서 무슨 일은 겪은 걸까? 아사미 씨의 집엔 아무도 없는 것 같았는데…….

아무튼 그 아내분께 남편이 사라졌다는 이야기를 들었다고 했다.

그 후, 내 꿈 이야기를 듣고 애써 미소를 짓는 그의 양 볼이 파르르 떨리는 걸 보았다. 그 모습을 보고 있자니 불길함이 엄습해왔다. 여간 심각한 이야기가 아니었으니 그럴만하다고 합리화했다. 잠깐의 정적 뒤에 그는 자세를 고치고 복도로 나가 누군가에게 전화를 걸었다. 분명 가네코 씨일 것이다.

어렴풋이 대화 소리가 들려왔다. 그 통화의 중간엔 내 이름이 등장했다. 직감했다. 고요메촌으로 가는구나.

이런 날씨에 폐촌을 향해도 될까, 싶을 정도로 날씨가 좋지 않았다. 하지만 집에 혼자 남아있는 건 내키지 않았다. 아빠가 찾아올 것이라 했으니까. 걱정되니까 집에 꼼짝 말고 있으라고 했다. 이미 이 차에 올라탄 이상 돌이킬 수 없다. 아빠를 그 사위스러운 집 안에 홀로 두는 것이 걱정스러웠다. 난데없는 걱정이 뇌 한가운데에서 경광등처럼 붉게 피어오른 건, 아마 아빠에게 끔찍한 일을 저지르는 꿈을 꿨기 때문일 것이다. 그러나 나는 금세 마음을 고쳐먹었다. 이제까지 그 집에 날 혼자 둔 게 누군데?

와이퍼가 좌우로 흔들리는 모습을 넋 놓고 바라보았다. 요시노 씨는 팔에 묻었던 빗물이 신경 쓰이는지 자꾸 휴지로 문질렀다. 내가 봤을 땐, 깨끗한데 강박이 의심스러울 정도로 심하게 닦고 있다. 이내 피부가 붉게 부어올랐다.

그뿐만 아니라 그는 계속해서 룸미러를 통해 후방을 주시한다. 다른 차가 오는 기척은 없다. 뒷좌석에 앉은 나와 자꾸 눈이 마주쳐서 불편했다. 나를 보는 건가? 기묘한 느낌에 두 눈을 질끈 감았다.

얼마나 눈을 감고 있었을까. 깜빡 잠이 들었던 모양이다.

두 눈을 뜨니 시야를 장악한 거대한 초목의 군집이 청록빛으로 빛나는 파도를 만들어 내는 것이 보였다. 직감적으로 알아차렸다. 마을이다. 이 산 뒤편에 고요메가 잠들어 있다.

"아, 일어났어?"

"네."

"아사미를 기다려야 하거든. 배는 안 고프니?"

콘솔박스에서 초코바를 꺼내 보였다. 아직 한 끼도 먹지 않았지만, 딱히 배가 고프지 않았다. 나는 '괜찮아요.'라고 대답하면서 고개를 내저었다.

사가오카 아저씨의 것으로 예상되는 자동차가 보였다.

단말마가 찾아오기 직전의 평온함이다. 폭풍전야라고나 할까. 몹시 편안한 기분이 들었다. 영원히 이대로 있고 싶다. 밖으로 나가는 순간, 모든 불행이 필사적으로 나를 덮칠 것만 같다. 이 빗물들은 죽음의 문턱에서도 나를 비웃을 것이리라.

"힘든 일은 없니?"

요시노 씨가 물었다.

"딱히…… 저기…… 사가오카 아저씨를 찾은 다음엔 어떻게 해요?"

"불상과 신사를 찾아야 해."

"그다음엔?"

"글쎄…… 황신이라 했으니 달래야 하지 않을까?"

어떤 방법으로? 의문이 들었다. 하지만 묻지 않았다.

"정말 저주가 풀릴까요?"

"장담할 순 없지만, 아무것도 하지 않는 것보단 효과가 있을 거야."

얼마 뒤, 검은색 자동차 한 대가 가까이 다가왔다.

"내리자. 우산 꼭 챙기고."

문손잡이에 손은 올렸지만, 어째서인지 선뜻 문을 열지 못했다. 아침까지만 해도 단지 찝찝하다는 생각이 들 뿐이었던 비가 두렵게 느껴지기 시작했다. 이래서는 끝이 없을 텐데……. 마음 속에서 서로를 무참히 집어삼키는 갈등의 파도가 극에 달할 때쯤, 손이 저절로 움직였다.

비의 파편이 온몸에 박히기 시작했다. 흠칫 놀라면서 재빨리 우산을 펼쳤다. 따갑고 쓰라린 상처가 생겼다.

차에서 내린 요시노 씨가 가네코 씨에게 달려갔다. 검은색 차에서 내린 건, 가네코 씨뿐만이 아니었다. 50대로 예상되는 검은 재킷을 입은 남성도 있었다. 세 사람은 진지한 표정으로 이야기를 나누었다. 어디선가 희뿌연 안개가 날아왔다. 담배 연기였다. 검은 재킷을 입은 남성이 피는. 선반에 들어가 있는 담배가 떠올랐다. 아침에 피고 왔어야 했다는 후회가 밀려왔다.

내 쪽을 의식하는 기색이 역력했지만, 딱히 나를 부르려는 느낌은 없었다. 그래서 산 쪽의 입구로 걸어갔다. 높게 솟은 삼나무가 비를 막고 있다. 그래서인지 위험해 보이진 않았다.

이 산을 통해 마을로 들어가는 건 처음이었다. 애초에 이런 길이 있는지도 몰랐다. 본래 고요메촌은 산 아래로 뚫린 작은 터널이 출입구이다. 하긴 저 사람들은 나보다 한참 전에 이 마을에 살았다. 그 당시엔 이곳이 지름길로 통했을지도 모른다.

산 안쪽에서 차가운 바람이 들이닥쳤다. 머리칼이 헝클어졌다. 뒤에서 자갈이 밟히는 소리가 들렸다.

산길은 생각 이상으로 안전했다. 사람의 발길이 끊긴 지 오래였을 텐데 반듯한 길엔 잡초도 자라지 않고 있었다. 이상할 노릇이지만, 한편으론 다행이란 생각이 들었다.

산의 정상에 도달했을 때, 익숙하지만 낯선 광경이 날아들었다. 마을이 보였다. 익숙한 전경에 옛 추억이 새록새록 떠올랐다. 검은 지붕의 행렬을 바위 위에서 바라보았다. 나카자토 교수가 위험하다며 손짓할 때까지 말이다.

내리막길은 오금이 저릴 정도로 위험했다. 발밑이 허공을 밟는 것 같은 묘한 감촉이 들 때마다 심장 고동이 한층 강해졌다.

여기서 굴렀다간 정말 큰 일이다.

조용히 산길을 내려가던 중에 선두에 있던 요시노 씨의 외마디가 들렸다. 얼마 지나지 않아 내 눈 바로 앞에 마을이 나타났다.

동시에 의문이 들었다. 만약 사가오카 아저씨가 이곳에 없다면…… 헛수고가 아닐까.

아니, 애당초 찾을 수는 있는 걸까?

## 6 고무라

고도 료스케가 수상한 움직임을 보였다.

고도 가의 옆집에 살고 있던 야스코의 집을 방문했다. 목적은 역시나 증거 확보를 위한 탐문 수사였다.

야스코는 나이가 지긋한 노파로 불만이 가득한 표정을 하고 있었다. 내 방문을 그리 달가워하지 않는 눈치였다. 선뜻 차를 내왔지만, 찻잔을 건네면서 내게 보내는 눈빛은 '그거나 먹고 썩 꺼져버려!'라고 말하는 것 같았다.

"왔나 보군."

답답한 공기 속에서 얼굴을 마주 보며 이야기를 나누고 있다가 야스코가 창밖을 바라보며 말했다.

"네?"

“자동차 소리. 그 녀석이 왔어. 료스케.”

나는 곧장 창문 앞으로 다가가 그 집을 살폈다. 이곳에선 고도가의 마당이 훤히 들여다보였다. 마음만 먹으면 저 집안의 일거수일투족을 감시할 수 있을 것만 같다.

“훤히 보이네요.”

“그렇지. 미아키가 담배를 피워대는 모습도 보이고 말이야.”

“담배? 고교생이?”

“내버려 둬. 지 어미, 아비가 그 모양인데 그것쯤이야.”

좋지 않은 어른이라고 생각하면서 료스케가 집 안으로 들어가는 모습을 보았다. 나는 다시 의자에 앉아서 야스코에게 몇 가지 질문을 던졌다. 까칠한 말투가 신경에 거슬렸지만, 모든 질문에 나름의 정성을 얹은 답변을 내놓았다.

다시금 창문을 바라보는데 이상한 광경이 나타났다. 2층…… 그러니까 미아키의 방 창문으로 료스케의 모습이 보였다. 그런데…… 그의 손엔 날카로운 날붙이가 들려 있었다. 분에 가득 차서 물건을 찢고 던지는 모습이 훤히 보였다. 머릿속에서 날카로운 경고음이 울렸다.

위험해.

미아키의 얼굴이 떠올랐다. 나는 곧장 1층으로 내려갔다.

“예감이 좋지 않아.”

뒤에서 각질처럼 갈라지는 노파의 목소리가 날아왔다.

"조심하게. 형사 양반."

그녀는 그렇게 말하고 오른편으로 서서히 사라졌다. 바깥으로 나가니 비가 더 강하게 쏟아지고 있었다. 동시에 자동차의 배기음이 들렸다.

늦었다.

대문을 열고 시선을 왼편으로 돌렸다. 료스케가 달아나고 있었다. 나는 활짝 열린 고도 가의 대문을 보고 불길한 예감에 사로잡혀서 스스럼없이 달렸다. 예의 따위는 존재하지 않는 것처럼 신발을 신고 2층으로 향했다.

심장이 미친듯이 요동쳤다. 몸 구석구석이 갈가리 찢긴 미아키가 피투성이인 채로 간신히 숨을 쉬고 있는 영상이 머릿속에서 재생되었다.

미아키의 방 앞에 서서 방문을 열었다. 하마터면 다리에 힘이 풀려 주저앉을 뻔했다.

다행히도 미아키는 이곳에 없었다. 이불로부터 빠져나온 솜과 옷으로부터 빠져나온 털들이 바닥에 가라앉아 있었다. 그야말로 난장판이었다.

1층으로 내려가서 미아키가 숨어있는 건, 아닌지 조심히 살폈다.

"미아키? 어디 있니? 형사 아저씨야."

큰 목소리로 그렇게 외치면서 집안 곳곳을 뒤졌다.

얼마 걷지 않아 부엌 식탁에 붙여진 메모지를 발견할 수 있었다.

그곳엔 이렇게 쓰여있었다.

고요메촌에 다녀올게.
-미아키-

고요메촌이라면, 헤이세이 12년에 댐 건설 사고가 일어났던 곳이다. 담당 형사로 부임했다가 윗선의 거센 압박으로 사건을 금세 종결할 수밖에 없었던 바로 그곳이다. 그런데 이곳을 왜?

나는 메모지를 떼서 차로 돌아왔다. 그리고 고도 가의 인적 사항이 담긴 회람판을 들여다보았다. 잘못 본 게 아니었다. 머릿속에서 요시노와의 대화가 흐릿하게 떠올랐다. 고도 가가 고요메촌 출신이라는 사실을 잠시 잊고 있었다. 하지만 그곳은 지금 폐촌이 되었다. 도대체 무슨 이유로 그곳을?

아니다. 생각할 시간이 없다. 우선 고요메촌으로 가야 한다. 료스케는 미아키를 살해하려고 했다. 2층으로 바로 올라가서 살해하려고 했지만, 계획이 실패했다. 그리고 1층으로 가 이 메모지를 발견한 것이다. 무슨 이유인지는 몰라도 미아키에게 해를 가하려고 한다.

나는 액셀을 강하게 밟았다.

## 7 료스케

고요메촌에 다녀올게, 라는 메모지를 보고 허탈했다.

집에 있으라고 했건만.

말을 듣지 않는 녀석이다.

귀신이 붙은 아이라 눈치가 빠르다는 생각이 들었다.

며칠간 지금까지 있었던 일을 정리해 보았다.

그리고 내가 도달한 결론은 바로

미아키를 죽여야 이 저주가 끝난다는 것. 즉, 우리 가족에게 일어난 모든 불행은, 미아키 때문이다.

잊고 있던 기억이 떠올랐다.

화재 사고 당시 아내가 했던 말.

그 아이가……, 그 아이가……, 샛노란 눈……, 저질러 버렸어…….

나는 지금까지 미아키를 변호해 왔던 것이다. 자기암시로 기억을 잊었다. 딸만큼은 범인이 아니었으면 했기 때문에……. 그러나 아내도 죽은 마당에 나까지 죽을 순 없다.

미아키는 악마다.

몸속에 악마를 키우고 있다.

얼마 전 보았던 그 풍경들은 단순한 꿈이 아니었다.

소름 돋을 정도로 빛나는 울금빛의 눈을 한 채로 장롱을 마구

긁어대던 꿈. 타오르는 불길 속에 오도카니 서서 미치오가 갇힌 장롱을 가만히 바라보는 꿈. 쩌어억 소리를 내며 갈라져도 이상하지 않을 만큼 귀에 걸린 입, 그 위로 여우의 눈처럼 황색과 등색이 기괴한 모양새로 뒤엉킨 세로 동공의 눈이 보였다.

어쩌면 아내가 미아키를 바라보는 시선이었는지도 모른다. 아내는 일찌감치 깨달았다. 미아키가 악마라는 걸. 그래서 그렇게 미치오를 편애했다. 그리워했다. 자신의 목숨을 갖다 바칠 만큼. 미아키는 사람이 아니니까. 미안해. 미안해. 죽여버려서 미안해. 아내를 향한 죄책감이 해일처럼 밀려왔다.

서행하고 있는데 무언가가 나를 쫓아오는 기분이 들었다. 그 여우 귀신이다. 미아키를 죽이지 않으면 이 저주가 끝나지 않는다. 페달에 올린 발에 힘을 주었다. 전염. 그래. 전염이다. 진짜 미아키는 산속에 잠들어 있다. 병을 옮기고 다니는 가짜는 죽어 마땅하다.

***기필코 그 악마의 온몸을 도륙 내리라.***

8 토모루

마을에 도착하자마자 할 일은 이미 머릿속 한편에 그려놓았다. 첫 번째로는 공동묘지다. 이시이와 가의 묘비에 걸린 금줄. 그 사이로 끼워진 고헤이를 살펴야 한다.

비는 그쳤지만, 무슨 이유에서인지 마을은 이전보다 더욱 쇠락해 보였다. 전경을 바라보고 있으니 땅 자체가 요란히 흔들리는 것 같은 느낌을 받았다.

선두로 걸었다. 미아키는 옛고향 생각에 잠긴 것 같다. 나카자토 교수는 눈에 불을 켜고 이곳저곳을 살폈다. 산속에 이런 마을이 잠들어 있었다고 생각하니 감격에 젖은 모양이다.

어느덧 공동묘지에 도착했다. 이전과 같은 풍경이었다. 여전히 묘비가 쓰러져있다.

"이건……."

나카자토 교수의 눈이 휘둥그레졌다.

"한참 전에 이렇게 된 모양이에요. 저번에도 똑같은 풍경이었거든요. 자연에 의한 단순한 파괴는 아니겠죠?"

아사미가 지반에 나뒹구는 묘비 파편을 만지는 나카자토 교수를 바라보며 말했다.

"전혀 아니야. 꼭 누군가가 부숴버린 것 같군."

"왜 부쉈을까요?"

"글쎄…… 무연묘를 부수는 경우는 보았지만, 나도 이런 식의 해괴한 광경은 처음이라 말이지."

둘의 이야기를 엿들으며 미아키와 함께 안쪽으로 걸어 나갔다. 곧 뒤에서도 자갈을 밟는 소리가 들렸다. 갑작스럽게 오른손에서 따뜻하고 부드러운 감촉이 느껴졌다. 미아키가 손을 잡은 걸까.

"이런 곳은 왜 온 거예요? 사가오카 아저씨를 찾아야 하잖아요."

"잠시 확인할 게 있거든, 이시이와 가의 묘……."

위화감이 내 목덜미를 훑고 지나갔다. 미아키는 내 왼편에 있다. 넓은 시야각으로 오른편을 흘깃 보았다. 아무것도 보이지 않았다. 그제야 고개를 완전히 돌려 오른편을 살폈다. 아무도 없다.

그런데 아직도 손안에는 기묘한 감촉이 남아있었다.

이시이와 가의 묘비 앞에 다다르자, 소름이 돋았다.

"아사미, 이거 봐. 또 깨끗해."

"깨끗하다는 게 무슨 의미지? 묘비에 금줄이 묶여있는 건, 처음이군."

나카자토 교수가 물었다.

"한번 만져보세요."

새하얀 고헤이를 만진 나카자토 교수의 미간이 순식간에 일그러졌다. 그는 내 말의 의미를 이해했다.

"젖어있거나 찢어져 있지 않군. 새 고헤이야. 소름이 돋는걸."

비가 그친 건, 대략 30분 전쯤이었다. 그 짧은 시간에 누군가가 이곳에 다녀갔다. 갑자기 옆에서 물이 튀었다. 나카자토 교수가 손으로 고여있는 물을 퍼 고헤이로 마구 던졌다.

"이해가 되지 않아서 말이지. 혹시라도 젖지 않는 특수 용지로 만든 걸까 해서."

그렇게 말하며 색이 진해진 고헤이를 주물럭거렸다. 그리곤 부자연스러운 미소를 띠었다. 이윽고 그를 따라 아사미도, 나도 고헤이를 만졌다.

"방수 처리가 안 된 평범한 화지니, 안 젖을 리가 없지. 특히 이런 습한 날씨엔 화지가 빨리 마르지 않을 텐데. 아직 이 마을엔 누군가가 있나 보군. 신관이나 승려가 아닐까, 했지만, 그런 사람은 이 마을에 없다고 들었는데."

"네. 없어요."

아사미가 답했다.

"과거엔 있었을지도 몰라요. 신사가 있었으니까요."

미아키의 말을 들은 나카자토 교수가 끄덕거렸다. 그가 어딘가 꺼림칙하다는 표정을 지었다.

"그럼, 그 신사를 찾으러 가요."

내 말에 나카자토 교수가 끄덕거린다. 하지만 아사미는 할 말이 있어 보이는 표정을 짓더니 곧 입을 열었다.

"잠깐, 사가오카 씨는?"

아사미의 말에 정신이 번쩍 들었다. 고헤이에 정신이 쏠린 나머지 사가오카는 미처 생각하지 못하고 있던 것이다. 그를 찾는 게 우선이다.

농후한 칠흑 속에 갇힐지도 모르는 저녁이 드리우면 산을 오를 수 없다는 이유로 서둘러 마을 곳곳을 뒤지기 시작했다.

휴대전화 속의 디지털시계가 오후 3시로 변했다. 대략 2시간 동안 마을을 뒤졌지만, 그의 흔적조차 나오지 않았다. 애초에 이 마을은 우리 넷을 제외한 그 누구의 기척도 남아있지 않았다. 산짐승이 내려와 폐촌을 어슬렁거리는 기색도 전혀 없다.

“정말 여기 계신 거 맞아요?”

더위에 짜증이 났는지 미아키가 인상을 찌푸리며 물었다.

그 순간, 뇌리에 무언가가 번뜩 스쳐 지나갔다.

‘혼자서라도 그 불상을 찾아보고 싶군요.’라고 말하는 사가오카의 모습.

“아사미. 어쩌면 불상이 있는 곳에 계실지도 몰라.”

아사미는 그제야 떠올랐다는 듯한 표정을 지었다. 산으로 가 보는 수밖엔 없다. 그러나 한 가지가 마음에 걸렸다. 실은 아직 마을 전체를 다 뒤진 것은 아니다. 우리 넷은 오로지 한 집을 은연중에 기피했다. 어쩌면 본능일지도 모른다. 그 집의 외견이 끔찍하게 무섭도록 부패되지 않았어도 피했으리라.

이시이와 가는…… 나중에 가자. 저런 곳에 사가오카 씨가 들어갔을 리는 없을 테니.

신사와 불상으로 향하는 길을 알 수도 있는 미아키가 앞장섰다. 물론 의례를 목격한 미아키를 강제로 선두로 세운 것이었다. 그녀는 당황해하면서 “저도 잘…… 모르겠는데…….”라고 말했다. 그래도 어쩔 수 없다는 걸 알아차린 미아키는 조금 고민하더니 발걸음을 옮기기 시작했다.

미아키가 향한 곳은 예전에 곤충채집을 갔던 그 산이었다. 산 위에 발을 올린 순간, 온몸이 부르르 떨렸다. 그와 동시에 시야도 까마득해졌다. 그건 기립성저혈압 같은 것이었다. 이쪽도 워낙 산림이 울창한 탓인지 안쪽으로부터 기이할 정도로 차가운 바람이 불어왔다.

땅은 비에 젖어 축축했다. 산길을 계속해서 올랐지만, 전혀 기억에 없는 길이었다. 시간이 많이 흘렀다는 걸 몸소 깨달았다. 그때, 아이들과 함께 곤충채집을 떠났을 때보다 산림이 울창해졌기 때문이리라.

선두에 있는 미아키는 말없이 걸었다. 질문을 내던져도 돌아오는 대답은 없었다. 집중해야 한다는 말을 끝으로 말이다. 기억이 나지 않는 건지, 한숨을 푹푹 내쉬었다. 멈춰 서서 이곳저곳을 살피기도 했다.

"모르겠어요. 기억이 전혀 안 나요. 아마도 이 산이 맞을 텐데……."

"……그럼 이렇게 하는 건 어때?"

별안간 아사미가 말했다.

"나카자토 교수님이랑 토모루가 신사와 불상을 찾고, 우린 그 집에 가볼게. 이시이와 가는…… 아직 가보지 않았잖아?"

마치 금기어를 꺼낸 것처럼 분위기는 바닥으로 가라앉았다. 그 흉가를 이 둘이 가는 건 위험하다. 도대체 무슨 위험이 도사릴 줄 알고……. 하지만 어쩐지 표정이 매우 심각해 보여서 그녀의 제안을 거절할 용기가 금세 사라졌다.

"전파가 터질진 모르겠지만, 불상이나 사가오카 씨를 찾게 되면 전화로 연락 줘. 우리도 사가오카 씨를 찾게 되면 알려줄게. 혹여나 전화가 안 된다면 6시까지 산 입구에서 만나기로 하자."

아사미의 뺨이 부자연스럽게 떨렸다. 그리곤 미아키와 함께 하산했다. 미아키는 어리둥절한 표정을 지으면서도 자연스럽게 아사미를 따라갔다. 미아키가 손으로 수화기 모양을 만들고는 귀에 가져다 댔다. 나는 고개를 끄덕거렸다.

아사미와 미아키의 뒷모습이 사라진 순간, 나카자토 교수가 말을 꺼냈다.

"아사미 양. 요즘 좀 이상해진 것 같지 않습니까?"

"글쎄요……. 워낙 이상한 일이 많아서요. 그런데 방금 그 눈빛은 처음 보는 눈빛이었습니다. 슬픔과 분노가 이리저리 뒤엉킨 것 같달까요. 그나저나 미아키가 내려가면 신사를 무슨 수로 찾죠?"

"그 아이도 모른다고 했으니, 무슨 상황이 발생했건, 어차피 우리가 찾아야 했을 겁니다. 이건……."

"운명이었다…… 는 말인가요?"

나카자토 교수는 말없이 고개를 끄덕였다. 해보는 수밖에 없다. 여기까지 온 이상.

일단 산을 계속 오르기로 했다. 미아키는 왼편을 주로 둘러보았다. 그렇다면 이번엔 오른편을 둘러볼 차례다. 미아키가 마지막으로 멈췄던 곳보다 훨씬 높이 올라갔다.

곧 나는 기묘한 광경을 마주했다. 산 정상으로 향하는 길은 없고 오른편과 왼편으로 길이 갈라져 있었다. 왼편은 뻥 뚫린, 길다운 길이 자리하고 있었고 오른편은 나뭇가지가 길의 영역을 마구 침범해 통행할 수 있을지에 대한 의문이 피어오르는 길이 자리하고 있었다.

그 순간, 익숙한 느낌이 나를 감싸 안았다. 그 감각은 내 발걸음을 왼편에 자리한 길로 인도하였다. 오르막길인 그곳으로 쭉 나아갔다. 뒤에서 나를 따라오는 나카자토 교수의 발걸음 소리가 들렸다.

얼마만큼 올랐을까. 다시금 비가 내리기 시작했다. 우산을 써도 기묘한 방향으로 비가 내렸다. 이상하다. 내 양팔은 순식간에 젖어버렸다. 땀인지 비인지 모를 물방울들이 내 몸을 잠식해 간다.

온몸이 떨린다.

필사적으로 옷으로 비를 닦아낸다.

자리에 가만히 서서 비의 흔적을 미친 듯이 지워낸다.

아…… 아, 지울 수 없다.

비는 내 몸속으로 스며들고 말 것이다.

아니, 이미 스며들었는지도 모른다.

내 몸속에서 꿈틀꿈틀 기어다닌다.

내 피를 물들인다.

온몸 구석구석, 예민해진 말단까지 퍼져나간다.

*빼내야 해……*

*빼내야 해……*

양팔을 긁기 시작했다.

미친 듯이.

붉다.

붉은 피가 세상 밖으로 나온다.

아, 열린 살갗의 틈으로 비가 쏟아진다.

*빼내야 해.*

*빼내야 해.*

*이대로면 죽고 말 거야.*

손톱 밑으로 살덩이가 말려들어 간다.

그럼에도 멈출 수가 없다.

파내는 걸 멈춰서는 안 돼.

살덩이가 바닥으로 떨어진다.

작열통과 비슷한 감각이 온몸을 지배한다.

"요시노 씨?"

피가 사라졌다. 흰 뼈가 드러날 정도로 움푹 팬 상처도 사라졌다. 대신 노란 피부 위로 붉은 자국 여럿이 뒤엉킨 상태로 부풀어 올라 있었다.

"피부묘기증인가요?"

나는 재빨리 빗물에 젖은 팔을 털었다.

"그게 뭔가요?"

언제부턴가 내 앞에 자리한 교수의 물음에 의아함을 느낀 나는 곧바로 되물었다. 물론 머릿속에서 떠오르는 이미지는 피부묘기증이란 게 무엇이냐를 찾아 나서는 사전 속 모험이 아닌 조금 전의 끔찍한 광경이었지만. 또 환각이었다.

"두드러기의 일종이지요. 피부로 압력을 준 상태로 긁거나 누를 경우에 가렵거나 요시노 씨의 양팔처럼 붉게 부풀어 오르는 겁니다. 원래 두드러기가 있으신가요?"

"네…… 그리 심하진 않지만요. 그래도 이런 적은 처음입니다. 보통은 긁지도 않았는데 오돌토돌한 알맹이들이 올라오거든요."

"그런가요……. 피부묘기증은 물리적 요인에 의한 두드러기긴 하지요. 대개 겨울철에 발생하는 질환입니다만. 참, 저 앞에 작은 정자가 보입니다."

교수의 마지막 말을 들은 순간, 자리에 주저앉을 뻔했다.

"설마……."

곧장 앞으로 내달렸다. 이윽고 내 시야엔 익숙한 풍경이 드리웠다.

정자다.

그 정자다.

그러나 묘한 위화감이 느껴졌다.

정자에서 비를 피했던 기억이 있지만, 어쩐지 어색했다. 아마 그건 약간 왜곡되었을 기억과 묘하게 다른 점이 있었기 때문일 것이다.

교수와 나는 정자에 앉아 비를 피했다. 20년 전의 그때처럼.

"이게 그 정자로군요?"

"네……. 아이들과 이곳에서 비를 피했었어요."

"그럼, 저곳이 그곳이겠군요."

교수가 몸을 돌려 내 뒤편에 자리한 어딘가를 가리켰다.

그곳엔 울창한 산림과 수풀이 놓여있었다. 그 익숙한 광경을 본 순간, 소름이 돋았다.

"히메코가 있던 자리죠."

"산괴도……."

교수의 말에 고개를 끄덕였다. 나는 주머니에서 방울을 꺼냈다.

"그건?"

"제가 말했던 방울입니다. 히메코에게 받았었죠."

"선물이었나요?"

"뭐, 그랬을 겁니다."

그렇게 대답하면서 방울이 다섯 달린 새끼줄을 약지 손가락에 살며시 감았다. 천천히 흔들자 경쾌한 소리가 빗소리 사이사이로 스며들며 주변으로 울려 퍼졌다.

"이 산이 맞았나 보네요. 그럼, 이제 불상도 사실인지 확인해봐야 하지 않겠습니까? 사가오카 씨는 이 정자도 아니면 도대체 어디에 있는 걸까요."

교수가 그렇게 말하면서 일어났다. 비를 조금 맞으면서 우산을 폈다. 그의 표정엔 흥미롭다는 듯 호기심 가득한 아이의 얼굴이 떠올라있었다.

나는 비를 조금이라도 덜 맞기 위해 우산을 먼저 펼쳤다. 그러나 몸이 좀처럼 움직이지 않았다. 정자에 조금만 더 있고 싶었다. 조금 뒤면 비가 그치지 않을까? 그런 막연한 기대가 있었기 때문이리라.

나는 일부러 교수에게 말을 걸었다.

"혹시 말이죠. 비를 무서워하는 사람도 있나요?"

내 조심스러운 어조에 교수가 흠칫했다.

"가네코 양도 비슷한 소리를 하더군요. 물론 저야 실제로 본 적은 없지만, 있다고들 합니다. 세상엔 말이죠. 다양한 공포증이 있어요. 비슷한 맥락으로 추위 공포증, 액체 공포증 등도 있지요. 요시노 씨가 비를 무서워한다면 가네코 양과 같은 이유일 겁니다. 두 분은 제가 서 있는 이곳에서 곤충채집을 한 뒤, 비 탓에 히메코가 죽은 게 트라우마로 남았기 때문이 아닐까요? 나아가 히메코를 말렸더라면, 하는 죄책감이 있었기 때문일 수도 있고요."

"하지만, 가와나에쵸에 이사 온 이후로 비를 무서워하게 되는 증상이 도졌습니다."

교수가 담배를 꺼내 입에 물었다.

튀어나온 담배 사이로 말소리가 새어 나왔다.

"그런가요……."

교수의 입에서 자동차의 배기구처럼 연기가 뿜어져 나왔다. 나는 그 연기를 따라 자리에서 일어나 발걸음을 옮겼다.

왔던 길로 돌아가 갈림길이 놓인 곳에 도착했을 때 시간은 4시 3분이었다.

"이 길 정말 갈 수 있는 거겠죠?"

앞장서던 교수가 멈춰 서며 말했다. 역시나 의심스러운 길이었다. 바닥 자체는 예전에 통행로로 쓰였음이 확실한 흙바닥이다. 그런데 폭이 상상 이상으로 좁고 마치 삼나무가 통행을 저지하려는 듯이 가지를 길게 뻗고 있어서 이곳을 지난다면 금방이라도 온몸의 살갗이 쓸려나갈 것이 분명했다.

교수는 잠시 고민하는가 싶더니 비가 오는데도 우산을 접었다. 그리고 그 우산으로 가지를 쳐내면서 앞으로 나아가기 시작했다.

"가시죠."

"아, 감사합니다."

살짝 머리를 숙이면서 대답했다.

몇 보 걷지 않았는데 뻥 뚫린 길이 나타났다. 이 때문에 정말 저 뒤엉킨 가지들이 일종의 통제를 위해 자라난, 혹은 누군가가 인위적으로 만들어 놓은 일종의 방어막이 아니었을까 하는 생각이 들었다. 그렇지 않고서야 갑작스럽게 풍경이 확 트일 리는 없다.

"이상하네요. 여기부턴 누군가가 가지를 쳐낸 것처럼 깨끗하네요."

교수가 옷에 묻은 빗물을 털고 다시 우산을 썼다. 삼나무의 줄기 사이 사이로 수많은 수풀이 놓여있어 주변 전경은 잘 보이지 않았다.

"확실히……."

일직선으로 쭉 뻗은 길을 쉬지 않고 걸어 나갔다. 신사의 산도처럼은 아니어도 흙길이 보란 듯이 나 있어서 방향을 잃는 일은 없었다. 무의식중에 걸음걸이가 빨라졌다. 그럼에도 교수와의 거리가 일정하게 유지되는 것을 보면 교수의 걸음도 점점 빨라지고 있는 것이 분명했다.

시간이 없다.

교수가 무엇을 보고는 갑자기 내달렸다.

"잠깐만요!"

필사적으로 교수를 뒤따라가니 저 멀리에 우두커니 서 있는 교수의 뒷모습이 보였다.

"무슨 일입니까?"

나는 숨을 헉헉거리면서 교수에게 물었다.

"저거 보세요."

숨을 고르느라 허리를 굽히고 있는 내겐 교수의 손짓이 보이지 않았다. 재빨리 허리를 펴고는 교수의 손끝을 시작으로 시선을 던지니 저 멀리 검은 지붕이 청록으로 울창한 나무 군집을 뚫고 솟아있는 것이 보였다.

그건 신사의 윗머리였다.

서둘러 신사 앞에 도착하자, 검은 도리이가 보였다. 탄 것처럼 그을려 있었고 목조의 앙상한 살점이 떨어져 나가려 하고 있었다. 참배길 위로 빗방울이 세차게 떨어졌다. 조금 전보다 우산을 때리는 빗소리가 거세졌다는 생각이 들었다.

"참배길은 의외로 깨끗하네요."

내가 말했다.

"그렇네요. 꼭 관리인이 있는 것 같달까요."

"하지만, 도리이는 이렇게나 끔찍하게 변했는데요."

"도리이는 신의 영역과 인간의 영역을 구분 짓는 경계일 뿐입니다. 겉모습은 상관없을 거예요."

"이 신사는 처음 보는 신사입니다. 이 마을에 살면서 단 한 번도 보지 못했어요. 시치고산 때도 다른 마을에 있는 신사나 나름

이름있는 신사로 갔었으니까요."

교수는 내 말에 대충 끄덕이고 도리이 앞에서 작은 목례(小揖)를 올렸다. 그리곤 포석 깔린 참배길에 올라 걷기 시작했다.

반대로 나는 괜히 꺼림칙한 기분이 들어서 목례를 생략하고 도리이를 넘어 교수 옆으로 갔다. 참배길 옆으로 쭉 깔린 석등은 불에 그을린 듯 특정 부분이 까맣게 변해있었다. 물때가 낀 데미즈야(手水舎 : 신사나 사찰에서 참예자가 손 혹은 입을 씻는 장소)도 어두운 빛깔을 띠고 있으며 배전 앞에 놓인 코마키츠네는 도리이 쪽을 바라보고 있지만 고개가 기형적으로 비틀어져 있었다.

교수는 자연스럽게 신사의 뒤편으로 향했다. 아사미가 미아키에게 들은 이야기를 교수에게 세세하게 설명해 주었나 보다.

신사의 뒤편엔 미아키의 말대로 길이라고 생각될 만한 곳이 없었다. 7년 전에도 길을 찾기 힘들었는데 지금이라면 수풀이 상상 이상으로 자라나서 길을 먹어 치웠을지도 모른다고 생각한 순간, 뻥 뚫린 길이 나타났다.

수풀 가까이 다가가니 누군가가 지나간 흔적이 고스란히 남아있었다. 분명 누군가가 지나간 흔적이다. 하지만, 신사로 향하는 길은 여러 장애물에 막혀있었는데…….

"이게 어떻게 가능한 일이죠?"

"신사로 오는 길은 막혀있었을 텐데."

"이상하네요."

벌어진 입구 사이로 한기가 엄습했다.

"일단 이 뒤에 불상이 있을 테니 가봅시다."

교수가 선두로 돌길 위에 발을 들였다. 양옆으로 놓인 수풀은 짧게는 명치에서 길게는 어깨까지 오는 높이라 수풀이 옆으로 자라난다면 7년 전의 미아키처럼 어린아이들은 앞이 전혀 보이지 않았으리란 생각이 들었다.

미아키의 경험담은 결코 거짓이 아니었다.

이상한 길이었다. 방향이 도무지 예상되지 않는 경로로 길이 놓여있었다. 뱀처럼 굽이친다고 해야 할까. 같은 길을 몇 번이고 되돌아온 것 같은 기분에 사로잡혔다.

하지만 돌길의 방향을 따라 나아가니 어느 순간, 시야가 다시 트였다.

저 멀리 거무칙칙한 덩어리가 보였다. 불상이 틀림없다.

뿌리가 짧은 삼나무를 벌목해 불상을 안치할 공간을 만든 것이다. 교수와 나는 한달음에 불상 앞으로 다가갔다.

그 순간, 해괴한 광경이 시야를 장악했다.

"이게 무슨……."

가까이서 본 불상은 머리가 없었고 오른쪽 어깨에 커다란 금이 가 있었다. 불상을 조금 더 가까이에서 보기 위해 발걸음을 옮겼다. 이내 발끝에 딱딱한 무언가가 부딪혔다.

손을 뻗어 작은 잡초 속에 숨어있는 걸 꺼내 들었다. 오함마(大

ハンマー : 큰 망치)였다. 누군가가 이걸로 불상을 부숴버렸다.

"머리가 박살 났네요."

교수가 어디선가 눈을 감고 있는 불상의 중안부 조각을 가져왔다.

"사가오카 씨가 그랬던 걸까요."

교수가 말했다. 대체 무슨 이유로 불상을 부순 걸까.

"하지만 신사로 들어올 수 있는 길이 막혀있었는데…… 말이죠."

"누군가가 들어온 건 확실합니다. 수풀은 뚫려 있었으니까요. 신사로 향하는 다른 길목이 있는 걸지도 모릅니다. 그건 그렇고 이건…… 꼭 폐불훼석(廃仏毀釈 : 신토의 신관과 민중들이 불교의 사원, 불상 등을 훼손한 사건)의 한 장면 같아요."

"게이오 4년에 메이지 정부가 발표했던 신불분리령(神仏分離令) 말인 건가요?"

"네. 신불분리령이나 대교선포(大教宣布) 등은 신토와 불교를 분리시키려는 목적으로 추진된 정책이었습니다. 그런데 이게 어느 순간부터 불교를 배척하는 정책으로 변질되기 시작했습니다. 지위가 높은 승려의 자격을 박탈시키기 위해 신관들이나 민중들이 불경이나 불상을 훼손하는 일, 즉 폐불훼석이 비일비재했지요. 일종의 신토 국교화 운동이었다고 주장하지만, 정확히는 민중들이 정책을 이상하게 해석한, 이른바 확대해석의 폐해였어요. 이 불상을 신사와 먼 곳에, 마치 숨겨놓은 듯 안치해 둔 것도 폐불훼석으로부터 안전해지기 위해서였을 지도 모릅니다. 불상을 신체로 모시는 것이 금지되고 각 신사의 제신이 생겨났으니까요. 그래서 코마키츠네가 배전 앞에 놓여있었던 건 아닐까요."

"일종의 연막이군요? 실제로 마을 사람들이 모셨던 건, 신체였던 이 불상이었고 공격받지 않기 위해 코마키츠네 등을 이용하여 신사의 제신을 만든 척을 한 것이군요."

"추측이긴 하지만, 얼추 맞다고 봅니다. 그러나 결국은 이렇게 파괴되고 말았군요."

불상은 온몸을 잔뜩 치장하고 있었다. 무언가를 주렁주렁 매달고 둥그런 고리 여럿을 양팔에 차고 있었다. 머리가 없으니 섬뜩한 느낌이 들었다.

불상은 특정 손동작을 취하고 있었다. 두 손바닥은 모두 정면을 향하고 있었고 오른쪽 손은 손가락의 끝부분이 하늘을 향하게, 왼쪽 손은 손가락의 끝부분이 땅을 향하게 되어있었다.

틀림없이 수인(手印)이었다. 부처의 깨달음을 열 손가락으로 표상한 것 중 한 동작이다.

"수인인가요?"

"아시는군요? 이 오른쪽 손동작은 중생들의 두려움을 없애는 시무외인(施無畏印)이고, 왼쪽 손동작은 바라는 소원을 들어준다는 여원인(与願印)입니다. 단 이상한 점이 있군요. 손가락 개수가…….

나는 문득 깨달았다. 불쾌한 느낌이 들었던 이유가 무엇인지 말이다. 불상의 오른쪽 손가락은 6개였고, 왼쪽 손가락은 4개뿐이었다. 손 부분이 부서진 흔적은 없었으므로 처음부터 이렇게 조각된 것인 셈이다.

비가 거세졌다. 주변이 번쩍 빛났다.

"어?"

불상의 뒤에 서 있던 교수는 무언가를 발견하고는 흠씬 놀랐다. 곧이어 홀린 것처럼 땅을 파기 시작했다.

"뭔데요?"

교수는 내 말이 들리지 않는 건지, 땅을 파는 데에만 집중을 쏟아붓고 있었다. 얼마 지나지 않아 교수의 손이 멈췄다. 동시에 물에 젖은 흙바닥에서 날 수 없는 둔탁한 소리가 울려 퍼졌다. 교수가 땅속에서 꺼낸 건, 작은 나무 상자였다.

기괴하게 뒤틀렸다. 물론 나무가 썩었기 때문이다.

상자는 쉽게 열렸다. 오히려 푸석해져서 조금만 만져도 부서지는 수준이었다. 그리고 그 찰나의 순간에 굉음이 먹구름의 어스름으로 뒤덮인 하늘을 울렸다.

천둥소리 속에서 나무의 역한 냄새가 피어올랐다.

상자 속엔 붓글씨가 빼곡히 나열된 종이가 여러 장 있었다.

"오래된 종이인데도 용케 버텼네. 이건 편지인 것 같습니다."

"도대체 얼마나 오래됐길래 상자가 이렇게 뒤틀렸을까요?"

"목재는 날씨에 따라 금방 썩기도 하니까요."

민속학 교수 나카자토 세이료는 우그러진 편지를 소리 내어 읽기 시작했다.

거의 동시에 또다시 하늘이 번쩍 빛났다.

# 제5장 유곽의 이매망량

1.

이 편지를 쓰는 건, 유곽에서의 모든 일들을 기억하기 위해서, 그리고 언젠가 제가 마주한 불편한 사실들을 당신에게 알리기 위해서일 테죠. 안녕하세요. 저는 야마모리 나오코(山森奈保子)입니다. 시작에 앞서 제 가정사를 간략히 설명하겠습니다. 본래 저희 집안은 그리 좋은 형편은 아니었습니다. 형편에 관한 내력을 살펴보자면, 저도 자세히 알지 못하는 조상의 대에서 갑작스러운 병에 노출되는 바람에 대가 끊길 뻔한 내력이 있습니다. 들은 바로는 그 당시 재산의 대부분을 잃었다죠. 그러나 원망이라 불리는 감정은 저의 몸 구석구석을 뒤져봐도, 그 어디에서도 찾을 수 없습니다. 아마 그건 주어진 운명에 순종하는 게, 습관이 되어버렸기 때문일까요. 운명을 업신여기는 짓도 그것을 보았을 때 이후로는 일절 없었다고 단언할 수 있습니다.

삼 남매였지만, 막내는 조상님들의 역사를 되풀이하듯이 예닐곱에 간질로 세상을 떠난 지 오래였고 아득히 먼 과거에 출타한 남동생은 제가 알지도 못하는 곳의 신사에서 신관으로 일하고 있다는 소식을 전해 들은 지 불과 일주일도 채 되지 않았습니다. 유곽 근처에 놓인 고민가(古民家 : 일본의 전통 가옥) 안에 국수 가게를 차린 것도 부모님을 부양하기 위해서였고 배우자를 찾지 못한 저는 홑몸으로 가게에서 전전긍긍하며 살아왔습니다.

고우요메(紅醉女)라 불리는 마을에서 말이죠. 제가 그 마을로 가게 된 건, 아마 12년 전으로 스무 살을 바라보고 있었을 겁니다. 새로운 환경을 마주한다는 것이 제 성격에 비추어 그리 내키진 않았던 게 사실이었지만, 어디까지나 돈을 벌기 위함이었으니, 제 나름대로 받아들일 수밖에 없었죠.

마을은 총 4개의 지역으로 이루어져 있었습니다. 각 지역을 통하는 길이 한 길로 쭉 나 있어 각 지역끼리의 왕래가 편하고 양옆으로 상점가나 음식점이 즐비해 있어 요시와라처럼 갈까마귀 같은 밤에도 눈부신 여명이 내려앉아 있습니다. 숟도라 불리는 마을의 입식지는 그나마 완만한 경사에 놓여있지만, 중간 집락에 다다르면서부터는 산속 마을임을 표명하듯 사방이 꽉 막힌 풍경이 날아듭니다. 그럼에도 불구하고 처음 마주한 마을의 전경은 대단히 아름다웠습니다. 심신을 안정시키는 데 일조하는 청록의 풍경은 생동감이 넘치는 그림을 보는 것 같았습니다. 흙바닥에 넝마가 뒹굴어도 그 장관을 보고 있자면, 감정이 실오라기처럼 하늘 위로 넘실거리는 오묘한 기분이 들었습니다.

머리가 아득해질 정도로 인파가 북적이는 슌도를 지나면 첫 번째 중간 지역인 가도에 도착합니다. 이때부턴 본격적인 유곽의 구색을 갖추었으며 슈도에서 시작된 고급 유녀의 행차가 이어지는 곳이기도 합니다. 요시와라로 치면 오이란(상급 유녀)이 되겠죠. 마찬가지로 상인의 발자취가 담긴 물건을 파는 수레가 들어오기도 합니다.

중간 지역인 가도와 슈도는 입식지인 슌도의 문화 상업적인 모습보다는 유곽의 구색과 다양한 가게가 한데 어우러진 화합의 장이라고 표현하고 싶습니다.

그런데 어쩐지 가장 깊숙한 곳에 있는 토도는 세 지역과는 달리 그 분위기가 매우 음울했습니다. 이런 말을 꺼내도 될지는 모르겠습니다만. 그곳은 전술했던 세 지역보다 큰 땅덩어리를 가진 곳이었는데도 어쩐지 세 지역과의 왕래는 끊겨있는 듯한 모습이었습니다. 아닌 게 아니라 가까운 슈도에서 토도로 들어가기 위해선 융기처럼 솟은 언덕을 지나야 합니다. 그런데 그 세 언덕이 하늘에서 보면 짧아 보일지 몰라도 심히 높고 험준해서 손님들은 물론이고 집락 사람들조차 방문하는 일이 적었습니다. (토도는 하급 유녀가 모인 가게가 즐비해 있고 포주들의 분위기가 우울했기 때문이라는 주민의 얘기도 있었지만) 특히 가만히 앉아 있어도 심신이 불편해지는 여름과 사박거리는 눈이 내리는 겨울은 방문자가 더욱이 적습니다. 길을 잘 찾아가기가 힘드니까요. 그래서 토도로 향하는 언덕의 입구엔 항상 길라잡이들이 손님을 맞을 준비를 하고 있습니다. 따라서 토도라는 지역은 앞선 세 집락과는 분리된, 완전히 개별적인 집락처럼 느껴지기도 했죠.

언뜻 보면 환상 속의 여인처럼 신비한 느낌이 들지도 모르겠습니다. 글을 통해서라도 그 지역의 기괴한 분위기를 전달할 수 있다면 좋겠지만, 앞으로도 그런 느낌이 들지 않는다면 그건 온전히 글솜씨가 부족한 제 잘못입니다.

안타깝게도 제 가게는 토도를 향하는 고개의 입구 옆에 자리하게 되었습니다. 이것이 왜 안타깝냐고 물으신다면, 그 이유는 길라잡이의 역할을 대신 수행해야 할 상황이 빈번히 생겨났기 때문입니다. 당연히 돈을 받는 건 좋았지만, 몸뚱이는 한 개이다 보니 여간 힘든 일이 아니었습니다.

3년 정도는 수완이 꽤 좋았습니다. 마음 편히 담소를 나눌 단골손님들도 다분히 생겨났고 근처 음식점으로부터 다양한 요리 비법을 가르쳐 받기도 하였습니다. 비록 어머니가 세상을 떠나긴 했지만, 아버지의 병이 호전되는 모습을 보곤 곧잘 기운을 차렸습니다. 아버지는 어머니를 그리워하면서도 가끔 부양비가 줄어서 좋지 않냐는 농담을 던지기도 하셨습니다. 콜레라라는 역병이 창궐하기 전까지도 제 가게는 거센 눈발에도 무너지지 않는 올곧은 대나무 같았다고나 할까요.

대략 3년 가까이 마을에 눌러 붙어 살다 보니 각 집락을 속속들이 꿰게 되었습니다. 동시에 토도에 관한 안 좋은 소문을 몸소 느끼는 일도 많아지게 되었지요. 소리소문없이 사람이 죽어 나간다, 요괴가 나타난다는 등의 이야기가 주민들의 입에 자주 오르내렸습니다.

언젠가 해괴한 일이 있었습니다.

날씨가 푹푹 찌던 여름이었지요. 부채가 불가결한 날씨라 더더욱 손님이 적은 날이었어요. 정오가 막 다가온 시간, 가게로 한 손님이 들어왔습니다. 다른 손님은 아무도 없었어요. 그 손님은 대나무와 갈대를 엮어 만든 삿갓을 쓰고 있었고, 도롱이를 얹는다면 어울릴 것 같은 흰 유카타를 입고 있었지요. 그런데 어딘가 분위기가 묘했습니다. 저를 바라보는 눈빛이 이상했달까요. 손님은 제게 붓글씨로 적은 글씨가 담긴 쪽지를 내밀었습니다.

그 쪽지엔 좋지 못한 글씨(아마 히라가나였을 것입니다.)로 토도에 가고 싶다고 적혀있었습니다. 그리고 전 생각했지요. 아, 길라잡이들이 또 어슴새벽에 몰래 술을 진탕 마시고 곯아떨어졌구나. 그래서 손님은 제 가게로 찾아온 것이 분명했습니다. 솔직히 말하자면, 별로 가고 싶지 않았어요. 단 몇 보만 걸어도 땀이 줄줄 새어 나올 것이 분명한 날씨였으니까요. 하지만 곧 마음을 다잡았습니다. 오늘은 장사가 되지 않으니, 이 일만 후딱 해결하고 가게를 일찍 닫자. 그런 합리적인 다짐이 있었던 거지요.

그래서 전 그 손님과 함께 토도로 향했습니다. 가까이서 마주한 손님은 남성인지, 여성인지 분간이 가지 않을 정도로 미묘한 외모를 지니고 계셨습니다. 게다가 말씀도 하지 않으셨으니 더더욱 헷갈릴 따름이었죠. 다만, 명치 부근이 평편한 것으로 미루어 보아 남자가 아니겠냐는 그런 판단이 있었습니다. 무릇 섣부른 판단이 무례한 일임은 틀림없었지만, 호기심이 돋아난 바람에 어쩔 수 없이 자기만족의 극치를 달리는 결론에 도달했지요.

예상대로 언덕의 입구에 도달하자마자, 이마에 땀이 송골송골 맺혔습니다. 손님은 부채질하지 않았어요. 그때 깨달았죠. 이 손님은 아무런 짐도 없다는 것을. 토도 사람인 건가? 라는 생각도 금세 사그라들었습니다. 만약 그렇다면 굳이 길라잡이를 사용할 필요가 없었을 테니까요. 그래도 가끔 술에 진탕 취한 주민이 길라잡이를 사용하는 경우가 더러 있었기 때문에 저는 대수롭지 않게 생각했습니다.

고개의 입구를 지난 지 얼마 되지 않아 뒤에서 누군가의 부름이 들렸습니다. 뒤를 돌자, 언덕의 입구에서 손을 흔들어 보이는 반가운 주민이 보였습니다. 더운 날씨에 왜 나왔냐는 물음에 웃으면서 고갯길 끝을 가리켰던 기억이 납니다.

비탈진 고개를 오를 때, 호젓함에 못 이겨 몇 차례 질문을 던졌던 것이 기억납니다. 그러나 더위에 실증이 났기 때문인지 손님께서는 아무 말씀도 하지 않으셨습니다. 아닌 게 아니라, 들은 척도 하지 않으셨습니다.

첫 번째 언덕을 지나고 두 번째 언덕에 들어섰을 때, 기묘한 경험을 하게 됩니다. 분명 삿갓 속에 감추어져 있을 머리칼이 길게 길게 바깥으로 빠져나와 있는 것을 보았습니다. 여성처럼 머리를 길게 늘어뜨리고 있었어요. 게다가 가슴이 봉긋 솟아있었습니다. 눈매는 더욱 찢어져서 매력적으로 보이기까지 했습니다. 아니, 실제로는 무척이나 아름다웠습니다. 홀려버릴 것 같을 정도로.

저는 이제껏 헛것을 본 걸까 손님을 이리저리 쳐다보았습니다. 물론 대놓고 쳐다보는 그런 파렴치한 짓이 아니라, 여러 번 흘겨보았다고 해야 할까요. 아무튼 전 그제야 그 손님이 여성이라는 사실을 알게 되었습니다. 그래서인지 더더욱 말을 붙이고 싶더군요.

"어디에서 오신 건가요?"

멋쩍은 웃음을 보이면서 말을 걸었습니다. 전 전방을 바라보고 있었어요. 수많은 초목으로 우거진 고개의 끝을 말이지요. 내리막의 끝은 어두컴컴했습니다. 삼나무의 큰 우듬지와 두툼한 초록빛 머리칼이 그늘을 형성했던 탓입니다.

순식간에 목덜미 부근으로 엄청난 한기가 엄습했습니다. 그건 뼛속을 이리저리 통과하는 이른바 귀풍(鬼風) 같은 느낌이었습니다. 동시에 머리 위에 있는 햇빛보다 따가운 시선이 제 왼쪽 뺨 속으로 파묻히는 것처럼 느껴졌습니다.

조심히 고개를 돌리자, 손님이 저를 째려보시더군요. 키는 저보다 2치(寸) 정도 컸을 겁니다. 손님은 한동안 저를 노려보았습니다. 어째서인지 그 이후로는 입이 떨어지지 않더군요.

마지막 고개를 건널 때쯤, 저는 문득 이런 생각이 들었습니다. 이 손님은 혹시 말하고 듣는 것에 문제가 있는 건 아닐까, 하고 말이죠. 처음, 그 손님은 제게 종이를 건넸고 고개를 건너는 동안 제 말을 무시하셨거든요. 물론 어디까지 추측입니다만.

그런 생각을 하며 걷고 있는데, 어느덧 토도에 다다랐습니다. 마지막 고개를 넘을 땐, 손님을 한 번도 쳐다보지 않았어요. 그 냉랭한 시선……, 무미건조한 무표정이 무서웠거든요. 분명히 아름답지만, 온몸의 작은 솜털이 곤두서는 소름 끼침이 있었습니다.

독초.

전 그 단어가 불현듯 떠올랐습니다. 그중에서도 피처럼 새빨간 피안화가 말입니다. 연청색으로 변해버린 손님의 유카타 구석구석엔 언제부턴가 불그스럼한 피안화가 피어올랐습니다. 피안화의 물결은 파문처럼 주변으로 번지고 그 끝엔 유카타 전체가 붉은색으로 둔갑할 것만 같았습니다.

욕구가 솟아났습니다. 무엇을 보고 싶은 욕구를 따로 칭하던 말이 있던가요.

정정하겠습니다. 보고 싶은 욕구를 어쩐지 성욕과 연관시킬 수 있을 것만 같습니다. 맞아요. 그건 성욕이었습니다. 이상적인 정욕의 범주를 아득히 초월한 성욕. 아름다움을 볼 수 없다는 상황을 견딜 수 없었던 전 고개를 돌렸습니다.

소스라치게 놀라고 말았습니다. 제 옆엔 아무도 없었거든요. 손님이 빠른 속도로 토도에 들어갔다고 한들 제가 보지 못했을 리는 없습니다. 차라리 제 옆으로 만연한 수풀로 들어갔다거나 다시 방향을 틀어 그 세 고개를 넘어 슈도로 돌아갔다는 편이 믿기 쉬울 지경입니다. 머릿속에선 손님이 거무칙칙한 그림자가 되어서 땅 밑으로 쑥 들어가는 장면이 연상되더군요.

전 무척이나 조용한 토도의 한가로운 전경을 바라보는 형태로 몸이 굳어버렸습니다. 꿈은 아닐까. 하지만 발아래 담긴 불모지의 까칠함과 긴 머리칼을 흔드는 열풍, 혀를 구르는 신음은 이것이 현실임을 깨닫게 하였습니다.

나는 도대체 무엇을 인도한 것인가. 나 자신을 힐문하면서도 정답은 머릿속에서 뒹굴고 있었습니다. 이 세상엔 존재하지 않는 무언가. 마을은 죽음이 드리운 듯 조용했습니다. 아무리 밤에 빛나는 유곽촌이라 한들 이 정도로 한적한 것은 불길한 징조였습니다.

그런 연유에 비단 가만히 있을 수는 없었습니다. 토도를 등지고 다시 고개를 올라 슈도로 돌아가고자 했습니다. 이 당시 제가 열병으로 쓰러지지 않은 건, 정말 천운이었습니다. 요괴를 피한 것만으로도 운이 좋았을 텐데. 정말 기이할 노릇입니다.

중간 고개를 넘었을 때쯤이었던가요. 문득 바닥에 그려진 기다란 선이 보였습니다. 아, 그건 수레바퀴의 흔적이었습니다.

그 불상이 이시이와 가의 손에 들어갔다는 사실을 전해 들었습니다. 아마도 그렇게 큰 바퀴 자국이라면 그 불상을 운반하였던 수레임이 틀림없습니다. 불상의 이름은 복멸도라고 했습니다. 저 멀리 산인도의 이나바로부터 나카센도와 도카이도를 거쳐 각지의 흥행소로 이동하던 중 이시이와 가의 당주인 이시이와 요시히데의 시중을 들던 사무라이의 눈에 들었다고 합니다. 결국 영험한 힘이 깃들었다는 복멸도 불상은 여러 집락을 거쳐 토도로 향했습니다. 마침, 고요메촌에 들어온 시기가 그저께였을 겁니다.

바큇자국은 마지막 고개를 넘을 때까지 이어져 있었지요. 그렇게 기다란 자국을 그제야 알아차린 것이 이상할 따름입니다. 손님에게 너무 과한 신경을 기울였기 때문이겠죠. 가게를 떠날 때 다짐했던 대로, 가게로 돌아오자마자, 문을 닫았습니다. 아차, 잠깐 눈을 붙이려는데 받지 못한 돈이 생각났습니다. 약간의 울분이 있었는지도 모르겠습니다만, 이런저런 상상을 하다 보니 머릿속이 피곤해져 그날은 꽤 오랫동안 잠들었습니다.

그리고 며칠 뒤, 이상한 소문이 들려왔습니다. 토도를 주름잡던 이시이와 가의 당주가 급사했다는 소문을 말이죠. 가도에 있는 대지주의 죽음이 아니라, 그리 큰 파장이 일지는 않았습니다. 물론 토도에선 정말 끔찍한 일이었겠죠.

사인은 병세의 악화였습니다. 이시이와 가는 가문 대대로 발광하는 사람이 등장해 왔습니다. 그리고 그런 사람들은 기필코 이른 나이에 사망했습니다. 대부분은 신경쇠약으로 자살하더랍니다. 뒷산에 있는 여우에게 홀렸다고도, 산도깨비에게 홀렸기 때문이라고들 말하기도 하지만 말이죠. 그리고 발광으로 죽은 인물의 시신은 한번 접어 통 모양의 관에 넣고 산에 묻었습니다. 그 시신들은 승려의 독경도 받지 못했습니다.

요시히데도 어린 나이로 사망한 그의 여동생처럼 발광으로 인해 세상을 떠난 것이었지요. 그런데 여기엔 한 가지 이상한 점이 있었습니다. 대개 이시이와 가의 발광은 시치고산을 거치는 7세 전부터 일어났습니다. 여동생과 달리 요시히데는 발광의 기미가 전혀 보이지 않았지요. 그러다 30세가 다 된 나이에 발광으로 의심되는 증상을 보였습니다. 그 증상이 시작된 건, 불과 저번 주였습니다. 정신착란 증세를 보이면서 어느 산으로 올라갔는데, 하인이 그를 찾으러 나가 산에서 굴러떨어진 탓에 온몸이 바스러진 시체를 발견했습니다. 다만, 꼭 요시히데의 표정이 무언가를 보고 겁에 질려 비명횡사한 것처럼 보였어요.

이시이와 가에서 늦은 나이에 발광으로 사망하는 인물은 요시히데가 처음이었던 겁니다. 그것이 해당 가 사람들에겐 참으로 기이하게 다가왔을 테지요.

당주의 부고 소식이 마을 전역을 집어삼킨 지 2주일 뒤, 토도를 시작으로 무시무시한 것이 나타나기 시작했습니다. 그건 바로 숨쉬듯 생명을 앗아가는 콜레라였습니다. 당시엔 무슨 병인지도 모르고 요괴의 짓이라며 혼비백산하던 주민들이 기억납니다.

병이 급속도로 퍼진 탓에 마을의 대지주는 토도로 향하는 길목인 고개에 돌을 쌓아 아예 폐쇄해 버렸어요. 그리곤 밤낮으로 병사를 보내 그곳을 지키게 했습니다. 새벽녘에도 사람의 몸이 난도질당하는 서늘한 소음이 귓전을 몇 날 며칠 몇 번이고 때려대니 정신이 어질해져 왔습니다. 아마도 떼죽음의 흉조가 드리운 토도를 탈출하려는 주민들이 병균 취급을 당하며 죽은 것이었겠지요.

하늘도 무심하시지. 불행히도 저의 예상은 들어맞았습니다. 온몸을 천으로(그것이 저에겐 일종의 방어막이었습니다.) 둘러싼 채로 고개 입구에 가보면 나무의 고동 갑옷 위로 피 칠갑이 된 살갗이 너덜너덜 매달려 있고 싱그러운 수풀의 잎사귀는 검붉은 핏빛으로 물들어져 있습니다. 그뿐만인지 아실는지요? 참수당한 주민의 머리는 돌로 쌓은 담 위에 나란히 장식되었습니다. 이는 토도 사람들이 더 이상 고개를 넘어올 수 없도록 인간의 본능인 공포심을 이끌기 위한 것이었습니다. 돌담과 머리는 우여곡절 끝에 세 고개를 넘어오더라도 마지막 고개만큼은 넘지 말라, 너희도 이렇게 될 테니. 라는 의미가 담겨있던 것입니다.

어쩌면 돌담 위에 놓인 아찔한 머리들은 탈출을 꿈꾸는 주민들을 위한 마지막 배려였을지도 모릅니다. 묻지도 따지지도 않고 죽이진 않았으니까요. 그 돌담을 넘는 순간, 토도 주민들은 이 작은 마을이라는 사회 속에서 인간이 아니게 되는 겁니다.

요컨대 병사들은 죄책감 때문인지 그 일을 하고 싶지 않아 했다는 것입니다. 오죽하면 중간에 정신병이 걸린 듯한 병사들을 제외하고도 많은 병사들이 주기적으로 교체되기도 했으니까요.

하지만, 이 돌담엔 명백한 허점이 존재했습니다. 그 길을 막아봤자 수풀이 만연한 산길을 통과해 슈도로 들어오는 주민이 분명히 있었습니다. 다만, 워낙 험준한 산이라 늦은 밤에 산속을 빠져나오기란 극악의 확률을 자랑합니다. 상대적으로 밝을 뿐, 산속은 여전히 어둑한 낮에도 병사들의 눈에 띄기는 쉽습니다.

그래서 토도를 빠져나오는 데에 성공한 주민들은 극히 일부에 해당합니다. 이를 방증하는 건, 토도를 제외한 집락 모두 콜레라가 걸린 주민이 나왔다는 것이겠죠. 물론 얼마나 금세 사람을 죽여버리는지 토도처럼 떼죽음은 면했습니다.

콜레라의 유행으로 장사가 되지 않자, 마을을 떠나는 주민들도 있었습니다. 물론 그건 손님이 빈번히 오고 가는 슈도에만 해당하는 이야기였습니다. 포주들은 돈을 갚아야 하는 유녀를 쉽사리 보내고 장사를 접을 생각이 전혀 없어 보였으니까요. 그래서 아시누케(**足抜け** : 야반도주를 뜻하는 유곽 용어)를 행한다는 소문이 여기저기서 들려왔지요. 물론 유녀 혼자서요. 그러다 잡히면 벌을 받았습니다. 유녀를 굶기고 갚아야 할 빚을 늘리기도 했습니다. 구타는 기본

이었지요. 그러다 쓸모가 없어지거나 죽게 되면 산속에 던져 놓는 겁니다. 무례한 생각일 수도 있지만, 유녀들에겐 콜레라로 죽든 아시누케 도중 걸려 죽든 선택권은 없었던 겁니다.

돈을 벌 수가 없자, 저희 가게는 국수를 팔 수도, 먹을 수도 없게 되었습니다. 그렇게 아버지는 나날이 야위어 갔고 존재를 잊고 있던 병세가 도지기 시작했습니다. 그런 아버지는 가게가 안 돼서 큰일이라며 저를 걱정하기 바쁘셨습니다.

콜레라의 유행은 한결같이 계속되었지만, 계절은 지속해서 변화했습니다. 두 번 다시 볼 수 없을 것만 같았던 겨울이 찾아왔습니다. 온 세상을 뒤덮은 순백의 눈은 꼭 콜레라를 없애줄 것만 같았지요.

콜레라의 위협 속에서 살아가던 어느 날 제게도 불길한 일이 생겼습니다. 그건 아버지가 사라져 버린 일이었습니다.

옆 가게에서 주인인 아무개와 장사에 대한 이런저런 이야기를 나누었습니다. 음식을 조금 얻어먹기도 했고요. 그렇게 이야기꽃을 피우다가 해가 떨어질 기미가 보이자 서둘러 국수 가게로 돌아왔습니다. 오오마가토키가 드리우면 토도를 향한 경비가 삼엄해지기 때문이었습니다.

2층에 자리한 아버지의 방엔 오로지 이부자리만 놓여있었습니다. 그것도 깔끔히 포개진 상태였지요. 집안 곳곳을, 가게 곳곳을 둘러보아도 아버지는 없었습니다. 그리고 문득 엊저녁, 아버지와 나눈 야담(夜談)이 떠올랐습니다.

"앞집 할아범한테 들었는데 말이지. 토도 사람들의 병이 나아지고 있대. 소원을 이뤄주는 복멸도라나 뭐라나. 그 불상에 소원을 빌면 말이지……. 이루어 준다고. 이시이와 가가 들여온 그 불상 말이야. 이 괴기병이 사라지면 가게를 위해서라도 소원을 빌어야 할까 봐. 그 복멸도님께."

"무슨 그런 말씀을 하세요. 스님한테 혼날 소리를. 그런 이상한 걸 모시는 건 부처께 큰 잘못을 저지르는 짓이에요."

네. 우리 마을엔 절이 있었고 그곳에서 부처를 모시고 있었습니다. 그래서 처음 이시이와 가의 복멸도라는 불상이 들어온 데에는 무수한 논란이 일었습니다. 실제로 대지주가 요시히데를 꾸중했다는 묵시적인 소문도 있었습니다.

제 대답에 아버지는 대꾸도 하지 않고 잠에 들었습니다.

불길한 예감이 가슴 깊은 곳에서 피어올랐습니다. 1층으로 내려가 아버지의 짚신을 찾아보았지만, 흔적도 없이 사라진 상태였습니다.

토도로 갔다. 그 생각밖에 떠오르지 않더군요. 천천히 고민할 시간은 없었습니다. 혹시라도 아버지가 위험한 일을 당하지는 않을까. 토도에 간 것에 성공한다고 한들 그 담벼락을 지나 탈 없이 되돌아올 수 있을지가 의문이었습니다.

전 아직 해의 흔적이 남은 하늘을 바라보곤 기석 문자(寄席文字 : 에도 시대의 글자체 중 하나)가 박힌 제등과 함께 조심히 고개로 향했습니다. 정확히는 담벼락이 있는 길이 아니라, 사슴처럼 아예 길목이 아닌 곳으로 산을 올랐습니다. 막연히 그곳도 토도와 이어져 있으리란 생각이 들었기 때문이었습니다.

몇 번이고 넘어졌습니다. 신이 자꾸 벗겨지는 바람에 신을 버리고 갈까 생각도 했지만, 발바닥 아래에서 나뭇가지들이 부러지는 소리를 듣자 찔릴 수도 있겠다는 생각과 이 시린 눈을 맨발로 밟을 수 있는 용기의 부재 탓에 그건 포기했습니다.

그러다 정말 다행히도 새하얀 수해 속에서 고갯길을 발견했습니다.

그곳은 두 번째 고개의 시작 부분이었습니다. 돌아가는 길에 대한 걱정은 없었습니다. 경비들의 눈을 피해 이 고갯길을 오른 것만으로도 운을 다했다는 생각이 듦과 동시에 심장이 맹렬히 요동쳐서 정신이 아득해질 정도로 머릿속이 후끈했거든요. 생각하지 않았다가 아니라, 미처 생각하지 못한 것입니다.

그날따라, 해는 빠른 속도로 자취를 감추었습니다. 겨울이란 계절엔 어둠이 빨리 찾아온다는 것쯤은 알고 있습니다. 그러나 해를 직접 보고 있자니, 눈 깜짝할 사이에 사라지는 모습에 숨이 턱 막히고 믿기지 않더군요. 마지막 고개의 정상에 올랐을 땐, 농후한 칠흑 속에서 제등의 빛이 반사되어 땅 위로 쌓인 눈이 번쩍번쩍 빛나고 있었습니다.

끝이 보이지 않는 내리막길을 내려갈 엄두가 안 나더군요. 제등이 있다고는 해도 제 주위만을 간신히 밝힐 정도라 마음 편히 의존할 수는 없었습니다. 그래도 어찌 되었든 아버지를 향한 걱정과 작은 제등은 제게 나아갈 용기를 주었습니다.

얼마나 미끄러졌는지 모릅니다. 눈이 쌓여있어서 몸을 다치진 않았지만, 발과 손이 너무 시렸습니다. 눈이 쌓이지 않은 나무 아래에서 제등의 조그만 광명과 온기를 누리고자 삼세번 가량은 오랜 시간 멈춰있었습니다.

중간중간 토도 사람들을 만나지 않을까 하는 생각이 들었습니다. 하지만 오래전부터 이곳은 발길이 끊긴 듯 발자국조차 없습니다. 토도 사람들은 주어진 운명에 순종했던 겁니다.

그들을 생각하니 나도 역병에 걸릴지도 모른다는 두려움이 목구멍까지 차올랐습니다. 그 두려움은 주변 환경으로도 기운을 뻗어 이 고개 자체를 두려운 모습으로 둔갑시켰습니다. 혹여라도 요괴가 튀어나오면 어쩌나. 머리가 여섯 달린 짐승이 떠올랐습니다. 곧 그 짐승은 사람으로 둔갑합니다. 그 사람은 몇 개월 전, 여름 속의 손님입니다.

그 손님은 진짜였을까. 하고 혼잣말을 내뱉자, 입에서 김이 불어나오는 것이 보였습니다. 이곳에서 날을 보내면 죽을지도 모른다는 생각이 오한과 함께 엄습해 왔습니다. 마음을 다잡고 빠른 속도로 내리막길을 내려갔습니다.

우여곡절 끝에 토도에 도착했습니다. 어둡지만, 곳곳에 켜진 제등의 작은 불이 보였습니다.

머리가 복잡해졌습니다. 이제 무엇을 해야 하지? 아버지를 찾을 방법을 궁리해 보기로 했습니다.

아버지는 불상을 보러 간 것일 테니, 목적지는 틀림없이 시야의 저편에 드리운 거대한 이시이와 가일 것이라는 결론에 도달한 순간, 발걸음을 뗐습니다.

길을 걷고 있는데 문득 시선이 느껴졌습니다. 유녀들이었습니다. 창살이 내린 구멍의 어둠 속에서 저를 쳐다보고 있었습니다. 하지만 수는 적었습니다. 콜레라로 전부 죽었기 때문인지도 모릅니다.

토도는 생각 이상으로 추웠습니다. 으스스하기까지 해서 금방이라도 도망가고 싶은 마음이 치솟았습니다.

듬성듬성 찾아오는 기루(妓樓 : 유녀가 속한 집) 속 시선을 받으면서 길을 걸었습니다. 길 위에 있는 사람은 코빼기도 안 보였습니다. 모두 건물 내부에 있었을 겁니다. 그래서 그곳은 사람이 사는 곳이 아닌 듯한 느낌이 들었지요.

이시이와 가에 도착했습니다. 자못 고풍스러운 대문을 연거푸 두드려 보고 목소리를 내어봐도 사람은 나오지 않았습니다. 점점 주변의 시선이 의식되기 시작하여서 조금 더 소심히 문을 두드렸습니다. 아무리 기다려도 사람은 나오지 않았어요. 아예 인기척 자체가 없달까요. 제가 온 순간, 모두가 히키테자야(引手茶屋 : 손님을 기루에 소개해 주는 장소) 안으로 숨어버렸던 건 아닐지. 그런 의구심이 솟구쳤습니다.

전 온갖 상념에 사로잡혀서 일단은 주변을 둘러보기로 했습니다.

마을의 을씨년스러운 풍경과 이곳저곳에 널린 통관을 바라봄에 따라 콜레라에 대한 두려움이 차츰차츰 거세진 끝에 전 내일 다시 찾아오기로 했습니다.

무거운 걱정을 얹은 발이 유독 시리게 느껴질 정도의 바람이 불어오는 한 골목이 있었습니다. 우연히 기척을 느꼈달까요. 그런데 전 꼭 그게 아버지의 기척이란 생각이 들었습니다. 고민도 하지 않고 그 스산한 골목으로 들어갔습니다. 그리고 모퉁이를 몇 번 돌았는지는 모르겠습니다. 다만, 제 발걸음의 끝은 한 고민가 앞에서 멈추었습니다.

그 고민가의 마당에 자연스럽게 발을 올린 저는 이곳저곳을 살폈습니다.

도저히 아버지의 위치를 파악할 수가 없어서 마당 위에 우두커니 서 있는데 뒤편에서 무언가가 걸어 나오는 것이 어렴풋이 보이더군요.

나무와 고민가의 벽 사이 뻥 뚫린 공간이었습니다. 그것은 끝자락에 가만히 서 있었습니다. 그건 아버지가 아니었습니다. 저보다 작은 키를 지니고 있었으니까요.

전 갑작스럽게 소름이 돋아서 그곳을 빠져나왔습니다.

그리고 골목으로 다시 빠져나와 숨을 고르고 있었습니다. 그때, 눈이 하늘에서 천천히 내리고 있는 것이 눈에 들어왔습니다.

대로의 가운데에 서서 옷자락에 달라붙는 눈이 사르르 녹는 장면을 감상했습니다.

그런데 순간, 기척이 느껴졌습니다. 왼편, 그러니까 방금 빠져나왔던 골목길에서 누군가의 걸음 소리가 들렸습니다. 땅을 부드럽게 감싸 쥐는 것이 분명히 맨발 소리란 확신이 들었습니다.

고개를 돌리자, 또 그 검은 그림자가 골목에 서 있었습니다. 저를 따라온 것 같았습니다.

온몸을 짓누르는 공포감이 눈과 함께 쌓여갔습니다. 꼼짝도 할 수 없었습니다. 그 상태로 몇 분을 가만히 있었을까요. 정수리가 미친 듯이 시렸습니다. 그래서 정신이 번쩍 들었는지도 모릅니다.

그리고 그 순간, 그것이 서서히 이쪽으로 다가오기 시작했습니다.

눈에 젖은 땅 위를 밟아 질척거리는 발소리가 들렸습니다. 온몸이 부르르 떨렸습니다. 저는 곧 그것의 실체를 마주할 생각에 정신이 아득해졌습니다.

그것이 이대로 걸어온다면 가게의 울금색 제등 아래로 모습이 비칠 것입니다.

아, 하는 외마디가 튀어나온 건, 정말 순식간이었습니다. 한쪽을 환하게 비추는 제등 아래엔 소녀가 서 있었습니다.

어여쁜 긴 생머리 소녀였습니다. 처음엔 가무로(禿 : 유곽에 사는 열 살 전후의 소녀, 유녀의 초기 계급)일지도 모른다는 생각이 들었습니다. 하지만 단발머리가 아닌 걸로 미루어 보아 가무로는 아닌 듯했지요. 곧 전 소녀에게서 설명할 수 없는 기시감을 느꼈습니다. 저 표정. 온몸의 털이 곤두서는 무표정 말입니다. 맞습니다. 소녀의 표정은 여름날의 손님과 똑같은 것이었습니다. 그 손님이 어린아이로 변한 것 같다고나 할까요.

하지만 이번에는 조금 달랐습니다. 소녀의 얼굴엔 슬픔이 침전물처럼 가라앉아 있었습니다. 제등의 여명이 닿지 않는 반대편 얼굴에도 그 슬픔은 떠올라있었습니다.

곧 두 눈에선 무언가가 흘러나왔습니다. 소녀는 눈물을 흘렸어요. 그것을 닦지도 않은 채로 제게 손짓했습니다.

발이 제멋대로 움직였습니다. 홀린 듯이 움직였어요. 소녀의 입술이 살며시 꿈틀거리는 것이 보였습니다. 옅게 벌어진 입술 사이로 검은 어둠이 보였습니다. 소녀의 앞에 도착하자, 깨달았습니다. 무언가를 말하려고 하고 있단 사실을 말입니다. 그런데 정말 말은 하고 있는 건가 싶을 정도로 목소리가 전혀 들리지 않았습니다.

분명 무언가를 말하고 있는데 전혀 들리지 않습니다. 그것은 마치…… 서로 다른 세상에 있는 것 같았달까요. 결국은 마주할 수 없는 것입니다.

저는 바닥에 쭈그려 소녀의 입술 위로 귀를 가져다 댔습니다. 그러자 조금씩 말소리가 들리기 시작했습니다.

돌아가, 그러니까, 안심, 아버지, 죽어, 아니면, 나와, 그 전, 여름, 내년.

정확히 이 순서대로 띄엄띄엄 말을 뱉었습니다. 세부적인 내용은 조금 틀렸을 수도 있습니다. 당시 저로선 이 정도를 알아듣는 것이

최선이었으니까요. 소녀가 목소리를 내는 것을 너무 힘들어하기도 했고요.

그러나 전 소녀의 말을 이해할 수 없었습니다. 아버지가 죽는다는 해괴한 소리만 이해할 수 있었습니다.

높임표현을 쓴 것으로 보아 그 아버지는 제 아버지를 가리킨 것이 아닐까 하는 생각이 들었습니다. 곧바로 기분이 언짢아져서 자리에서 일어났지요.

저는 기가 차서 미간을 찌푸리고 소녀를 째려보았습니다. 그런데도 소녀는 저를 올려다보지 않았습니다. 오롯이 정면만을 바라보고 있었어요. 꼭 제 뒤에 무언가가 있는 것처럼 말이죠. 실제로 전 내 뒤에 무언가가 있는 게 아니겠냐는 생각이 들어서 뒤를 돌았습니다. 하지만 아무도 없었습니다.

소녀는 눈물을 흘리면서 멍하니 한곳을 응시했습니다. 결국 전 자리를 뜨기로 했습니다. 그곳에 그 소녀와 가만히 있어봤자 득이 될 것이 없었으니까요.

한숨을 푹 내쉬면서 희게 변하고 있는 대로를 밟았습니다. 얼마만큼 걸었을까요. 대략 10보쯤을 걸었을 때, 등 따가운 시선이 느껴졌습니다.

시선의 주인은 소녀였습니다. 온화하게 빛나는 제등 아래에 그 어여쁜 얼굴이 비쳤습니다. 불쌍하네. 제 모르게 그런 생각이 떠올랐습니다. 그건 아마도 소녀의 눈에서 가슴 아픈 눈물이 흐르고 있었기 때문이겠지요.

눈은 계속해서 내렸습니다. 소녀의 볼과 코가 맹렬한 추위에 붉게 달아올랐습니다. 아름다운 눈송이가 소녀의 검은 머리칼에 자리해 갑니다. 마찬가지로 연청색 바탕에 노란 꽃무늬가 박힌 화려한 기모노 위에도 쌓여갑니다. 노란 제등의 빛이 소녀의 동공에 반사된 탓에 소녀의 눈이 아름다운 노란 빛을 뿜어내고 있습니다. 어쩐지 고혹적인 풍경입니다. 꿈속의 한 장면으로 등장했더라면 깨어나고 한참 뒤에도 그 여운에서 헤어 나오지 못할 것만 같은 그런 풍경.

어쩐지 몸이 무거워진 듯한 느낌이 들었습니다. 하지만 전 제 몸을 굳게 만드는 무언가로부터 필사적으로 빠져나왔습니다.

소녀는 한동안 저를 바라보다가 골목 안으로 들어갔습니다.

유녀의 시선을 피해 고개의 입구에 도착했습니다. 동시에 막막한 기분이 들었지요. 그 세 고개를 언제쯤 넘을 수 있을까.

새벽녘이 드리우면 경비가 더욱 삼엄해집니다. 전 죽음을 향해 걸었습니다. 제등의 불씨가 생명력을 잃어가고 있었습니다. 첫 번째 고개를 지나치자, 눈발이 미친 듯이 거세졌습니다. 앞이 보이지 않을 지경이었습니다.

저는 고갯길을 벗어나 서둘러 수풀에 몸을 숨겼습니다. 어둠을 등진 채로 고갯길을 가만히 바라보았습니다. 눈바람이 휘날리는 장면이 끊임없이 지속되었습니다. 다행히 초목이 우거진 이곳은 그리 많은 바람이 불지도 않았고 나무가 빽빽하여 눈이 떨어지지도 않았습니다.

그곳에서 얼마나 있었는지 모르겠습니다. 그렇게 추운 환경에서도 수마는 찾아왔습니다. 등에서 나무의 딱딱한 껍질이 느껴졌습니다. 일어설 힘도 없었습니다.

저는 졸음을 쫓아내려고 몇 번이고 뒤통수를 쥐어박았습니다. 아마 거기엔 죽음에 대한 두려움이 있었기 때문일 것입니다. 이곳으론 눈이 떨어지지 않는다고 한들 위험은 도사립니다. 서로의 손을 붙잡은 나뭇잎들이 눈의 무게를 견디지 못하면 순식간에 엄청난 눈으로 뒤덮이는 불상사가 일어날지도 모르니까요.

지금에서야 생각합니다. 인간에게 있어 잠은 의지의 영역이 아니라, 본능의 영역이라는 것을 말이지요. 아무리 참으려 한들 우리의 몸은 그렇게 행하도록 설계된 일종의 기계에 지나지 않습니다.

전 제등을 꼭 끌어안은 채로 몇 곱절로 강해지는 수마에 굴복하였습니다. 잠에서 깨었을 땐, 바람 한 점 없이 고요했습니다.

죽은 건 아닐지 눈을 감고 생각하다가 아버지의 얼굴이 떠올랐습니다. 아직 날은 밝지 않았습니다. 그래도 전 움직여야 했지요. 고갯길에 쌓인 눈은 서서히 얼어가고 있었습니다. 마치 살얼음판을 걷듯 미끄러웠어요. 그래서 최대한 갓길로 빠져 이동했습니다.

어제와 똑같이 마지막 고개의 정상에서 짐승들도 힘들게 지나가는 산길로 빠졌습니다. 그리고 어느 정도 내려왔을 때쯤부터 마음속으로는 부처님을 떠올렸어요. 들키면 끝장이었으니까요.

부처님은 살얼음판을 걸어온 저의 노고에 나름의 보상을 건네주셨습니다. 벽색으로 빛나는 하늘 아래에서 간신히 슈도로 돌아올 수 있었습니다.

그리고 흙바닥에 뒹굴고 있던 양동이를 주워 가게로 향했습니다. 어떻게든 변명거리를 만들어야겠다는 의지에서 비롯된 돌발적 행동이었습니다.

가게의 현관에 들어선 순간, 소스라치게 놀랐습니다. 아버지가 계단에서 걱정스러운 표정으로 절 바라보고 있는 것이 아니겠습니까. 헛것이 아니었습니다. 귀에서 아버지의 목소리가 지닌 익숙한 진동이 몸속으로 파묻혔습니다.

왜 그렇게 기이한 일을 많이 겪었는지 모르겠습니다. 정말 요괴의 짓이었을까요?

저는 바로 다음 해, 초여름에 고요메촌을 떠납니다. 이유는 단순했습니다. 아버지가 돌아가셨거든요. 생을 달리한 시기는 이색적인 꽃들이 만개하는 봄이었지만, 아버지를 추억하기 위해서 아버지의 흔적이 공기 중에 부유하는 봄이 자취를 감출 때까지 그곳에 남아있었습니다. 초여름이 다가오자, 비로소 그곳에 더 이상 남아 있을 이유가 없다고 판단한 것이지요.

전 산요도로 향해 거처를 마련했습니다. 그리고 그곳에서 복멸도의 오래된 전승을 아는 노파 신관을 만날 수 있었습니다. 정확히는 복멸도를 제일 처음 모셨던 마을에 관한 이야기였어요. 해당 신사에선 그 기록이 세세히 담긴 누군가의 일지를 소중히 보관하고 있었습니다.

2.

청나라의 「요재지이(聊齋志異)」에 담긴 괴담이나 조선의 「천예록(天倪錄)」에 담긴 야담과도 같이 이상야릇한 전설이라기보다 맨 정신으로는 도저히 받아들일 수 없을 정도의 완전무결한 끔찍함으로 도배된 이야기가 유감스럽지만, 바로 여기에 있습니다.

'괴이한 주술로 귀에 씌었다.' 혹은 '생령이 되었다.'라는 등의 기괴한 소문이 에도 시대에 와서도 명맥을 유지하며 이어지고 있고 정보를 알 수 없는 곳에선 아직도 그 존재를 두려워하는 동시에 깊이 탐구하고자 하는 열망이 서려 있습니다. 그래서 제가 이러한 편지를 쓰는 걸지도 모릅니다.

이런 글을 선생님께 보내는 건 큰 죄질이라 생각합니다. 그만큼 감당할 수 없는 후한이 파도처럼 몰려올 것이란 걸 절감하고 있습니다. 죗값은 꼭 치르겠습니다.

자, 이제부턴 신관의 도움과 일지를 참고하여 편지를 정리하려고 합니다. 부디 자세히 읽어주시길 부탁드립니다.

그 불상이 중국을 거쳐 일본에 도착한 시기는 헤이안 시대였습니다.

헤이안시대라면 지금으로부터 몇백 년 전일까요. 잘 모르겠습니다.

당시 산인도에 자리한 이나바국의 이와이군엔 바다와 인접해 있는 한 외딴 집락이 있었습니다. 그곳은 자연의 아름다움이 돋보이고 굉장히 평화로운 곳이었어요. 불상은 바로 그 집락에 들어갔던 겁니다.

그런데 불상이 마을에 들어온 이후부터 끔찍한 일이 연쇄적으로 발생하기 시작했습니다. 키우던 가축이 밤 동안 산짐승에게 죽임을 당했던 것이 시작이었습니다. 그야말로 흉조가 드리운 것이지요. 짐승은 가축뿐만 아니라 사람도 공격했습니다. 다만, 시간이 지나도 그 짐승을 목격했다는 사람은 없었습니다. 그 말은 즉, 그 짐승을 목격한 사람은 한 사람도 빠짐없이 죽임을 당했다는 의미겠지요.

흉조가 들이닥치기 전, 이 마을엔 제게 이야기를 건넸던 신관의 오래된 조상이 있었다고 합니다. 이름은 고노하라(郷之原), 산인도에서 제일가는 음양사로 그의 말 한마디면 귀족들은 사소한 일도 쉽게 넘어가는 일이 없었다고 하지요. 그가 본 일지를 작성한 주인공입니다.

대략 3월의 어느 날 밤이었습니다.

당시 그 집락에 방문한 히데키(秀木)라는 고쿠시는 "이참에 호리카와로 가보란 말입니까?"라며 눈앞에 앉아 있는 남성에게 되물었습니다.

"그렇습니다."

히데키의 의심 섞인 물음에 한 치의 망설임도 없이 대답을 고한 이 남성은 전술했던 고노하라라는 이름을 가진 음양사로 히데키와 함께 집락에 방문한 상태였습니다. 그는 간밤에 인간의 마음으로는 도저히 헤아릴 수 없는 해괴한 꿈을 꾸었다며 마을을 시찰하는 지방관에게 본 마을로부터 멀리 떠나있을 것을 강조했지요.

"도대체 무슨 꿈을 꾸었길래. 이렇게 심각한 겁니까?"

"마을이 전부 불타오르고 끔찍한 비명과 뼈에 사무치도록 슬픈 울음만이 들려오는 그런 악몽이었습니다."

고노하라가 그 말을 꺼낸 순간, 어둠이 기세를 떨치는 방 안에서 그들에게 자그마한 광명을 선사하고 있던 양초 위로 타오르는 생명의 불길이 눈에 띄게 사그라들었습니다. 마치 누군가가 고의로 불을 끄기 위해 입으로 바람을 내뿜고 있는 것처럼 말이죠. 더불어 이제까진 느껴본 적도 없는 맹렬한 한기가 둘의 등골을 슬며시 훑고 지나갔습니다.

"다만, 저로서는 이해할 수 없는 이상한 점이 있었습니다."

"어떤?"

히데키의 얼굴엔 악의를 담은 듯한 어둠이 슬금슬금 몰려왔습니다. 그 얼굴을 보자니 고노하라는 무서울 정도로 무거운 짐을 든 것처럼 양어깨가 무참히 짓눌린 듯한 기분이 들었습니다. 그가 몸으로 마주한 압력은 마음 깊은 곳까지 빠르게 들어오더니 떨쳐낼 수 없는 중압감으로 둔갑해 버렸지요. 새벽녘에 꾸었던 꿈을 다시금 마주하려니 진저리가 났기 때문이었습니다. 그런 중압감에도 불구하고 고노하라가 무언가에 홀린 듯이 입을 뗀 건, 빗소리가 울려 퍼지기 시작할 즈음이었습니다.

"불길에 휩싸인 마을에서 황급히 빠져나오는 도중에 기이한 것을 마주쳤습니다. 무너져 가는 집 안에서 우두커니 서 있는 새까만 덩어리. 그리고 그 위로 보이는 두 개의 붉은 눈을 말입니다. 얼핏 보면 사람처럼 보이기도 하며 짐승처럼 보이기도 했습니다. 알 수 없는 혼령일 수도 있겠다는 생각도 들었지만, 그건 식신(**式神** : 음양사가 부리는 귀신)과는 전혀 다른 느낌을 뿜어내는 무언가였습니다. 어쩐지 꺼림칙하다는 느낌을 지울 수가 없습니다만. 다시금 그 광경을 떠올리자니 소름이 돋는군요. 조만간 이 마을에 흉조가 들이닥칠지도 모르겠습니다."

고노하라의 이야기를 들은 히데키는 미묘한 표정을 지으며 다 죽어가는 양초의 불길을 바라보았습니다. 고노하라의 이야기를 통해 히데키는 머릿속에서 불타오르는 마을의 풍경을 그려내기 시작했겠지요. 그는 양초 위의 작은 불씨에 더욱 가까이 얼굴을 들이밀었고 검은 눈동자엔 주황빛 절경이 자연스레 반사되었습니다. 고노하라의 시야에선 히데키가 마치 불타는 마을의 풍경을 직접 바라보고 있는 듯한 모습으로 비추어졌습니다.

"저야 불제(**祓除** : 신에게 빌어 재앙과 부정을 없애는 것)를 해보겠습니다만, 저 또한 본래 이 마을 사람이 아니다 보니 상당한 고역이 아닐 수 없겠습니다. 더군다나 꿈속에서 등장하였던 그것이 어떤 집에 있었는지도 잘 기억나질 않고 혹여 기억난다 한들 지리를 모르는 저로서는 그 집을 찾아가기까지 꽤 오랜 시간이 걸릴 것입니다. 혹여나 묻혀 있을 주물(呪物 : 주술적 물건)이라도 찾는다면 언젠가 도움이 되겠지요."

고노하라는 무릇 심야엔 이런 섬뜩한 이야기를 하지 않는 편이 좋다는 말을 들어왔지만, 어쨌거나 길흉을 점쳐야 하는 음양사는 되도록 이른 시일 안에 자신이 경험한 바를 알리는 편이 낫다고 판단했습니다. 때문에 고노하라는 설령 기이한 이야기를 이런 깊은 밤에 전하는 일이 있어도 정보를 빠르게 알릴 수 있다면 그런 점을 개의치 않아 했지요.

"아무쪼록 잘 부탁드립니다. 부내 순행을 하러 올 때, 고노하라 씨를 데려오는 바람에 괜히 고생을 안겨준 것만 같군요. 정말 이곳에 남아도 괜찮겠습니까? 저야, 국부로 돌아갈 일행이 있고 직무를 모두 마친 터라 당장 이곳을 떠나도 괜찮지만, 그대는 제 권유로 따라온 것이기도 하고 돌아가는 길도 무척이나 고될 것입니다."

히데키는 걱정스러운 눈빛으로 고노하라를 보며 말했습니다.

"괜찮습니다. 이곳에 남아 실정(實情)을 살피고 경과를 전해드리겠습니다. 혹여 아무 일도 일어나지 않는다면 무사히 돌아가도록 하지요."

세차게 내리는 빗소리가 고노하라의 귓전을 타고 흘러들어왔습니다. 그는 잠자리에 들면서도 여간 찜찜한 느낌을 지울 수가 없었습니다. 발밑에 자리한 장지문 뒤로 백일홍의 커다란 그림자가 엿보입니다. 무슨 이유에서인지 미친 듯이 흔들거립니다. 바람으로 인해 발생하는 자연적인 흔들림과는 거리가 먼, 꼭 굵직한 나뭇가지 위로 누군가가 올라가 일부러 그것을 흔드는 것 같다는 생각이 들었습니다. 고노하라는 직감적으로 저 커다란 나뭇가지 위에 무언가가 있다는 확신이 들었습니다. 이윽고 장지문을 자세히 들여다보니 나뭇가지에 걸터앉은 듯한 인간의 형체가 보였습니다.

저것이 우리의 대화 내용을 엿들었을 것이다.

그렇게 생각하니 고노하라의 곁으로 형언할 수 없는 공포감이 몰려왔습니다. 그건 어떻게 보아도 인간의 형체였으니까요. 그것은 나무에 걸터앉은 채, 다리를 앞뒤로 흔들고 있습니다. 이윽고 장지문을 꿰뚫고 들어오는 시선이 느껴지기 시작했습니다. 그뿐만이 아니었어요. 시선의 주인. 그것이 가진 눈의 형태가 순식간에 눈앞에 그려지는 기현상이 발생했습니다. 들짐승의 눈이랄까. 고양이의 눈이랄까. 뱀의 눈인가? 정확히 예측하긴 어려워도 확실한 건, 절대로 사람의 눈이라고는 생각할 수 없는 형태였습니다.

누가 도대체 이런 기이한 행위를 한단 말인가. 이러한 악행은 고노하라 자신에게도 행위자에게도 별 득이 될 것이 없다는, 그런 생각을 되뇌며 서둘러 잠을 청했습니다. 곧 새벽녘의 여백을 채우던 빗소리가 잦아들어 갔습니다. 비가 그친 뒤, 마을은 구름에 의해 희미해져 가는 달빛을 받으며 고요함에 잠겼습니다.

다음 날 이른 아침, 히데키의 방으로 찾아간 고노하라는 소스라치게 놀랐습니다. 방 안이 무척이나 더러워졌기 때문이었습니다. 쓰레기가 널렸다는 의미가 아니라 이부자리며 서적이며 여러 가지 물건이 헤집어진 상태로 방안 이곳저곳에 널브러져 있었고 정작 방을 이렇게 만들어 놓은 히데키는 부재한 상태였어요. 보아하니 아침 일찍 이 마을을 떠난 것 같은데. 인사도 없이 방을 이렇게 만들어 놓고 떠나다니. 뭐가 그렇게 급했을까? 그는 서운한 마음이 들었습니다.

히데키의 방에서 나온 고노하라는 머리를 긁적이며 툇마루에 걸터앉았습니다. 그러곤 손가락을 까딱거리며 어젯밤의 기억을 되짚어갔습니다. 그러나 아직 잠에 겨운 탓인지 히데키와 나누었던 야담, 새벽녘에 겪었던 이상야릇한 일들이 꿈처럼 느껴졌습니다.

눈앞의 커다란 백일홍 나무 위엔 아무것도 없었습니다. 피곤한 탓에 헛것을 본 걸까? 그는 그렇게 생각하며 자리에서 벌떡 일어나더니 백일홍 앞으로 천천히 걸어갔습니다.

추위에 약한 나무답게 지금은 앙상한 나뭇가지들만이 길게 길게 뻗어있습니다. 그러나 나무 자체는 대단히 큰 편이어서 가지 하나하나가 굵직하고 단단해 보였습니다. 자기 몸보다 큰 줄기에 살며시 손바닥을 얹었습니다. 그루터기를 바라보며 연년을 어떻게 살아왔을지 떠올릴 즈음이었습니다.

소름 돋게도 머리 위에서 알 수 없는 여성의 웃음소리가 들려오는 것이 아니겠습니까. 고노하라는 그대로 얼어붙어 버렸습니다. 웃음소리는 계속해서 들려왔습니다. 그러나 도저히 위를 올려다볼 수가 없었어요. 불과 몇 초 전까지만 해도 나무 위에 아무것도 없는 것을 확인했는데 말이지요. 그런데 나무 아래에 서 있는 고노하라의 머리 위에서 여성의 웃음소리가 들려온 것입니다. 하늘에서 무언가가 내려왔다는 것 말고는 전혀 설명되지 않는, 될 수 없는 이야기이지요. 그렇기에 그는 더더욱이 위를 올려다볼 엄두가 나질 않았습니다.

가만 들어보니 웃음소리뿐만 아니라 콧노래 또한 흥얼거리고 있습니다. 기괴한 곡조였습니다. 글로는 도저히 담아낼 수 없는 꺼림칙한 음을 한 올 한 올 몸 밖으로 꺼내 보였습니다.

그 상태로 몇 분을 서있자니 다리에서 쥐가 일었습니다. 결국 그는 바닥에 주저앉고야 말았어요. 위를 보는 상태로 말이지요.

그는 그 순간, 말도 안 되는 광경을 목격했습니다. 여전히 눈앞의 커다란 백일홍 나무 위엔 그 누구도 있지 않았어요. 다만, 가지엔 의문의 붉은 끈이 묶여있었습니다. 얼마 지나지 않아 그는 웃음소리와 콧노래 소리가 사라졌다는 것을 깨달았습니다.

고노하라는 붉은 끈을 만져보았습니다. 축축한 감촉이 몸을 휘감았습니다. 어젯밤의 비에 젖었기 때문일 것이란 생각이 들었습니다. 그런데 무언가 이상했습니다. 그 붉은 끈은 어제 없었던 물건인데 말이지요. 이 끈이 이른 아침 누군가가 매달아 놓은 것이라면 비에 젖은 것은 게 아니리란 생각이 들었습니다. 그럼…… 이 축축한 건 대체 무엇일까요?

끈을 만져보다 말고 냄새를 맡아보려 손을 얼굴로 가져다 댔습니다. 그의 손은 완전히 새빨갛게 물들어 있었습니다. 강렬한 비린내가 폐를 장악할 기세로 달려들었습니다. 그제야 저것이 피에 물든 끈인 것을 알아차렸던 것이죠. 그는 기분이 나쁜지 인상을 찌푸리고 통에 고인 빗물로 손을 씻어댔습니다.

"도대체가……."

고노하라는 서둘러 짐을 챙기고는 그곳을 빠져나왔습니다. 집이 빼곡히 늘어선 골목길을 내려오면서도 높게 솟은 백일홍 나무와 자꾸 눈이 마주쳤습니다. 잠시 빌린 집이긴 하지만 여간 느낌이 좋지 않은 집이란 생각이 들었습니다.

이 뒤는 세세한 묘사를 자제하고 조금 더 간략히 담아내려고 합니다. 어쩐지 무언가에 쫓기는 기분이 들어서 붓을 멈출 수가 없습니다.

그럼, 이어가겠습니다.

고노하라는 거처를 옮겨 지내다가 대략 3일 뒤에 한 부자를 만납니다. 그리고 아이의 아버지로부터 끔찍한 이야기를 전해 듣습니다.

해당 집락에서 아이들이 노는 곳이라 하면 흙으로 뒤덮인 골목길이나 작은 언덕과 작은 강줄기가 돋보이는 들판이 있습니다. 특히 후자는 산책로로도 이용되지만, 여행길의 길목으로 자주 이용되기도 했습니다.

이제 막 8살이 된 오바타라는 아이는 아버지와 함께 들판을 걷고 있었습니다. 맵시가 단정한 아이는 방긋 웃으며 들판 위로 작게 솟은 언덕 위를 올랐지요. 반면 아버지는 그 위를 올라가지 않고 바라만 보았습니다.

여전히 불어오는 냉랭한 바람은 그들을 위협했지만, 오바타는 그 추위에도 아랑곳하지 않고 열심히 뛰어놀았습니다.

"저기! 꽃이다! 저기 봐요. 엄청 큰 꽃!"

언덕 위에 선 오바타가 아버지에게 소리쳤습니다. 아이들 특유의 신이 난 목소리로 말입니다. 이런 추운 날씨에 꽃이라니. 그것도 큰 꽃? 아버지는 의아함을 감출 수 없었습니다. 이리로 와보라는 아들의 말과 궁금증이 그의 발걸음을 옮기기 시작했습니다. 작은 언덕이라 고작 일곱 걸음이면 정상에 오르는 그런 언덕이었지요. 오바타가 작은 손으로 한 곳을 가리켰습니다.

꽃.

꽃을 본 아버지는 온몸의 피가 거꾸로 솟는 기분이 들었습니다. 추운 날씨에도 불구하고 이 날씨가 상상 이상으로 덥게 느껴질 정도로 말입니다.

붉고 커다란 꽃.

들판엔 다섯 꽃잎이 활짝 벌어져 있습니다. 흰 암술머리가 하늘을 향해 머리를 꼿꼿이 세우고 있습니다. 세 꽃은 모두 작은 강줄기 옆, 그리고 연둣빛 잔디 속에 활짝 피어있습니다.

아버지는 공포로 물들었습니다. 저 멀리 보이는 꽃 때문이었을까요. 이번엔 아버지의 모습에 의아함을 느낀 오바타가 언덕을 쏜살같이 내려가 커다란 꽃이 있는 곳으로 달려가기 시작했습니다. 뒤에서 들려오는 아버지의 절규를 무시한 채로 말이죠.

"오바타! 안 돼! 안 돼! 안 돼! 안 돼!"

저렇게 큰 꽃은 처음 보기도 했고 가까이에서 그 크기를 실감하고 싶었기 때문에 오바타는 속도를 올린 걸지도 모릅니다. 들뜬 마음을 안고 더 빠르게 붉은 꽃으로 달려간 것이죠. 뒤에서 아버지가 달려오는 소리가 들릴 텐데도 아랑곳하지 않았습니다. 곧 아버지도 나의 마음을 이해하고 즐겁게 웃으며 꽃을 구경하리라 생각한 게 틀림없을 겁니다.

어느덧 오바타는 그것 앞에 다다랐습니다.

"꽃?"

오바타가 숨을 헐떡거리다 나지막이 내뱉었습니다. 얼굴이 순식간에 일그러지며 눈물이 흘러나오기 시작했습니다. 곧 오바타에게 도착한 아버지는 그의 두 눈을 필사적으로 가리며 들쳐 안았습니다.

그러나 이미 늦어버린 후였죠. 오바타는 두 눈으로 똑똑히 보았을 겁니다. 그 꽃을 말이에요. 그건 등가죽이 다섯 조각으로 벗겨지고 그 위로 흰 척추뼈가 솟은 사람의 시체였습니다. 시체 세 구는 모두 무릎을 끌어안고 앉아 있는 형태로 오바타가 내려온 언덕을 등지고 있었습니다.

마을에선 기이한 일이 벌어지고 있었습니다. 오바타의 아버지에게 이 끔찍한 이야기를 듣기 이틀 전에도 밤사이 마을의 가축이 절반가량 죽임을 당했다고 들었습니다. 물론 고노하라는 그 끔찍한 현장을 직접 보기도 했습니다.

그는 짐승이 가축을 뜯어먹었다고 표현했습니다. 하지만 들판 위의 시체 이야기를 들은 고노하라는 곧장 짐승이란 단어를 악귀로 바꾸었습니다. 당연했습니다. 저런 괴상한 시체는 무언가에 홀린 짐승이라도 손이 없다면 불가능한 일이니까요.

일이 심상치 않음을 느낀 고노하라는 주민 모두를 불러 모아 그간 주민이 죽어 나간 땅 근처를 샅샅이 파헤치고 집안 이곳저곳을 뒤져서 이상한 물건, 느낌이 좋지 않은 사람을 찾으라 명합니다.

아무런 소득 없이 일주일이 지났습니다. 그 일주일 동안 바다에서 시체 몇구가 떠올랐습니다. 또 숯을 캐러 뒷산으로 향한 주민 몇명은 행방이 묘연했고, 어느 집 앞엔 머리가 없는 시체가 놓여있기까지 했습니다. 공포에 질린 주민들은 복멸도님의 지벌이라고 생각하기 시작합니다. 동시에 그 지벌은 전염병이라고 생각합니다. 그 후 주민들은 고노하라를 만나려고 하지 않습니다. 애초에 집 밖으로 나오질 않았습니다.

그러던 중, 한 남성이 자신의 아이가 이상하다며 고노하라를 찾아옵니다.

남성을 따라 집에 도착하자, 17살쯤 되어 보이는 소녀가 온몸에 피멍이 든 채로 쓰러져있었습니다. 더불어 처음엔 붉은 꽃이 장식으로 박힌 줄 알았던 연청색 코소데는 소녀의 몸 군데군데에서 흐르는 피로 물든 것이었음을 깨달았습니다. 고노하라는 순간 분노가 치밀었습니다. 그 흔적은 누가 보아도 누군가가 때린 흔적이 분명했으니까요. 틀림없이 가정폭력이었으리라. 남성의 멱살을 잡으려던 순간, 기괴한 현상이 일어났습니다.

쩌어억 거리는 소리가 뒤에서 들려왔습니다. 고노하라의 눈앞에 있는 남성은 시선을 그의 뒤로 돌렸다가 무언가를 보고 기겁했습니다.

불길한 예감에 고노하라는 곧장 뒤로 돌았습니다.

시선을 점점 위로 올리자, 해괴한 풍경이 그의 눈 속으로 날아들었습니다.

벽의 상단 모서리에 소녀가 달라붙어 고노하라를 뚫어져라 쳐다보았습니다. 그런데 어쩐지 그녀의 눈이 샛노랗게 빛나는 것 같아 보였습니다. 마치 뱀의 눈처럼.

그녀는 입이 귀에 걸릴 정도로 기괴하게 찢어진 미소를 지어 보였습니다. 다음 순간, 있을 수 없는 일이 일어났습니다. 굵은 남성의 목소리가 날아들었습니다. 소녀의 목구멍 속에서 말이죠.

알 수 없는 말을 중얼거리며 고노하라와 자신의 아버지를 비웃어댔습니다. 그 무시무시한 목소리엔 엄청난 위압감이 있었습니다. 동시에 여러 명의 목소리가 한데 울려 퍼졌습니다.

그녀는 고개를 살짝 비틀었습니다. 이윽고 입에서 엄청난 양의 피를 쏟아냈습니다. 바닥을 잠식한 핏덩어리들은 애벌레처럼 꿈틀꿈틀 움직였습니다.

도와줘, 고노하라는 그렇게 들었습니다. 소녀의 얼굴은 고통에 일그러졌습니다. 동시에 예사로운 상대가 아님을 느꼈습니다.

고노하라는 무엇도 해보지 못했습니다. 그런 것을 눈앞에 두고 있자니, 몸이 굳어버렸기 때문이었죠. 그의 식신도 소녀 앞에선 힘을 못 썼습니다.

안타까운 일이지만, 그 아이를 상대한 후 고노하라는 전의를 상실했습니다. 그리고 앞으로 받게 될 비난과 이후의 평판을 고민하게 되었지요. 이대로 가다간 틀림없이 자신이 쓸모없는 음양사라는 소문이 퍼질까 두려웠던 겁니다. 열흘간의 고민 끝에 고노하라는 복멸도라는 신을 본뜬 주물인 불상에 마귀가 따라 들어왔다. 그 불상은 마귀를 부르는 힘이 있다. 하지만, 복멸도에게 인신 공양을 한다면 마귀가 마을에 해를 입히는 것을 막아주리라는 가설을 세웠습니다. 실제로 그 불상이 마을의 숲속에 안치된 시기부터 기현상이 발생했으니까요.

주민들은 그의 말을 철석같이 믿었습니다. 그리고 2주에 한 번꼴로 복멸도 불상 앞으로 산 사람과 가축을 제물로 바쳤습니다. 그런데 정말로 그 이후부터 가축이 떼죽음을 당한다거나 마을 사람들이 사망하는 일이 발생하지 않게 되었습니다.

고노하라가 평화로운 집락을 떠나려고 한 날이었습니다. 문득 자신을 공포로 몰아넣었던 빙의 소녀가 생각이 났습니다. 예사 마귀로 변하기 전까지 한없이 아름다운 얼굴이었던 그 소녀. 아마 고노하라는 그 아름다움을 다시 마주하고 싶었기 때문에 그 집으로 향한 건지도 모르겠습니다. 더군다나 아이에게서 가정폭력을 당한다는 사실을 직접 들었으니까요. 걱정의 일부분이었을까요.

해당 집에 들어갔지만, 인기척은 느껴지지 않았습니다. 그를 반기는 건, 속이 울렁거리는 악취였습니다. 악취의 근원지로 생각되는 곳으로 발을 옮겼습니다. 그리고 그곳엔 소녀의 아버지가 온몸이 갈기갈기 찢긴 채로 사망해 있었습니다.

고노하라는 화들짝 놀라, 마당으로 향했습니다.

복멸도의 저주가 다시 시작되었다. 하지만 마지막 인신 공양은 하루 전이었습니다. 고노하라는 불길한 예감에 그 집 주변을 전부 돌았습니다. 고르지 못한 흙바닥을 도구도 없이 맨손으로 파댔습니다.

그리고 한 지점에서 이상한 것을 발견했습니다. 흙 위로 무언가가 작게 솟아있었습니다. 고노하라는 그것이 무엇인지를 확인하고 소스라치게 놀랐습니다. 그리고 서둘러 복멸도 불상이 있는 곳으로 달려갔습니다.

불상이 놓인 숲으로 가다가 이상한 광경을 목격했습니다. 누군가가 들판의 끝에서부터 서서히 지면이 높아지는 숲속으로 들어가고 있었습니다. 4월 중순임에도 심히 추운 바람이 날려왔습니다.

고노하라는 그것이 빙의 소녀임을 확신하기까지 그리 오랜 시간이 걸리지 않았습니다. 그리고 곧장 들판을 가로질러 숲속으로 들어갔습니다.

어느 정도 경사가 있는 구불구불한 숲길을 미친 듯이 달려 불상 앞에 도착했습니다. 그는 그제야 깨닫게 되었습니다.

불상 옆에 쭈그려 앉은 소녀는 고개를 숙이고 무언가를 하고 있었습니다. 소녀는 묶여있는 소를 생으로 뜯어먹고 있었습니다. 불상이 피로 물들기 시작했습니다. 소의 가죽이 불상의 몸으로 튀었습니다. 이윽고 주변이 새빨갛게 물들었습니다.

고노하라가 뒷걸음질 친 순간이었습니다. 나뭇가지가 부러지는 소리가 났습니다. 그 순간, 소녀가 뒤를 돌아보았습니다. 피로 물든 소녀의 입가가 보였습니다. 그리고 그 위로 보이는 눈은 인간의 것이 아니었습니다. 그건 노랗게 빛나는 뱀의 눈 혹은 여우의 눈이었습니다. 제가 감히 추측건대 고노하라는 현재 서구의 악마라는 것을 묘사한다는 느낌이 강하게 들었습니다. 당시에는 그것을 몰랐던 것이지요. 또한 귀족처럼 히키마유(引眉 : 기존의 눈썹을 제거하고 이마에 번진 눈썹을 그리는 화장법)를 할 수 없는 평민 여성은 이름이 없기도 했으니 고노하라가 일지에 소녀의 이름을 언급하지 않은 건 당연한 일이었습니다. 굳이 할 필요도 없었겠죠.

고노하라는 필사적으로 도망쳤습니다. 물론 뒤에서 그것이 쫓아오는 소리는 들리지 않았습니다. 오로지 소의 뼈가 으스러지는 것 같은 기괴한 소리만이 울려 퍼졌습니다.

그는 곧장 집락을 떠났습니다. 그리고 일지 마지막에 자신의 추리를 적어놓았습니다. 복멸도 불상은 주물이 아니다. 지금까지 일어난 모든 일은 복멸도라는 신 때문이 아니다. 복멸도는 그 어떤 영험한 힘도 없는 단지 조각상에 불과하다. 마을을 쑥대밭으로 만든 건, 그 소녀의 몸속에 깃든 무언가다. 나는 소녀의 아버지의 말을 대수롭지 않게 넘겼다. 빙의 현상이 시작된 게, 불상이 들어오기 전부터라는 말을. 소녀가 바닷가 주변에서 쓰러진 채 발견되었던 날, 깨어난 그녀는 아버지에게 바닷가 저편에 자리한 섬에서 무언가를 봤다고 했다. 새까만 연기 덩어리가 빠른 속도로 날아왔다고 했다. 그리고 기절하기 직전, 그 덩어리 속에서 붉은 눈과 눈이 마주쳤다. 무언가가 이 땅에 들어온 것이다.

얼마 전 또다시 해괴한 꿈을 꾸었다. 흑백으로 떠오른 꿈속에서 그 소녀가 날카롭게 조각된 돌로 잠든 아버지의 얼굴을 힘껏 내리쳤다. 멈추지 않고 온몸을 내리친다. 피범벅이 된 얼굴을 닦으며 입꼬리가 찢어지는 것처럼 보일 정도로 소름 끼친 미소를 지었다. 잠에서 깨니 비가 내리고 있었다. 장지문 뒤로 사람 그림자가 비쳤다. 금세 사라지긴 했지만.

나는 마을 사람들을 속여버렸다. 온전히 내 잘못이다. 그렇게 판단한 것을 후회한다. 내가 빙의 소녀의 집 뒷마당에서 발견한 건, 수많은 유골이었다. 얼마 뒤, 마을이 불타올랐다는 소식을 전해 들었다.

히데키는 국부로 돌아오지 않았다. 어쩌면 그 들판 위로 놓인 커다란 꽃들이 그와 일행들이었을지도 모른다.

나는 죄책감에서 헤어 나오지 못하고 있다. 내가 이 음양사라는 일을 지속한다면 언젠가 바다 저편 미지의 섬에서 날아온 그것을 마주할지도 모른다. 케모노메(獸目)다. 나는 그것의 이름을 케모노메라 지었다. 아직도 어둠 속에서 노랗게 빛나는 그 짐승의 눈을 잊을 수가 없다. 고로 이 일지를 끝마치는 순간, 나는 음양사라는 직분을 내려놓고, 아내와 자녀를 안전한 곳에 두고 외딴 산속에 거처를 마련하여 조용히 살 것을 밝힌다.

헤이안 시대의 음양사 고노하라의 일지는 이것을 마지막으로 마무리되었습니다.

3.

다시 야마모리 나오코입니다. 생전, 마지막이 될 편지를 이젠 끝마치려고 합니다.

그렇습니다. 그 불상을 따라 케모노메에 빙의된 소녀가 찾아온 겁니다. 몇백 년이 지났지만, 소녀는 변함없이 아름다운 모습으로 불상을 따라갔습니다. 고노하라 음양사는 불상은 아무것도 아니라고 말했지만, 전 다르게 생각합니다. 그렇다면 소녀가 불상을 따라

다닐 이유는 없지요. 불상이 더더욱 다른 집락으로 팔려나갈 이유도 없지요.

고요메촌을 떠난 전 얼마 전 괴이한 소문을 들었습니다. 슌도, 가도, 슈도에서 지진이 일어났다는 소문이었지요. 그리고 그 지진으로 산사태가 일어 마을이 땅속에 묻혔다는 소문이었습니다. 게다가 토도로 향하는 고갯길도 막혔다더군요. 거기엔 불상을 믿지 않는 자들은 죽임을 당했다는 이야기가 있었어요. 불상이 있는 토도는 무사했으니까요. 불상에 서린 오래된 역사에는 의문부호가 가득 떠다닙니다.

정말 불상, 아니 그 불상을 따라다니는 무언가의 앙화인 걸까요.

선생님 전 죄책감에 시달리고 있습니다.

어쩌면 그 신원미상의 손님에게 토도로 가는 길을 알려주지 않았더라면, 당신의 조상이 살아계셨을지도 모릅니다. 토도를 제외한 고요메촌이 땅속에 묻히지 않았을지도 모릅니다. 전 고요메촌의 모든 지역에 재앙을 불러왔습니다.

이시이와 가의 존속이 얼마나 이어질진 모르겠습니다. 하지만 미래에 태어날 이시이와 가의 누군가, 즉, 선생님은 이 사실을 잊지 않으셨으면 하는 마음에, 제 잘못임을 알아주셨으면 하는 마음에 이 편지를 작성했습니다. 복멸도 불상이 토도 근처의 산에 안치되었다고 들었습니다. 이 편지는 복멸도 불상 아래에 묻어두겠습니다. 이시이와 가 사람이라면 언젠가 이 편지를 발견한 것이리라 믿습니다.

선생님……

하지만, 선생님……

둥그런 밧줄을 머리 위에 둔 지금,

전 두려움에 휩싸여 있습니다.

속죄의 순간이 기다리고 있습니다.

편지를 묻은 뒤, 속죄를 성공한 다음, 마을을 죽음으로 인도한 저에게 잘못이 없다고 말해주실 수 있을는지요.

그래야 죽음 뒤에 찾아올 윤회의 순간 속에서도 마음에 평안이 찾아올 것 같습니다.

간곡히 부탁드리며 편지를 끝마칩니다.

이시이와 선생님, 제가 잘못한 걸까요?

-야마모리 나오코 올림-

# 제6장 제단

## 1 아사미

숯검정이 부유하는 듯한 어둠 속에 갇혔다. 이렇게 큰 집 속에 가만히 서 있으니, 금방이라도 땅속으로 푹 꺼져버릴 것만 같다.

마당으로 나갔더니, 미아키가 화들짝 놀라고는 급하게 무언가를 숨겼다. 미아키의 주변으로 수상한 연기가 떠다니고 있었다.

담배……? 고등학생일 텐데…… 담배 연기라.

"왜요……?"

미아키의 예쁜 목소리가 흔들렸다. 등 뒤에 무언가를 숨기고 있었다.

나는 아무 말도 하지 않고 미아키를 바라보았다. 미아키는 의아함을 느꼈는지 고개를 갸우뚱했다.

추적추적 내리는 비 때문에 헛것을 본 걸까. 나는 아무것도 아니라며 고개를 좌우로 흔들었다.

그리고 다시 이시이와의 집 현관으로 들어갔다. 별로 좋지 않은 느낌이 들어서 현관 밖으로 고개를 내밀자, 미아키의 입에 기다랗고 흰 막대가 꽂혀있는 것이 어렴풋이 보였다.

담배다.

담배를 숨길 정도면 자신도 그게 잘못된 행동이란 걸 충분히 인지하고 있으리라. 한숨을 내쉬면서 미아키에게 가려는데 오히려 미아키가 먼저 다가왔다. 꽁초에 붙은 불을 끄고 주머니에서 꺼낸 작은 통에 집어넣었다.

"죄송해요. 주머니에 한 개비가 있어서…… 걱정 마세요. 정말 가끔 피는 거예요. 그리고…… 끊을 거예요. 빨리 죽긴 싫으니까……."

"그래도…… 고등학생인데 몸에 안 좋을 거야……."

"죄송해요……."

미아키의 얼굴에 뭐라 말 못 할 감정이 떠오른 것처럼 보여서 더 할 말이 생각나지 않았다. 성인이 되면 진지하게 고민해 보라는 말을 건네려는 찰나, 주변이 번쩍 빛났다.

천둥소리와 동시에 미아키가 현관 안으로 들어왔다.

거무스름한 곰팡이가 이 집 전체를 덮고 있는 걸지도 모르겠다. 그만큼 까마득하고 숨쉬기 힘든 불쾌함이 우리를 반겼다.

"이 집 말이에요……."

미아키가 조심스러운 어조로 말했다.

"사고 물건 같아요. 꼭 분위기가 그래요."

사고 물건……. 화재, 자살, 살인 등의 불미스러운 일이 발생한 건물을 의미한다. 꼭 건물이 아니더라도 교통수단이나 물건 등에 사고 물건이라는 명칭을 사용할 수 있지만, 보통은 건물인 경우가 대부분이다. 흔히들 '사연이 있는'이라고 에둘러 표현하기도 한다. 과거, 미아키가 이 집의 외벽에 붙어있는 여우 요령을 보았다고 했었지. 어쩌면 그 기억 때문에 이런 불길한 말을 건네는 건 아닐까.

"하지만 분위기만으로는……."

"그건 그래요. 다만, 사고 물건이 아니라는 보장도 없는 법이니까요. 1층은 서양식이네요. 음…… 이상하지 않아요? 담 때문에 바깥에서 보이지 않는 1층은 서양식 건물이지만, 바깥에서 보이는 2층은 기와지붕이 축조된 일본식 가옥의 모습이에요."

미아키의 말에 동감했다. 애초에 히메코의 집 내부는 이렇게 생기지 않았다. 분명 1층 또한 일본의 전통 향기가 물씬 풍겨 오는 목조 주택이었는데, 언제 이렇게 구조를 바꾼 건지, 나로서는 알 수가 없었다.

1층의 장지문을 열면 마당에서 집 안을 훤히 들여다볼 수 있는 그런 집이었다. 그런데 지금은 툇마루와 장지문을 모두 없애고 그곳을 냉랭한 시멘트벽으로 메꾸었다. 2층은 평범해 보였다. 물론 그것도 외견상이지 내부는 1층처럼 서양식 인테리어로 되어있을지도 모른다. 손전등을 켜자, 검은 덩어리들이 빠른 속도로 날아갔다. 기분 나쁜 박쥐들이었다.

이건…… 좋지 않아.

그런 생각이 내 머릿속을 가득 채우기 시작했다.

눈앞엔 목조 계단이 놓여있었고, 오른편엔 하얀 문이 있었다. 반대로 왼편은 창문이 한 개 놓인 막다른 길이었고 맞은편은 뻥 뚫린 네모난 구멍 안으로 부엌의 모습이 보이는 복도가 있었다.

1층부터 돌기로 하자. 넓은 복도를 지나, 부엌으로 발을 들인 순간이었다. 코를 틀어막고 싶은 욕망이 치솟는 악취가 풍겨왔다. 어디서 풍겨 오는지는 너무 깜깜해서 알 수가 없었지만, 예상은 할 수 있었다. 날파리가 날아다니는 것을 보면 싱크대에 탑처럼 쌓여있을 식기에서 풍겨 오는 것이리라. 부엌 한가운데엔 둥그런 테이블이 놓여있었다. 의자는 총 네 자리로, 4방위로 놓여있었다.

3인 가구가 아니었던가?

머릿속을 톡톡 건드리는 의구심을 억누르고 천천히 앞으로 나아갔다. 미아키는 어렸을 때의 기억 때문에 무서움을 느끼는 건지 내 옆에 꼭 붙어있었다. 부엌과 이어져 있는 곳은 거실이었다. 커다란 소파가 있었고 그 앞엔 뚱뚱한 브라운관 TV가 자리하고 있다.

TV를 향해 손전등을 비추자, 노란 먼지들이 떠다니는 것과 동시에 스크린을 뒤덮고 있는 무언가가 보였다. 검은 물감을 펴 발라놓은 것 같다는 생각이 들었다. 그 뒤에 자리한 창문에서 물줄기가 흘러내렸다. 몇 초 뒤에 은빛 줄기들이 대각선으로 쏟아지기 시작했다. 기묘하고 꺼림칙한 음색을 담은 빗소리가 들렸다.

"이게 뭘까요? 피 같기도 하고……."

미아키가 스크린에 발려진 검은 덩어리를 손가락으로 만졌다.

"피?"

"네. 피가 굳으면 산소 공급이 감소하면서 색이 점점 어두워지거든요. 손전등을 이렇게 가까이 비췄을 때……."

미아키는 한 지점을 가리켰다. 그 검은 덩어리 속에선 붉은빛이 꿈틀거리고 있었다.

"책에서 봤어요."라고 말하는 미아키의 입술 끝이 예쁘게 올라갔다.

그때, 천장이 쿵 하고 울렸다.

너무 놀라서 어깨가 들썩거렸다. 미아키와 동시에 천장을 비추자, 그곳엔 오로지 먼지만이 둥둥 떠다니고 있었다.

"2층인가?"

"그런 것 같아요. 뭔가가 넘어진 걸까요?"

거실 안쪽에 굳게 닫힌 문 앞으로 걸어갔다. 문을 열고 바닥을 비췄다. 익숙한 다다미 바닥이 보였다. 추측건대 이방은 안방이었으리라.

불빛을 반대쪽 벽으로 옮겼다. 불단이 있었다. 불단 위엔 아무것도 놓여있지 않았다. 토모루를 비롯한 아이들과 함께 히메코의 집 툇마루에서 저 불단을 보았던 기억이 떠올랐다. 여우 조각이 있었다. 저 불단 위엔…….

그런데 갑작스레 위화감이 느껴졌다.

오른쪽 구석의 벽이 돌출되어 있었다. 평범한 방이라면 저런 공간이 있을 리가 없다. 저 돌출 벽 때문에 이 공간은 평면도로 보았을 때, 꼭짓점이 6개인 도형으로 보일 것이다.

저곳을 뚫어내면 꼭 그 뒤로 새로운 공간이 펼쳐질 것만 같았다. 짧은 시간에 알아차렸다. 저곳은 현관 오른편에 자리 해있던 하얀 문 뒤의 장소다.

서둘러 거실과 부엌을 지나 하얀 문 앞에 섰다. 문 자체는 평범했다. 특이점은 조금 변색이 된 것 같다고나 할까. 오랫동안 사용하지 않은 듯 먼지가 쌓여있었다.

도색이 벗겨진 둥그런 문고리를 돌렸다.

이윽고 작은 공간이 나타났다. 내 맞은편에 자리한 건 또 다른 벽이었다. 그것만을 보고 앞으로 나아간 순간, 화들짝 놀랐다.

다리가 쑥 빠지는 느낌이 들었다. 아래를 내려다봤더니, 지하실로 통하는 계단이 있었다. 계단의 끝은 까마득한 어둠에 잠겨있었다. 손전등으로 비춰보지 않는다면 누군가가 저 끝에 서 있어도 전혀 알아차릴 수 없으리라.

하지만 손전등을 비춰도 여전히 어두운 풍경은 계속되었다. 그 심연 속으로 빨려 들어갈 것만 같았다. 홀린 듯 아래로 내려가는데 별안간 미아키가 팔을 잡았다.

고개를 돌려 바라본 미아키는 고개를 절레절레 젓고 있었다.

"괜찮아. 미아키는 내려오지 않아도 돼."

미아키의 악력이 한층 강해졌다. 그리고 더 격렬하게 고개를 저었다. 분명히 나를 걱정하는 듯한 표정이다. 평소 미아키는 괴이한 것을 자주 목격한다고 했다. 하지만 이번 여름엔 그 빈도수가 확연히 줄었다고 했다. 어쩌면 무뎌졌던 감각이 점점 되살아나고 있는 건 아닐까? 미아키는 두려움에 떨고 있는 게 확실했다.

나는 양손으로 미아키의 흰 손을 살며시 잡고 온화한 목소리로 괜찮다고 말했다. 그러자 미아키의 손에서 서서히 힘이 빠져나가는 감각이 내 피부 위로 느껴졌다.

다시 계단을 내려가는데 뒤에서 발소리가 들렸다. 미아키도 따라 내려오고 있었다. 나는 그녀에게 미소를 지어 보였다. 미아키가 문을 닫으니, 주변이 더욱 깜깜해져서 손전등을 잃어버린다면 큰일이란 생각이 들었다.

마지막 계단에 도착하자, 악취가 풍겨왔다. 길바닥에 나뒹구는 썩은 고기가 떠오르는 악취다. 폐부를 장악하는 악취와 습기에 숨이 턱 막혀왔다. 더군다나 물속을 헤엄치는 것 같은 기묘한 감각이 들었다. 그만큼 습해서 이마에 땀이 맺히기 시작했다. 지하실의 벽면은 바위 아래로 이끼가 낀 것처럼 잿빛과 청록빛이 덩굴처럼 엉켜있었다.

"기분 나빠……."

뒤에서 미아키의 목소리가 들렸다. 이곳에 꼼짝 없이 갇혔다간 방향 감각을 잃을지도 모른다고 생각하며 주변을 더 조심히 살폈다.

어둠 저편에서 붉은 두 눈이 희미하게 떠올랐다. 흡사 호러 비디오에 등장하는 악령의 눈 내지는 자그마한 귀화처럼 보였다.

정체를 확인하려고 손전등을 가져다 댄 순간, 손전등의 전원이 픽 소리를 내며 나갔다. 손전등의 윗머리를 힘껏 때려도 전원은 돌아오지 않았다.

역한 냄새에 미간을 찌푸리고 있는데 옆에서 미아키의 말소리가 들렸다.

"고장 났어요?"

"그런가 봐."

"제 건 좀 작을 텐데 이거라도 괜찮겠어요?"

미아키에게 건네받은 손전등은 오래전에 구비해 둔 비상용 손전등인지라 밝기의 정도가 심히 약했다. 게다가 범위까지 좁아서 제 역할을 충실히 수행할 수 없는 손전등이었다.

나는 눈을 게슴츠레 뜨고 약한 불빛을 쏘아대면서 붉은 눈을 향해 걸어갔다. 10보 이상 걸어도 근처로 도착할 수 없는 걸로 미루어 보아 꽤 먼 거리였다.

갑자기 뒤에서 귀를 찌르는 소리가 들렸다. 미아키가 무언가를 찼다. 그 물체는 내 발 뒤끝에 닿았다. 그건 통조림 캔이었다. 내용물은 사라진 지 오래였다. 하지만 이상했다. 캔을 이리저리 천천히 돌리면 캔 내부에 맺힌 액체가 천천히 움직였다.

그 말은 즉, 캔을 개봉한 지 얼마 되지 않았다는 이야기다. 더군다나 밑바닥에 표시된 유통기한은 4년 뒤까지였다. 온몸에 소름이 돋았다. 불길한 마음에 캔을 바닥으로 던졌다.

거친 바닥에서 캔이 구르는 소리가 울려 퍼졌다. 미아키가 깜짝 놀란 듯하다.

그러고는 다시 붉은 눈을 향해 걸었다.

미아키의 손전등마저 곧 생명력을 잃을 것처럼 연신 깜빡거렸다. 갑작스럽게 발밑에서 이물감이 느껴졌다. 물컹한 무언가가 밟혔다.

나는 약한 빛을 토해내는 손전등의 입을 바닥에 가져다 댔다. 한동안은 그게 무엇인지 알아차리지 못했다. 손전등을 가까이하고 몸을 낮춰야 알아차릴 수 있었다. 머리카락이다. 머리카락이

한 움큼 모여 있었다. 더군다나 머리카락 속에 구더기가 들끓고 있었다.

머리카락을 들었다. 코를 찌르는 악취가 더욱 심해졌다. 머리카락은 금세 끊어져 버렸다. 이상한 액체가 묻어있었다. 무색인 것으로 보아 그냥 물인 듯했다. 내 예상이 맞았다. 머리카락 위로 천장 사이의 틈으로 새고 있는 물 한 방울이 떨어졌다.

의문의 머리카락을 뒤로한 채, 걸었다.

어느덧 붉은 눈이 자리한 곳에 도착했다. 붉은 눈의 정체는 다름 아닌 양초 위에서 흔들거리는 촛불이었다.

양초는 주홍색 탁자 위로 총 두 개가 놓여있었다. 탁자는 벽면과 붙어있었고 벽면엔 사람의 상반신이 전부 보일 정도로 커다란 거울이 붙어있었다.

나도 모르게 책상 아래에 놓인 낡은 의자를 꺼내어 그곳에 앉았다. 어둠을 등지고 선 내 얼굴이 보였다. 양초의 온화한 불빛이 내 뺨에 흔들리는 그림자를 만들어 냈다. 동시에 내 눈동자 속에서도 빨간 불꽃이 점처럼 비쳤다. 호흡이 가빠지기 시작했다.

"저기…… 괜찮으세요?"

미아키의 목소리가 메아리쳤다. 그런데 공기에 비해 밀도가 높은 물속에서 바깥의 소리를 듣는 것처럼 아주 희미하게 들려올 뿐이었다.

어느덧 미아키가 사라졌다. 내 주위는 어두운 새벽의 그림자가 드리운 심연이었다. 오직 두 불씨만이 내 상반신을 비추고 있었다.

머릿속에서 생각이 멈춘 다음, 바깥에서 들리는 빗소리가 잦아들었다. 몸의 말단에서부터 힘이 빠져나가기 시작했다.

호흡이 천천히 안정을 되찾아 간다.

꺼림칙한 고요에 물들어 가던 순간, 내 뒤에서 무언가가 다가오는 것이 보였다.

찰박거리는 발소리가 가까워진다.

미아키일까?

그것은 점점 가까워져서 어느덧 형체를 알아볼 수 있게 되었다. 연청색 옷이다. 기모노인지 유카타인지는 잘 모르겠다. 그것의 어깨 위, 즉 얼굴은 어둠이 드리워 보이지 않았다. 양초의 불빛이 닿지 않는 것이리라.

그건 내 등 뒤에 몸을 딱 붙였다. 그리곤 내 어깨 위로 두 손을 얹었다.

소스라치게 놀랐다.

양팔엔 차마 눈 뜨고 볼 수 없을 만큼 징그러운 상처가 나 있었다. 그리고 그 상처 사이 사이로 피 대신 물이 흐르고 있었다.

얼마 뒤, **그것**은 긴 손톱으로 내 머리칼을 어루만지기 시작했다.

아무 소리도 들리지 않는다.

내 숨소리도.

심장 고동 소리도.

머리칼을 스쳐 지나갈 때 발생하는 마찰음도.

내 뒤에 자리한 존재의 숨소리도.

부자연스러운 움직임으로 내 머리칼을 쓸어내리던 **그것**은 어느새 멈추었다.

내 어깨가 상하로 연신 움직이는 것과는 대비되게 **그것**은 정말 아무런 움직임도 없었다. 최소한 숨을 쉬고 있는 거라면 가슴이나 배가 부풀어 올려야 할 텐데.

탁자 위에 괴상한 물체가 생겨났다. 방금까지만 해도 양초밖에 없었는데…….

정사각형 대리석이 서 있다. 크기는 내 손보다 컸다. 주사위처럼 생긴 대리석 조각 아래엔 가로에 비해 세로가 훨씬 길쭉한 직사각형 모양의 대리석이 눕혀지어 있었다.

손이 덜덜 떨렸다.

이것의 정체를 알고 있었기 때문이었다.

이건…… 택묘(宅墓)다…….

유골함을 공동묘지에 들이지 않고 집에 보관하는 것이다.

정사각형 모양의 대리석 조각을 들면 그 속에서 택묘용 유골함이 나온다. 내 뒤의 존재는 여전히 미동도 없었다. 얼굴이라도 보이면 좋을 텐데. 그것의 어깨 위부터는 거울에 보이는 게 없어서 더욱 두려웠다. 그 경직된 모양은 꼭 내게 유골함을 확인하라고 강요하는 것처럼 느껴졌다.

숨쉬기가 힘들었다. 그만큼 짧은 숨을 빠르게 내쉬었을 텐데. 폐부가 불편한 감각만이 돋아날 뿐 다른 세상에 있는 것처럼 내 숨소리가 전혀 들리지 않았다.

무거운 대리석 뚜껑을 천천히 들었다.

예상대로 그 속에서 흰 유골함이 나타났다.

유골함의 뚜껑을 열었다.

흰 가루가 보였다.

눈물이 쏟아져 나올 것 같았다.

나는 그제야 모든 걸 이해할 수 있었다.

히메코의 유골함이 공동묘지에 잠들어 있지 않았던 이유를 말이다. 내 눈앞에 있는 작은 알갱이들이 히메코의 파편인 것이다. 히메코의 부모님은 죽은 히메코를 집에 두었던 것이다.

이렇게나 작은 곳에 들어가 있다.

이 탁자는 **히메코의 제단**인 셈이다.

이루 말할 수 없는 슬픔에 결국 눈물이 흘러나왔다.

그러나 한편으로는 소름 끼치도록 무서웠다.

이윽고 불씨가 요란하게 흔들렸다.

내 볼 위에 피어오른 어스름도 맹렬히 요동쳤다.

오른편에 자리한 양초의 불씨가 사라졌다. 심지 위로 실처럼 가느다랗고 하얀 연기가 구불구불 승천한다.

한쪽 불씨가 사라짐에 따라 유골함 속에 담긴 흰 가루의 한쪽 면이 심연으로 빨려 들어갔다. 검은 액체로 변하는 듯한 모습이다. 실제로 검은 액체로 변했는지도 모르겠다.

곧이어 왼편의 불씨도 흔들리기 시작했다. 심장박동이 빨라지는 게 느껴졌다. 본능적인 공포였다.

결국 마지막 불씨가 사라지고 말았다. 또다시 심지는 하얀 연기를 뿜어냈다.

거울에 비친 건, 오직 어둠뿐이었다.

그 어느 것도 보이지 않았다.

갑작스럽게 진동이 느껴졌다. 거대한 무언가가 쿵쿵 땅을 울려대며 달려오는 소리였다.

거울에 펼쳐진 까마득한 세상의 저편에서 무언가가 희미하게 떠올랐다.

*나는 몸이 굳어버려 가만히 바라볼 수밖에 없었다.*

*무언가가 오고 있다.*

*달려온다.*

*내 오른편이다.*

*달려온다.*

엄청난 비명과 함께 거울 속의 내 옆에 떠오른 건, 해괴망측하게 야윈 노인의 얼굴이었다. 동시에 눈앞의 전경이 앞으로 밀려나갔다. 그 공백을 메꾼 건, 두 양초가 활활 타오르고 있는 과거의 풍경이었다.

그러나 거울 속 노인은 여전히 내 옆에 떠올라있었다.

소스라치게 놀란 나는 비명을 질렀다.

자리에서 일어나 미아키와 함께 뒷걸음질 쳤다.

"누가 있어요."

미아키의 가녀린 목소리가 공명했다. 그리고 그 공명 속에서 결코 조화를 이룰 수 없는 갈라진 목소리가 들려왔다.

"안……돼……. 안……돼……."

오래된 TV에 갇힌 노이즈 소리 같은 목소리였다. 그만큼 듣기 거북했다. 그건 예사 천 년 묵은 요괴의 목소리였다.

미아키의 손전등이 수명을 다했다.

작은 양초의 불씨는 오직 탁자 위만 간신히 밝히고 있어서 실제로 나와 미아키는 서로의 얼굴도 제대로 볼 수 없는 칠흑 속에 덩그러니 남겨지고 말았다.

누군가가 있다.

이 넓고 컴컴한 장소에 나와 미아키 말고 누군가가 있다. 의자의 다리 부분이 거친 바닥에 끌리는 소리가 들렸다.

안타깝게도 양초의 불씨는 탁자 아래를 비추지 못한다. 그래서 탁자 아래의 의자가 사라진 건지 전혀 알 수가 없었다.

삐걱거리는 소리가 들려왔다.

잠시 뒤, 의자가 넘어지는 소리가 들린다.

계속해서 뒷걸음질을 쳤기 때문인지 어느 순간 벽면에 부딪혔다. 그리고 그곳에 웅크려 앉아 우린 서로를 끌어안았다. 겁이 없을 줄 알았던 미아키가 이렇게나 두려움에 떨고 있으니, 나까지 정신이 혼미해지기 시작했다. 미아키의 몸이 바들바들 떨렸다.

알 수 없는 소리가 계속해서 들려왔다. 개중엔 동물이 캑캑대는 듯한 소리가 섞여 있었다.

몇 분 뒤 검은 세상에 고요한 공기가 가라앉았다.

미아키의 거친 숨소리만이 귓전으로 달려들었다.

고개를 들고 미아키에게 속삭였다.

"조용해졌어."

나는 미아키를 일으켜 세우고 조심히 붉은 눈으로 다가갔다. 한 발 한 발 내디딜 때마다 신경에 거슬리는 발소리가 이 커다란 어둠 속에서 메아리쳤다. 물방울이 떨어지는 소리도 들려왔다.

여전히 고통스러운 악취가 살인적인 기세로 달려들었다.

"어?"

촛불에 어느 정도 가까워졌을 때였다. 전방이 환해졌다. 미아키가 들고 있던 내 손전등이 갑작스레 켜진 것이었다. 분명 방전되었을 텐데.

이상한 게 보였다.

"히익!"

입에서 짧은 비명이 새어 나왔다.

그네처럼 좌우로 연신 흔들거리는 무언가가 내 눈앞에 떡하니 자리하고 있었다.

*지금 내 앞엔……*

*뼈가 앙상한 노인이……*

*공중에 떠 있다.*

등줄기에 소름이 돋았다.

노인의 목에서부터 물이 떨어지는 천장으로 이어진 흰 밧줄이 보였다.

그 순간, 노인이 순식간에 어둠 속으로 사라졌다.

미아키가 손전등을 떨어뜨렸기 때문이었다.

떨어진 손전등에서 뿜어져 나오는 빛은 노인 아래에, 아니, 그 전엔 탁자 아래에 자리 해있던 낡은 의자를 비추고 있었다. 의자가 뒤로 넘어져 있었다.

밝은 빛 사이사이로 먼지가 떠다녔다. 빛의 끝이 맞닿아 있는 부분엔 노인의 거무스름한 발도 보였다.

이건 현실이다.

환상이 아니다.

저 노인이 목을 매단 건, 불과 몇 분 전의 일임이 틀림없다.

어둠의 끝자락에 붕 떠오른 맨발을 바라보고 있는데 별안간 기괴한 목소리가 위에서 새어 나왔다.

"그……들이……."

온 세상의 이매망량의 곡소리를 한데 합쳐놓은 듯한 해괴망측한 목소리가 암흑의 틈을 비집고 나왔다.

"찾아……."

나는 서둘러 땅에 떨어진 손전등을 주웠다. 꼼짝하지 않고 서 있는 미아키가 어렴풋이 보였다.

목을 매단 노인이 말하는 건가 싶어 손전등을 비췄다.

둥그런 빛이 올라가기 시작했다.

딱지투성이의 발.

슬개골의 모양이 훤히 드러나는 앙상한 무릎.

찢긴 바지.

해진 상의와 주름진 손.

그리고……

"왔다!"

노인의 얼굴에 광명을 얹은 순간, 부르튼 입이 벌어졌다. 그 검은 입속에서 불호령 같은 육중한 목소리가 튀어나와 온몸을 짓눌렀다.

나를 똑바로 바라보고 있다. 앙상한 손은 순식간에 내 안면으로 쭉 뻗어왔다.

비명을 내지르며 자리에 털썩 주저앉았다.

손전등의 렌즈가 박살 나 파편이 이리저리 흩어지는 소리가 들렸다.

오른쪽 손바닥 아래에 이물감이 느껴졌다.

천천히 그것을 더듬거렸다.

반대편 손에선 미아키의 온기가 느껴졌다.

하지만 미아키의 온기가 닿지 않는 이 손바닥 아래의 꺼림칙한 물체는 도대체 무엇일까?

아……, 아……

생각하지 말자.

적어도 지금은……

## 2 토모루

야마모리 나오코의 편지를 다 읽은 뒤에 교수는 생각에 잠겼다. 가문 대대로 발광하는 사람이 나타나 죽어왔다는 것부터 먼 헤이안 시대까지 이야기가 거슬러 올라가니 머리가 아파져 왔다. 하지만 의외로 흥미로운 점도 있었다. 『센고쿠기행일지』에도 나왔지만, 그로부터 몇백 년 전인 헤이안시대에도 그것-케모노메라 불리는-은 존재했다.

정말 고요메촌은 유곽이었고…… 산사태로 세 집락이 묻힌 것도 사실이었다.

그리고 오직 토도만이 불상을 섬겼다.

빗발치던 빗줄기는 조금 약해졌지만, 불어오는 바람이 고오오오 소리를 내는 게, 요괴의 목소리처럼 들렸다.

"고노하라의 추측대로 이 불상은 아무것도 아니란 겁니까?"

내가 물었다.

"아무것도 아닌 건 아니겠죠. 아무래도 이 불상을 따라 무언가가 들어왔으니, 불상에도 무언가 사연이 있는 듯싶지만. 토도 주민들이 오랫동안, 이 불상을 섬기게 되었던 건, 단순한 우연에서 비롯된 행동이었을지도 모릅니다."

"우연이라니요?"

"복멸도는 어느 순간부터 복멸관악이라는 이름으로 불리게 되었지요. 복을 멸하고 관장하고 쥔다. 마을 주민들의 복을 다스린다. 병을 없애달라는 소원을 들어주는 대신 앞으로 사람을 제물로 바쳐라. 당시 모든 도도부현이 콜레라로 고통을 받았었고 토도는 창궐 이후 문을 닫아버렸죠. 닫힌사회 속에선 병이 빠르게 창궐하기 마련이지만, 시간이 지날수록 집단 내성이 강해지거든요. 정말 우연의 일치로 그것을 복멸도의 능력이라고 생각했던 건 아닐까요. 그래서 복멸관악이라는 이름을 붙였던 겁니다."

"솔직히 조금 혼란스럽습니다."

교수는 아무 말 없이 불상을 만졌다. 몇 초 뒤, 가래침을 내뱉고 말을 이어 나갔다.

"물론 제 생각은 이 불상이 무언가를 불러오는 게 틀린 말은 아니라고 봅니다. 정말 궁금한 건, 고노하라의 일지에서 등장한 빙의 소녀의 정체입니다. 편지를 정리해 보면…… 야마모리 나오코가 만난 의문의 손님과 토도의 소녀, 고노하라가 만난 빙의 소녀-케모노메-가 동일 인물이라는 생각이 들지 않나요?"

동일 인물이라니? 나와 달리 교수는 편지를 읊으며 그런 생각을 한 모양이다.

"뭐, 인물은 아니겠지요. 요괴나 영(靈)이라 부르는 편이 나을지도 모릅니다. 그 세 존재에겐 공통점이 있었습니다. 모두 다른 옷을 입었지만, 색은 연청색이었다는 것이지요. 하늘의 수수함을 담은 그런 색이요. 그리고 꽃무늬가 박혀있다고 했습니다."

"빙의 소녀의 옷엔 꽃무늬가 박혀있지 않다고 했었습니다."

"그렇죠. 자, 시간을 거꾸로 돌려봅시다. 고노하라는 일지에서 빙의 소녀의 옷을 이렇게 언급했어요. 여기 보면…… 처음엔 붉은 꽃이 장식으로 박힌 줄 알았던 연청색 코소데는 소녀의 몸 군데군데에서 흐르는 피로 물든 것이었음을 깨달았다고 말이죠."

"그게 어떤 의미죠?"

"야마모리 나오코는 여름에 만난 의문의 손님에게서 비슷한 현상을 경험했지요. '연청색으로 변해버린 손님의 유카타 구석구석엔 언제부턴가 불그스름한 피안화가 피어올랐습니다. 피안화의 물결은 파문처럼 주변으로 번지고 그 끝엔 유카타 전체가 붉은색으로 둔갑할 것만 같았습니다.'라고. 사람을 속이기 위해 둔갑한 것이지만, 결국 본래 빙의 소녀가 겪었던 일이 외견상으로 나타난 겁니다. 몸속에서 요동치고 있는 걸지도 몰라요. 빙의 소녀는 평소 가정폭력과 집단 따돌림을 겪었고 그 탓에 옷의 부분 부분이 피로 물든 겁니다. 빙의 소녀의 몸속에 내재된 분노가 바다 저편의 섬에 자리한 무언가, 즉 케모노메를 불러들인 건 아닐까요. 그리고 그 둘은 서로 기괴한 형태로 뒤엉켜 버린 겁니다."

"참……."

"유치한 이야기지요?"

교수가 쓴웃음을 지으면서 말했다. 나는 아니라는 듯 고개를 저었다.

"그렇다면 야마모리 나오코가 토도에서 마주한 소녀는요?"

"그 소녀의 옷 또한 연청색 바탕에 노란 꽃무늬가 박혀있었지요. 연청색 바탕에 꽃무늬. 단순히 우연이라고 보기엔 힘들지 않을까요? 꽃무늬에 관해 약간씩 다르게 표현된 것도 무슨 까닭이 있었기 때문일 겁니다. 혹은 요시노 씨와 요시노 씨의 할아버지분께서 산괴의 옷을 기억하지 못하는 것과 비슷한 맥락일 수도 있고…… 충격으로 인해 왜곡되었을 가능성도 있지요. 야마모리 나오코나 고노하라나 옷이 어떤지를 표현하는 것에 치중하고자 편지와 일지를 작성한 것은 아니니까요. 그리 상관이 없었던 건 아닐지……."

교수가 건넨 말의 말미가 공중으로 사라지자, 20년 전의 곤충채집이 떠올랐다. 다만, 어쩐지 기억의 파편 속에서 위화감이 느껴졌다. 아마 그건, 몇 시간 전 기억 속에 남아있던 왜곡투성이의 정자와 수풀을 실제로 마주하며 기억을 재정비했기 때문이리라.

히메코의 뒤에 서 있는 산괴의 얼굴이 정확히 떠올랐다. 아름답다는 생각이 들었다. 크고 여우처럼 날카로운 눈과 긴 생머리. 그리고 그 아래로 불타오르듯 흔들리는 검은 그림자가 보였다.

그 그림자가 옆으로 퍼지면서 산괴의 옷이 드러났다.

아, 연청색.

나카자토 교수의 말이 맞다.

연청색과 노란 꽃무늬.

"요시노 씨?"

"산괴……."

"네?"

"맞아요. 연청색. 산괴의 옷도 연청색이었습니다. 확실해요."

교수가 흥미로운지 눈을 휘둥그레 떴다.

"그렇군. 역시……."

"하지만 일지와 편지를 종합해 보면 빨간 꽃무늬는 '꽃무늬 같았다'라고 표현했고 노란 꽃무늬는 말 그대로 '꽃무늬가 박혀있다'라고 표현한 걸 보면 무언가 차이가 있는 게 아닐까요?"

"그건 그렇습니다. 요시노 씨의 말대로라면 토도의 소녀는 요시노 씨가 본 산괴겠네요. 모습은 조금 달라도 둘의 옷엔 노란 꽃무늬가 박혀있었으니까요. 아쉽게도 야마모리 나오코가 마주한 소녀는 그녀의 생각대로 다른 세상의 존재였나 봅니다."

생각에 잠긴 사이에 교수가 헛기침하곤 말을 이어 나가기 시작했다.

"그러니까 제 생각은 말이죠. 요시노 씨의 말을 듣고 바뀐 생각입니다만, 어쩌면 두 존재일 수도 있단 생각이 듭니다. 헤이안 시대의 인물인 빙의 소녀는 결국 죽음을 맞이했고 선한 부분을 가진 사령(死靈)과 소녀의 분노를 좀먹은 케모노메가 다시 분리된 겁니다. 섬에서 건너온 존재인 케모노메는 누군가의 몸을 빌려 생명을 앗아간 건 아닐까요."

"몸을 빌린다구요?"

"네. 야마모리 나오코가 의문의 손님에 관해 언급할 때 말이죠. 주민이 그녀에게 더운 날씨에 왜 나왔냐고 묻는 장면이 나옵니다. 조금 이상하지 않나요?"

"어떤 부분이……?"

"야마모리 나오코가 길라잡이로 많은 이익을 챙겼다면 말이죠. 그녀가 길라잡이 일을 나태한 길라잡이들 대신 수행한다는 것을 모르는 주민은 없었을 테지요. 더군다나 그녀가 친근하다고 생각하는 주민일 정도면 더욱 그럴 겁니다. 그런데 모르는 사람과 함께 방금 고개를 오르기 시작한 나오코에게 더운데 왜 나왔냐고 묻는 건 조금 이상하지 않습니까? 요시노 씨라면 당연히 손님에게 길을 알려주러 가고 있다는 생각이 들지 않겠습니까?"

"그렇죠. 보통은 일 나가냐고 묻거나 더운 날씨에도 고생한다고 말하지 않을까요? 오지랖이긴 하지만, 손님에게 인사를 건넬 수도 있구요."

"그렇습니다. 주민이 고개에 막 발을 들인 나오코를 뒤에서 불러세우고 그렇게 물은 건, 주민의 눈엔 아마도 야마모리 나오코가 혼자 고개를 넘는 것처럼 보였기 때문일 겁니다. 나오코가 고갯길 끝을 가리킨 후, 별다른 뒷이야기가 없는 것도 주민은 그저 더운 날씨에 다른 일로 토도에 가는구나, 하고 생각했던 거지요."

"확실히 그 부분은 미심쩍긴 하네요. 그렇다면 교수님께선 산괴와 토도의 소녀를 빙의 소녀의 사령으로, 의문의 손님은 섬에서 건너온 케모노메라고 생각하고 계신 거군요?"

"그렇죠."

"하지만 이해가 되지 않는 부분이 있습니다. 케모노메는 어째서 구천을 떠도는 빙의 소녀의 사령과 비슷한 모습으로 둔갑했을까요?"

"나오코와 고노하라는 서로 다른 시대의 인물이고 기술한 시기가 다르니, 사령과 케모노메의 모습이 완전히 똑같다고 장담할 순 없습니다. 단지, 글을 비교하는 것만으로는 파악하기 힘들다는 말이지요. 하지만 이것만은 확실합니다. 케모노메는 인간의 사악한 감정의 집합체입니다. 누군가로부터 시작된 것인지는 모르겠지만……. 빙의 소녀의 사령은 케모노메에 의해 족쇄가 채워진 겁니다. 죽어서도 그 악령을 따라다닐 수밖에 없던 거지요. 그러던 와중에도 나오코에게 그 사실을 알려준 겁니다."

"**그 사실**?"

"여름이 되기 전, 마을을 떠나야 한다고 말이죠. 여길 봐보세요."

교수가 가리킨 부분은 토도의 소녀가 나오코에게 건넨 말이 나열된 부분이었다.

***돌아가, 그러니까, 있어, 아버지, 죽어, 아니면, 나와, 전, 여름, 내년.***

"본래 귀신은 산 사람의 행동을 반대로 한다고들 합니다. 아시지요?"

나는 재빨리 고개를 끄덕였다. 다시 교수가 말하기 시작했다.

"이면의 세상에 자리하고 있으니 말이죠. 단, 의문인 건, 모든 걸 반대로 하진 않았다는 겁니다. 한 글자 한 글자를 반대로 말한 것이 아니라, 단어를 한 묶음으로 반대로 말했습니다."

"그럼, '내년, 여름, 그 전, 나와, 아니면, 죽어, 아버지, 있어, 그러니까, 돌아가.' 이게 소녀가 전달하고자 하는 말이었던 걸까요?"

"그렇습니다. 내년 여름에 고요메촌을 떠나지 않으면 산사태에 휩쓸려 죽고 말 것이란 이야기를 하기 위함이었습니다. 반대로 해석해 보면 의미를 알 수 없었던 '나와'라는 단어는 단순히

무언가에게 나오라고 하는 듯한 '나와(出て)'가 아니라 마을로부터 멀어지라는 의미를 담은 '떠나(出て)'인 거죠. 그리고 토도에 남아있으면 섬에서 온 악령에게 무슨 짓을 당할지 모르니 아버지에 관해선 안심하고 돌아가라는 뜻이 담겨있던 겁니다."

"'있어'는 아버지가 집에 있다는 걸 의미했던 거겠죠?"

"그렇다고 봅니다."

"그래도 전 이해할 수 없어요. 야마모리 나오코를 구한 존재는 히메코를 저승으로 끌고 간 그 산괴예요. 왜 야마모리 나오코에겐 해코지를 가하지 않은 것일까요?"

"히메코에게 해코지를 가한 게 정말 그 산괴라는 확신이 있나요? 무리하게 곤충채집을 감행한 뒤, 감기·몸살로 끙끙 앓다가 죽은걸, 산괴의 탓으로 돌리려는 건 아닌가요?"

교수가 무릎을 피며 말했다. 빗물이 가득 차 썩어 문드러진 나무 상자가 바닥에서 구르고 있었다. 나는 교수의 물음에 어쩐지 대답할 수 없었다.

"물론 생각하기 나름입니다. 제 첫 번째 의견처럼 세 존재는 모두 빙의 소녀와 악령이 뒤엉켜 버린 해괴한 존재이고, 그 존재가 요시노 씨가 말한 산괴이며 히메코를 데려간 장본인이라고 생각할 수 있어요. 그리고 이 모든 건 아직 가설일 뿐이죠. 다만, 저는 말입니다. 어쩐지 건드리면 안 될 것을 건들었다는 생각이 듭니다. 그것만은 확실하다고 이야기할 수 있어요."

정적이 흘렀다. 오로지 우산의 표면에 곤두박질치는 빗소리만 이 잔재한다.

곧이어 근처의 수풀 속에서 기척이 느껴졌다.

교수와 나는 거의 동시에 뒤를 돌아보았다. 저 멀리 우리가 지나왔던 수풀 속에서 사락거리는 소리가 들렸다.

수풀 쪽으로 걸어갔다.

잠시 뒤, 그곳에서 신기한 광경을 목격했다.

돌길 위에서 여우가 무언가를 잡아먹고 있었다.

우리의 기척이 느껴지지 않은 건지, 먹는 것에 정신이 팔린 건지는 알 수 없어도 굉장히 집중하고 있다는 사실은 금세 알아차릴 수 있었다.

여우 아래에 놓인 피투성이 덩어리는 새끼 고라니였다.

그런데 여우의 크기가 상상 이상으로 컸다. 시베리안 허스키와 견줄 정도로 말이다.

"가네코 양의 말이 사실이었군요. 여우가 산다는…… 뭘 먹고 살아온 건지, 거대하네요."

별안간 교수가 뭔가가 생각났다는 듯이 외마디를 내뱉고는 말을 이어갔다.

"참, 댐 건설 현장에서 사망한 인부들 말입니다. 실종 인부가 4명이고 짐승에게 온몸을 뜯어먹혀 사망한 인부가 3명이더군요. 알고 계셨습니까?"

그게 무슨 소리일까?

“네? 짐승이요?”

“현장에 투입되었던 분을 만나 직접 이야기를 들어보았습니다. 그분의 말에 따르면 사고사나 급사한 인부는 없었다고 하지요. 총 7명의 사망자 중, 네 사람은 실종이었고, 세 사람은 짐승에게 뜯어먹힌 채로 발견되었는데, 발견 당시엔 모두 사망해 있었다고 했습니다. 저 여우를 보니 떠오르는군요.”

여우는 우리의 말소리에도 도망가지 않았다. 예로부터 여우는 신비한 힘이 깃든 영물로 취급하지 않았던가. 그러나 그것도 지방에 따라 구전되어 오는 전승이 전부 다르다. 여우를 사악한 동물로 간주하는 지방도 적진 않다는 이야기다. 예컨대 그건 사람을 괴롭히는 여우 요괴 ‘야코(野狐)’가 될 수도 있고 마귀의 일종인 ‘쿠다키츠네(管狐)’가 될 수도 있다.

에도시대의 화가였던 사와키 스우시(佐脇嵩之)가 요괴를 주제로 그린 『백괴도권(百怪図巻)』에서 야코는 사람의 몸과 머리칼을 지니고 있지만 얼굴은 여우인 요괴로 나온다. 흡사 그 모습은 완전히 똑같진 않지만, 몇 시간 전, 부엌에서 보았던 의문의 허깨비와 비슷했다. 무서운 경험이었다.

둥그런 소형 관 안에 사는 쿠다키츠네는 미래를 예언하고 과거를 들춰내는 능력이 있는 요괴로 도호쿠(東北)나 관동(関東) 지방 등에서 전승이 전해져 온다. 쿠다키츠네를 이용하면 타인에게 저주를 걸 수도 있지만, 해당 요괴를 부리는 자들은 결국 좋지 않은 최후를 맞이한다. 다른 지역에선 뱀 신앙과 비슷한 맥락이라고 한다.

그뿐만 아니라 전술했던 관동 지방에선 쿠다키츠네와 비슷한 '오사키키츠네(御先狐)'라는 요괴가 존재하는데, 이 요괴는 사람에게 빙의하는 경우가 있다고 한다. 오사키키츠네에게 빙의하면 발광을 일으키는 것은 기본이고 온갖 기행을 저지른다고 한다.

이러한 전승들은 모두 넓게는 지방에 따라서 좁게는 각 마을에 따라서 내려오는 전승이 다른 편이다.

생각에 잠겨있는데 옆에서 교수의 굵은 목소리가 들렸다.

"마을에서 어떤 야생동물을 봤습니까?"

"……야생동물이라 하면 멧돼지 정도가 있을 겁니다. 가끔 집락으로 내려와서 농작물에 피해를 주는 경우도 더러 있었습니다. 아, 예전에 한 번, 곰을 봤다는 주민이 있긴 했었습니다. 거짓말인지 사실인지는 직접 보지 않았기 때문에 모르지만. 저 여우가 그런 건 아니겠죠?"

"뭐, 잘은 모르겠지만, 아예 불가능한 이야기는 아니라서요. 저 여우가 작았다면 모르겠지만, 저 정도 크기면 혹시 모르지요. 다만, 저희에게 덤벼들지 않는 걸로 보아서는 공격성이 높진 않아 보입니다. 물론, 이미 배를 거의 채웠으니 공격하지 않는 것일 수도 있고요."

"범인이 케모노메…… 일 수도……."

"있겠죠."

나카자토 교수와 나눈 대화가 극단적인 억측은 아니리란 생각이 들었다.

여우는 쏟아지는 비를 맞으면서도 새끼 고라니를 맛있게 먹어치우고 있었다. 새끼 고라니의 복부에는 구멍이 뚫려있었고 그 부분으로 비가 세차게 빨려 들어가고 있었다.

순간, 여우가 이쪽을 바라보았다. 여우의 눈에 빨려 들어갈 것만 같았다. 털처럼 주황빛이 보이기도 하고 방울처럼 노란빛이 보이기도 했다. 몸집이 큰 만큼 눈도 커다래서 비가 오는데도 불구하고 더욱 잘 보였다. 여우와 눈을 마주치고 있으니 묘한 기분이 일었다. 사람의 얼굴처럼 웃는 것 같이 보이기도 하고, 안면으로 흐르는 빗물 탓에 슬픔에 겨운 듯 보이기도 했다.

저 여우라면 사람으로 둔갑하는 것이 가능할지도 모르겠다는 생각이 들었다.

여우는 그렇게 가만히 우릴 응시하다가 새끼 고라니의 목을 덥석 물고 수풀 속으로 사라졌다.

"변종일까요. 신기하네요."

내 말에 교수가 말없이 고개를 끄덕였다. 시계를 보니 시간은 어느덧 5시 30분이 넘어가고 있었다. 꼭 이 마을에서만 시간이 빨리 지나가는 듯한 느낌이다. 평소의 여름날이었으면 여전히 주변은 밝은 태양 빛에 젖어있었을 것이다. 하지만 비가 오고 있어서 벽색 풍경이 펼쳐져 있었다.

"사가오카 씨는 이곳에도 없군요."

별안간 교수가 말을 꺼냈다.

"이 불상을 사가오카 씨가 부순 것이라면 이 근처에 있지 않을까요?"

"산 주변을 조금 더 둘러보는 게 좋겠습니다."

갑자기 좋지 않은 생각이 떠올랐다. 사가오카 씨가 조금 전의 여우에게 공격받는 모습. 서둘러 찾아야겠다는 생각이 들었다. 뜬금없이 비가 잦아들기 시작했다. 빗줄기가 거의 끊겨간다. 하지만 우산을 접어야겠다는 생각은 전혀 들지 않았다.

"사가오카 씨!"하고 외치며 산 이곳저곳을 둘러보고 있을 때, 교수의 입에서 이상한 말이 흘러나왔다.

"비슷하네……."

혼잣말이었다. 무언가를 골똘히 생각하며 나지막이 내뱉었다.

"네?"

"아뇨. 새벽녘에 이상한 꿈을 꿨었거든요."

"악몽이었나요?"

"뭐, 해괴한 꿈이긴 했습니다만, 뭔가 이상했달까요. 지금이랑 비슷하네요. 다른 점은 비가 그친 지금보다 훨씬 많은 양의 비가 내리고 있다는 것이었죠. 아, 한 가지 더 다른 점이 있었습니다.

꿈속에선 산속을 달리고 있었습니다. 신기하게도 제 옆엔 지금 처럼 요시노 씨가 있었지요. 누군가를 쫓고 있었어요. 그런데 그 누군가가 괴상한 비명을 내지를 때, 꿈에서 깼습니다. 말로 내뱉어 보니 더욱 이상한 꿈이었다는 생각이 드네요."

그 말을 들으며 문득 무언가가 떠올랐다. 미아키의 꿈……. 미아키는 꿈속에서 산속을 네발로, 그것도 아주 빠른 속도로 기어다녔다고 했다. 짐승처럼. 꿈속에 등장한 인물은 나, 아사미, 고무라 형사 그리고 의문의 남성이라고 했다.

나는 어쩐지 두 꿈이 이어져 있는 것 같다는 생각이 들었다.

미아키가 공격한 건, 자신의 아버지인 료스케였다. 그 전에 미아키는 나와 사가오카로 추정되는 남성, 료스케가 함께 산길을 달리고 있었다고 했다. 물론 료스케가 선두로 달렸고 그랬기 때문에 미아키에게 공격받은 것이리라.

하지만 제삼자의 입장으로 다시 이야기를 바라보면 그건 함께 달리는 것이 아니라, 료스케를 쫓고 있다는 걸로도 해석해 볼 수 있다. 문득 그런 생각이 들었다. 미아키가 '사가오카로 추정되는 남성'이라 이야기한 건, 확실하지 않았기 때문이다. 어쩌면 그 남성은 사가오카와 비슷한 체형인 나카자토 교수가 아니었을까?

교수의 꿈과 미아키의 꿈을 연결시키면…… 무슨 이유에서 우리가 료스케를 쫓았고 그 과정에서 료스케가 미아키에게 공격받았다는 이야기가 된다.

미아키와 나카자토 교수는 예지몽을 꾼 건 아닐까? 쿠다키츠네처럼 미래를 예언하는 말을 내뱉은 것이다.

교수의 추측이 맞았다면 빙의 소녀의 사령과 케모노메는 이 근처, 그러니까 불상 주위, 더 나아가 현재까지도 마을을 돌아다니고 있다는 이야기가 된다. 그 사위스러운 존재들은 아무도 살지 않는 이 호젓한 폐촌을 계속해서 돌아다니고 있다.

어쩌면……, 키츠네츠키 의례를 훔쳐본 것을 시작으로 미아키의 몸에 케모노메의 일부가 깃들었을지도 모른다.

처음 미아키의 집을 방문했을 때, 나와 아사미는 해괴한 광경을 보았다. 미아키의 등 뒤에서 나타난 반쪽짜리 얼굴. 그것은 틀림없이 빙의 소녀와 뒤엉킨 케모노메이리라.

사가오카는 미아키가 실종 상태에서 돌아온 이후부터 이상해졌다고 했다. 얼굴만 같은 다른 아이가 돌아온 것 같다는 느낌이었다고…… 그랬다.

그 실종 기간 동안 미아키는 이 산에서 키츠네츠키 의례를 목격했다. 어쩌면 그 과정 중, 미아키가 수풀에서 마주한 무언가는 케모노메가 아니었을까.

평소에는 영락없는 고등학생이다. 나아가 지극히 정상적인 모습이다. 료스케의 말로는 가족이 고요메촌을 떠난 이후, 이상행동은 오히려 아내에게서 자주 나타났다고 했다.

역사를 되풀이하고 있다. 미아키 속에 깃든 악령은 아들의 죽음으로 미쳐버린 어머니 아래에 감춰진 것이다. 빙의 소녀의 악행이 복멸도 불상에 가려졌듯이 말이다.

곧 나는 깨닫고 말았다. 이 마을에 발을 들인 행위가 미아키 속에 깃든 악령을 위한 기폭제가 될 것이란 걸 말이다.

7년 전, 고요메촌에 자리한 고도 가가 불탔다. 그 과정에서 미아키의 남동생인 미치오가 죽었다. 머릿속에서 통제할 수 없는 붓이 움직였다. 이윽고 불에 타는 미아키의 집을 그려낸다. 이해할 수 없게도 머릿속 풍경에서 기시감이 느껴졌다. 마치 내가 그 광경을 직접 본 것처럼 말이다.

장롱의 미세한 틈에서 검은 연기가 새어 나왔다. 미아키는 장롱 앞에 가만히 서 있다. 미아키가 입가로 으스스한 미소를 띤다. 그녀 앞에 놓인 장롱의 손잡이엔 기다란 나무판자가 걸려있다. 빗장의 모습이다.

곧 온몸에 소름이 돋고 말았다. 생생하다. 실제로 있었던 일인 것처럼.

미아키를 마을로 데려오면 안 됐다.

그런 생각을 하는 찰나 비가 완전히 그친 것을 깨달았다.

비가 오면……, 다시 비가 내리면……

그것이 올 것이다.

***비를 타고…… 미아키의 몸속으로 들어가…… 료스케를 죽음으로…… 몰아넣을 것이다.***

*미아키를 찾아야 한다.*

*비가 오기 전에……*

*귀우가 내리기 전에.*

## 3 사가오카

오랜만에 마주한 이시이와 가는 여전히 불경한 분위기를 주변으로 뿜어내고 있었다.

손에 난 상처가 빗물에 닿을 때마다 쓰라렸다. 오함마를 휘두를 때 지지대를 잘 지탱하지 않아서 난 상처였다. 불상을 부술 생각은 없었다. 아니, 그러한 생각을 했었을지는 몰라도 실행에 옮기겠다는 막연한 다짐과 배짱 따윈 없었다.

산짐승이나 폐가 속에 주머닛돈도 지불하지 않고 거처를 마련한 노숙자들에게 습격받진 않을까 하는 마음에 나름의 무기를 챙긴 것이었다. 다행히 살아 숨 쉬는 동물이나 사람에게 두꺼운 망치를 휘두르는 일은 없었지만.

*

이틀 전, 오랜만에 마을에 들어섰는데도 반가운 마음이 생기지 않았다. 오히려 묘한 느낌이 들었다. 미시감이라고나 해야 할까.

예전에 살았던 집으로 향했다. 현관에 들어설 때부터 묘한 긴장감이 생겼다. 꼭 누군가가 숨어있을 것만 같았다. 머릿속으로 이곳에 사람이 숨어있다면 정말 무섭겠다는 자조적인 생각이 들었다.

집안은 모두 텅텅 비어있었다. 오로지 먼지만이 잔재했다. 비염이 있었더라면 숨 쉬듯 재채기했을 것이 분명했다.

1층을 간단히 둘러보며 추억을 떠올렸다. 그 추억을 가슴 속에 안고 2층으로 올라갔다. 창고로 썼던 방으로 들어갔다. 여긴 곰팡냄새가 지독했다. 게다가 창문이 깨져있었다. 바깥에서 누가 돌이라도 던진 건지 파편이 모두 안쪽으로 떨어져 있었다.

첨예한 파편이 아슬아슬 매달려 있는 창문 밖으로 펼쳐진 고요메촌의 전경을 살폈다. 아침에 내렸던 비가 뚝 그쳤다. 드물게 화창한 날씨가 펼쳐졌다.

고요메촌에 살았을 때도 전혀 보지 못했던 화창함이었다. 배낭이 너무 무거워서 바닥에 내려놓고 조금 더 마을의 풍경을 눈에 담았다.

수많은 산으로 둘러싸여 있다.

저 여러 산 중 한 곳에 그 불상과 신사가 있단 말이지……. 어린애라도 된 것처럼 호기심이 폭발했다.

휴대전화엔 미약하게나마 전파가 잡혔다. 지금은 점심이니 아마 저녁이 되면 아내에게 전화가 걸려 올 것이다. 그때 가서 아내에게 잠시 본집에 내려갔다 오겠다고 말해야겠다는 생각이 들었다.

먼지가 가득 쌓인 창고에서 빠져나와 그나마 먼지가 없는 마당으로 나갔다. 툇마루에 걸터앉아 골똘히 생각에 잠겼다.

너무 편안했다. 하지만 그건 곧 무서운 감정으로 둔갑하고 말았다. 이유는 간단했다. 주위가 살인적으로 고요했기 때문이었다. 정말 아무 소리도 들리지 않았다. 한여름의 추억을 떠올리는 기폭제가 될 만한 유지매미의 울음소리도, 산새의 날카로운 지저귐도 없다. 이 넓은 세상에 덩그러니 혼자 남겨진 듯한 느낌이었다.

나는 이 폐촌을 탐험하는 동안 간단히 일지를 작성하기로 했다. 불상과 신사를 발견하면 가져온 디지털카메라로 사진도 찍고 말이다.

집에서 나와 주변을 이리저리 둘러보았다. 얼마 걷지 않아서 기묘한 광경을 목격했다. 마을의 공동묘지가 보였다. 그런데 철거 현장처럼 시멘트 파편이 사방팔방으로 튀어있었다. 멀리서도 보일만한 비석의 윗머리도 전혀 없었다.

가까이서 보니 시멘트 파편처럼 보였던 것들은 전부 부서진 비석의 파편들이었다.

누가 이런 짓을……

부서진 비석의 행렬을 따라 가운데로 나 있는 길을 조심히 걸었다. 그런데 저 끝에서 여전히 건재한 비석 하나를 발견했다.

그리고 그 비석에 적힌 글자를 본 순간, 온몸에 소름이 돋았다.

"이시이와 가의 묘(石岩家之墓)."

소리 내어 읊어보았다. 괴상한 감각이 느껴졌다. 과거 이시이와 가의 문패를 따라 읽었던 상황과 현 상황이 겹쳐 보였다.

왜 이 비석만 멀쩡한 걸까? 아니다. 그 비석은 멀쩡하지 않았다. 금줄이 걸려있었으니까. 잠시 뒤, 어디선가 발걸음 소리가 들렸다.

발소리가 가까워짐에 따라 본능적으로 숨어야 한다는 생각이 들었다. 묘지 바깥에서 기묘한 게다(下駄 : 일본 고유의 왜나막신) 소리가 들렸다. 불규칙한 게다 소리로 미루어 보아 거동이 불편한 사람이리란 생각이 들었다.

나는 가까워지는 소리에 귀를 기울이다가 비석의 파편이 모여 융기처럼 솟아난 부분으로 달려갔다. 몸을 숨기기엔 안성맞춤인 곳이었다.

얼마 뒤, 게다 소리가 더욱 가까워지기 시작했다.

***딸깍……, 딸깍……***

설마…… 여기까지 오는 건가?

이시이와 가의 묘비가 자리한 가장자리까진 오지 않을 것 같았는데도 게다 소리는 멈출 줄을 몰랐다.

*딸깍, 딸깍……, 딸깍……*

내 시야의 저편에 나타난 건, 앙상한 몸의 노인이었다. 머리는 전부 다 빠져버렸고, 얼굴은 치명적으로 핼쑥해져 죽은 사람처럼 보였다.

노인은 이시이와 가의 묘비 앞에서 멈춰 섰다. 이윽고 바지 주머니에서 주섬주섬 무언가를 꺼냈다.

흰 종이?

노인은 흰 종이를 금줄에 달기 시작했다. 모양을 보니 고헤이로 추측되었다.

이 마을은 공동묘지를 관리하는 사찰이 없다. 그래서 묘석에 법명이 없는지도 모른다. 하지만 장송 행렬에 이웃 마을의 승려가 참여하는 이유는 도대체 무엇일까? 물론 나는 실제로 보지 못했다. 요시노와 가네코의 경험이 담긴 말로만 추측하는 것뿐이다. 아무튼 사찰이 없는 고요메촌에선 그동안 주민들이 직접 묘지를 관리해 왔다. 이를테면 각 집안의 장남이 묘지기(墓守)가 되어 묘를 관리하는 것이다. 게다가 절을 세우지 않아도 관리만 잘한다면 그 영혼들을 누군가가 지켜준다고 했다.

복멸관악이다.

그 불상이 마을 주민을 지킨다고 생각했나 보다.

나는 카메라를 꺼내 들었다. 화면을 확대한 다음, 초점을 맞추었다. 촬영 버튼에 검지손가락을 올려두었다. 이 정도 거리라면 셔터 소리는 들리지 않을 것이다.

갑자기 노인이 뒤를 돌았다. 그제야 화면 속에서 그의 얼굴이 자세히 보였다. 다시 보아도 미이라 같이 징그러운 얼굴이었다. 곧 그는 만족스러운 웃음을 띠었다. 다만 나로서는 그 주름 가득한 웃음이 상당히 기묘하게 다가왔다.

나는 곧바로 촬영 버튼을 눌렀다.

찰칵.

동시에 전방이 번쩍였다.

심장이 멎을 뻔했다.

플래시가 켜져 있었다.

아무리 주위가 밝다지만, 플래시가 터졌다는 사실쯤은 금세 알아차렸을 것이다. 심장이 맹렬히 요동쳤다. 플래시가 터진 순간, 몸을 낮춰 숨었다.

***딸깍……***

***딸깍, 딸깍……, 딸깍***

불규칙한 발걸음 소리가 점점 가까워졌다.

온다…….

어느 순간, 게다 소리가 멈추었다.

곧바로 호흡을 멈췄다.

숨을 몰아쉬고 싶은 욕망이 극에 달하기 바로 직전, 게다 소리가 멀어지기 시작했다.

운이 좋게도 들키지 않았다. 나는 그 꺼림칙한 소리가 사라질 때까지 숨죽이고 있다가 완전히 사라진 후, 카메라 속에 떠오른 노인의 얼굴을 바라봤다.

만약 『회본백물어(絵本百物語)』에 등장하는 '로진비(老人火)' 속 노인이 실존한다면 이런 모습이리라.

자리에서 일어나 다시 묘비 앞으로 다가갔다. 금줄 아래로 고헤이가 생겨났다. 나는 이 광경을 사진 속에 담았다.

사진을 찍던 중, 문득 깨달았다.

이곳에 사람이 왜 있는 거지?

차라리 노인에게 물어볼 걸 그랬다는 생각이 들었다. 이곳에 오랫동안 살았다면 신사의 정확한 위치를 알 수도 있으니 말이다.

그렇게 아쉬움에 혀를 끌끌 차면서 묘지 밖으로 걸음을 옮겼다.

내 집에서 가장 가까운 순서대로 입산하기로 했다.

아쉽게도 그 산에선 신사를 찾지 못했다. 다만, 산을 탐색하는 데 시간이 오래 걸리지도 않았다. 작은 산이었으니까.

나는 고민에 빠졌다. 다른 산을 올라 볼까. 하지만 그랬다간 산에서 하루를 꼬박 보내야 할지도 모른다. 아무리 여름이라지만, 밤이 되면 지독하게 추울 것이다.

곧 무턱대고 이 마을에 혼자 발을 들인걸, 후회했다. 무슨 바람이 불어서 급하게 이 마을을 왔던 건가.

하는 수 없이 옛집으로 돌아갔다.

먼지가 두툼히 쌓인 집 안에서 자는 건 아무래도 무리다. 마을을 떠날 때, 창고에 두고 왔던 텐트를 꺼냈다.

몇 년이 지났지만, 텐트 가방에 담겨있어 안은 깨끗하리라. 작은 침낭을 가져왔지만, 아무래도 필요 없어졌다.

예상대로 텐트는 깨끗했다. 다만 살짝 역한 냄새가 배있긴 했다. 그래도 이렇게 야외에 두면 금방 냄새가 사라질 것이다.

마당 주변에서 자갈을 가져왔다. 자갈을 바닥에 원 모양으로 두고 가운데에 나뭇가지나 잎사귀를 가져왔다. 모아두고 저녁에 불을 지피자.

텐트 안에서 일지를 작성했다. 아내에게 연락을 취하려고 했지만, 전파가 불안정했다. 어느덧 쌀쌀한 바람이 불어오는 밤이 되어서 일지 작성을 멈추고 불을 지폈다. 간단히 라면을 만들어 먹고 일지를 마저 작성하다가 잠에 들었다.

얼마나 시간이 지났을까.

빗소리가 들렸다.

바람이 내지르는 비명도 함께 귓속으로 달려들었다.

잠에서 깼다. 손목시계 속 바늘 같은 시침은 숫자 2를 가리키고 있었다. 아직 새벽 2시밖에 되지 않았다.

텐트 문을 열고 바깥의 어둑한 풍경을 눈에 담았다. 회색으로 번쩍이는 빗물의 종횡이 보였다. 좋지 않은 날씨 때문에 별은 보이지 않았다. 이렇게나 시골인데…….

어렸을 때부터 이 시간대를 무척이나 싫어했다. 아버지가 말한 괴담 때문이었다.

떨어지는 빗방울을 바라보면서 생각에 잠겼다.

오전 1시부터 오전 3시까지를 동양에서는 축시(丑時)라 일컫는다. 어쩐지 단어만 들어도 으스스하다. 하루를 12시간으로 나눈 십이지시에서 축은 두 번째 글자이며 북동쪽을 의미한다. 그리고 북동쪽은 귀신이 지나다니는 귀문이 놓인 방향이다. 할머니도, 할아버지도 귀신이 돌아다니는 축시엔 절대로 바깥을 나가지 않았다고 했다. 아버지는 축시엔 초목도 잠든다고 하셨다. 귀신을 피하기 위해서.

오래된 이야기이니 지금은 웃고 넘어갈 수 있지만, 당시의 나는 그 이야기가 정말로 무섭게 다가왔다.

예컨대 축시 참배라는 말도 있지 않은가? 축시 참배는 저주술의 일종으로, 신사의 신목에 짚으로 만든 저주 인형을 못 박아 특정 대상을 저주하는 행위를 말한다.

『금석화도백귀(今昔画図続百鬼)』라는 중세의 그림책에선 축시 참배를 이런 식으로 묘사했다. 축시 참배는 가슴에 한 개의 거울을 지니고, 머리에 세 개의 촛불을 켜고-자세히 기억나진 않지만-아마도 삼나무의 우듬지에 못을 박는다고 했었다. 그리고 이렇게 덧붙였다. 남을 저주하려거든 두 개의 무덤을 파라고.

마지막 문장에 대한 내 해석은 '누군가를 저주하고 싶거든 자신을 희생할 용기가 있어야 한다.'이다. 멋진 말이었다. 현대를 살아가는 사람들이 그 사실을 안다면 무심코 누군가를 저주하는 일은 없을 텐데……. 나는 그 그림책의 묘사 글이 이런 의의를 지니고 있으리란 생각이 들었다. 괴담 속에 숨겨진 교훈인 셈이다.

아무튼, 축시 참배에 관한 전승의 기원은 다이도(大同) 시대까지 거슬러 올라가서 여간 머리가 아픈 게 아니다. 다만, 『금석화도백귀』에 나온 설명에서 심히 걸리는 단어가 있을 뿐이다.

그건 바로 삼나무…… 이다.

왜냐하면 고요메촌을 둘러싼 산이 모두 삼나무가 빼곡히 줄지어 있기 때문이다. 아까 마주했던 징그러운 노인이 미아키가 본 신사로 찾아가 삼나무에 못을 박아대고 있는 꺼림칙한 광경이 스스럼없이 떠올랐다.

이 조용한 땅 위로 사위스러운 것들이 움직이고 있을 시간이다. 새벽 공기 때문인지는 몰라도, 나는 금세 으스스해져서 다시 텐트 문을 굳게 잠그고 잠을 청했다. 비릿한 냄새가 땅 위로 스멀스멀 피어올랐다.

다시 눈을 떴을 때, 이전과 같은 빗소리가 들려오고 있었다. 문을 열었더니 여전히 으슥한 어둑새벽의 풍경이 펼쳐져 있었다.

손목시계를 본 순간, 괴리감이 느껴졌다.

시침은 9와 10의 사이를 가리키고 있었다.

시계가 고장 났다.

산 지 얼마 되지도 않았을 텐데 말이다.

나는 곧 생각을 바꿨다.

시계가 고장 나면 대개는 시침과 분침이 멈추기 마련이다. 시침과 분침을 고정하는 핀이 탈락한 게 아니라면 시침이 뒤로 감길 수는 없다.

내 말에 힘을 실어주듯이 곧 분침이 움직였다.

그렇다. 나는 이곳에서 꼼짝없이 하루를 더 보낸 것이다.

그 사실을 알아차리자마자, 그동안 함께 잠들어 있던 엄청난 허기가 몰려왔다. 곧바로 배낭을 뒤적거렸다. 차가운 물체가 만져졌다.

그건 훈제 연어 조림이 담긴 통조림이었다. 얼마나 배가 고팠는지 순식간에 먹어 치웠다. 그래서 몇 분 뒤 맛이 생각나지 않을 정도였다.

잠이 전혀 오질 않았다. 나는 가만히 앉아 총 몇 시간을 잔 건지 계산해 보았다.

……대략 22시간을 잤다.

이게 가능한 일일까? 과다수면증이란 병명을 들은 적이 있다. 그런데 이건 과다수면증을 뛰어넘은 그 무언가다. 어쩌면 내가 오늘 하루를 기억하지 못하는 건 아닐까?

혼란스러웠다. 휴대전화를 꺼냈지만, 이미 방전 상태였다. 분명 잠에 들기 전까지만 해도 상당한 양의 배터리가 남아있었다.

혼란스러운 마음을 안고 일단 텐트 밖으로 나갔다. 현실 속의 괴리감은 내 시간 감각을 붕괴시켰다.

카메라의 스트렙을 목에 걸고 대문 밖을 나섰다.

희미한 달빛만이 잔재하는 마을은 너무나도 어둑했다. 아침이 오기는 하는 걸까. 꼭 다른 세상에 갇힌 것만 같았다.

손전등을 켰다. 비는 그쳤다. 성능이 좋은 손전등이라 그런지 투광 범위가 넓었다. 까마득한 마을을 돌아다닐 수 있겠다는 생각도 들었지만, 한편으로는 조금의 두려움도 떠올랐다.

그 노인을 만나 이야기를 여쭙고 싶었지만, 이런 으슥한 밤에 그의 얼굴을 마주한다면 기필코 줄행랑을 쳐버리고 말 것이다. 그건 나에게도 좋지 않고 노인에게도 무례한 모습으로 다가갈 테니 좋지 않으리라.

그 어느 집도 불빛이 켜져 있지 않았다. 곳곳에 전신주는 보이지만, 비가 오면 스파크가 튈 것처럼 낙후되었다.

도로변을 걷다가 다시금 공동묘지를 마주했다. 홀린 듯이 묘지 내부로 발걸음을 옮겼다. 불빛을 비추면서 끝 쪽으로 걸어갔다. 이시이와 가의 묘비가 있는 쪽으로.

고헤이가 전부 찢겨나갔다. 빗물에 젖고 강한 바람을 맞은 탓이다. 지금은 약한 바람이 살짝 불어올 뿐이다.

손전등을 입에 물고 비석을 비추면서 다시 한번 사진을 찍었다. 그때, 어디선가 익숙한 소리가 들렸다. 또 그 소리다. 게다

소리. 예측하건대 꽤 먼 거리였다. 아마 마을이 이 정도로 고요하지 않았더라면 몰랐으리라.

그 노인이 오는 것이다.

나는 저번처럼 비석의 파편이 모여 있는 곳에 몸을 숨겼다.

저 멀리 제등의 불빛이 보였다. 주변은 까마득했기 때문에 그 불빛이 혼자서 둥둥 떠다니는 여우 불처럼 보였다. 하지만 게다 소리가 함께 들려오니 누군가가 제등을 들고 오는 거겠지.

역시나 그 노인이었다. 기괴할 정도로 앙상한 실루엣만 봐도 알아차릴 수 있었다. 노인은 비석 앞에 서서 허리를 숙였다. 그게 인사를 한다기보다는 무언가를 관찰하는 것 같다는 느낌으로 다가왔다.

몇 초 뒤, 웃음소리가 들렸다. 그런데…… 사람의 웃음소리가 아닌 것 같았다. 사람이 낼 수 없는 웃음소리랄까? 심산유곡 속의 마귀할멈이 낼법한 웃음소리였다.

노인이 조금 옆으로 자리를 옮기자, 비석의 금줄에 새 고헤이가 달린 것이 어렴풋이 보였다.

비가 그치면 곧바로 고헤이를 교체하나 보다.

이시이와 가 사람일까? 혹은 알음알음일 수도 있겠다. 이시이와 가에 누가 살고 있는지는 마을을 떠나기 전, 단 한 번도 본 적이 없어서 모르겠다. 생각해 보니 누가 살고 있다는 소리도 들어보지 못한 것 같다. 그저 흉가라고만 했으니.

비슷하게 가와나에에도 흉가가 있다. 미아키의 집이 자리한 부지를 지나 한참을 이동하면 오래전에 버려진 서양관 한 채가 우두커니 서 있다. 가끔 학생들이 심령현상을 포착해야 한다며 밤마다 소란을 피워대서 근처 주민들이 철거를 원하고 있기도 하다. 나도 실제로 그 서양관을 본 적이 있다. 어떤 서양인이 혼자 지은 건물이라던데, 그 건물은 이미 식물에게 점령당해서 자연과 일체화된 듯한 모습이었다.

하지만 가와나에의 서양관과 고요메의 이시이와 가는 둘 다 흉가임에도 풍겨오는 분위기가 사뭇 다르다. 이시이와 가 쪽이 서양관의 분위기를 아득히 상회하는 무서움이 있달까. 아마 심령현상에 사족을 못 쓰는 불량한 학생들도 이시이와 가에 들어가 보라 한다면 넌더리를 내 거나 기겁할 것이 분명하다.

망상에 휩싸여 있던 터라, 눈앞이 새까맣게 변한 것도 모르고 있었다. 저 멀리 제등의 노란 불빛이 둥둥 떠다니며 멀어지고 있었다.

이번에도 들키지 않았다.

파편이 모인 작은 언덕에 등을 기대고 하늘을 바라보았다. 엉덩이가 축축해졌는데도 어쩐지 눈꺼풀이 점점 무거워졌다.

그렇게나 오랜 시간 잠에 빠져들었는데도 또 졸음이 몰려오다니. 통조림과 라면에 수면제라도 들어있던 건 아닐까, 하는 의심이 솟구쳤다.

나는 이시이와 가의 묘비 맞은편에 자리한 작은 파편 언덕에서 잠이 들고야 말았다. 잠에서 깨어났을 땐, 푸른 기색이 엿보이는 하늘이 보였다. 곧 아침이 밝아오리란 생각이 들었다.

시계를 보니, 6시였다. 뻐근한 몸을 일으켜 세우고 옛집으로 돌아갔다.

그런데 집으로 돌아와서 나는 이상한 광경을 목격했다. 텐트가 엉망진창이 되어있었다. 이곳저곳에 진흙이 묻어있었다. 배낭을 열었다. 누군가가 배낭에 들어있던 음식을 전부 가져가 버렸다.

다만, 온전히 음식만을 가져가서 생필품이나 일지 등은 고스란히 남아있었다. 그 노인이 틀림없다. 하지만 우리 집과는 반대편으로 가는 것을 분명 보았다.

돋아나는 의구심을 억누르고 옛집의 창고로 들어갔다. 텐트는 그냥 그대로 두었다. 어차피 오늘은 이 마을에서 밤을 보내지 않을 거니까. 만약 신사와 불상을 오늘 찾지 못한다면 포기하려고 한다. 하지만 그건 잠깐의 포기다.

다음엔 요시노, 가네코, 미아키와 함께 찾아볼 것이다. 이번은 특별히 독단 행동이었지만, 그들은 내가 이 마을에 있다는 사실을 모를 것이다. 애초에 이 마을에 방문하기로 한 날짜는 장마가 끝나는 다음 주니까.

저번에 다른 산에 올랐을 때, 멧돼지가 주위를 서성이는 모습을 보았다. 그때는 배낭을 옛집에 두고 산을 올랐기 때문에 나를 보호할 무기 같은 건 없었다.

창고의 구석엔 오함마가 놓여있었다. 이렇게 쓰게 될 줄은 전혀 몰랐다. 침낭과 음식이 사라지니, 배낭이 극단적으로 가벼워졌다. 다행히 물은 있었다.

툇마루에 걸터앉아 일지를 마저 작성했다. 카메라 속 사진을 참고해 과거의 기억을 되새기면서 글자를 적어나갔다. 나름 오래 집중했다. 아마도 그건 도저히 떠오르지 않는 어제의 기억을 필사적으로 떠올리기 위해 집중했기 때문일 것이다. 하지만 도저히 떠오르지 않았다. 그 말은 즉, 나로선 정말 잠을 오래 잤다는 것으로 귀결되어 버린다. 말도 안 되는 일인데…….

수수하게 펼쳐진 천공의 말단에 작게 자리 잡은 어둠이 꿈틀거렸다. 먹구름이 서쪽에서부터 밀려오고 있는 것이었다. 나는 서둘러 채비를 끝마친 뒤, 옛집을 향해 마지막이 될 인사를 건네고 산으로 향했다. 당시의 시간은 오전 9시 30분이었다. 아직 3개의 산이 더 남았다. 내가 향할 산은 마을의 북쪽 산 중 가장 높은 봉우리의 산이다. 과거 고요메촌에 살았을 때, 미아키와 어린아이들이 유일하게 놀러 간다고 하지 않았던 산이다.

처음엔 저 산이 꽤나 험준하고 다른 산에 비해 유독 컸기 때문이라는 다소 평범한 생각이 들었다. 하지만 지금은 다르다. 불길한 예감이 들었던 탓에 어린아이들은 그 산을 반사적으로 기피했는지도 모른다.

7년 전, 미아키가 실종 상태에서 돌아왔을 때, 그녀를 길에서 만나 부담스럽게 다가올 만한 질문을 했었다. 그랬으면 안 됐는데. 무슨 일을 당한 건지 말해달라고 하는 게 아니었다. 그냥 평소처럼 행로의 목적지를 묻거나 먹을 것을 건네는 등의 행동을 보이면서 미아키가 그 부정한 과거를 잊을 수 있도록, 그 심연 속에서 빠져나올 수 있도록 도왔어야 했다.

나를 포함한 마을의 어른들 때문에 그런 어린아이가 받아들인 시선은 참으로 가혹했으리라.

듬성듬성 나타나던 삼나무의 밀도가 기하급수적으로 높아지기 시작했을 때쯤이 되어서야 먹구름의 군집이 하늘 위로 펼쳐졌다. 악의 기운을 잔뜩 머금고 섬광이 안에서 뒤틀리고 있었다.

투명한 우비 위로 빗물이 툭툭 떨어졌다. 높게 솟은 삼나무는 일종의 우산이 되어서 빗물이 세차게 쏟아지는 걸 어느 정도 막아주었다.

어느 정도 올랐을까, 눈앞이 꽉 막혔다. 중간중간 길처럼 뻗어진 부분이 있어서 헷갈렸다. 중간에 오른쪽으로 빠지는 듯한 길이 있어서 그곳으로 향했다.

그 길은 구불구불 이어지다가 어느 한 지점에서 양옆으로 갈라졌다. 오른편과 왼편으로 나뉜 갈림길이었다. 다만, 방향은 내 기준으로 나눈 것이기 때문에, 하늘에서 본다면 산 정상으로 향하는 오르막길과 마을로 내려가는 내리막길의 형태-약간 굽어지긴 했지만-이다. 오른쪽 길로 내려간다면 마을로 빠져나갈 수 있을 것이다. 하지만, 이 산의 입구가 또 있던가? 라는 다소 의심스러운 자문이 떠올랐다.

젖어버린 흙바닥에 발자국 같은 것이 찍혀있었다. 확실히 사람의 발자국이었다. 크기는 그렇게 크지 않았다. 그 노인의 것일까? 몸이 앙상했던 것으로 미루어 보아 발바닥도 쭈그러들었을 것이 분명하다.

중간에 넘어진 건지, 발바닥 자국의 향연 사이로 손바닥 자국도 찍혀있었다. 조금만 더 늦게 왔더라면 흔적이 빗물이 씻겨 나갔을 것이다.

나는 오르막길을 선택했다. 발자국을 따라 쭉 올라갔다. 오함마의 기다란 목조 손잡이를 땅바닥에 쿡쿡 찍으면서 등산하니 한결 편했다. 이게 없었더라면 금세 미끄러졌을지도 모른다.

얼마 지나지 않아서 경사가 완만해졌다.

경사가 거의 수평을 이루기 시작할 때쯤, 회색 물체가 일렁이는 게 어렴풋이 보였다. 호기심 때문인지 발걸음이 나도 모르게 빨라졌다.

곧 신사의 전경이 눈앞에 펼쳐졌다. 왼쪽 끝에 도리이가 서 있는 게 보였다. 그제야 깨달았다. 내가 올라온 길은 정상적인 길이 아니란 걸 말이다. 도리이가 서쪽을 바라본 형태로 올곧게 서 있으니, 저곳에도 길이 있는 것이 분명했다.

신사를 둘러보았다. 배전의 머리 위로 장대한 삼나무 숲의 윗머리가 보였다. 비바람에 흔들렸다.

고오오오오…….

실제로는 나무줄기 사이 사이로 바람이 통과하며 발생하는 소리겠지만, 어쩐지 숲이 곡소리를 내지르는 것처럼 보였다. 산 전체가 동요하고 있다는 듯한 느낌…….

배전의 왼편에 자리해 본전으로 예상되는 목조 건축물로 다가갔다. 이 안에 신체가 있을 것이다. 크기는 내 키보다 조금 컸지만, 쉽사리 안으로 들어갈 수 있는 사람은 나보다 몸집이 작아야겠다는 생각이 들었다.

버려졌구나…….

문득 그런 생각이 들었다. 창살이 내려진 창은 나 있지 않았다. 따라서 문을 열지 않고서야는 내부를 확인할 수 없었다. 본전에 가까이 다가가자, 이상한 냄새가 나타났다.

양손으로 두 손잡이를 잡고 활짝 열었다.

엄청난 먼지가 내 안면으로 달려들었다. 인상을 찌푸리면서 공기 중으로 손을 휙휙 저었다. 먼지가 두툼이 쌓인 내부엔 나무로 된 불단같이 생긴 기묘한 축조물이 놓여있었다. 윗부분은 지붕으로 생각되는 삼각 모양의 판자가 붙어있었다.

하지만 그것뿐이었다. 기묘한 축조물은 민가의 불단처럼 무언가가 가득 놓여있는 게 아니라 텅텅 비어있었다. 원래는 이 축조물 속에 신체가 보관되어 있었을 것이다.

복멸관악…….

그 이름이 떠올랐다. 원래는 해당 불상을 이곳에 두고 모셨는지도 모른다. 그리고 무슨 이유에서인지 다른 곳으로 옮겼다. 그렇게 생각하면 미아키의 말이 맞아떨어진다. 신사가 놓인 이 토지가 아니라 배전 뒤의 장소에서 불상을 발견했다는 말이.

곧 좋지 않은 냄새가 날려와서 문을 닫아두었다. 배전의 뒤편으로 갔다. 고개를 치켜들어야 할 정도로 높은 나무들이 자리하고 있었다. 게다가 수풀이 만연해서 도저히 길이 보이지 않았다.

돌길을 찾아야 한다. 그렇게 생각하며 오른쪽 가장자리부터 수풀 속으로 발을 밀어 넣었다. 축축한 감각이다. 이쪽은 길이 아니다.

그렇게 몇 번 그 행위를 반복하다가 중간보다 약간 오른쪽으로 치우쳐진 곳에서 딱딱한 감촉이 느껴졌다.

돌길이다…….

오함마를 크게 휘두르자, 수풀의 강직한 줄기들이 일제히 꺾여나갔다. 풀을 잡아 뜯기도 하고 오함마를 휘두르기도 하면서 길을 만들며 앞으로 나아갔다. 그런데 이 과정이 심히 고역이었다.

풀을 옆으로 밀어내고 뜯어내며 나아가는 것도 힘에 부치는데 돌길이 기묘한 모양으로 나 있어서 길이 아닌 곳을 뚫어놓는 경우가 허다했다.

꼭 길이 자기 마음대로 움직이는 것 같다. 혹은 뱀처럼 구불구불 움직이는 것 같기도 했다. 땀을 뻘뻘 흘려대면서 앞으로 나아가던 중, 빗발이 거세지고 있다는 것을 깨달았다.

그래서 더 빠르게 걸어 나갔다. 이젠 요령이 생겨서 금방금방 수풀을 헤쳐 나갈 수 있게 되었다. 뒤를 돌아보니 헤집어 놓은 길이 다시 수풀로 막힌 듯이 보였다. 물론 잘못 본 것이었다. 길이 구불구불 굽이쳐 있으므로 저 끝이 수풀로 막힌 것처럼 보이는 것이다.

어느 순간, 시야가 뻥 뚫리며 습한 기류가 날려왔다. 그리고 저 멀리에 누군가가 우두커니 서 있는 게 보였다.

천천히 다가갔다. 가깝지 않은 거리였기 때문에 꽤 걸었다. 어느새 그것과 가까워졌다.

그건…… 불상이었다.

크기는 내 상반신보다 조금 큰 것 같았다. 네모나게 마모된 바위 위에 가부좌를 틀고 앉아 있는 모습이었다. 머리 위로 조각된 무언가는 꼭 왕관처럼 보였다. 평소 봐왔던 불상들과는 거리가 멀어 보였다. 어쩐지 악한 기운을 뿜어내는 것 같았다.

잠시 뒤, 주변이 고요해졌다.

비를 맞으며 불상을 바라보고 있으니 괴상한 감정이 피어올랐다. 무언가 꺼림칙했다고 해야 할까. 그 노인이 주변에 숨어서 나를 쳐다보는 듯한 느낌도 들었다.

갑작스레 마음 깊은 곳이 요동쳤다.

*부숴야 해……*

본능이 부르짖고 있었다. 요시노, 가네코, 미아키를 괴롭히는 건 이 불상이다. 결국엔 괴이 현상으로부터 벗어나기 위함이니 지금 이 불상을 부순다면 그들이 힘들게 이곳까지 안 와도 되지 않을까. 완강한 확신은 아니었지만, 불상을 부숴야만 할 것 같았다. 그래야 모든 게 원래대로 돌아가리라.

하지만 이걸 부수는 순간, 연관이 없는 내게까지 앙화가 들이닥치리란 생각에 약간의 두려움이 떠올랐다.

나는 고민을 거듭하다가 우선 사진을 찍어두기로 했다. 우비 속에 감춰둔 카메라를 들었다. 갑자기 입에서 연기가 흘러나왔다. 입김이었다.

주변이 살의를 가득 담은 추위로 뒤덮였다. 손이 덜덜 떨렸다. 숨을 참았다. 피사체를 향해 초점을 맞추고 사진을 찍었다.

찰칵.

카메라가 고장 날 것을 염려해 재빨리 우비 안으로 집어넣었다. 그리고 오함마를 들었다.

불상의 머리를 조준했다. 동시에 엄청난 한기가 엄습해 왔다.

폐를 갈기갈기 찢는 한기가……

거대한 숲이 사락사락 흔들렸다.

고오오오오오……

나뭇잎이 웃고 있다.

아니, 숲 전체가…… 이 산 전체가 웃고 있다.

나를 비웃고 있다.

***어서 내리쳐.***

***내리치지 않으면 죽는다.***

선뜻 몸이 움직이지 않았다.

무거운 오함마를 치켜든 상태로 오랫동안 멈췄다.

***주변에서 엄청난 시선이 느껴졌다.***

***광기에 가득 찬 노란 눈이 떠올랐다.***

어쩌면……

이 산 자체가 살아있을지도 모른다…….

***사람을 먹어 치우는 산……***

내 머릿속은 비열한 웃음으로 가득 찼다.

심장이 맹렬히 요동쳤다.

내 심박수는 비가 내리는 속도와 비슷해졌다.

무수한 웃음소리가 내 귓전으로 달려들었다.

나는 짧게 소리를 내지르면서 불상의 머리를 내려쳤다.

불상의 머리가 사방으로 튀어 올랐다.

어쩐지 파편이 튀어 오르는 모습이 피가 마구 솟구치는 것처럼 보였다.

부서진 단면에서 검은 물이 흘렀다. 단면뿐만이 아니었다. 불상의 온몸에서 검은 피가 흘러나왔다.

온몸에 끈적함이 달라붙었다.

곧 사방이 고요해졌다.

불상의 몸에서 나오던 검은 물은 빗물에 씻겨내려 간다.

천천히……

불상의 뒤로 발걸음을 옮겼다.

파편이 잡초가 만연한 바닥에 박혀있었다. 그 때문에 땅이 조금 들리기도 했다.

여전히 입에선 입김이 나오고 있었다.

손바닥이 간지러웠다. 왼편 손바닥에서 붉은 피가 흘러나오고 있었다. 내리칠 때의 충격으로 손잡이에 살갗이 밀려 나간 탓이었다.

펼친 손바닥 위로 빗물이 스며들자, 극심한 통증이 느껴졌다.

오함마를 불상 앞에 두고 다시 수풀 앞으로 왔다.

만들어 놓은 길을 따라 신사 배전의 뒤편으로 나왔다. 무언가에 쫓기는 듯한 기분이 들었다. 곳곳에 놓인 나무 위에서 무언가가 지켜보고 있는 듯한 기분이 들었다. 그래서 위를 쳐다볼 수가 없었다.

비가 살짝 약해졌다. 한기도 사라졌다. 배전의 처마 아래에서 비를 피했다. 과거의 미아키처럼…….

미아키는 이곳에서 마을 할아버지를 만났다고 했다. 나도 누군가와 만나지 않을까…… 하는 이상한 생각이 들었다.

그런데 거짓말처럼 저 멀리서 기척이 느껴졌다. 위치는 도리이 앞이었다. 무언가가 오고 있다. 나는 그 기척의 주인이 의문의 노인이란 생각이 들었다.

서둘러 몸을 피했다. 물론 신사를 왔던 지름길로 말이다. 곧바로 참배길과 석등 사이로 빠져나가 나무가 만연한 숲을 가로질러 갔다.

내리막길이 나타났다.

내 예상대로 쭉 내려간다면 마을이 나타나지 않을까.

나는 노인에게 들킬세라 서둘러 발걸음을 옮겼다.

얼마 가지 않아 갈림길을 마주했다. 이번엔 오른쪽과 정면으로 길이 나 있었다. 분명 오른쪽 길은 내가 지났던 길이다. 그 오른쪽 길에 우두커니 서서 어디로 갈지 고민했었음이 틀림없다.

어느 쪽으로 가도 마을로 내려가는 길은 나올 것이다. 올라오면서 보았던 발자국과 손바닥 자국은 이미 사라진 상태였다. 빗물에 씻겨 내려갔기 때문이다.

나는 새로운 길을 선택했다. 앞으로 쭉 직진했다.

얼마 가지 않아 길이 사라졌다. 잡초와 수풀이 만연한 장소의 연속이라 하는 수 없이 나무의 두툼한 줄기를 잡으며 천천히 내려가야 했다.

왜 중간부터 길이 나 있을까…… 하는 의문도 잠시 시야가 트였다.

마을이 나타났다.

예상대로였다.

이곳은 입구가 아니다.

애초에 입구로 생각할 수도 없을 만큼 나무와 수풀이 우거져 있다. 길 자체가 없기도 하고 말이다.

눈앞엔 바로 도로변이 있었다. 발아래엔 사람도 들어갈 만한 크기의 커다란 측구 수로관이 있었다. 스틸 그레이팅의 구멍 속으로 빗물이 빠져나가고 있었다. 살짝 헐거워 보였다. 규격에 맞지 않은 것을 사용한 것처럼 말이다.

그런데 어렴풋이 이상한 게 눈에 들어왔다. 수로관의 벽면엔 특정 부분이 네모난 모양으로 변색되어 있었다. 아니, 아예 색이 달랐다. 그 부분만 철로 만들어진 것 같달까. 이질감이 들었다. 꼭 벽면에 철판을 덮어놓은 것 같다.

시계를 보니 시침은 4를 가리키고 있었다. 시간이 눈 깜짝할 새에 지났다. 도저히 이해할 수가 없었다. 입산한 시간은 분명 오전 10시이다. 고로 벌써 6시간이나 지났다는 것이다.

시간이 이렇게 빠르게 흐를 수가 있을까?

의아한 마음을 묻어두고 서둘러 돌아가기로 했다. 시간이 이렇게 훌쩍 지나지 않았더라면 느긋하게 돌아갔으리라. 전파는 여전히 터지지 않았다. 이 산에 가까울수록 전파가 터지지 않았다.

마을을 빠져나가기 위해선 오로지 맞은편에 놓인 저 산을 넘을 수밖엔 없다. 과거 출입구였던 터널은 오래전 봉쇄되었으니 말이다.

경로는 두 가지가 있다. 내 옛집이 놓인 곳을 빙 돌아가는 것과 눈앞에 놓인 대로로 쭉 직진해 오른쪽으로 꺾어 들어가는 것. 언뜻 보기엔 당연히 후자가 훨씬 좋아 보인다. 아닌 게 아니라, 서둘러 돌아가야 하는 나로선 무조건 그 경로를 선택하는 게 옳을 것이다.

하지만…….

그 경로엔 어쩐지 괴기스러운 장소가 끼어있다.

보기만 해도 소름 돋는 저 이시이와 가를 지나쳐야 한다.

그렇지만 내겐 선택권이 없다. 효율적으로 시간을 단축하기 위해선 직진을 선택할 수밖에 없다.

실질적으로 이시이와 가는 내 뒤에 놓인 괴산보다 다른 산에 더 가깝다. 하지만 그다음으로 가까운 것이 이 괴산이다. 굳이 비교하자면 그리 거리상 그리 큰 차이는 나지 않을 테지만…….

신발 속으로 물이 들어갔기 때문인지 발걸음이 한결 무거웠다.

꽤 오래 걸었다.

*

그리고 현재 내 옆엔 이시이와 가의 커다란 풍채가 우두커니 서 있다. 이시이와 가의 으스스한 외관을 바라보는데 어디선가 이상한 소리가 들렸다. 처음엔 뒤에서 나는 소리인 줄 알았다.

비명 같은 것이 한 번 더 들리고 나서야 알아차렸다. 이 대문 뒤쪽, 그러니까 이시이와 가 안에서 들려오는 소리란 걸 말이다.

비명 소리가 꽤 여러 번 들렸다. 안에서 무언가가 넘어지는 소리도 들려왔다. 분명히 사람의 소리였다. 확신할 수 있었다.

하지만 몸이 선뜻 움직이지 않았다. 내 눈앞에 놓인 건, 평범한 집도, 지옥 같은 회사 건물도 아닌 이시이와 가였으니까.

입이 텁텁해졌다. 천천히 대문을 열었다. 마당의 돌길을 지나서 집 내부로 들어갔다.

엄청난 먼지가 달려들었다. 비닐 우비에 달린 모자를 벗고 귀를 기울였다. 바로 몇 초 뒤에 오른쪽에 자리한 흰 문 뒤에서 작은 소리가 들렸다.

문을 열자, 아래로 쭉 뻗은 계단과 그 뒤의 까마득한 어둠이 보였다. 지하실이었다. 손전등을 켜고 아래를 비췄다.

누군가가 있었다.

그건…… 믿을 수 없게도 고도 미아키와 가네코 아사미였다.

"저기……."

내 짧은 말이 땅 밑으로 푹 꺼졌다. 그리고 천천히 울려 퍼졌다.

이윽고 내 기척을 알아차린 가네코가 멍한 얼굴로 나를 올려다보았다. 미아키를 꼭 끌어안고 있었다.

곧 가네코가 미아키의 손을 잡고 빠르게 내게로 달려왔다.

"역시 여기 계셨군요…… 빨리…… 빨리…… 토모루한테 가요."

가네코는 계단을 오르면서 그렇게 말했다. 무언가에 쫓기는 것처럼 급한 기색이 역력했다. 당황해하며 얼버무리자, 가네코가 미아키를 데리고 먼저 마당으로 나갔다.

"이게 무슨……."

나는 조용한 지하실 바닥을 비췄다. 잠시 뒤, 쿵 하고 무언가가 떨어지는 소리가 들렸다. 지하실 안쪽에서 들린 소리다. 순간, 꺼림칙한 느낌이 들어서 곧장 바깥으로 빠져나왔다.

"무슨 일입니까? 아니…… 어떻게 여기에 있는 겁니까?"

마당에 서 있는 미아키와 가네코는 넋이 나간 상태로 이시이와 가를 바라보고 있었다. 나는 그런 두 사람을 데리고 맞은편에 자리한 폐가로 자리를 옮겼다. 왠지 그곳에 있으면 절대로 말을 꺼내지 않을 것 같았기 때문이다.

내 예상대로 폐가 안에 들어서자마자, 가네코가 입을 열었다. 그녀가 운을 떼는 순간, 비가 격렬히 빗발치기 시작했다.

"무사해서 다행이네요."

"네? 설마…… 저 때문에 오신 건가요?"

가네코가 끄덕거렸다. 당황스러웠다. 물론 그건 가네코의 말을 들은 순간의 감정이었을 뿐, 곧 후회가 해일처럼 몰려왔다.

나 때문에 이 사람들이 여기에 왔다. 이렇게나 비가 많이 오는데 크나큰 실수를 저질렀다는 생각이 들었다. 몇 명의 시간을 낭비하게 만든 걸까…….

“정말 죄송합니다. 말도 없이 미리 와버려서…….”

“아니에요. 부인분께 전해 들었거든요. 사가오카 씨가 사라졌다고…….”

“여긴…….”

별안간 미아키가 끼어들었다. 사슴 같은 눈이 번쩍 빛났다. 어딘가 감격에 젖은 것 같았다.

“응? 왜 그래?”

가네코가 물었다. 미아키가 폐가 내부를 이리저리 돌아다니면서 답하기 시작했다.

“여전히 똑같아요. 그 할아버지……. 산속에서 날 구해준 가타무라 할아버지의 집이었어요. 남은 건 아무것도 없지만……. 구조는 여전히 똑같아요.”

미아키에게 들은 말이 떠올랐다. 산에서 영영 길을 잃을뻔한 미아키를 구해준 이야기 속의 노인. 그의 집이다.

“이러고 있을 시간이 없어요. 6시까지 산 입구로 가야 해요.”

가네코가 말했다. 빗소리가 점점 강해져서 말소리가 조금씩 묻히기 시작했다.

“무슨 산 말입니까?”

가네코는 잠시 뜸을 들였다.

"……**그 산**이요……."

"그 산이라면 불상이 안치된 산을 말하는 건가요?"

"불상을 보셨어요?"

가네코가 눈이 휘둥그레져서는 급하게 물었다.

"네."

가네코가 현관 밖으로 몸을 내밀어 저 멀리 우뚝 솟은 산을 가리켰다.

"저 산 맞나요?"

"네. 저 산에 불상이 있더군요. 아까까지 저기에 있다가 내려왔습니다. 참…… 진즉 말씀을 드렸어야 했는데…… 죄송합……."

"토모루와 마주치지 않았나요? 아니면…… 나카자토 교수님…… 아니, 다른 남성이라도 마주친 적이 없나요?"

그녀가 내 말을 끊고 잽싸게 물었다. 도대체 뭐가 이렇게 급한 걸까?

"글쎄요……."

"두 사람이 저 산에 올라갔어요. 불상과 신사 그리고…… 사가오카 씨를 찾고 있었을 거예요. 정말 만난 적이 없나요?"

가네코가 순식간에 쏟아낸 말의 말미가 공중으로 사라졌다. 나는 기억을 더듬거렸다. 하지만 내가 그 산에서 마주한 건, 신사와 불상뿐이다. 그때, 문득 인기척이 느껴졌던 상황이 떠올랐다.

괴기스러운 노인이 신사로 다가온다고 생각해서 금세 달아났던 그 순간 말이다. 어쩌면 그 기척은 가네코가 말하고 있는 그 두 사람이 아니었을까? 그렇다면 요시노와 교수라는 인물은 신사와 불상을 결국 찾아냈다는 이야기가 된다.

나와는 다른 길로 신사를 향했나 보다.

"아, 그러고 보니 신사에 있을 때, 도리이 건너편에서 말소리 같은 것이 들려오긴 했습니다. 그런데 전……."

내심 괴기스러운 노인이 두려워 도망을 쳤다는 말을 꺼내려니 별안간 입이 떨어지지 않았다. 가네코라면 믿겠지만, 어쩐지 말하기가 싫어졌다.

"전…… 대수롭지 않게 생각하고 마을로 내려왔거든요. 그리고 가네코 씨와 미아키를 만난 겁니다."

"말소리가 들렸는데도 만나지 못했다는 건, 통행로가 하나가 아니었다는 거군요?"

단숨에 내가 겪은 상황을 파악해 내는 가네코가 신기했다. 박사 과정을 이수하고 있다고 했었나 현재는 휴학 중이라고 했지만, 심히 명석한 사람이란 생각이 들었다.

"그렇지요……."

"불상은 어떻던가요?"

"평범한 불상은 아닌 것 같이 보였습니다. 미아키의 말대로였어요. 치장을 한 것 같다는…….”

명치 위로 놓여있지만, 우비 때문에 감춰진 카메라가 생각이 났다. 내겐 사진이 있다. 백문이 불여일견이라, 사진으로 보여주는 편이 백배는 나을 것이다.

“참, 사진을 찍어두었습니다.”

가네코가 복멸관악의 모습이 담긴 사진을 뚫어져라 쳐다보았다.

“기괴하게 생겼네요.”

사진 속 복멸관악은 우중충한 풍경 속에서 비를 맞고 있었다. 눈을 감고 있지만, 사람의 마음속을 꿰뚫어 볼 수 있을 것만 같았다.

“그렇죠. 계속 보고 있으면 홀릴 것 같달까…… 그런 느낌이 있었습니다.”

나는 이어서 신사 사진을 보여주었다. 과거 불상이 안치되어 있었을 본전 사진도.

“믿기지가 않아요. 이런 게 저 산속에 잠들어 있다니……. 그것도 수십, 수백 년 전부터……. 도대체 왜 한 번도 보지 못했을까요.”

“마을 사람들이 합심하면 역사도 바꿔낼 수 있고, 한 사람의 인생을 망칠 수도 있고…… 살인과 사건 사고를 은폐할 수도 있는 법이죠.”

내가 건넨 말인데도 오싹 소름이 돋았다.

도대체 이 마을은…… 정체가 뭘까…….

"사가오카 씨는 우비를 입고 계시군요……. 비를 맞으면…… 어떤 느낌이 들어요?"

당황스러운 질문이었다.

비를 맞으면 어떤 느낌이 드냐니?

당연히 찝찝한 느낌이 들 뿐이다.

한 가지를 덧붙이자면 약간은 으스스해진다는 것 말고는 아무런 감정도 들지 않는다.

"네? 찝찝하지요. 전 아니지만, 조금은 우울해지는 사람도 있다고 들었습니다. 가네코 씨는 어떤 느낌이 드나요?"

"전……."

가네코가 눈을 내리깔았다. 잠시 무얼 고민하는 것 같이 보였다.

"잘 모르겠어요. 그런데…… 자꾸 비를 맞으면 안 된다고…… 도망쳐야 한다고…… 마음속에서 울부짖는 것 같아요. 그렇게 두려움이 피어오르면 어느 순간, 내가 아니게 돼버려요. 꼭…… 비에 홀리는 것 같달까요?"

가네코의 눈동자가 중심을 잡지 못하고 좌우로 연신 흔들렸다.

"그렇군요……. 그럼, 요시노 씨와 교수분을 찾으러 가실 수 있겠습니까? 아니면 제가 찾으러 갈 테니 가네코 씨는 미아키와 함께 여기서 기다리고 계시는 편이 어떻겠습니까?"

안타깝게도 그녀가 비를 대하는 태도에 대해선 공감할 수 없었다. 다만, 무언가로부터 찾아오는 두려운 감정 자체는 공감할 수 있었다. 어쩌면 내가 불상을 보면서 들었던 생각과 느낌, 그것이 가네코가 느끼는 감정과 비슷할지도 모른다.

"아니요. 같이 가야죠. 이 마을은 위험하니까요."

"네. 그럼, 뭐……. 6시까지라고 했나요?"

손목시계를 쳐다보았다. 5시 30분이었다.

"30분이면 조금 빠르게 걸어야 할 듯하네요. 갈까요?"

"네."

"혹시 비가 싫다면…… 우비라도 입으실래요? 우산은 주지 않으셔도 됩니다."

나는 그녀의 대답을 듣기도 전에 우비를 벗었다.

"아뇨. 괜찮아요. 정말……."

그녀의 입에서 연신 튀어나오는 사양을 무시하고 우비를 건넸다. 내 완강한 고집에 가네코는 천천히 우비를 입었다.

우산에 우비라면 최대한 비를 피할 수 있으리라. 귀신의 비처럼 기묘하게만 내리지 않는다면…….

가네코가 갑작스럽게 주변을 두리번거렸다.

"미아키는요?"

"네? 여기……. 어?"

미아키가 시야에서 사라졌다.

은근히 넓은 폐가 이곳저곳을 돌아다니며 미아키를 불러봐도 돌아오는 대답은 없었다. 홀연히 사라져 버렸다.

**7년 전**처럼…….

"미아키!"

"미아키!"

마당과 폐가 뒤편에 가보아도 미아키는 없었다.

가네코를 따라다니고 있는데 갑작스럽게 그녀가 멈춰 섰다. 무언가를 깨달은 듯한 눈빛이었다.

"산."

그 어떤 감정도 느껴지지 않는 어조였다.

"네?"

"산이에요."

"산이요? 불상이 안치된?"

"네. 미아키는…… 그곳으로 간 게 틀림없어요."

이해할 수가 없었다. 가네코는 무엇을 깨달은 걸까. 어쩌면 가네코와 나의 대화가 길어질 것을 의식해 미아키가 요시노와 교수를 데리러 먼저 산에 간 건 아닐까.

그 순간, 대문 앞에 놓인 우산이 보였다.

"혹시 저거 미아키의 우산인가요?"

내 물음에 가네코는 순식간에 달려 대문 앞으로 갔다. 그리고 우산을 만지작거렸다.

"맞아요. 미아키의 것이에요."

대문 밖을 살폈지만, 산으로 가는 대로엔 작은 형체도 보이지 않았다.

배낭을 메고 서둘러 밖으로 향했다. 우비를 가네코에게 주었기 때문에 카메라는 배낭 속에 조심히 넣었다.

빗줄기가 굵어졌다. 여전히 먹구름 속에선 노란빛 섬광이 뒤틀리고 있었다. 이 마을보다 거대한 먹구름이 내 머리 위에 있다. 머리 위에 떠 있는 검은 바닷속에서 으르렁거리는 맹수의 포효가 들렸다.

순식간에 주변이 번쩍였다.

가네코의 발걸음이 빨라지기 시작했다.

미아키가 정말 산으로 간 걸까.

저 대로변에 보이지 않는 것이라면 지금쯤 산의 입구 부근에 거의 도달했다는 이야기가 된다.

사람이 그렇게 빠를 수가 있을까?

그렇게 빨리 가려면 이족보행으론 불가능하다.

고양이나 개, 여우처럼 **사족보행 하는 동물**이라면 충분히 가능하리라.

# 제7장 귀우

1 고무라

후배 형사인 노이치를 호출하고 얼마 지나지 않아, 고요메촌의 유일한 통행로가 자리한 산에 다다랐다. 다량의 먼지가 휘날릴 법한 흙바닥엔 내 차를 제외하고도 총 세 대의 차량이 더 놓여있었다.

도대체 폐촌 속에 몇 사람이 있는 걸까.

뒷좌석에서 검은 경찰 우비를 꺼내 입고 손전등을 쥐었다. 료스케를 놓치면 큰일이라는 생각에 저절로 움직임이 빨라졌다. 서둘러 발걸음을 옮겼다. 문득 아침에 보았던 뉴스가 떠올랐다.

오늘은 하루 종일 비가 내릴 것이라던 그 뉴스.

아니나 다를까 미끄러운 산길을 조심히 오르고 있는데 슬슬 비바람이 거세지기 시작했다. 이대로 가다간 삼나무가 즐비한 이 숲이 몽땅 떠내려갈지도 모른다. 동료 형사에게 해를 거듭할수록 산사태 발생률이 올라가고 있다는 이야기를 들었다. 산사태 발생지의 대부분이 삼나무 숲이 자리한 산이란 걸 생각하면 나도 모르게 불안한 마음이 돋아나는 걸 강제로 억제할 수는 없는 노릇이었다.

어쩌면 료스케는 훨씬 일찍 도착했는지도 모른다. 그의 이상행동이 떠오르니 엉겁결에 마음이 급해졌다. 온갖 상념이 머릿속을 집어삼키기 시작했다. 이럴 때, 내 의지대로 잠깐이라도 머리를 비워둘 수만 있다면 좋을 텐데. 좀처럼 쉽지 않다. 무언가를 예측하고 결과를 떠올리는 일은 힘들지만, 떠올린 결과가 부정적이라면 의욕 자체가 떨어져 버린다.

하늘을 뒤덮은 먹구름 때문에 폐촌엔 망망대해의 어둠이 드리웠다. 아직까진 푸릇한 기색이 엿보이지만, 시간이 조금이라도 지체된다면 삽시간에 주변은 적요와 칠흑으로 물들 것이다.

어느새 마을로 들어왔다. 역시나 소름 돋도록 고요했다. 다소의 예비 지식이라곤 전혀 없이 댐 건설 사고를 조사하러 왔을 때보다도 더욱 호젓한 기운이 마을을 둘러싸고 있다. 꼭 다른 세상 같다고나 할까.

일단은 한길로 쭉 걸어보기로 했다. 물론 빠른 걸음걸이로. 달리는 건 좋지 않다. 료스케에게 형사인 고무라가 찾아왔다고 대놓고 알리는 꼴이 되어버릴 수 있으니까.

나름 꽤 많이 걸었다는 생각이 든 순간, 시야의 저편에서 비스듬한 길모퉁이가 보였다. 그 모퉁이를 도니, 저 멀리에 검은 기와지붕이 돋보이는 커다란 주택이 보였다. 아마도 저 집이 요시노가 말한 이시이와 가일 것이리라. 다만, 그의 말대로 무섭다는 느낌은 전혀 없었다. 그건 아마도 저 집을 아직 가까이서 보지 못했기 때문이 아닐까.

얼마 전, 그가 내게 건넨 말은 믿을 수 없는 이야기로 가득했지만, 그의 진지한 표정을 보니 최소한 거짓말은 아니리란 생각이 들었다. 그렇다. 요시노가 무언가를 겪었다는 건, 명백한 사실이다. 결코 지어낸 이야기가 아니었다. 이야기들의 유기성이 워낙 면밀했기 때문에 지어낸 이야기란 생각이 들지 않았던 것이다. 평상심에서 우러나오는 진심을 느낀 셈이다.

이시이와 가 근처로 검은 그림자가 지나가는 게 보였다.

눈 깜짝할 새에 사라졌다.

사람이었을까?

비가 오기 때문에 헛것을 보았는지도 모른다.

여전히 으스스한 마을이다.

과거, 사람이 살고 있을 땐 과연 어떤 풍경이었을까. 그때도 지금처럼 을씨년스러운 풍경의 연속이었을까? 사람의 온기가 전혀 남아있지 않은 이곳은 오랜만에 마주한 사람을 기다렸다는 듯이 환영하기보다 세차게 밀어내고 있는 듯한 느낌이었다.

꼭 죽음을 향해서 걸어가는 사형수가 된 듯한 기분이 들었다.

서둘러 발걸음을 재촉했다.

그렇게 대로변을 걷고 있는데 문득 옆집에서 인기척이 느껴졌다. 고개를 돌리니 시야에 들어선 건, 지극히 평범해 보이는 주택이었다. 불길한 예감에 휩싸인 채로, 열린 대문 안으로 발을 디뎠다.

어쩐지 이 집의 까마득한 어둠 속에 잠자코 숨어있는 료스케의 모습이 떠올랐다. 상상 속의 그는 한 손엔 식칼을 들고 있고 다른 한 손으론 입을 틀어막고 있다.

권총 한 자루가 있음에도 어딘가에서 돋아나는 긴장감이 내 심장을 마구 움켜쥐고 쥐어짰다.

우비를 열고 옷 안쪽 숄더백에서 권총을 꺼내 자세를 취했다. 현관 옆 기둥에 등을 기댔다. 그리곤 숨을 참았다.

*툭.*

그 순간, 작은 물체가 바닥으로 떨어지는 듯한 소리가 안쪽에서 들렸다. 잘못 들은 게 아니다. 빗소리와는 확연히 다른, 확실히 구분할 수 있는 소리였다. 안쪽에서 소리가 들렸지만, 거리는 꽤 멀다. 현관 부근은 아닌 듯해서 칠흑 속을 조준하며 안쪽으로 들어갔다. 집 내부는 완벽한 어둠에 휩싸여 있었다. 손전등이 없었다면 바닥에 료스케가 누워있어도 모를 정도였다.

1층짜리 주택이니 그가 숨을 곳은 그리 많지 않다. 기껏해야 문 뒤나 덮개를 덮은 욕조 안 정도이리라.

최대한 발소리를 죽였다. 그리곤 귀를 기울였다. 혹시 료스케의 숨소리가 들릴 수도 있으니 말이다.

복도 바닥에 손전등으로 빛을 비추었지만, 빗물 자국은 없었다.

거실을 시작으로 안방을 거쳐 부엌까지 차례로 확인했다. 역시나 빗물 자국도, 별다른 흔적도 없었다. 료스케가 우산을 썼는지 안 썼는지도 알 턱이 없으니, 머리가 아파왔다. 아니, 애초에 이 집을 들어온 게 맞긴 한 걸까? 그래도 신발을 신었다면 신발은 반드시 빗물에 젖었을 것이다. 따라서 집 안으로 들어왔다면 발자국이 남아있어야 한다.

적어도 오랜 시간이 지난 게 아니라면……

그런 생각이 들어서 바깥으로 나가려는데, 욕실 쪽에서 기척이 느껴졌다. 거의 비슷한 순간에 알 수 없는 소리도 들렸다.

뒤로 돌아 천천히 욕실로 향했다. 욕실에 다다르자, 불투명한 문 뒤로 검은 형체가 보였다. 그런데…… 그 크기가 매우 작은 걸로 보아 사람은 아닌듯했다.

검은 형체는 이리저리 움직였다.

검은 머리칼을 풀어헤쳐 놓고 절단면으로 바닥을 이리저리 기어다니는 괴기스러운 머리가 떠올랐다. 역하고 끔찍한 광경이었다.

마음을 다잡고 욕실 문을 확 열어젖혔다.

다행히도 의문의 물체는 검은 고양이였다. 빗물에 흠뻑 젖은 상태로 목줄에 묶여 제자리를 빙글빙글 돌고 있었다.

하지만 의외로 안도감보단 허탈함이 앞섰다. 완전히 잘못짚었단 생각이 들었다. 한숨을 내쉬면서 고양이를 밖으로 풀어주려 하는데 별안간 무언갈 깨달았다.

고양이의 목에 하얀 샤워 호스가 감겨있었다. 게다가 욕실 문은 닫혀있었다.

그 말은 즉, 누군가가 고양이의 목에 샤워 호스를 감아 놓고 문을 닫아 놓았다는 이야기가 된다.

아직 고양이의 털은 축축했다.

시간이 얼마 되지 않은 것이다.

***아직 이 집 안에 있을 수도 있다.***

온몸이 굳은 채로 생각을 거듭하던 순간, 옆 칸에 놓인 화장실 안에서 검은 그림자가 천천히 걸어 나오는 게 어렴풋이 보였다.

천천히……

천천히……

실제론 빠른 속도였을 지도 모른다. 하지만 내 눈엔 그것의 움직임이 소름 돋을 정도로 느리게 보였다.

큰일이다…….

료스케다…….

신발장을 확인했어야 했다. 애초에 신발을 벗어두고 들어왔다면 빗물 흔적이 없는 게 당연하다. 이 욕실 바닥에만 빗물이 떨어져 있는 건, 젖은 고양이 때문이리라.

심장이 요동쳤다. 끝이다. 나를 유인했다. 애초에 내가 뒤쫓고 있었다는 걸, 눈치채고 있었다. 나름 거리를 두고 움직였을 텐데…… 결국 나는 복합적인 실수로 료스케의 함정에 걸려들고 만 것이다.

몸이 전혀 움직이지 않았다.

곧 허벅지 부근에 극심한 작열통이 나타났다.

찔렸다.

틀림없이 칼에 찔린 것이다.

그런데…… 왜 복부가 아닌 허벅지일까?

도망치지 못하도록 하려는 걸까?

하지만…… 복부를 찔려도 도망치지 못하는 건, 매한가지다. 오히려 깊게 찔리면 불덩이처럼 뜨거운 내장이 쏟아져나올지도 모른다.

이 녀석은…… 도대체……

눈앞이 새까맣게 변하고 있다.

어쩌면 나도 모르는 사이에 복부를 찔렸을지도 모른다. 곧 굵은 남성의 목소리가 내 귓속을 파고들었다.

그건 흡사 비명처럼 들렸다.

검은 형체로밖에 안 보이는 료스케가 날 밀치고 바깥으로 도주했다. 복도를 얼마나 세게 밟는 건지, 집 전체가 울렸다.

바닥으로 쓰러진 내 눈앞에 빙글빙글 돌고 있는 고양이가 희미하게 보였다. 너무 빠르게 돌고 있어서 내 눈알이 핑 돌고 있다는 착각이 들 정도였다. 기괴하게 소용돌이치던 고양이는 곧 움직임을 멈추었다.

땅거미가 가라앉은 작은 공간에서 두 개의 구슬이 노랗게 빛났다.

***노란 짐승의 눈……***

고양이는 그 눈으로 날 뚫어져라 쳐다보았다.

요시노가 말한 산괴의 눈이 저런 눈일까?

점점 시야가 흐릿해졌다.

죽음이다…….

2 아사미

어느덧 산에 거의 다다랐다.

사가오카의 우비를 입은 데다가 우산을 쓰고 있으니, 마음이 한결 편안해졌다. 그러나 이리저리 달려드는 빗소리는 도무지

막을 수가 없어서 조금의 괴로움이 여전히 남아있었다.

사가오카가 보여준 불상은 어딘가 기묘한 모습이었다. 모든 불상이 전부 똑같은 생김새를 지녔다고 할 순 없지만, 그 불상은 어딘가 묘하게 다른 구석이 있었다. 상식을 아득히 초월한 무언가가 존재하는 듯한 느낌이었다. 도대체 그 불상을 제작한 사람은 누구일까…….

"아무래도 불길한 예감이 드는군요."

미아키의 우산을 쓰고 있는 사가오카가 조심스러운 어조로 말했다.

"저 산이요?"

"네. 뭐, 저 산도 그렇고 이 마을도 그렇고…… 뭐랄까요. 이곳은 인간의 마음으로는 도저히 헤아릴 수 없는 사위스러운 것들이 돌아다니고 있는 것 같다고 할까요. 그것도 수백, 수천에 달하는 어마어마한 망량들이 말이죠. 참, 오늘이 며칠이죠? 제 휴대전화의 전원이 나갔네요."

당황스러운 질문이었다. 아무리 폐촌에 있었다지만, 이틀에서 사흘 사이에 날짜를 잊는다는 게 가능한 일일까?

"오늘은 7월 28일입니다."

"그렇다면……. 제가 겪은 일은 전부 현실이겠군요."

"무슨 말씀인가요?"

"아, 이상한 일이 있었거든요. 뭐……, 따지고 보면 제가 이상한 걸지도 모릅니다만. 이 마을에서 오후 11시에 잠에 들어서 다음 날 오후 9시에 일어났거든요. 어쩌면 꿈을 꾼 건 아닐까, 하는 생각이 들었는데 날짜상으로 계산을 해보니 하루를 잔 게 실제로 있었던 일이었군요."

"22시간을 잤단 소린가요?"

나는 도무지 믿기지 않았다. 오죽했으면 처음엔 나를 놀리는 건 줄 알았다.

"네. 이 마을은 말입니다. 이상해요. 무언가가 잘못돼도 단단히 잘못되었습니다. 왜 제가 이 마을에 살 땐 아무 일도 일어나지 않았을까 하는 생각이 들 정도로 말이죠. 그때와 지금의 다른 점이라고 한다면…… 오로지…… 마을의 비밀과 가까워지려 하고 있다는 것뿐일 텐데……."

사가오카는 느릿느릿 말을 뱉었지만, 발음이 또박또박해서 말 대부분이 귀에 잘 들어왔다.

사방에 놓인 민가 속에서 엄청난 시선이 느껴졌다. 마치 사람이 있는 것처럼. 거의 동시에 사가오카가 주변을 두리번거렸다. 사가오카도 느꼈다. 그 무수한 시선을…… 말이다.

"미아키가 정말 산 안에 있을까요?"

산의 입구에 다다랐을 때쯤, 그가 건넨 물음이었다.

대답하려는 찰나, 뒤쪽에서 누군가의 외침이 들려왔다. 익숙한 목소리에 뒤로 돌았다.

조금 멀리서 누군가가 달려오고 있었다. 우산도 쓰고 있지 않은 채로.

가까워질수록 익숙한 느낌이 물씬 풍겨 온다.

"고도 씨?"

미아키의 아버지인 고도 료스케다. 내 예상이 들어맞았다. 미아키는 산으로 간 게 확실하다.

그 꿈이……

현실이 되고 있다.

믿을 수가 없었다.

"고도 씨, 여긴 무슨 일로?"

사가오카가 눈을 휘둥그레 뜨며 물었다.

"미아키 어디 있습니까?"

료스케가 숨을 몰아쉬면서 말했다. 그는 어쩐지 인자한 미소를 띠고 있었다. 그런데 날렵하게 생긴 인상 때문인지 별로 좋은 기분이 들진 않았다. 여우처럼 교활한 속내를 숨기고 있는 것 같았다. 게다가 허리를 두드리는 것처럼 한 손을 뒤로 숨기고 있었다.

료스케를 여기서 멈춰 세워야 한다. 이 산을 오르면 료스케는 틀림없이 죽임을 당하고 말 것이다.

그의 딸…… **미아키**에게.

산을 오른 미아키를 막진 못했다. 하지만 여기서 료스케를 막는다면 그 참사는 일어나지 않을지도 모른다.

료스케를 막는다면……

***푹.***

어라?

순식간에 왼팔이 시뻘겋게 물들었다. 시선을 왼쪽 하단에 두자, 료스케의 손이 벌벌 떨리는 게 보였다. 그 손을 따라 시선을 조금 더 이동시켰다. 시선의 끝엔 피에 젖어가고 있는 사가오카의 복부가 보였다. 그 둘 사이를 잇고 있는 건, 커다란 날붙이였다. 똑바로 세워져 있었다. 아니, 꽂혀있었다.

"아……."

오히려 내 입에서 짧은 신음이 새어 나왔다. 사가오카가 칼에 찔렸다. 정신을 차릴 틈도 없이 서둘러 료스케에게 손을 뻗은 순간, 사가오카의 복부에 꽂혀있던 칼을 빼내곤 나에게 휘둘렀다. 사가오카의 복부에서 피가 뿜어져 나왔다.

이윽고 내 손바닥에서 따가운 감각이 나타났다.

료스케는 급하게 사가오카를 밀쳐버리고 미친 듯이 뛰어갔다.

산으로……, 산으로 가고 있다.

"사가오카 씨!"

우산을 던졌다. 사가오카의 배낭을 벗기고 눕혀 출혈 부위를 꾹 눌렀다.

사가오카의 복부에서 무수한 양의 피가 흘러나오고 있었다. 흘러나온 피가 도로에 흐르는 빗물과 섞여 떠내려간다.

내 손은 사가오카의 혈액과 베인 상처에서 흘러나온 내 혈액으로 범벅이 되었다. 출혈 부위를 꾹 눌러 지혈하고 있지만, 피는 멈출 줄을 몰랐다.

"아……, 가네코……씨……."

사가오카의 눈이 초점을 잃어가기 시작했다. 음울한 비가 세차게 쏟아졌다. 그 비들은 나와 사가오카의 몸에 스며들고 있었다.

안돼……

안돼……

비다……

비……

온몸이 덜덜 떨렸다. 갑자기 속이 메스꺼워졌다. 그 역한 기분을 이겨내지 못해서 측구 배수로로 달려가 속을 게워 냈다. 도저히 참을 수가 없었다.

완전히 빨갛게 물든 손바닥을 보았다. 벌어진 상처 속으로 빗물이 스며들고 있었다. 손이 심하게 떨리는 광경이 내 눈앞에서 생생히 재생되고 있었다.

역한 피비린내가 공기 중에 부유하고 있다. 구토감이 밀려오면서 정신이 분열되기 시작했다.

무서웠다. 비도……, 사가오카가 죽음을 향해가고 있다는 것도……. 혼란스러워졌다. 눈에서 눈물이 쏟아져 나왔다.

비를 어떻게든 피하고 싶었다.

그 순간, 팔에서 따끔한 감각이 일었다. 시선을 아래로 내렸다.

아…….

빗물이 내 살을 후벼파고 있었다. 내 살갗 속으로 머리를 집어넣고 내 몸속으로 들어간다. 맨살이 드러난 부위가 피로 물들고 있었다. 이건 사가오카의 피가 아니다.

*내 피다.*

*아파, 아파, 아파……*

팔 위로 작은 구멍이 뚫린다. 압정 같은 비가 나를 마구 찔러댄다. 그 구멍 속에서 피가 흘러나온다. 곧 흐물흐물해진 살갗이 땅바닥으로 떨어지기 시작했다. 이대로면 흰 뼈가 드러날지도, 흰 뼈만 남을지도 모른다.

펼친 손바닥으로도 빗물이 떨어졌다. 손바닥에도 구멍이 생긴다.

몇 초 뒤, 손가락의 마디가 빗물을 이기지 못해 하나둘 떨어져 나가기 시작했다.

무서워……

무서워……

얼굴과 목을 포함하여 온몸이 불길에 휩싸인 듯이 타들어 갔다. 육체가 그런 고통을 도무지 견딜 수 없었는지 입에서 다시 한번 피와 뒤섞인 구토물이 쏟아져 나왔다. 괴로움에 눈물이 흘렀다. 얼마나 많은 눈물을 흘렸는지는 알 수가 없었다. 안면에 흐르는 눈물과 빗물이 뒤섞이면서 오로지 격심한 공포가 밀려올 뿐이었다.

죽는다…….

사가오카와 함께.

온몸에서 뜨거운 촛농이 흘러나오고 있는 듯한 고통에 몸부림치고 있는데 저 멀리서 누군가가 다가오고 있는 게 어렴풋이 보였다.

불편한 걸음걸이인데도 달려오는 속도가 대단히 빨라서 눈 깜짝할 새에 내 눈앞에 나타났다. 키가 크고 인상이 강했다.

이 사람은…… 고무라 형사다.

"괜찮으십니까? 가네코 씨?"

물속에 잠겨있는 것처럼 말소리가 잘 들리지 않았다. 어두운 심연 속으로 가라앉는다. 그 바다는 빗물로 이루어져 있다.

점점 더 깊은 곳으로……

누구의 간섭도 없는……

까마득한 심연 속으로……

"가네코 씨!"

"가네코 씨!"

"가네코 씨!"

구토감을 억누르며 어느 정도 심연 속으로 가라앉았을까? 갑작스럽게 정신이 번쩍 들었다. 내 눈앞엔 고무라 형사가 있었다. 내 어깨를 잡고 흔들고 있었다. 그리고 그의 뒤로 사가오카가 쓰러져 있는 게 보였다.

"가네코 씨! 도와주세요! 빨리 조치를 취하지 않으면 이분이 위험합니다."

결국 또 헛것을 보았다. 지금은 비가 내 피붓결을 따라 흐르는 간지러운 감각만이 남아있다.

"여분의 옷 있습니까? 매듭이 가능한 얇은 옷이면 더 좋고요."

그의 물음에 문득 사가오카와의 대화가 떠올랐다. 배낭 속에 여분의 옷을 챙겨왔으니, 비를 맞더래도 걱정하지 말라는 말을 들었었다.

나는 사가오카의 배낭을 열어 얇은 흰 티를 꺼냈다.

"이거면 될까요?"

"네. 여기 좀 눌러주세요."

고무라 형사가 옷을 낚아채곤 순식간에 찢어 복부를 감싸기 시작했다.

"료스케는? 고도 료스케 봤습니까?"

고무라 형사가 사가오카의 복부를 누르고 있는 내 손 위로 매듭을 지은 옷 쪼가리를 꽉 옥죄이며 다급하게 말했다.

"네. 저 산으로…… 저 산으로 들어갔어요."

강력한 빗소리에 서로의 말소리가 묻혀서 목이 나갈 만큼 큰 목소리로 외치지 않고선 서로가 무슨 말을 하는지 알아차리기가 힘들었다.

"미아키가 위험해요. 료스케는 미아키를 죽일 작정으로 여기에 왔습니다."

"네? 그게 무슨……. 오히려 료스케가 위험할지도 몰라요."

혼란스러웠다. 료스케가 미아키를 죽이러 여기까지 왔다는 건 무슨 말일까? 그 사람이 사가오카를 공격한 것도 이해가 되지 않는데…….

어쩌면…… 고도 료스케도 이 귀신의 비에 홀린 건 아닐까? 문득 그런 생각이 들었다.

"네? 그게 무슨 말입니까? 혹시 산 안에 미아키 말고도 다른 사람이 있나요?"

그 말을 들은 순간, 둔기로 머리를 맞은 듯한 느낌이 들었다. 토모루와 나카자토 교수의 얼굴이 떠올랐다. 그 둘도 아직 산에 있다……. 료스케는 흉기를 들고 있다. 그들도 공격당할지도 모른다.

"토모루……, 나카자토 교수님이 아직 안에 있어요."

몇 초 뒤, 고무라 형사는 눈을 이리저리 굴리면서 초조해하는 모습을 보였다. 이쪽에선 알 수 없었지만, 아마도 그의 머릿속은 엄청난 고민의 해일이 덮쳐오고 있는 게 틀림없었으리라.

"……정말 죄송합니다만, 이분을 부탁합니다. 전파가 터진다면 꼭 신고해 주세요. 서둘러 료스케를 막지 않으면 더 많은 사상자가 나올지도 모릅니다. 아마 후배 형사가 이쪽으로 올겁니다. 그때까지…… 잘 부탁드립니다."

고무라 형사는 그렇게 말하고는 오른쪽 다리를 절뚝거리면서도 빠른 속도로 달려 나갔다.

"잠깐만요!"

내 말은 들은 체도 하지 않았다. 곧 그는 산 안쪽으로 사라졌다.

"사가오카 씨! 정신 좀 차려보세요!"

사가오카는 눈을 게슴츠레 뜨고 어두운 하늘을 바라보고 있었다. 이미 주변은 신비한 푸른 빛이 거의 사라져 어두워져 버렸지만, 잠깐 그걸 깨닫지 못하고 있었다. 고무라 형사가 손전등을 비추면서 왔기 때문이었다.

나는 서둘러 사가오카의 손전등을 켜고 주변을 밝혔다.

그의 몸이 얼음장처럼 차가워졌다. 비를 맞는 건 끔찍이 싫었지만, 허겁지겁 우비를 벗었다. 나는 우산과 우비를 이용해서 사가오카가 비를 최대한 맞지 않게끔 도왔다. 우비로 그의 몸을 덮었고 땅바닥에 우산을 비스듬히 세워 얼굴로 비가 들어서지 않도록 했다. 자리를 옮겨 아무 집이나 들어가 있으려 했지만, 그를 혼자 힘으로 옮기는 것은 무리였다.

"사가오카 씨……."

눈물이 멈추질 않았다. 이제 어떻게 해야 할까. 피와 빗물에 흠뻑 젖은 손으로 휴대전화를 켰다. 전파는 여전히 잡히지 않았다. 휴대전화의 화면 위로 수많은 빗방울이 떨어졌다. 그것을 연신 닦아내지만, 떨어지는 눈물과 빗방울은 순식간에 화면 위로 다시금 쏟아졌다. 검은 화면에 눈물을 흘리고 있는 내 얼굴이 비쳤다.

도와주세요……

누가 좀 도와주세요……

## 3 토모루

**귀우**가 내리기 시작했다.

서둘러 산에서 내려가 미아키를 움직이지 못하게 해야 한다. 아니, 단지 옆에 있어 주는 것만으로도 료스케가 공격당하는 불상사를 막을 수 있을지도 모른다. 틀림없이 료스케는 이 마을로 올 것이다.

미아키가 아버지에게 쪽지를 남겼다고 했으니까.

고요메촌에 갔다 오겠다는 쪽지를…….

고도 료스케는 딸아이가 걱정돼서 틀림없이 찾아오리라. 함께 고요메촌에 가자는 설득을 위험하다며 완강히 거부한 그였으니 딸아이를 데리러 올 것이 분명하다. 하지만 고무라 형사는 왜 있었을까. 혹시 아사미와 미아키에게 무슨 일이 생겼기 때문에 그들이 형사를 부른 건 아닐까? 이시이와 가 쪽은 현재 내가 서 있는 산속과는 달리 전파가 터질지도 모르니까. 경찰에게 연락을 취하는 건, 가능할지도 모른다.

"서둘러 내려갑시다."

나카자토 교수에게 내가 생각하는 바를 최대한 일목요연하게 설명했지만, 그다지 믿기지 않는다는 듯한 눈치였다. 그의 의심을 불평하진 않는다. 나였어도 단순히 믿기는 힘들었을 이야기니까. 하지만 미아키의 곁에서 료스케를 지킨다는 건 그리 어려운 일이 아니다. 그러니 과한 불안감이 돋아나서 그 행동을 실행에 옮겨보아도 나쁠 건 없다는 소리다.

도리이를 통해 신사를 빠져나와 왔던 길을 되돌아갔다. 흙바닥이 축축해져서 어두운 빛깔의 흙이 흰 신발에 덕지덕지 달라붙었다.

갈림길이 놓인 자리까지 되돌아오고 나서야 교수가 말을 꺼냈다.

"이 산이 아니라 다른 산이면 어떡합니까?"

"그건 상관없어요. 저희가 늦지만 않는다면 애초에 두 사람이 산을 오르는 것 자체를 막을 수 있으니까요."

"그렇군요."

산길은 아까보다 더 미끄러웠다. 가네코와 미아키는 이시이와가에서 이 산의 입구로 오고 있을 것이다. 혹여 사가오카를 찾아 세 사람이 함께 올 수도 있다.

"잠시만요."

그때 울려 퍼지는 빗소리 속에서 교수의 작은 목소리가 들렸다. 동시에 소재를 알 수 없는 맹렬한 한기가 덮쳐왔다.

교수가 산길 끝 쪽을 가리켰다.

그 끝에서 수풀이 사락거리는 소리가 들려왔다. 빗소리도, 비바람 때문에 숲이 흔들리는 소리도 아니다.

나뭇가지를 즈려밟고 빠르게 올라오는 기척이 느껴졌다. 지금, 이 상황은…… 20년 전, 히메코의 어머니가 산으로 도망치던 우리를 미친 듯이 쫓아오는 상황과 별반 다르지 않다. 그래서 더욱 두려웠는지도 모른다.

누군가가 올라오고 있다.

교수와 함께 멈춰 서서 산길의 끝 쪽을 바라보고 있었다. 그리고 거기서 곧 누군가가 나타났다.

료스케다. 고도 료스케가 올라오고 있다.

그렇다는 건…… **이미 늦었을지도 모른다.**

"료스케 씨!"

내 외침에 료스케는 잠시 당황해하면서 우릴 올려다보았다.

"잠시만 이야기 좀 나눠도 괜찮을까요!"

나는 그렇게 말하면서 천천히 료스케가 있는 쪽으로 내려갔다. 지금 어떻게든 료스케를 붙잡아 두어야 불상사를 피할 수 있으니까.

료스케는 빠르게 주변을 두리번거리다가 갑자기 옆길로 빠지기 시작했다. 저곳에 길이 있던가?

“료스케 씨!”

내 외침은 엄청난 빗소리 속에 감춰졌다. 하지만 분명 료스케와 눈이 마주쳤다. 도대체 그는 무슨 이유에서 도망가는 걸까…….

교수와 눈빛을 주고받은 뒤에 서둘러 료스케를 뒤쫓았다. 내려가 보니 실제로 옆에 길이 나 있었다. 자세히 보지 않으면 길인지 잘 모를 수도 있겠단 생각이 들었다. 지금 내 기준에선 왼쪽이지만, 료스케처럼 산을 오르는 시점이라면 오른쪽으로 나 있는 길이었다.

그 길을 헤집고 들어가려는데 별안간 교수가 내 팔을 잡았다.

“고무라라는 형사와 가네코 양이 온다고 하지 않았습니까? 우리가 이쪽으로 간 걸 알아야 할 텐데요.”

그렇게 말하면서 교수는 자신의 재킷을 벗어 바닥에 올려두었다. 순식간에 검은 재킷 위로 빗물이 쌓여가기 시작했다.

“흔적을 표시하는 건가요?”

“네. 이렇게 해두면 적어도 이쪽으로 빠졌다는 것쯤은 알 수 있겠죠. 그리고 이쪽으로 빠지는 길이 있다는 걸 쉽게 알아차리기 위해서…….”

교수가 수풀과 나뭇가지들을 툭툭 쳐내면서 공간을 넓혀나갔다. 문득 의문이 들었다.

저 재킷만으로 그들이 알아차릴 수가 있을까.

나는 수많은 고민을 거듭한 끝에 눈을 꼭 감고 우산을 접었다. 그리고 옆으로 빠지는 길 위에 우산을 놓았다.

"우산?"

교수가 물었다.

"저것만으론 부족해요. 이 길 안쪽에도 흔적을 남겨두어야 해요. 아사미라면…… 틀림없이 제 우산을 알아차릴 겁니다. 서둘러 가죠."

비를 맞음에 따라 불안감이 기하급수적으로 상승하기 시작했다. 숨이 가빠지고 심장이 요동쳤다. 비를 맞는다는 감각 자체가 극도로 혐오스러웠다. 구역질할 것만 같았다. 게다가 무척이나 따가웠다. 베인 상처를 바닷물 속에 담근 듯한 느낌이었다.

온갖 감정을 억누르면서 서둘러 달려 나가는데 어느 순간, 갈림길을 맞닥뜨렸다. 여기도 갈림길이 있다……. 료스케의 발자국은 왼쪽 길로 나 있었다. 그리고 이곳은 결국 산 정상을 향해 달려가는 오르막이었다. 그런데……발자국뿐만이 아니었다. **손자국**도 여러 개가 나 있었다. 료스케가 넘어졌기에 생긴 손자국이 아니라…… 꼭 손과 발을 모두 사용해서 이 길을 올랐기 때문에 생긴 **손자국** 같았다.

설마……

미아키가 벌써……

교수는 그 오르막길 위에 자신의 우산을 접어 떠내려가지 않게 비스듬히 박아두었다. 세 번째 흔적이다.

그 길 위를 필사적으로 달려 나가니 저 멀리서 료스케의 훤칠한 뒷모습이 보였다. 다행히 미아키의 모습은 보이지 않았다. 료스케는 벌써 지친 것 같이 보였다.

그럼에도 우리의 기척을 느끼자마자 또 빠른 속도로 달려 나갔다.

어디까지 올라왔을까. 경사가 점점 완만해지더니 저 멀리 익숙한 풍경이 보였다. 곳곳에 놓인 삼나무 사이를 비집고 들어가니, 신사의 전경이 날아들었다.

그제야 깨달았다. 신사로 향하는 통행로가 한 개가 아니란 걸. 그렇다면 불상을 부순 사람은 우리가 방금 지난 길을 통행로로 사용했다는 것이다.

석등을 지나 포석 깔린 참배길 위에 발을 디뎠다. 하늘이 뻥 뚫려있는데도 주변은 어두웠다. 벌써 저녁이 되었다. 손전등을 비추니 저 멀리 배전 뒤로 검은 형체가 사라지는 것이 보였다.

료스케도 미아키의 이야기를 들었으니, 저곳에 길이 있다는 사실을 알고 있다. 나카자토 교수가 힘겹게 숨을 고르고 있었다. 물론 이쪽도 마찬가지다.

하지만 여유를 부릴 시간이 없다.

미아키는……

미아키는 이미 산속에 들어와 있는지도 모른다.

모든 게……

미아키의 꿈처럼……

되어가고 있다…….

미아키는 지금쯤 산 이곳저곳을 기어다니고 있다. 여우처럼.

나는 교수에게 손짓하면서 다시 달려갔다. 앞으로 달려 나감에 따라 손전등의 빛이 이리저리 흔들렸다. 배전의 뒤편에 자리한 수풀로 사정없이 몸을 밀어 넣었다.

뱀처럼 굽이치는 돌길을 빠른 속도로 지났다. 여전히 어지러운 길이었다. 어딘가에서 교수와 나를 제외한 누군가의 발걸음 소리가 들린다. 돌길 위를 밟고 있기 때문인지 소리가 쉽게 들려왔다.

그런데 그 소리는 전방이 아니라 주변을 빙글빙글 도는 듯하다. 이상했다. 꼭 뒤에서 누군가가 쫓아오는 것 같기도 하고 오른쪽과 왼쪽에 번갈아 가면서 나타나는 것 같기도 했다.

도대체 이 길은……

하늘에서 보면……

어떤 모습일까……

그 괴기스러운 수풀길을 빠져나오기 직전에 손전등이 꺼졌다. 아무리 전원을 켜봐도 빛이 들어올 기미는 보이지 않았다. 길을 빠져나오자, 저 멀리 달려가는 료스케의 형체가 어렴풋이 보였다.

하늘이 번쩍였다. 주변이 훤히 밝아졌다. 료스케보다 더 먼 곳에 우두커니 자리하고 있는 머리 없는 복멸관악 불상이 보였다.

서둘러 쫓아가는데, 왼편에 자리한 나무와 수풀 사이에서 이상한 소리가 들렸다. 나뭇가지가 부러지고 타박타박하는 소리가 꼭 짐승이 쫓아오는 듯한 소리였다.

미아키다.

귀우에 홀려버린……

아니, **케모노메**에 홀린 미아키가 온다…….

꿈과 똑같다. 우리가 료스케를 쫓고……그다음엔 미아키가 료스케를 덮친다…….

"료스케 씨! 제발 멈춰요!"

그 순간, 어둠이 내린 산속에서 뼈가 부러지는 듯한 둔탁한 소리와 함께 료스케의 비명이 울려 퍼졌다. 나와 교수는 그 자리에서 몸이 굳었다. 저 멀리 불상이 자리한 곳의 바로 앞에서 료스케가 당했다. 교수는 미아키와 자신의 꿈이 현실이 되는 광경이 믿기지 않았는지 꼼짝하지도 않았다.

저 멀리, 시야를 장악한 어둠 속으로부터 괴기스러운 소리가 비바람을 타고 이쪽으로 날려왔다.

***살갗이 뜯어져 나가고……***

***으득으득, 뼈를 부러뜨리는 듯한 소리……***

다가갈 수 없었다.

막을 수가 없었다.

미아키가 료스케의 몸을 사정없이 물어뜯고 부수는걸.

미아키의 검은 실루엣이 바닥에 쓰러진 료스케의 실루엣 속으로 몇 번이고 들어갔다 나왔다.

번개가 치고 심장을 덜컥 내려앉게 할 정도로 거대한 천둥소리가 칠흑에 휩싸인 하늘을 울렸다.

잠깐의 순간에 붉게 물든 불상이 보였다. 게다가 고깃덩이 같은 게 불상에 덕지덕지 붙어있었다.

틀림없이 료스케의 피와 살이다.

머릿속에서 야마모리 나오코의 편지가 떠올랐다. 역사가 반복되고 있다. 음양사 고노하라가 겪었던 일과 너무나 비슷하다.

미아키는 살갗과 빗물이 튀어 오르는 공간 속에서 전율을 느끼고 있다.

숲 전체가 흔들리기 시작했다.

나무 사이를 가로지르는 바람 소리는 꼭 흔들리는 나무들이 우릴 비웃는 것처럼 느껴졌다.

커다란 나뭇잎들이 흔들거리며 스스럼없이 몰아치는 파도를 만들어 내고 있다.

울창한 산림을 눈앞에 둔 나는 순식간에 공포에 물들었다. 바람이 수풀을 밀어내고, 기괴하게 흔들거리는 나뭇잎이 속닥거리는 소리가 울려 퍼진다. 웃는다. 웃고 있다. 바람에 얹힌 웃음이 귓가로 날려온다. 저 어둠인가. 나무인가. 아니다. 숲이다. 숲 전체가 웃고 있다. 내 머릿속은 그 비열한 웃음으로 가득 메워졌다. 당장이라도 나무에 머리를 쥐어박고 싶었다. 징그러울 정도로 으스러져도 상관이 없으니까.

곧 나는 이루 말할 수 없이 거대한 절망에 빠졌다.

한 발짝도 움직일 수 없었다.

검은 안개 속에서 미아키의 눈이 노랗게 빛났다.

뒤편에 자리한 수풀에서 기척이 느껴졌다.

무언가가 또 온다…….

뒤를 돌아볼 용기 따윈 없었다.

아니, 이젠 정말 아무것도 할 수 없었다.

그 순간, 고막을 찢는 굉음이 날아들었다. 순식간에 내 옆으로 무언가가 날아갔다.

머리에 떠오른 것은 작은 총알이었다.

번개가 친 것과 비슷한 순간이었다.

저 멀리 료스케를 잡아먹고 있는 미아키가 털썩 쓰러지는 것이 어렴풋이 보였다.

정확히 명중한 것이다.

미아키가 총알에 맞고 그 총알이 불상에 부딪히는 듯한 소리가 산 전체를 울렸다.

내 옆으로 누군가가 빠른 속도로 지나갔다.

검은 우비를 입은…… 고무라 형사였다.

미아키가 잠에서 깨기 직전에 들었다는 굉음은…… 이 총성이다.

결국 그 꿈은 완벽한 현실이 되고야 말았다.

고무라 형사는 살인을 저지르려 하는 미아키를 쏜 것이다.

아니, 이미 료스케는 죽었을지도 모른다.

빗발치는 빗속에서 피가 솟구치고 살갗이 휘날리는 살육의 광경이 멀리서 봐도 보였기 때문이었다.

나는 천천히 함께 쓰러져있는 미아키와 료스케의 곁으로 달려갔다.

어둠 속에서 손전등의 작은 빛을 비추고 있는 고무라 형사의 외마디가 들려왔다.

료스케의 혈액, 아니 미아키의 혈액이 함께 섞였을지도 모르겠다. 아버지와 딸의 검붉은 핏물이…… 신발 밑창으로 흘러들었다.

고무라 형사가 두 사람을 떼어냈다.

형사가 손전등으로 료스케쪽을 비추자, 거무칙칙한 피를 토하는 료스케의 얼굴이 보였다.

나는 형사에게 료스케를 맡기기로 하고 미아키에게 먼저 다가갔다.

주변이 까마득해서 아무것도 보이지 않았다.

내 발치에 미아키가 누워있다. 그것만은 알 수가 있었다.

순간, 번개가 치며 세상이 환하게 빛났다.

그 찰나의 순간, 나는 형언할 수 없는 현실의 괴리 속에서 무수히 쏟아져 나오는 공포감을 느꼈다.

나는 그 순간, 모든 걸 깨닫고 말았다.

절대로 잊지 말아야 했던 순간들이 기억의 저편에서 보란 듯이 되살아났다.

모든 게 기억 났다.

믿을 수가 없었다.

이럴 수는 없다.

말도 안 된다.

나는…… 도대체……

지금까지……

무슨 짓을……

마음속으로 엄청난 절규가 쏟아졌다.

그 짧은 순간만으로도 알아볼 수가 있었다.

다시금 번개가 쳤다.

순백한 눈이 뒤덮인 세상처럼 눈이 부셨다.

눈물이 흘러나왔다.

이럴 수가……

방금 보인 건,

고도 미아키가 아니라

**이시이와 히메코**였다.

# 제8장 뒤틀린 기억

1

이세만(伊勢湾)의 비릿한 내음이 선선한 바람을 타고 날려왔다. 동시에 빠른 속도로 지나치는 자전거와 차량의 요란스러운 소음이 오늘따라 부드러운 모양새로 귓전을 문지른다.

고민을 거듭하다가 미에 현립 이세 공업고등학교의 외견이 한눈에 내다보이는 찻집으로 들어갔다. 형사라고 밝히지 않아도 되는 마음이 편한 곳이다.

등교 시간이 되었는지 학생들이 교문 안으로 우수수 들어가는 모습은 꼭 난파선의 흠집 사이로 순식간에 바닷물이 흡수되는 것처럼 보였다. 형형색색의 머리칼은 물에 잠긴 난파선 속에서 부유하는 다양한 이물질 같았다.

이세시(伊勢市)를 방문한 건 꽤 오랜만이다. 비교적 오랜만이라고 느낀 이유는 간단하다. 미에현은 관할 구역이 아니기 때문에 방문할 일이 거의 없기 때문이다. 미에현 경찰 본부의 형사들 사이에선 이 지역이 '의외의 안전지대'라는 명칭으로 통용되는 듯하다. 이세시의 관할서(所轄署 : 각 도도부현의 경찰 본부에서 관할이 되는 지역에 배치하는 경찰서) 사람들도 그렇게 말할 정도이니 이세시의 치안이 안전하다는 건 어느 정도 유명한 이야기였다. 내가 이곳에 방문하는 건, 재작년 이세신궁에서 하츠모데(初詣 : 새해에 신사나 사원 등에 가서 참배하는 행사)에 참여한 이후로 거의 2년 만이다.

말차를 주문하고 곧 습관처럼 상념에 빠졌다.

7월과 8월은 단편적으로 이렇다 할 일이 꽤 많았다. 가와나에쵸와 폐촌인 고요메촌에서 일어난 일련의 사건들이 이젠 아득한 꿈속의 일인 것만 같다.

7월 말에 사가오카의 장례식이 치러졌다. 사인은 내장 손상으로 인한 과다 출혈이었다. 나는 그가 생을 달리하고 나서야 제대로 된 이름을 알게 되었다.

이름은 사가오카 미노루(佐賀岡実).

그의 배낭 속엔 여분의 옷과 고요메촌에서의 일을 작성한 일지가 있었다. 일종의 수기였다. 빗물에 젖어서 글씨가 번진 부분도 있긴 했지만, 일지 자체를 여분의 옷들이 덮어주고 있는 형태로 배낭 속에 들어있었기 때문에 그리 많이 젖은 건 아니었다.

나는 언제부턴가 내 앞에 자리 잡은 찻잔 옆에 놓인 일지를 바라보았다. 김이 구불구불 피어오르는 말차를 한 번 홀짝이고, 일지를 읽기 시작했다.

내용 대부분은 지루했지만, 의외로 눈에 띄는 부분이 있었다. 그건 아무래도 일지 속에서 자주 등장하는 괴기 노인이 아닐까.

신비스러운 괴기 노인의 정체를 추리하다가 곧 어떠한 결론에 도달했다. 그 노인은 이시이와 준이치(石岩純一)가 아니었을까…….

*

사건 발생 당일, 후배 형사 노이치가 이시이와 가의 지하실에서 쓰러져 있는 준이치를 발견했다고 했다. 준이치의 목엔 얇은 밧줄이 묶여있었다. 천장에도 밧줄은 있었지만, 끊어져 있었다. 그 말은 즉, 그가 행한 자살 시도가 실패로 돌아갔다는 말이다. 다행히 생명엔 지장이 없었다고 했다. 동시에 이시이와 가의 2층에서 미아키를 발견했는데 넋이 나간 표정으로 손엔 무언가를 쥐고 있었다고 말했다.

소동이 일단락되고 나는 수사팀과 함께 이시이와 가의 지하실을 조사하던 중, 끔찍한 걸 여럿 발견했다. 이곳저곳에 놓인 원통 모양의 좌관(座棺 : 시신을 앉은 자세로 넣는 관) 안엔 신원 미상의 해골이 가득했고 지하실 바닥엔 알 수 없는 머리칼과 파리가 날리는 썩어버린 살점들이 놓여있었기 때문이었다. 그리고 흰색 안전모도, 유골함도 있었다. 비교적 최근에 생산된 통조림 캔과 고헤이를 만들려다가 만 적지 않은 양의 한지도 있었다.

가장 이상했던 건, 지하실의 북쪽 벽면에 나 있는 구멍-사람이 지나다닐 수 있을 만한-이었다.

"이건 도대체…… 뭐지?"

"동굴 같은데요?"

노이치와 대화를 주고받으면서 그 어두컴컴한 구멍을 비춰보았다. 터널 같은 구멍은 끝이 보이지 않을 정도로 깊게 파여있었다. 나는 겁도 없이 손전등을 입에 물고 구멍 안으로 들어갔다.

"위험해요."라며 말리던 노이치의 말을 무시한 채로 계속해서 기어나갔다. 주변에 벌레들이 들끓는 광경이 스스럼없이 눈에 들어왔지만, 아랑곳하지 않고 계속 기어나갔다. 구멍의 끝에 금방 도달하리란 예상과는 다르게 생각보다 많이 깊었다. 그렇게 몇십 분을 기어가니 어느 순간 눈앞이 꽉 막혔다. 무언가에 의해 구멍이 막혀있었다.

그런데 자세히 보니 막혀있는 벽의 작은 틈새에서 약간의 물이 새어 나오고 있는 게 보였다. 눈앞을 가로막고 있는 벽을 손바닥으로 살며시 밀어 보니 벽이 그대로 밀려 나가는 게 아니겠는가?

그 벽의 정체는 녹슨 철판이었다. 철판을 밀어내자마자, 바깥의 풍경이 보였다. 고개를 내밀었다. 머리 위로 스틸 그레이팅이 보였다.

그곳은 놀랍게도 기형적으로 거대한 측구 수로관이었다. 철판을 바닥에 떨구고 수로관으로 몸을 빼내니 수로관의 통로가 약간은 비좁게 느껴지긴 했지만, 사람이 있을 수 있는 자리 같았다. 그만큼 수로관의 크기가 크고 깊었다. 심지어 햇볕이 들어오는 스틸 그레이팅도 안쪽에서 밀어 보니 가볍게 열렸다. 고정되어 있지 않은 것이었다.

그레이팅을 열고 바깥으로 나왔다. 눈앞엔 기묘할 정도로 커다란 풍채를 드러내며 우두커니 서 있는 그 산이 있었다. 그러니까 이시이와 가의 지하 통로는 이 산 앞 부근까지 이어져 있는 것이었다.

구멍을 메우기 위한 철판은 올곧은 파이(π) 모양으로 구멍 안쪽에서 잡아당기면 빗물이나 눈을 막아줄 수 있을 것만 같았다.

사람의 눈을 피해서 산을 오르려는 것이다……. 그런 생각이 들었다.

이시이와 히메코의 존재를 감췄다…….

이시이와 가를 조사한 당일 저녁, 의아한 마음을 억누르지 못한 나는 J 병원을 찾아갔다. 그곳에서 산송장처럼 누워있는 이시이와 준이치를 찾았다.

처음엔 그가 이시이와 히메코의 할아버지인 줄 알았다. 그러나 놀랍게도 그는 히메코의 아버지였다. 얼굴은 주름져 있었고 마치 구멍이 송송 뚫린 해골처럼 야위어 있었다. 보는 이에 따라선 징그럽다고 느낄만한 얼굴이었다. 그는 현재 나이에 걸맞지 않게 100년 이상 산 노인처럼 변해있었다.

사가오카가 일지 속에서 묘사한 것과 비슷하단 생각이 들었다. 일지 속엔 사가오카 자신이 노인을 도촬했다는 내용이 담겨 있었다. 그러고 보니 배낭엔 카메라도 있었다. 아직 확인해 보지 않았지만, 카메라 속에 담긴 사진을 확인해 본다면 내가 얼마 전, 찾아갔던 이시이와 준이치가 그 괴기 노인인지 아닌지를 제대로 확인할 수 있으리란 생각이 들었다.

다시 그때의 기억으로 되돌아가, 나는 준이치에게 탁자 위에 놓여있던 유골함의 정체를 물었다. 그러자 그는 마치 괴물 같은 목소리로 천천히 대답했다. 자세히 귀 기울이지 않으면 알아듣기 힘들 정도였다. 아무 의미 없이 회람판 같은 것을 들여다보고 있으면 그 어느 경찰이든 기필코 알아듣지 못할 것이다. 그는 유골함의 주인이 아내라고 말했다. 그리고 증오에 찬 목소리로 흘려들을 수 없는 말을 건네기 시작했다.

"히메코는…… 악마가…… 아니야……. 그 아이들이…… 그렇게 만든 거야……."

"그게 무슨 말씀이죠?"

"그 아이들……. 히메코를 괴롭힌 그 아이들……."

요시노에게도 가네코에게도 히메코가 괴롭힘 받았단 이야기는 듣지 못했다.

"그 아이들이 누굽니까?"

준이치는 더 이상 내 말이 안 들리는 건지 고개를 돌리고 입을 꾹 다물었다. 그다음에는 무엇을 물어도 절대 대답해 주지 않았다.

가네코와 요시노는 사건의 충격 때문인지 사가오카의 장례식이 완전히 끝나기도 전에 어딘가로 함께 떠나버렸다.

사가오카의 장례식에서 그의 아내는 요시노, 가네코, 미아키와 나를 문전박대했다. 혼츠야에 사가오카의 집에 방문했음에도 따가운 눈총을 피할 수가 없었다. 그뿐만이 아니었다. 그녀는 단도직입적으로 말했다. 당장 나가주면 좋겠다고. 다시 생각해 보니 심히 공격적인 어투였다. 그 어투는 특히 미아키에게 더더욱 심해져서 이내 폭언을 내뱉는 수준까지 나아갔다. 그야 당연했다. 사가오카를 죽음으로 몰아넣은 범인이 그녀의 아버지인 고도 료스케였으니까.

하지만, 이 문제는 조금 주의 깊게 살펴볼 필요가 있다. 순간의 감정 때문에 피아식별을 제대로 못 하고 내뱉는 첨예한 폭언은 고교생의 마음을 후벼팠을 것이 틀림없다. 어른이라는 게, 아무 잘못 없는 고교생에게 그런 무차별적인 폭언을 내뱉는 건, 아무래도 단단히 잘못되었다는 생각이 들었다.

물론 그녀의 감정도 어느 정도 이해는 된다. 죽을 만큼 사랑한 남편을 더 이상 볼 수가 없다는 사실에서 비롯된 감정은 내가 헤아릴 수 없을 만큼 진중해서 오히려 어려울 지경이다.

*

나는 한숨을 내쉬면서 다시 차를 홀짝였다. 바깥은 생각보다 많은 사람이 지나다니고 있었다.

이마에 땀이 배어 나왔다. 오늘로써 9월에 접어들어 가을이 되었다고는 하지만, 여전히 날씨는 여름의 색채가 짙게 묻어있다. 선선한 바람이 불어오다가도 정오가 다가오면 뜨뜻미지근한 바람과 정수리를 태우는 열기가 보란 듯이 등장한다.

인도를 거니는 사람들은 모두 태연자약해 보였다. 뭔가…… 아무런 걱정도 없어 보인달까. 하지만 형사 생활을 오래 하면서 나는 인간에 관한 많은 오해를 풀었다.

저렇게 행복하고 편안해 보여도 다 저마다의 깊은 사연을 가지고 있다. 평범할 것 같았던 가정에도 불화라는 악귀가 들이닥치고 그 일순간 때문에 집안이 풍비박산 나는 경우도 보았다. 어떤 피해자들은 이따금 내게 행복한 미소를 지어 보이지만, 며칠 뒤 슬픔이라는 거대한 파도를 피하지 못해 싸늘한 주검으로 발견되기도 한다.

그래서 나는 함부로 잣대를 들이밀지 않는다. 그 당시, 노이치와 함께 고도 가에 방문해 미아키와 이야기를 나눌 때도 이 아이가 무슨 생각을 하고 있을까에 관해 고민하기 바빴다. 애초에 그런 일이 발생할 걸 미리 알고 있었다. 그래서 노이치에게 미아키와의 대화를 혼자 힘으로 이끌어 나가 보라고 지시했었다.

다만, 그것과는 별개로 일은 일이다. 미아키를 안타까워하면서도 끝까지 의심했다. 료스케의 차량에서 범행 밧줄이 발견되어 사건이 타살로 귀결되기까지 의심을 거두지 않았었다.

여전히 료스케의 범행에 관해 몇 가지의 의문점은 남아있다. 고도 료스케가 미쳐버린 이유를 시작으로 시신의 뼈가 부러져 있는 이유를 거쳐 시신을 오시이레에 숨긴 이유까지 동기를 알 수 없는 행위가 기분을 찝찝하게 만든다.

그건 그렇고……. 요시노와 가네코는 왜 갑작스럽게 가와나에쵸를 떠난 걸까? 굳이 묻고 싶진 않았지만, 은근히 궁금한 건 사실이었다.

현재는 연락이 아예 닿지 않고 있다. 전화도 번호를 바꿨는지 안 된다. 한쪽의 일방적인 거부다.

나는 나름의 결론을 내렸다. 그럴 수밖에 없었다고. 죽은 줄로만 알았던 친구가 보란 듯이 성인이 되어 나타나 짐승 같은 모습으로 사람을 죽였으니까.

내가 요시노와 가네코였어도 그 충격은 이루 말할 수 없을 정도로 거대했을 것이다. 하지만 어딘가 분명히 이상한 점은 존재한다.

잠시 뒤, 나는 바깥으로 나가서 교각 아래에 있는 산책로를 걷기로 했다. 생각의 뿌리를 생장시킬 땐 산책만 한 것이 없다.

어쩐지 찻집보다 바깥이 더 시원한 것 같았다. 그건 아마도 열이 축적되는 현상 때문일 것이다. 그럴 땐, 환기를 위해 창문을 열고 창문을 바라보는 방향으로 선풍기를 틀어놓는 것이 좋다는 말을 어디선가 들은 적이 있다.

강 위의 물결이 태양 빛에 번들거렸다. 그런데도 강은 칙칙하게 가라앉아 있었다. 그 많던 사람은 거의 다 사라졌다.

고요한 산책로를 걷고 있으니. 자연스레 한바탕 생각과 씨름을 벌여보자는 마음이 돋아났다.

고요메촌에선 총 다섯 명의 사상자가 나왔다.

사가오카 미노루, 고도 료스케, 가네코 아사미, 이시이와 준이치 그리고…… **이시이와 히메코**.

이 중, 가네코와 준이치를 제외한 나머지는 사망했다.

히메코의 부모는 왜 그녀의 존재를 갑작스럽게 숨겼을까.

애초에 장례도 이미 다 치렀을 텐데…….

그 말은 즉, 히메코의 장례는 일종의 눈속임이었다고 볼 수밖에 없다. 요시노가 말한 카로토 속 유골함의 부재도 당연한 일이다. 애초에 히메코는 죽은 게 아니었으니까.

그런데 도대체 왜…… 무슨 이유로 갑자기 히메코를 사회적으로 죽은 사람으로 만들었을까…….

차량으로 돌아온 직후였다.

갑자기, 휴대전화가 울렸다.

발신자는 고도 미아키였다.

"아, 미아키. 무슨 일이니?"

[저기…… 드릴 말씀이 있는데요……. 일단 너무 늦게 연락드려서 죄송합니다…….]

미아키의 갑작스러운 사과에 당황해서 말문이 막혔다. 그럼에도 미아키는 아랑곳하지 않고 말을 천천히 이어 나갔다.

[그때, 이시이와 가에서…… 그러니까…… 2층에서 말이죠. 이상한 걸 발견했어요.]

"어떤……?"

어쩐지 심장박동이 빨라졌다. 무언가 엄청난 위협이 다가오고 있는 듯한 느낌이었다.

[이시이와 히메코의 어머니가 쓴 글 같은데요. 혹시 몰라서 집으로 가져왔어요. 여기엔 네 사람을 저주하는 듯한 글이 적혀있었어요. 제목은 '회고록'이라 적혀있지만요……. 저도 이 글을

까맣게 잊고 있다가 이제야 읽어보는 건데요. 조금이라도 빨리 알려드리는 게 좋을 것 같아서 연락드렸어요.]

"회고록……, 저주……? 네 사람이 누군데?"

[성은 어떻게 읽는지 몰라서 잘은 모르겠는데요. 이름은 요시노 씨가 전부 말해주었던 분들이라 읽을 수 있었고 덕분에 기억이 나요. 카즈키……, 테츠야……, 가네코 아사미……, 요시노 토모루…….]

"그 네 사람을? 히메코의 소꿉친구였던?"

[네.]

"도대체 무슨 이유로?"

휴대전화 너머로 깊은 한숨이 들려왔다. 그 한숨엔 내가 헤아릴 수 없을 만큼 거대한 고민이 들어있는 것 같았다.

[……히메코를 괴롭혔다고…… 적혀있어요. 히메코를 괴롭혔기 때문에 발생한 일이라고…….]

이해할 수가 없었다. 아이들이 히메코를 괴롭혔기 때문에 히메코를 사회적으로 죽였다는 건 말도 안 되는 소리였다. 애초에 괴롭혔다는 말 자체가 사실일까?

[그다음엔…….]

미아키가 얼버무리기 시작했다.

[…아이들이 곤충채집을 떠난 날에 대해서 정확히 적어져 있어요.]

"이시이와 부인의 시점으로?"

[네…….]

"읽어줄 수 있겠니?"

[잠시만요. ……비가 오는데도 히메코는 돌아오지 않았다. 함께 곤충채집을 떠난 4명의 아이는 모두 각자의 집으로 돌아와 있었다. 히메코가 어딨느냐고 물어도 모르겠다고, 같이 곤충채집을 간 적이 없다는 대답만을 늘어놓았다. 모두 비슷한 대답이었다. 마치 말을 맞춘 것처럼. 그 녀석들 거짓말을 했다. 분명 내가 보았다. 5명이 함께 있는 광경을. 그 산으로 올라가는 광경을.

나는 그 산을 올랐다. 혼자서 빗물이 쓸려내려 오는 위험천만하고 두려운 산길을. 얼마 안 가 갈림길을 마주했다. 오른쪽은 신사로 가는 길이고 왼쪽은 정자가 있는 길이다.

신사로 가는 길은 오래전부터 일부러 막아두었기 때문에 그쪽으로 갔을 것이란 생각은 들지 않았다. 그래서 정자가 자리한 왼쪽 길로 나아갔다. 그리고 정자를 맞닥뜨리기도 전에 기묘한 광경을 보았다. 시야의 끝에 수풀 옆으로 길게 뻗어진 맨다리와 그 끝에 헐겁게 매달린 게다가 보였다. 흰 다리는 이미 더러워져 있었다. 불길한 예감에 휩싸인 채로 가까이 다가갔다. 그건 역시나 내 딸이었다.

히메코의 머리에선 피가 흘러나오고 있었다. 빗물에 젖어 온몸이 차가웠고, 헝클어진 머리칼은 히메코의 얼굴에 덕지덕지 달라붙어 있었다.

서둘러 딸을 안고 산길을 내려가려는데 수풀 속에서 무언가가 보였다. 조심히 팔을 뻗어 그것을 잡고 빼내었다. 그건 히메코의 것이 아닌 다른 아이의 곤충채집 용품이었다.

산길을 내려올 때, 몇 번이고 미끄러졌다. 그렇게 우여곡절 끝에 집으로 돌아온 나는 히메코를 서둘러 씻기고 눕혔다. 하지만 머리에서 흘러나오는 피는 멈출 줄을 몰랐다. 갑자기 히메코가 방울을 누군가가 가져갔다며 웅얼거렸다. 산에서 주운 방울을 누군가가 가져갔다고.

괴상한 마음이 들었다. 히메코를 씻길 때, 그녀의 몸은 멍투성이였다. 산에서 구른 것으론 날 수 없는 멍 자국. 꼭 누군가에게 구타당한 것 같은 멍 자국이었다. 평소엔 히메코가 혼자 씻기 때문에 못 알아차렸는지도 모른다. 히메코는 그 아이들에게 괴롭힘을 당하고 있었다. 잠에 들기 직전까지도 히메코는 눈을 제대로 뜨지 못했다.

그리고 다음 날, 히메코는 더 이상 인간이 아니게 되어버렸다. 처치가 늦었기 때문인지도 모른다. 딸아이는 미쳐버렸다. 의사 능력을 완전히 잃어버렸고 짐승처럼 생육을 갈망했다. 공격성도 높아져서 틈만 나면 나를 물어뜯으려고 달려들었다. 아마도 머리를 어딘가에 부딪혔기 때문일 것이다.

시간이 흘러도 호전되지 않는 딸아이를 본 나와 준이치는 결단을 내려야 했다. 그렇게 짐승처럼 행동하는 아이를 도무지 누군가에게 보일 용기는 없었다. 또한 틀림없이 주민들을 공격할 것이 뻔했다. 그래서 결국 우리는 해서는 안 되는 선택을 하고 말았다.

히메코를…….]

미아키의 목소리가 심하게 떨리다가 멈췄다. 어쩐지 지금까지 미아키가 아니라 죽은 히메코의 어머니가 실제로 내게 말을 건넨 것 같은 느낌이 들었다. 멈췄던 목소리가 다시 흘러나오기 시작했다. 그 목소리엔 두려움이 흐르고 있었다.

[히메코를…… **죽은 사람**으로 만들자고. 히메코를 지하실로 밀어 넣고 빠르게 장례식을 준비했다. 그러던 와중 그 아이들을 만났다. 그 아이들은 우리 집과 가장 가까운 산 앞에서 웃으며 놀고 있었다. 그건…… 악마의 웃음이었다. 분노가 치밀어 올랐다. 죽이고 싶었다. 너희가 내 딸을 죽인 것이나 다름없다. 나는 천천히 그 아이들에게 다가왔다. 그리고 히메코가 죽었다고 말했다. 네 녀석들 때문이니 평생 후회하라는 의미를 담고 한 말이었지만, 그들은 그것보다도 내 부자연스러운 모습을 더 두려워하는 것 같았다. 실성이 터져 나왔다. 이 녀석들은 반성하지도 않는구나. 자신들이 무엇을 잘못했는지도 모른다. 그리고 곧 한 아이가 산속으로 도망치기 시작했다. 그 아이를 따라 나머지 아이도 전부 산속으로 달려 들어갔다. 나는 정말 아이들을 죽여버

릴 속셈으로 그들을 놓칠세라 미친 듯이 산길을 올랐다. 그런데 문득 그런 생각이 들었다. 지금 아이들을 죽이면 오히려 고통받는 시간이 줄어들게 도와주는 꼴이 되어버린다. 너희들도 어른이 돼가며 친구를 죽였다는 죄책감에 시달리게 되겠지. 그렇게 해서라도 속죄하는 편이 나을 거야. 그런 생각에 나는 아이들을 따라가지 않고 곧장 집으로 돌아갔다.

히메코의 장례식이 끝나고 몇 년 동안은 정말 지옥이었다. 히메코가 성인이 되었을 때부턴 괴상한 병의 증세가 조금 호전되어서 지하실에 작은 탁자와 의자, 큰 거울을 놓았다. 거기엔 조금은 사람처럼 행동해 보라는 의미가 담겨있었다.

불쌍한 히메코는 그때부터 의자에 앉아 항상 거울 속에 비친 자신의 모습을 신기하다는 듯 뚫어져라 쳐다보았다. 생육을 즐기느라 입가에 피가 묻은 자신의 모습을.

얼마 뒤, 햇빛을 볼 기회가 적은 히메코를 산에서 활동할 수 있게 해주었다. 산괴가 나온다는 소문이 있는 산은 사람이 잘 오르지 않았으니까. 마을 사람들에게 들키지 않게 지하실부터 산 부근까지 이어지는 구멍을 팠다. 남편이 구멍을 파는 일을 했고 나는 대략적인 위치를 전달해 주는 역할을 수행했다.

측구 배수관까지 구멍을 판 다음, 빗물 따위가 범람해 지하실까지 흘러들어오지 못하도록 작은 철판을 만들었다. 안쪽에서 밀면 열릴 수 있게, 안쪽에서 잡아당기면 닫힐 수 있게. 그리고 다른 사람의 눈에 들키지 않고 산속으로 들어갈 수 있도록 산에 또 다른 입구를 만들어 두었다. 바깥에서 보면 알아차릴 수 없다. 산을 조금 들어가고부터 길이 보이도록 만들어 두었으니까.

그리고 얼마 뒤, 나와 남편은 깨닫고 말았다. 히메코의 영원한 굶주림을 조금이나마 불식시킬 방법을.

히메코는 머리를 다친 게 아니다. 몸속에 마물이 들어갔기 때문이다. 그날, 그 산에서 산괴를 마주했기 때문이다.

따라서 히메코를 구원할 방법은.

*사람. 사람을 바치는……*

**인신 공양**이다. 과거로부터 인신 공양은 마물의 배를 가득 채워준다고 하지 않았던가.

히메코가 마물이라고는 생각하지 않는다. 히메코의 안에 있는 게 마물일 뿐.

그렇게 판단한 나는, 더 이상 할 수 있는 게 없었던 나와 준이치는 지푸라기라도 잡는 심정으로 사람을 고용해서 적지 않은 돈을 주고 비밀리에 아이들을 납치할 것을 지시했다. 그 사람들은 외부에서 시골 마을로 흘러들어온 전과자들이었지만, 일정한 양의 보수만 약속한다면 물불 가리지 않고 달려드는 일종의 청부업자들이기도 했다.

그 아이들에겐 미안하게 됐다.

하지만…… 그들은 나보다 카즈키, 테츠야, 가네코 아사미, 요시노 토모루를 원망해야 할 것이다. 내 불쌍한 아이를 괴롭히고, 산괴가 히메코의 몸에 들어갈 때도 자기들만 살겠다고 도망쳤으니까.

그렇게 납치한 두 아이를 산속에 있는 불상 옆에 안치시키도록 했다. 그리고 복멸관악님께 히메코의 안전을 비는 의례를 행하게끔 했다. 그 의례의 이름은 '키츠네츠키'로 가문 대대로 내려오던 비밀스러운 연례행사였다. 물론 30년이 넘도록 의례는 중단되었었지만.

결국 히메코의 뱃속으로 아이들을 집어넣는 데 성공했다. 그리고 놀랍게도 히메코의 공격성이 현저히 줄어들었고 의사소통이 가능해지기 시작했다. 복멸관악이 우리를 도왔다. 복멸관악님이 우리를 도운 것이다.

그런데 계획이 조금 틀어졌다. 분명 두 아이만 데려오라 했거늘 한 아이가 더 실종되었다는 소문이 난 것이었다.

게다가 두 아이를 먹으러 산으로 향하던 히메코는 수풀에서 예쁜 아이를 봤다고 했다. 물론 말이 어눌해서 내가 잘못 들은 것일 수도 있지만. 비슷한 뉘앙스의 말이었다. 히메코는 그 아이를 그냥 보냈다고 했다.

하지만 그랬으면 안 됐다. 히메코가 그 아이를 신사 뒤 수풀에서 만났다는 것은 히메코와 그녀를 위한 인신 공양이 들켰다는 말과 다름없다.

오래전부터 마을에 눌러살았던 마음 약해 보이는 노인네가 마음에 걸렸는데 결국 그 아이를 하룻밤 보살폈다니. 쓸모없는 인간들.

그래서 나는 어쩔 수 없이 그 아이, 의례를 본 그 아이의 집, 고도 가를 없애기로 결심했다. 이번에도 사람을 시켰다. 건장한 체격의 남성을. 그는 고도 가의 마당에서 놀고 있던 사내아이의 목을 내리쳐 기절시켰고 몰래 집 안으로 들어가 장롱에 아이를 집어넣었다. 그리고 성냥에 불을 붙여 장롱 안에 던졌다. 목조 주택이었기에 집이 빨리 전소되리란 확신이 있었다고 했다. 그래서 성냥을 던지고 곧바로 도망쳤다고 했다.

불이 정말 붙었냐 안 붙었냐는 상관없다. 다음번에도 기회는 찾아오니까. 그렇게 몇 시간 뒤에 고도 가가 몽땅 타버렸다는 소식을 들었다.

하지만 결국 그 여자아이를 죽이진 못했다. 사망자는 사내아이뿐이라고 했다. 애석하게도 내게 다음 기회는 찾아오지 않았다. 그들은 곧바로 이사를 감행했다.

하지만 나는 그것만으로도 충분히 만족스러웠다. 이 산간분지까지 히메코가 살아있다는 소문이 도달할 리는 없을 테니까…….]

미아키의 말이 끊겼다. 분명 미아키라면 그 회고록을 여러 번 읽어볼 게 분명하다. 하지만…… 소리 내서 읽는 건 감회가 차원이 다를지도 모른다.

충격적인 이야기가…… 고등학생 소녀의 입에서 흘러나왔다. 고등학생 소녀의 입에서 흘러나왔다. 두 부모를 모두 잃어 지난달에 가족장(家族葬 : 가족이나 친척, 특별히 친한 친구만을 초대해 치르는 장례식으로 외부의 조문객을 따로 받지 않는다.)을 치렀던 소녀의 입에서.

“미아키? 괜찮니?”

미아키의 울음소리가 휴대전화 너머로 들려왔다.

정말…… 이게 사실일까……?

그러니까…… 히메코가 요시노 토모루와 가네코 아사미를 포함한 아이들에게 괴롭힘을 당하던 도중, 머리를 크게 다쳤고…… 장애가 생기자, 그녀의 어머니가 이성을 잃고 미쳐버렸다. 미아키가 그렇게 된 게 산괴의 짓이라고 생각할 만큼. 그 여파가 고도 가까지 다다랐고, 끝내 고도 가를 파멸로 이끌었다.

믿을 수 없었다.

여전히 작은 전화기에선 미아키의 가녀린 울음소리가 넘어오고 있었다. 입을 틀어막고 우는 미아키의 모습이 자동으로 떠올랐다. 도무지 그녀에게 해줄 말이 떠오르지 않았다. 만약 그 글이 사실이라면…… 자신이 믿고 따랐던 어른들-가네코와 요시노를 포함한-이 모든 재앙을 불러온 악마처럼 보이지 않을까?

요시노와 가네코, 미아키를 괴롭히는 산괴보다, 고노하라가

기술한 케모노메-가정폭력으로 인해 소녀를 찾아온-보다 더 악한 건…… 어쩌면 **사람**이 아니었을까?

2

아침 일찍 H 대학 근처의 카페에서 나카자토 교수를 만나 이야기를 나누었다.

"그 참혹한 현장엔 가네코 양도 있었지요. 후에 사가오카 씨가 돌아가셨다는 이야기를 들었습니다. 그러니까 가네코 양은 이미 세상을 떠난 사가오카 씨의 곁을 지키기보다 우릴 돕는 게 더 급한 일이라 판단했을 테죠."

교수가 눈을 이리저리 굴리면서 말했다. 나는 그저 고개를 끄덕일 뿐이었다.

"현장에서 가네코 씨와 요시노 씨…… 어딘가 이상하지 않았습니까?"

짧은 정적을 깨뜨리고 건넨 질문이었다.

"믿을 수 없게도 그들은 미래를 예측했습니다. 그것만으로도 이상하지만, 표면적으로 이상한 부분이라면 아무래도…… 총에 맞은 **그 시체**를 확인한 다음이었겠죠."

"선생님께서 보시기엔 어땠나요?"

"그게…… 놀라울 정도로 둘의 반응이 똑같았다고나 해야 할까. 꼭 잃어버린 기억의 조각을 되찾은 듯한 느낌이었죠."

잃어버린 기억의 조각을 되찾은 듯한 느낌…….

나와 교수의 사이를 갈라놓은 작은 탁자 위엔 회고록이 놓여 있었다. 미아키에게 받아왔다.

"자, 이제 형사님의 추리를 한 번 들어볼까요?"

교수가 혀로 부르튼 입술을 적셨다.

"네. ……이 회고록과 과거의 사건들을 비교하면 어느 정도 답은 유추됩니다. 다만, 어디까지나 심증일 뿐입니다. 자, 그럼, 시간대로 정리를 해보겠습니다. 20년 전, 히메코는 요시노 토모루, 가네코 아사미를 포함한 아이들과 괴산으로 곤충채집을 떠났습니다. 이때도 히메코는 은근히 아이들에게 괴롭힘을 당하고 있었죠. 그래도 히메코가 아이들을 만난 이유는 단지 친구들과 노는 것이 즐거웠기 때문이겠지요. 아무튼…… 이날, 사건이 발생합니다. 산길을 내려가던 도중 히메코가 발을 헛디뎌 굴러 떨어졌고 이 과정에서 주변 사물, 예컨대 나무 같은 것에 머리를 강하게 부딪혔습니다. 물론 히메코가 발을 헛디딘 게 아니라, 그 아이들이 히메코를 괴롭히다 벌어진 일일지도 모릅니다.

하지만 아이들은 히메코를 내버려두고 하산했습니다. 그 후, 무언가 걸리는 게 있었는지 모두 입을 맞췄지요. 히메코와 곤충채집을 떠난 적은 없다고. 그다음 날을 기점으로 히메코는 일종의 영구적인 장애가 생긴 것이 아닐까, 생각합니다. 정확히는 무슨 장애인지는 모릅니다만. 중요한 건, 후천적 장애였다는 것이겠죠. 그런데 이쯤에서 심히 마음에 걸리는 게 있습니다. 교수님께서 보여주셨던 야마모리 나오코의 편지에 등장하는 내용이 말이죠. 이시이와 가에선 시치고산을 거치는 7세가 되기 전에 발광 증상을 보이는 아이들이 나타나곤 했다는 말이요. 물론 당시 히메코는 7세를 넘은 시점이었죠. 그런데 30세가 넘은 시점에서 발광 증상이 나타난 요시히데의 경우를 생각해 보면 히메코도 충분히 그럴 수도 있겠단 생각이 듭니다."

"머리를 부딪힌 게 잠재된 유전병을 기폭시켰다는 말인가요?"

"단순히 강한 충격을 받아 후천적 장애가 생긴 걸 수도 있고 단순히 유전병이었을 수도 있다는 말이죠. 그런데 확실한 건, 히메코가 누군가에게 괴롭힘을 당했다는 겁니다. 구타 흔적을 발견했다고 기술되어 있었으니까요.

일단 다음으로 넘어가지요. 그 후 이시이와 부인과 준이치는 히메코를 죽은 사람으로 만들려고 했습니다. 회고록에선 위험한 공격성과 다른 사람에게 총명했던 아이의 변모를 도무지 보여줄 용기가 없었기 때문이라고 했지요. 일종의 부끄러움일지도 모릅니다.

그렇게 거짓 장례가 끝난 뒤, 히메코는 지하실에서 생육을 즐기며 살아가게 됩니다. 이따금 부모를 공격하기도 하고요. 시간이 조금 흐른 뒤엔, 지하실 벽면에 구멍을 파 괴산 앞까지 이어지는 통로를 만듭니다. 히메코에게 조금의 자유를 보장하려는 부인의 마음이 있었기 때문이었는지도 모릅니다.

하지만 히메코가 비인간적인 행위를 하는 것에 나날이 지쳐가던 이시이와 부인은 마지막 묘수를 떠올리게 됩니다. 인신 공양으로 악귀를 효과적으로 달랬던 것처럼 사람을 먹여보자는 기괴스러운 생각을요. 거기엔 히메코가 이상한 게 아니라, 악귀가 몸속으로 들어갔기 때문이라는 광적 믿음이 있었기 때문이었겠죠. 인신 공양이 일종의 억제제로 작용할 것으로 생각했던 모양입니다.

그 순간부터 저희는 부인의 비상식적인 생각에 공감할 수 없게 됩니다. 정상적인 범주를 아득히 벗어나 버린 미친 사람이니까요.

지푸라기라도 잡는 심정으로 부인은 일종의 청부업자로 일하는 이들에게 돈을 약속하고 아이를 납치할 것을 지시합니다. 그렇게 두 아이를 납치해 불상이 안치된 곳에 둡니다. 불상이 안치된 곳에 둔 이유는 간단했어요. 불상이 안치된 곳과 신사의 위치는 이시이와 가 말고는 아무도 모르는 곳이었으니까요. 그 말은 즉, 다른 사람이 절대로 오지 않아 들킬 위험이 없다는 의미이기도 합니다. 그리고 먼 과거부터 토도에서 이시이와 가를 중점으로 행해졌던 의례를 다시금 진행합니다. 그건 아마도 히메코를 위한 의례였겠지요. 복멸관악에게 히메코를 보호해달라는 의미로 행해진 겁니다.

그런데 계획이 틀어집니다. 호기심에 뒤따라가던 고도 미아키에게 의례를 들켜버리고 만 겁니다. 심지어 미아키는 수풀을 빠져나오던 도중 히메코를 마주했습니다. 기모노를 입은 듯한 히메코를 눈앞에서 마주했죠. 물론 미아키는 눈을 꼭 감고 있었다고 하긴 했지만요. 무슨 이유에서인지 히메코는 미아키를 공격하지 않았어요. 이 부분이 사실 이해가 가지 않긴 합니다만…….

중요한 건 미아키가 그 의례를 목격했다는 사실을 도대체 누가 알아차렸냐겠지요. 그 사람은 제가 예상컨대 미아키가 친절한 할아버지라고 언급했던 가타무라 씨가 아니었을까, 싶습니다. 그러니까  가타무라 씨와 불상 앞에서 염불 같은 것을 외던 노인이 동일 인물이란 말이죠.

그렇지 않고서야는 가타무라 씨가 신사에 있는 미아키를 발견한 게 말이 되지 않습니다. 미아키를 발견했다는 건, 곧 신사의 위치를 알고 있었다는 의미일 테죠. 의례를 진행한 주민과 이시이와 가 사람들을 제외하곤 신사의 존재를 몰랐을 테니까요.

게다가 미아키가 본 의례 속 노인과 가타무라 씨는 외견상으로도 비슷했습니다. 미아키는 둘 다 머리가 거의 벗겨져 있다고 했었죠. 또 이시이와 부인은 노인네가 마음에 걸렸다고 했습니다. 이 말은 즉, 켕기는 게 있었다는 뜻입니다. 쓸모없는 인간들이라고 언급한 것과 미아키를 하룻밤 보살폈다는 이야기 등을 종합적으로 분석했을 때, 가타무라 씨는 의례에 참여했던 노인일 확률이 기하급수적으로 높아지죠.

나름의 유추였을지도 모르지만, 가타무라 씨는 어느 정도 확신이 있던 모양입니다. 미아키가 의례를 봤다는 확신. 실제로 미아키는 의례가 진행되는 동안 나무 뒤에 숨어서 잠들었다고 했으니까요. 과연 그때 그들의 눈에 이미 발견되었을지도 모르는 일이죠.

돈을 받았기 때문에 쉬쉬할 수 없었던 가타무라 씨는 고민을 거듭하다가 결국 이시이와 부인에게 해당 내용을 전달한 것 같습니다. 그리고 그 사실을 전해 들은 이시이와 부인은 곧 무서운 생각을 떠올렸을 겁니다. 비밀을 알고 있는 고도 가를 없애는 편이 낫겠다는 생각을요. 애초에 마을로부터 멀리 떨어진 곳으로 떠나는 것만으로도 좋다고 생각한 겁니다.

그래서 또 사람을 시켜 고도 가에 불을 지른 거죠. 그 결과로 미아키의 남동생인 미치오가 사망했고요.

시간이 지나, 이시이와 부인이 죽고 나서도 히메코는 아버지인 준이치와 함께 살았습니다. 이시이와 가의 1층의 모습을 언제 바꿨는지는 잘 모르겠습니다. 하지만 이유는 틀림없이 1층 자체를 누군가가 보지 못하도록 하기 위해 시멘트로 메꿨다는 거겠죠. 혹여나 히메코가 발각되는 불상사가 일 수도 있으니까요.

사가오카의 일지 속에 등장한 그 괴기 노인이 바로 이시이와 준이치인 겁니다. 가문의 안전을 위해 비석에 금줄을 매달고 고헤이를 끼웠지요.

그리고 여기서 헤이세이(平成 : 1989년 1월 8일~2019년 4월 30일) 12년 댐 건설 사건에 관한 이야기를 하려고 합니다. 그 사건을 전담한 형사가 저거든요."

나카자토 교수가 눈을 휘둥그레 떴다. 나는 아랑곳하지 않고 말을 계속 이어 나갔다.

"처음엔 발견된 시신 세 구가 산짐승에게 공격당한 줄로만 알았습니다. 하지만 잇자국이 어쩐지 사람의 치아 모양과 흡사하더군요. 그래서 의문이 한가득 떠올랐지만, 윗선의 거센 압박으로 사건을 흐지부지하게 끝낼 수밖에 없었습니다. 그런데 꽤 오랜 시간이 지나고 이제야 알게 되었습니다. 그 시신은 마을 주민이 전부 떠났음에도 아직 마을에 남아 괴산에서 활동하던 이시이와 히메코에게 공격당한 것이란 걸 말이죠. 그 세 구의 시신을 제외하고 실종된 줄로만 알았던 네 인부는 이시이와 가의 지하실에서 뼈만 남은 채로 발견이 되었죠. 게다가 지하실엔 인부들의 안전모도 있었습니다.

사가오카 씨의 일지엔 비축해 놓은 음식이 몽땅 사라졌다고 쓰여있었습니다. 어쩌면 사라진 음식 중 하나가 이시이와 가의 지하실에서 발견된 통조림 캔이었을지도 모릅니다. 전 히메코가 그 배낭 속에 있던 음식들을 훔친 것이란 생각이 듭니다. 텐트 속에 흙 같은 이물질이 묻어있던 것도 빗물에 젖은 산속을 맨발로 휘젓고 다니는 히메코가 텐트 속으로 들어갔기 때문인지도 모릅니다.

그리고 저, 사가오카, 가네코를 공격한 뒤, 도망치던 료스케가 굶주린 히메코에게 죽임을 당한 거겠지요. 정신이 조금만 더 빨리 돌아왔더라면, 허벅지를 다치지 않았더라면 료스케가 죽는 것 자체는 막을 수 있었을지도 모릅니다……."

"그렇군요……. 형사답게 대단한 추리입니다. 하지만 이시이와 준이치가 미아키와 가네코에게 발각되자마자 목을 매달았던 이유는 무엇이었을까요?"

"경우는 두 가지라고 봅니다. 지하실에서 히메코를 키웠다는 사실이 들킬 위기에 처해 두려웠기 때문에, 혹은 **그 얼굴**을 기억하고 있었기 때문이겠죠."

"**그 얼굴**……?"

"히메코를 그렇게 만든 아이들의 얼굴이요."

"가네코 아사미를 말씀하는 겁니까?"

"네. 계속해서 무서운 아이들이라고 되뇌다 보니 어느 순간부터 실제로 그 아이들이 두렵게 느껴지기 시작한 거죠. 마치 마을의 산괴처럼. 준이치가 아사미와 미아키에게 '그들이 왔다.'라고 하지 않았습니까? 어쩌면 준이치가 말한 '그들'은 산괴와 같은 요괴가 아닌 '가네코 아사미와 그 소꿉친구들'을 의미했던 것일지도 모릅니다."

"그게 사실이라면…… 가네코 양과 요 시노 씨가 이시이와 히메코의 얼굴을 확인하자마자, 표정이 굳었던 건……."

"기억 때문이죠. 자신들이 그렇게 만들었다는 사실이 기억났기 때문이에요. 말도 안 되는 소리일 수도 있지만, 히메코가 괴롭힘을 당했던 게 사실이라면 말이죠. 공포에 물든 아이들은 의도적으로 집단적 기억 왜곡을 했을지도 몰라요. 잊기 위해 어떻게든 왜곡하기 위해 무슨 수를 쓴 것 같습니다."

"그건…… 만델라 효과와도 비슷하군요."

어쩐지 그 말을 꺼내는 나카자토 교수의 동공이 크게 흔들렸다. 꼭 엄청난 기억이 되살아난 것처럼 말이다.

"가네코 양에게도 집단적 기억 왜곡이란 말을 꺼낸 적이 있습니다."

"그렇군요. 하지만 이건 단순한 제 추리일 뿐입니다. 듣는 이에 따라선 엉터리라고 생각할 수도 있고요."

"아니요. 전 고무라 형사님의 추리가 70프로 이상 맞다고 봅니다. 특히 그 아이들이 히메코를 괴롭혔고 다친 히메코를 버려두고 간 일이 사실인 것으로 확인만 된다면 형사님의 추리는 하나부터 열까지 모든 게 맞아떨어진다고 생각합니다. 다만……."

나카자토 교수의 목소리가 흔들렸다.

"다만……, 저는 가네코 양이 그랬지 않았으면 하는 바람이 있는 건 도무지 숨길 수가 없군요. 어쩐지 제가 다 두렵습니다."

교수의 마음을 충분히 이해할 수 있다. 가네코 아사미는 그가 아끼는 제자였으니까. 하지만 말도 없이 가와나에쵸를 떠난 그들의 행위를 곰곰이 생각해 보면 의심을 거둘 수 없는 건 사실이다.

그들이 떳떳하다면 몇 번의 진술 뒤에 마을을 바로 떠나는 행위 자체가 너무나 이상할 따름이다. 미아키에게 작별 인사도 고하지 않고……. 어쩌면 그들은 이시이와 히메코의 얼굴을 본 순간, 모든 걸 이해하고 곧바로 미아키에게 미안함을 느꼈기 때문이 아니었을까. 죄책감. 그래. 죄책감이다. 그들은 그들을 집요하게 좇아오는 죄책감을 피해 도망친 것이다.

설령 그들이 회고록과 사가오카의 일지를 접한 나처럼 완벽히 사건의 내용과 후일담을 알고 있지 못한다고 하더라도, 히메코를 그렇게 만들었고 그 결과로 료스케가 죽임을 당했다는 것쯤은 충분히 깨달은 것이다. 만약 자신들 때문에 미아키의 동생과 어머니가 세상을 떠났다는 부수적인 사실을 알게 된다면 더욱 충격받을지도 모른다. 아무래도 미아키만큼은 아니겠지만.

하지만 난 아직 그들을 믿는다. 물론 의심도 하고 있다. 진실이 밝혀지기 전까진 잣대를 들이밀지 않는다.

곧 나는 머릿속에서 의문이 떠올랐다.

이 유기적인 사건들 속에서 강제로 인간성을 잃은 히메코가 잘못한 게 도대체 무엇이 있을까? 히메코는 죄책감의 부재로 인간을 살육했다. 죄책감을 느낀다는 것은 곧 인간다움을 의미한다. 죄책감을 느껴 도망가고 숨었던 고도 료스케, 이시이와 부인, 이시이와 준이치, 요시노 토모루, 가네코 아사미……. 그들이 인간다움을 의미하는 죄책감을 느낀다 한들 죄책감이 존재하지 않는 히메코와 인간다움의 우열을 가릴 수 있을까?

그 순간, 미아키가 했던 말이 떠올랐다. 여우의 얼굴을 한 요괴를 보았다고. 고요메촌을 방문했을 때, 요시노 씨와 가네코 씨도 그 여우 요괴를 마주했다는 사실을 들었다고 했던 그 말이. 게다가 료스케의 차량에서 발견된 공책에도 아내의 죽음 이후 여우 소녀가 쫓아온다는 글이 적혀있었다.

나는 지금까지 벌어진 사건들을 떠올렸다.

"아!"

나도 모르게 외마디가 튀어나왔다. 얼마 안 가 여우 요괴의 정체를 깨달았다.

미아키가 여우 요괴를 본 건, 아이들의 죽음을 목격한 이후다. 료스케는 아내의 죽음 이후, 가네코와 요시노는 히메코의 죽음 이후.

그렇다. 그 여우 요괴의 정체는 인간을 쫓아오며 마음을 좀먹는 **죄책감**이다.

미아키는 아이들을 구하지 못했다는 죄책감.

료스케는 아내를 죽였다는 죄책감.

가네코와 요시노는 히메코가 그런 모습으로 살아가도록 만들었다는 죄책감.

하지만 미아키는 여우 요괴에게 벗어났다고 했다. 당연했다. 미아키는 잘못이 없으니까. 죄책감을 느끼지 않아도 될만한 일이니까. 자연스레 그 요괴가 사라진 것이다.

가네코와 요시노의 곁에 여우 요괴가 늦게 나타난 이유는…… 이미 왜곡된 기억의 진실과 가까워지면서 마음 한편에 남아있던 죄책감이 점점 되살았기 때문이 아니었을까.

기억하지 못하고 있으면서도, 잘못 기억하고 있으면서도 잊을 수 없는 죄책감은 여전히 남아있는 것이다.

같은 맥락으로 세 사람이 비를 두려워하게 되었던 것 또한 죄책감과 연관되어 있을지도 모른다. 어쩌면…… 그 여우는 지금까지도 가네코와 요시노의 뒤를 쫓고 있을 수도 있지 않을까. 그래서 그들이 도망쳤다면……. 그리고 미아키가 의례에서 본 황색 구체의 정체는 여우의 머리가 아니었을까…….

"하지만 역시 답을 내릴 수 없는 문제는 많군요."

교수가 말했다.

"예를 들면 산괴…… 말인가요?"

"그렇죠. 확실한 대답을 내놓을 수 없는 건, 우리가 헤아릴 수 없는 범주에 속한 괴이들이죠. 괴이는 어디에나 있습니다. 이 사건과는 별개로 아득히 오래전부터 지금까지 이 일본이라는 땅 위엔 사위스러운 존재들이 존재해 왔습니다. 그들이 우리를 쭉 지켜봐 왔을지도 모르는 일이지요. 그래서 고노하라의 일지도 야마모리 나오코의 편지도 전부 실제로 있었던 일이란 믿음이 있습니다."

"그 말은 즉, 케모노메가 아직 어딘가에 존재한다는 말인가요?"

"그렇지요. 꼭 고요메촌이 아니더라도 말이죠. 분명 나무가 만연한 어느 숲이나 산엔 아직도 굶주린 케모노메가 돌아다니고 있을 겁니다."

"인간의 마음으로는 도저히 헤아릴 수 없겠군요."

"그렇습니다. 그러니까 요시노 씨가 산괴를 보았다고 한 것만큼은…… 어쩌면 정말 사실일지도 모른다는 생각이 듭니다……."

나카자토 교수와의 대화가 끝날 무렵, 가을비가 추적추적 내리기 시작했다. 가을장마가 시작되었다.

이틀이 지난 뒤, 나는 동료 형사의 도움으로 효고현에서 시마무라(島村和樹) 카즈키라는 인물을 만날 수 있었다. 그는 효고현의 A시, 2층짜리 아파트에서 살고 있었다.

2층으로 올라가 도어폰을 누르고 잠시 기다렸다. 곧 안쪽에서 소리가 들리더니 문이 열렸다.

"누구십니까?"

카즈키의 곱슬한 머리칼은 방금 씻고 나온 듯 젖어있었고, 정돈되지 않은 수염 때문에 은근히 지저분해 보였다. 밖으로는 잘 나오지 않는 사람인 걸까.

"잠시 여쭙고 싶은 게 있어서요. 요시노 토모루 씨의 지인입니다."

나는 내가 경찰이라는 사실을 숨겼다. 뭔가 안 좋은 구석이 있다면 날 돌려보낼 게 틀림없었으니까. 실제로 지인이라는 말도 거짓말은 아니니 나름 괜찮은 말이었다.

"요시노 토모루……."

카즈키가 눈을 이리저리 굴리면서 고민했다.

"그렇군요. 일단 들어오세요."

카즈키의 초췌한 모습과는 달리 집은 사뭇 깨끗했다. 의외였다.

우린 거실에 놓인 좌식 탁자에 마주 보고 앉았다. 카즈키는 집에 달리 대접할 것이 없다면서 맥주라도 마시겠냐고 물었다. 곧바로 거절했다. 이따 차를 운전해야 하니까.

그렇게 조금 이야기를 나누었다. 형사라는 사실을 들키지 않기 위해 이런저런 말을 빙빙 둘러댔다.

이야기를 나누다 보니 그가 백수라는 사실을 알게 되었다. 그리곤 이상한 말을 연이어 덧붙이기 시작했다.

"제가 이렇게 사는 건, 일종의 속죄랄까요. 고무라씨, 형사시죠?"

그 말을 들은 순간, 어안이 벙벙했다.

"당황하시네요."

카즈키는 그렇게 말하면서 한 번도 들어본 적 없는 이상한 웃음소리를 내었다.

"그냥 유추해 본 겁니다. 그런 느낌이 있어요. 고무라 씨는요. 딱 봐도 형사 같달까요."

"그렇군요. 절 내쫓진 않으시나요?"

"왜요? 저희의 잘못을 알아차리고 오신 거 아닌가요? 이런 일이 일어날 줄 알고 있었습니다."

잘못……? 도무지 무슨 말을 하고 있는지 알아차릴 수가 없었다. 되물으려는 순간, 그의 입에서 다시 말이 흘러나오기 시작했다.

"이시이와 히메코 때문이죠?"

이 사람은 모든 걸 알고 있다. 하지만 어떻게……? 마음속으론 격하게 놀랐을지 몰라도 아무렇지 않은 표정을 지었다. 이건 오히려 기회다.

"네. 따로 수사하러 온 것은 아닙니다. 그래도 알고 계신 걸 말씀해 주실 수 있을는지요?"

"물론이죠. 어디서부터 이야기하면 될까요?"

"히메코가 괴롭힘을 당했다는 게 사실인가요?"

"네. 저랑 테츠야, 아사미, 토모루가 괴롭혔지요. 토모루 말고도 두 사람은 아시나요?"

"가네코 씨는 실제로 만났었고 테츠야 씨는 이름만 들어보았습니다."

"그 정도면 충분하네요. 히메코는 저희 때문에 죽은 게 아닐까, 싶습니다. 지금 생각해도 그 아이를 때린 건 못된 일이었……."

"잠깐만요. 히메코는 저번 달까지 살아있었습니다."

카즈키의 말에 의아함을 느껴 말을 끊고 곧바로 있는 사실만을 전달하였다. 어쩐지 이 남자는 그 사실만은 모르는 듯했다. 그는 내 말을 듣자마자 눈을 크게 뜨며 되물었다.

"살아있었다고요? 분명 히메코의 어머니가 딸이 죽었다고 했었는데……."

적잖이 충격받은 카즈키의 눈이 중심을 잡지 못해 마구 흔들리고 있었다.

"……그렇군요. 그 부분도 요시노 씨에게 들었습니다. 제가 정말 알고 싶은 건, 곤충채집 날에 무슨 일이 있었느냐입니다."

"……그래요. 잠시 생각을 정리할 시간 좀 주세요."

카즈키가 자리에서 벌떡 일어나더니 부엌으로 가 내장고에서 맥주를 꺼내 그 자리에서 벌컥벌컥 들이켰다. 그리곤 다시 탁자로 돌아와서 이야기를 재개했다.

"그날은 조금 특별한 날이었습니다. 왜냐하면 새로운 산으로 곤충채집을 떠났거든요. 무시무시한 산괴가 산다는 그 산을요. 그 계획을 세운 건…… 토모루였습니다. 요시노 토모루. 무서워서 가기 싫다는 히메코를 억지로 끌고 갔어요. 이제 와서 후회해

봐야 소용없지만, 저흰 토모루를 거들었죠. 그 아이가 우리 중 가장 입김이 셌달까요. 그래서 어쩔 수가 없었습니다.

아무튼…… 그 산을 꽤 오래 오르다 정자를 발견했어요. 우리 다섯은 그곳에서 자리를 잡고 본격적인 곤충채집을 진행했죠. 가끔 히메코를 밀치기도 했고 나뭇가지를 주워 때리기도 했습니다. 저도, 아사미도, 테츠야도, 토모루도요. 그럼에도 히메코는 옷을 털고 일어나 방긋 웃으면서 곤충을 채집하러 다녔습니다. 그러던 중에 갑자기 비가 쏟아졌습니다. 우린 정자 속으로 피신했죠. 그런데 히메코가 보이질 않았습니다.

아무리 괴롭히고 싶은 아이라도 이런 산에서 친구를 잃어버렸단 사실을 들킨다면 부모님들께 크게 혼나리란 두려움에 서둘러 히메코를 찾았죠. 그런데 어느 순간, 방울 소리가 들렸습니다. 순간, 그 산괴가 아닐까, 하는 의심과 두려움이 돋아났습니다. 하지만 다행히도 방울 소리를 낸 주인은 다름 아닌 수풀에 숨어 있던 히메코였지요.

우리는 안도의 한숨을 내쉬었어요. 그리고 히메코가 주운 신기한 다섯 개의 방울을 구경했어요. 얼마 뒤, 비가 약해졌고 저흰 서둘러 하산을 결정했습니다. 부모님이 걱정하실 테니까요. 하지만 여기서 문제가 발생합니다. 위험한 산길을 내려가다가 토모루가 이상한 말을 했습니다. 아니, 행동이었지요. 히메코의 방울을 뺏으려고 했습니다. 아마도 한참 전부터 눈독을 들이고 있었는지도 모릅니다.

그 둘 사이에서 실랑이가 벌어져도 저흰 아랑곳하지 않고 계속 내려가려 했어요. 그런데 갑자기 뒤에서 토모루와 히메코의 짧은 비명과 둔탁한 소리가 들렸습니다. 무언가가 부딪히는 듯한 소리였습니다.

무슨 일인가 싶어 다시 길을 올랐더니 비를 맞고 있는 토모루가 아무도 없는 수풀을 바라보고 있더군요. 그의 손엔 다섯 방울이 달린 새끼줄이 들려있었습니다.

다시 살펴보니 아무도 없는 수풀을 바라보고 있던 게 아니었습니다. 수풀 밖으로 히메코의 맨다리가 삐어 나와 있었습니다.

수풀을 열어 히메코를 확인했습니다. 히메코의 머리에선 피가 줄줄 흘러나오고 있었습니다. 전 순간, 너무 놀라서 곤충채집 도구를 수풀 속에 떨어뜨렸습니다.

히메코는 눈을 번쩍 뜬 채로 미동도 없었습니다. 그래서 저흰 히메코가 죽었다고 판단했지요. 저흰 토모루에게 서둘러 내려가야 한다고 재촉했습니다. 하지만 토모루는 넋이 나가 꼼짝도 안 했습니다. 그리고 그 자리에서 우리 넷은 어린아이가 할 수 있는 가장 치밀하고 무서운 계획을 세웠습니다.

어른들에게 히메코와 놀 것이라 말한 적이 없으니, 히메코가 혼자 산에서 놀다 그렇게 된 것으로 위장하자고 했습니다. 그리고 우리끼리 말을 맞추었지요. 들통나면 안 되니까요. 누군가가 물어본다면 '모르겠다.' 혹은 '히메코랑 곤충채집 간 적이 없다.'라고 일관된 답을 내놓을 수 있도록 말을 맞췄습니다.

그렇게 시간이 흐른 뒤, 우린 히메코가 죽었다는 소식을 접했습니다. 하지만 절 제외한 세 아이는 정말 그 일이 일어나지 않았던 것처럼 행동했습니다. 아마 거기엔 믿음이 있었기 때문일 것입니다. 정말 일어나지 않았던 일이라는 헛된 믿음이요. 저를 포함해 네 아이는 만나서 놀 때마다 그때의 기억을 잊기 위해 서로를 세뇌했습니다. 그날에 무엇을 했냐고 물으면 다섯 사람이 곤충채집을 하고 집에 돌아왔는데, 히메코가 감기·몸살로 앓다가 급사했다는 내용을 끊임없이 입 밖으로 내뱉도록 했습니다. 그렇게 세 사람은 서로를 세뇌시키는 데에 성공했나 봅니다. **뒤틀린 기억**을 가지게 된 거지요.

하지만, 전 아직도 그 진실을 기억하고 있습니다. 왜냐고요? 두려움이 있었기 때문이었거든요. 범인으로 몰릴지 모른다는 두려움이요. 왜냐하면 어느 날 문득 그 사실을 깨달았거든요. 히메코 옆에 곤충채집 도구를 두고 왔다는 사실을 말이죠. 그때부터 지금까지 전 범인으로 지목될지도 모른다는 두려움에 허덕였습니다. 그래서 세뇌가 안 통했는지도 몰라요.

그 후, 저희는 마을을 떠났죠. 전 어느 순간부터 그 아이들과 연락을 끊었습니다. 그 아이들은 저랑 달랐으니까요. 그 광기 서린 모습에 두려움을 느꼈습니다. 그래서 나이를 먹어가며 점점 거리를 두게 되었지요. 물론 제 잘못도 있습니다. 그래서 형사님이 왔다고 생각합니다. 이날만을 기다렸다고나 할까요."

나는 아무 말도 할 수가 없었다. 곧 카즈키가 다시 입을 열었다.

"그런데 그때 히메코는 죽은 게 아니었나 보군요. 그 사실을 알았더라면 형사님과 제가 이렇게 마주할 상황은 없었을지도 모르겠네요. 항상 히메코에게 잘못을 빌었습니다. 그 아이의 부모님께라도 사죄하고 싶었지만, 하지 못했습니다. 도저히 그럴 용기가 없었으니까요."

나는 히메코가 그동안 무슨 일을 저질렀는지 따위는 말하지 않기로 다짐했다.

"그렇다면 혹시…… 산사태 사고도……."

"테츠야가 토모루에게 말했나 보군요. 전에 테츠야를 우연히 만났거든요. 불편할 정도로 이야기를 해대긴 했지만. 아무튼 산사태 사고가 있었죠. 그 때문에 저희 부모님이 돌아가셨고요. 제 탓입니다. 벌을 받은 거겠죠. 그것도 속죄의 일부인 겁니다."

나는 모든 걸 깨닫고 망연자실했다. 아니길 빌었던 아이들의 무라하치부(村八分 : 집단따돌림)가 사실이었다.

"참, 언제 그런 적이 한 번 있었습니다. 제가 헛것을 봤는지도 모르지만, 논과 산 근처에서 놀 때였습니다. 어느 수풀에 토모루가 가만히 서 있더군요. 정말 찰나의 순간에 그의 뒤에 서 있는 여자를 봤습니다. 토모루의 어깨에 손을 올리고 있더군요."

카즈키가 뱉은 말의 말미가 공중으로 사라지기도 전에 무언가가 번뜩 떠올랐다. 토모루의 할아버지가 말한 그 꿈과 엇비슷하다. 그렇다면 그 꿈에 나왔던 어린아이는…… 토모루가 아니었을까…….

"혹시 무슨 옷을 입고 있었는지, 어떻게 생겼는지는 기억납니까?"

"글쎄요……. 아, 아마도 연청색이었을 겁니다. 그리고 얼굴은 말이죠……. 잘 기억은 나지 않지만, 그걸 본 순간 든 생각은 '**아름답다**'였습니다. 그것만은 확실합니다. 자세히 떠오르지 않아도 그 감정만은 아직도 생생히 느껴집니다."

머릿속에서 짝을 찾지 못해 나뒹굴던 모든 조각이 거대한 벽을 이루며 자동적으로 맞춰져 간다.

모든 퍼즐이 맞춰졌다.

바깥에선 여전히 인간의 마음을 좀먹는 음울한 비가 쏟아지고 있었다. 카즈키가 두려운 표정을 띤 채 비의 종횡을 바라보고 있었다. 그 모습이 어쩐지 또 다른 사실을 숨기고 있는 것 같이 보였다.

## 3

어느덧 온몸을 휘감는 찝찝한 비 대신 얄궂게 시린 눈발이 빗발치는 겨울이 되었다.

고요메촌 사건이 끝난 직후 벌어져 한동안 나라현 전역을 떠들썩하게 만들었던 비극적인 '소조 소녀(小鳥少女)' 사건이 막을 내리고 평화로운 나날이 지속되고 있다.

가을에 벌어진 '소조 소녀' 사건을 조사하면서도 간간이 미아키와 연락을 주고받았다. 새로운 학교에서도 여전히 학교생활은 잘 못하는 것 같았지만, 그나마 다행인 건, 독신인 레이코란 인물이 미아키의 엄마 노릇을 그 누구보다도 잘 수행하고 있다는 것이었다.

지난달, 미아키는 이모인 레이코를 따라 그녀의 기존 거처가 마련되어 있는 도쿄의 신주쿠로 향했다. 둘이 함께 살기엔 충분한 집이라고 했다. 역세권에선 조금 떨어져 있지만, 운치 있는 독립주택이었다. 미아키가 원래 살고 있던 집보단 작은 규모였지만.

내 발길은 교토역 플랫폼으로 향했다. 아침의 시린 공기가 폐부 깊숙한 곳까지 스며들었다. 그리웠던 겨울이 돌아왔다. 차가운 바람이 외투의 깃을 흔들었다.

플랫폼에서 도카이도 신칸센(東海道新幹線)을 탔다. '소조 소녀' 사건도 해결되었고 미아키를 못 본 지 오래되었기도 해서…… 이번 주엔 시간을 냈다. 오늘은 미아키의 학교가 종업식을 하는 날이었다. 그러니까 학교가 꽤 빨리 끝나지 않을까, 그런 믿음이 있었다.

확실히 신칸센을 타는 건 비용이 꽤 많이 들지만, 나라현에서 신주쿠구(新宿区)까지 대략 6시간 동안 운전할 엄두는 나지 않는다.

오전 7시, 비교적 일찍 집에서 출발했지만, 시나가와(品川)역에 도착하니 벌써 점심이 되었다. 인파가 북적이는 지하철을 몇 번 갈아타고 나서야 상대적으로 한산한 신주쿠의 어느 주택가에 도착했다.

그곳에서도 꽤 높은 계단이 놓인 곳이 있었는데 그 계단을 끝까지 오르면 바로 옆에 목적지인 집이 놓여있다. 얼마 안 가, 그의 집 부근에 도착했다. 긴 계단을 오르고 현관문 옆에 붙은 초인종을 눌렀다. 얼마 기다리지도 않았는데 금세 현관문이 열렸다. 현관문 사이로 삐져나온 얼굴은 단발머리에 앞머리가 예쁘게 정돈되어있었다. 미아키였다. 금방 학교가 끝난 건지 아직 검은 교복을 입고 있었다. 곧 현관문이 활짝 열렸다.

현관에 선 미아키는 웃는 얼굴로 나를 반겼다. 그리고 그녀의 뒤로 익숙하지 않은 얼굴이 나타났다.

"우리 레이코 이모에요. 엄마랑 닮진 않았지만……."

미아키가 말했다. 레이코. 미아키에게 자주 들었던 이름이다.

"이쪽은 고무라 형사님이야."

이어서 말을 덧붙이며 미소를 지었다. 반면 그녀의 뒤에 있는 레이코의 안색은 별로 좋지 않게 변했다. 흔히 있는 일이다. 형사가 찾아오면 열에 아홉은 당황하거나 이런 표정을 짓는다. 인상이 강력하다는 말도 여러 번 들었다. 그래서 그랬는지도 모른다.

“아, 안녕하세요. 형사님께선 무슨 일로……?”

레이코가 물었다.

“내가 말했잖아. 저번 주에.”

미아키가 실망이라는 듯한 표정으로 레이코를 째려봤다.

“아, 오랜만에 미아키를 보려고 왔습니다. 잠깐 두런두런 이야기도 나눌까, 해서…….”

레이코는 잠시 눈알을 굴리더니 이내 들어오라고 말했다.

“실례하겠습니다.”

두 사람은 함께 점심을 먹고 있었다. 점심시간이라 치기엔 조금 늦은 듯하지만, 그 사실을 단숨에 무시할 수 있을 정도로 안락하고 따뜻한 분위기가 넘쳐흘렀다.

밥을 얻어먹을 생각은 없었지만, 미아키가 은근히 이모인 레이코를 거들었다. 형사님께 밥이라도 대접해 드려야 하는 게 아니냐면서. 나는 연신 괜찮다는 말을 내뱉었지만, 레이코는 미아키의 집요한 공격에 못 이겨 금세 따뜻한 밥을 내어주었다. 정성을 담은 된장국에 그동안 몸에 축적되었던 피로와 추위가 공기 중으로 사라지는 듯한 느낌을 받았다.

내가 이 가족에게 이런 대접을 받아도 되는 걸까. 무언가 큰 잘못을 저지르고 있는 듯한 느낌이 들었다.

이제는 얼굴도 잘 기억나지 않는 요시노와 가네코에게 연락이 왔느냐고 묻고 싶었지만, 전혀 입이 떨어지지 않았다. 지금 이 자리에서 그런 말을 꺼냈다간 미아키가 화장실로 달려가 속을 게워 낼지도 모른다.

그리고 은근히 의심스러운 눈초리로 나를 바라보는 레이코라는 여성은 미아키의 속사정을 알고는 있는 걸까?

감히 예상컨대 미아키는 그녀에게 아무 이야기도 하지 않았을 것이다. 어쩌면 저 눈빛은 자신한테 지금까지 일어났던 모든 일을 설명하라는 압박의 눈총이었을 지도 모른다.

이런저런 공기만큼이나 가벼운 이야기가 오고 갔다. 미아키가 레이코와 장난치며 까르르 웃어대는 광경이 꼭 꿈만 같다.

저 아이도 예쁜 얼굴 뒤에 슬픔을 숨기고 있을까?

지금까지 벌어진 일들이 미아키에게 만큼은 잊고 살아도 될 한 여름밤의 짧은 꿈이었으면 좋겠다. 오랫동안 잊고 살았던 화목한 가정은…… 바로 이것이다.

밥을 다 먹고 나서도 이야기는 계속됐다. 그런데도 사건에 관한 이야기는 일절 나오지 않았다. 마치 그 사건은 이 세상에서 일어난 적이 없었던 것처럼 말이다. 의아하기도 했지만, 아무렴 상관없었다. 이 소녀가 이렇게 행복한 웃음을 지을 수만 있다면 말이다.

잠시 뒤, 눈이 내리기 시작했다.

미아키가 부엌창 밖의 풍경을 보고 살짝 놀랐다. 부엌 창에 붙은 눈이 물방울로 변하면서 미끄러지고 있었다. 미아키는 그 광경을 뚫어져라 쳐다보고 있었다.

"잠깐 같이 나가요."

처음엔 미아키가 레이코에게 건네는 말인 줄 알았다. 나는 창밖의 풍경을 살피고 있었으니, 고개를 돌리지도 않았다. 누군가가 식탁 위로 올려놓은 내 팔을 톡톡 건드렸다. 미아키였다. 미아키가 바깥으로 나가자고 손짓했다.

"잠깐 바람 좀 쐬고 오세요. 미아키가 같이 나가고 싶어 하는 것 같은데……."

레이코가 미아키를 거들었다.

외투를 걸치고 미아키와 함께 현관으로 갔다. 신발을 신고 문을 열자, 바깥은 회백색의 풍경이 펼쳐져 있다. 신비로운 풍경이었다.

코끝과 귀를 시리게 만드는 바람이 불어왔지만, 어쩐지 바람의 모양이 매끄럽고 부드러운 듯한 느낌이었다.

바깥으로 나온 미아키가 현관문을 닫았다. 그리곤 조금 걸어나가 돌계단에 걸터앉았다. 나도 그녀를 따라 바로 옆에 착석했다. 눈이 녹아있어서 조금 축축했다. 그래서 돌계단이 더 칙칙한 색으로 변했을 것이다.

하늘은 회색으로 뒤덮여 있었지만, 살갑게 내려오는 눈은 어쩐지 기분을 좋게 만들었다. 미아키도 나와 똑같은 마음일까? 잠시 뒤, 미아키가 주머니에서 주섬주섬 무언갈 꺼냈다.

그건…… 담배였다.

"뭐야? 담배는 안돼."

나는 단호하게 미아키의 손에 꽂힌 담배를 빼앗았다. 미아키의 손이 붉게 달아올랐다. 그러고 보니 미아키는 겉옷도 입지 않고 나와 있었다.

"안 춥니?"

내 물음에 미아키는 고개를 저었다. 그리곤 살며시 웃으면서

"형사님도 피고 싶어요?"

라고 말한 뒤, 성냥갑을 꺼냈다. 갑 속에서 꺼낸 성냥에 불을 붙이고 내 손에 들린 담배에 자연스럽게 가져다 댔다.

"저는 끊었어요. 형사님 피시잖아요. 혹시나 해서 꺼낸 거예요."

미아키가 그 말을 증명하듯 여러 개비의 담배가 꽂혀있는 담뱃갑에도 불이 붙은 성냥을 가져다 댔다.

담뱃갑이 활활 타오르기 시작했다. 그것을 계단의 중간에 던져놓고는 꽂받침을 하고 타오르는 불꽃을 하염없이 바라보았다.

"안 펴요?"

그녀가 입김을 내뱉으며 물었다. 동시에 그녀의 단발머리가 찰랑거렸다. 새빨개진 코가 보였다.

나도 모르게 입에 담배를 물고 크게 빨아들였다.

애 앞에서 이러면 안 되는데…….

미아키는 만족스럽다는 표정을 짓고 입을 열었다.

"요시노 씨랑 가네코 씨 말이에요……."

미아키가 조심스럽게 그 말을 꺼낸 순간, 침을 잘못 삼켜 사레가 들렸다. 얼굴이 붉게 달아올랐다. 이 아이가 먼저 그 사람들의 이름을 꺼낼 줄은 상상도 못 했기 때문이었다.

"아, 요시노 씨랑 가네코 씨? 왜?"

나는 태연한 척을 하면서 다시 연기를 내뱉었다.

미아키의 얼굴 위에 신비로운 회백색 어둠이 들어앉았다. 이 순간만큼은 겨울의 회백색 빛이 더욱 신묘하게 느껴졌다.

"잘 살고 계실까요?"

의외의 물음이었다. 그들을 원망하는 기색은 전혀 없는 듯한 어투였다. 오히려 그들을 걱정하는 듯한 어조였다.

"뭐, 그 사람들 나름대로 잘살고 있지 않을까. 두 사람…… 가와나에쵸를 떠난 지도 오래됐지?"

"네……. 두 사람은 언제부턴가 연인이 되어있었으니까요. 같이 마을을 떠나는 건, 이상할 일이 아니죠."

미아키는 어쩔 수 없지 않은가, 라고 말하는 듯한 표정을 짓고 있었다.

"그래도 역시 급하게 떠난 건 이상하단 말이지……."

“참, 요시노 씨는 H 대학 학생이 아니라고 했죠? 가네코 씨도 정확히는 대학원생이었고요……. 그 회상록이 사실이란 확신은 없지만…… 요시노 씨랑 가네코 씨는 마을의 비밀을 들춰내는 일에 그 누구보다도 열중이었잖아요. 그리고 그 시작점은 히메코라는 소꿉 친구부터 였고요. 아무리 생각해도 요시노 씨와 가네코 씨가 히메코 씨를 괴롭혔다는 사실은 믿기 힘든 거짓 같아요.”

“그거야 뭐……, 그렇지만…….”

나는 미아키에게만큼은 알고 있는 진실을 말할 수가 없었다. 이 아이의 손에 행복을 쥐여주려면 그 방법밖엔 없다. 오히려 자기가 생각하고 있는 바가 맞을 것이라고 말해주는 편이 나으리라.

내리는 눈의 양이 조금 더 많아졌다. 미아키의 검은 머리칼과 상의 위로 눈이 소복소복 쌓이기 시작했다. 어느새 담뱃갑이 전부 타버려서 볼품없이 작고 검은 덩어리로 변해버렸다.

“‘기억’이라는 거…… 만약 떠올리기 싫은 기억이라면 마음대로 잊어버릴 수 있는 거예요?”

미아키가 턱을 괴며 물었다. 동시에 주택의 지붕에서 떨어지는 기분 좋은 물소리에 맞추어 손가락을 튕겼다.

“글쎄……, 기억이라는 건 말이지……. 충격적이고 마음을 난도질하는 기억일수록 생존력이 강해서 좋은 기억보다도 오래 남는 경우가 많거든. 마냥 떠올리기 싫은 기억이라도 마음대로 잊는다는 건 힘들지.”

미아키가 무슨 의도로 꺼낸 말인지는 이미 알고 있었다. 지금까지 그녀를 괴롭혀온 현실과 과거를 부정하려는 것이다. 어떻게든…….

"환경이 바뀐다면요? 그 기억을 잊을 수밖에 없도록 의도적으로 환경을 제한하거나…… 바꾸는 건요?"

"환경을 바꾼다니? 의도적으로……?"

고개를 돌리자, 미아키의 뺨 위로 눈물이 떨어지는 게 어렴풋이 보였다. 다만, 나는 그녀가 난처해할 것을 생각해 일부러 못 본 척하였다. 이 고교생이 무슨 생각을 하고 있는 걸까?

"그냥 그런 생각이 들어서요. 형사님을 당황케 할 의도는 없었어요."

둘러대는 듯한 미아키의 행동에 어쩐지 입이 떨어지지 않았다. 나로선 할 말이 없었다. 계속해서 다듬어 온 고요메촌 사건에 관한 내 추리도 이 소녀 앞에선 당당히 말할 수가 없었다.

"……나는 잘 모르겠지만 말이야. 만약 자신이 잘못을 저질렀던 기억을 누군가와 힘을 합쳐 좋았던 기억으로 왜곡시키는 게 가능하다면 말이지……."

그 말을 꺼내는 순간에도 심장이 요동쳤다. 혹시나 내가 꺼내는 말이 요시노와 가네코에 관한 이야기임을 알아차릴까 말이다. 말을 멈추자, 미아키가 나를 바라보았다. 그 순박한 표정엔 악의가 깃들어 있지 않을 것만 같았다. 게다가 내 불안감과는 달리 내 걱정을 알아차리지 못한 것 같다.

"……좋지 않은 일을 겪었던 기억을 누군가와 힘을 합쳐 좋았던 기억으로 왜곡시키는 것도 충분히 가능하지 않을까? 과거의 희생자가 되지 않도록 말이지."

"……가능할 것 같아요. 전 믿고 있거든요. 항상."

나를 바라보는 미아키가 행복을 머금은 예쁜 미소를 지었다.

순박하고도 새하얀 눈이 돌계단 위로 소복소복 쌓여가기 시작했다.

나와 미아키는 형언할 수 없이 아름다운 이 절경을 말없이 감상했다.

그 순간, 어디선가 기묘한 소리가 들렸다. 꼭 하늘에서 울려 퍼지는 것 같았다.

***짤랑, 짤랑…… 짤랑, 짤랑……***

방울 소리 같은 것이 어렴풋이 들려왔다. 산속 깊은 곳에서 이상야릇한 손짓으로 방울이 묶인 새끼줄을 흔들고 있는 산괴가 떠올랐다. 짐승처럼 노란 눈을 가진 케모노메가……. 동시에 방울을 흔들며 기쁘게 웃는 히메코의 모습도 떠올랐다.

미아키가 있는 왼쪽으로 시선을 돌렸다. 혹시 나에게만 들리는 소리일까. 그런 건지 물어보려 했지만 어쩐지 지금은 묻지 않는 편이 좋겠다는 생각이 들었다.

자신을 쳐다보는 시선이 느껴졌는지 미아키도 고개를 돌려 나를 보았다.

"왜요?"

그 물음에 나는 아니라는 듯 고개를 천천히 저었다. 비탄과 행복 사이의 복잡미묘한 감정이 떠오른 듯한 저 표정을 보니 걱정이 누그러들었다. 그에 따라 방울 소리도 천천히 멀어져 갔다. 고요메촌 사건에 지나치게 몰입했기 때문이었나 보다.

옥구슬처럼 수려한 미아키의 눈이 보였다.

알 수 없는 감정을 담은 두 옥구슬의 균열 속에서 투명한 액체가 공연히 흘러나온다. 그녀는 두 눈을 똑바로 뜬 채, 눈물을 뺨 아래까지 흘려보냈다. 선혈 빛으로 붉어진 눈시울이 하얀 얼굴과 대비되어 더욱 돋보이기 시작했다. 이윽고……

***미아키의 입에선 세상의 오색 절경을 한데 모아놓은 듯이 아름다운 말이 흘러나왔다.***

***"고마워요."***

# 키우

**초판 1쇄 인쇄** 2024년 8월 20일
**초판 1쇄 발행** 2024년 8월 20일

**지은이** 이다모
**편집** 주자덕
**발행인** 주자덕
**인쇄** 미래피엔피
**펴낸 곳** 아프로스미디어
**출판등록** 제 2016-000073호
**주소** 서울특별시 성동구 금호로 173, 101동 904호
**전화** 02-6352-5133
**팩스** 02-6455-5891
**홈페이지** www.aphrosmedia.com
**전자우편** spitz70@aphrosmedia.com
**ISBN** 979-11-89770-52-5 (03810)